LIVRO DOS MORTOS

A marca FSC é a garantia de que a madeira utilizada na fabricação do papel deste livro provém de florestas de origem controlada e que foram gerenciadas de maneira ambientalmente correta, socialmente justa e economicamente viável.

PATRICIA CORNWELL
LIVRO DOS MORTOS

TRADUÇÃO
Beth Vieira

COMPANHIA DAS LETRAS

Copyright © 2007 by CEI Enterprises, Inc.

Grafia atualizada segundo o Acordo Ortográfico da Língua Portuguesa de 1990, que entrou em vigor no Brasil em 2009.

Título original:
Book of the dead

Capa:
Elisa v. Randow

Foto de capa:
© *Derek Croucher/ Corbis (DC)/ LatinStock*

Preparação:
Cláudia Cantarin

Revisão:
Marise Leal
Veridiana Maenaka

Dados Internacionais de Catalogação na Publicação (CIP)
(Câmara Brasileira do Livro, SP, Brasil)

Cornwell, Patricia
    Livro dos mortos / Patricia Cornwell ; tradução Beth Vieira. —
São Paulo : Companhia das Letras, 2010.

    Título original: Book of the dead.
    ISBN 978-85-359-1601-0

    1. Ficção policial e de mistério (Literatura norte-americana) 2. Romance norte-americano I. Título.

10-00203   CDD-813.0872

Índice para catálogo sistemático:
1. Ficção policial e de mistério : Literatura norte-americana 813.0872

2010

Todos os direitos desta edição reservados à
EDITORA SCHWARCZ LTDA.
Rua Bandeira Paulista 702 cj. 32
04532-002 — São Paulo — SP
Telefone: (11) 3707 3500
Fax: (11) 3707 3501
www.companhiadasletras.com.br

AGRADECIMENTOS

Sou especialmente grata à dra. Staci Gruber, professora assistente de psiquiatria da Faculdade de Medicina de Harvard e diretora associada do Laboratório de Neuroimagem Cognitiva do Hospital McLean.

Este livro é dedicado a meu editor, Ivan Held.

ROMA

Água espirrando. Uma banheira em mosaico cinzento embutida num chão de terracota.

A água jorra devagar de uma antiga torneira de bronze e a escuridão entra pela janela. Do outro lado da velha janela de vidro canelado há a praça, a fonte e a noite.

Ela se senta calada na água, e a água está muito fria, com cubos de gelo derretendo lá dentro; resta muito pouco em seus olhos — não tem muito mais dentro deles. De início, os olhos eram como mãos estendidas para ele, implorando para ser salva. Agora, têm o azul emaciado do entardecer. O que quer que havia neles já quase se foi. Logo, ela estará dormindo.

"Toma", diz ele, entregando um copo de vidro Murano soprado a mão cheio de vodca para ela.

Ele está fascinado pelas partes que nunca viram o sol. São pálidas como calcário, e ele fecha a torneira quase completamente, deixa só um fio de água, para observar a respiração acelerada e ouvir os dentes batendo. Os seios brancos flutuam sob a superfície da água, delicados como flores brancas. Os bicos, duros de frio, são botões cor-de-rosa fechados. Depois ele pensa em lápis. Em mascar as pontas cor-de-rosa da borracha, quando estava na escola, e dizer ao pai e às vezes à mãe que não precisava de borracha porque nunca errava. Só que, na verdade, ele gostava de mascar. Não conseguia evitar, isso também era verdade.

"Você vai lembrar meu nome", ele diz a ela.

"Não vou", diz ela. "Eu consigo esquecer." Tiritando de frio.

Ele sabe por que ela diz isso: Se ela esquecer o nome dele, seu destino terá de ser repensado como um plano de batalha ruim.

"Qual é?", pergunta ele. "Me diga qual é o meu nome."

"Não lembro." Chorando, tremendo.

"Diz", repete ele, olhando para os braços morenos, arrepiados, a penugem loira eriçada, os seios jovens e a escuridão entre as pernas, sob a água.

"Will."

"E o resto?"

"Rambo."

"E você achou isso engraçado", diz ele, nu, sentado na tampa da privada.

Ela sacode vigorosamente a cabeça.

Mentira. Ela tinha feito pouco dele, quando falou seu nome. Riu e disse que Rambo era nome inventado, nome de filme. Ele disse que era sueco. Ela respondeu que ele não era sueco. Ele disse que o nome era sueco. De onde ela acha que veio? É um nome de verdade. "Certo", disse ela. "Feito Rocky", acrescentou, rindo. "Pois então olha na internet", disse ele. "É nome de verdade", falou e não gostou de ter de explicar seu nome. Isso acontecera dois dias antes, e ele não guardou rancor; mas se manteve consciente do fato. No entanto a perdoou porque, apesar do que o mundo diz, ela sofria insuportavelmente.

"Saber meu nome será um eco", diz ele. "Não faz a menor diferença, não mesmo. É só um som que já foi dito."

"Eu nunca vou dizer." Pânico.

Seus lábios e unhas estão azuis, ela treme descontroladamente. Com olhar fixo. Ele lhe diz para beber mais e ela não ousa recusar. O menor ato de insubordinação, e ela sabe o que acontece. Até mesmo um pequeno grito, e ela sabe o que acontece. Ele se senta calmamente na tampa da privada, as pernas abertas para que ela veja seu excitamento e fique com medo. Ela não implora mais, nem lhe diz *para fazer o que quiser com ela*, se por acaso tiver sido esse o motivo de tê-la feito refém. Ela não diz mais isso porque sabe o que acontece quando o insulta e dá a entender que, se ele tivesse um *querer*, seria *com ela*. O que significa que ela não daria de bom grado nem por vontade própria.

"Você percebe que eu pedi educadamente", diz ele.

"Eu não sei." Os dentes batendo.

"Sabe sim. Pedi pra você me agradecer. Foi tudo o que pedi, e fui educado com você. Pedi com educação e você tinha que fazer isso", diz ele. "Você tinha que me fazer agir assim. Você compreende" — levanta-se e olha para sua nudez no espelho, acima da lisura do mármore da pia — "que o seu sofrimento me faz agir desse modo", diz sua nudez no espelho. "E eu não quero agir assim. Portanto você me feriu. Será que entende que me feriu mortalmente ao me fazer agir assim?", diz sua nudez no espelho.

Ela diz que entende, e os olhos se dispersam como cacos espatifados de vidro, enquanto ele abre a caixa de ferramentas, e o olhar disperso se fixa nos cortadores, facas e limas depositados no seu interior. Ele ergue um pequeno saco de areia e põe na beirada da pia. Tira ampolas de cola cor de lavanda e põe na pia também.

"Eu faço o que você quiser. Te dou o que você pedir." Ela já disse isso várias vezes.

Ele tinha dito que não era para ela dizer isso de novo. Mas ela acaba de dizer.

As mãos dele mergulham na água, a frieza da água gela suas mãos, ele agarra os tornozelos da moça e a suspende. Segura pelas pernas morenas e frias, pés brancos, e sente o terror nos músculos em pânico quando prende os dois tornozelos. Segura um pouco mais que da última vez, e ela luta, se contorce, se debate violentamente, a água gelada espadanando alto. Ele a solta. Ela engasga, tosse e dá gritos estrangulados. Não se queixa. Aprendeu a não se queixar — levou um tempo, mas aprendeu. Aprendeu que tudo isso é para seu próprio bem e se sente grata por um sacrifício que irá mudar a vida dele — não a dela, a dele — de um jeito que não é bom. Nunca foi bom. Nunca poderá ser bom. Ela devia agradecer pelo dom dele.

Ele pega um saco de lixo que enchera de gelo na máquina de gelo automático do bar e despeja o que sobrou na banheira; ela olha para ele, lágrimas escorrem pelo rosto. Dor. As beiradas sombrias da dor se mostrando.

"A gente costumava deixar eles pendurados no teto, por lá", diz ele. "E chutava as laterais dos joelhos sem parar. Por lá. A gente entrava na saleta e chutava os joelhos deles na lateral. É uma dor tremenda e, claro, deixa o cara aleijado, e, claro, alguns até morriam. Mas isso não é nada, comparado com outras coisas que eu vi acontecer por lá. Eu não trabalhava no presídio, entende? Mas nem precisava, porque tinha muito desse tipo de comportamento em volta. O que as pessoas não entendem é que não foi burrice filmar aquilo tudo. Fotografar. Era inevitável. Você tem que fazer isso. Se não fizer, é como se nunca tivesse acontecido. Por isso as pessoas tiram fotos. E mostram para os outros. Só é preciso uma. E uma pessoa vendo. E então o mundo inteiro vê."

Ela dá uma espiada na câmera sobre o tampo de mármore, encostada no reboco da parede.

"Mas eles mereciam, não mereciam?", diz ele. "Eles nos forçaram a ser algo que não éramos, portanto de quem é a culpa? Não nossa."

Ela concorda com um meneio da cabeça. Tiritando e batendo os dentes.

"Não era sempre que eu participava", diz ele. "Mas olhava. No começo foi difícil, acho que até traumático. Eu era contra, mas as coisas que eles fizeram com a gente. E por causa do que eles fizeram, éramos forçados a revidar, então foi culpa deles sim se fomos forçados, e sei que você entende isso."

Ela faz que sim, chora e treme.

"As bombas na estrada. Sequestros. Muito mais do que você sabe", diz ele. "Você se acostuma. Assim como você está se acostumando com água fria, não está?"

Ela não está acostumada, apenas entorpecida e a caminho da hipotermia. A essa altura, a cabeça martela e o coração parece que vai explodir. Ele lhe estende a vodca e ela bebe.

"Vou abrir a janela", diz ele. "Para você escutar a fonte de Bernini. Eu escutei a maior parte da vida. A noite está perfeita. Você devia ver as estrelas." Abre a janela e olha para fora, para as estrelas, para a fonte dos quatro rios e para a *piazza*. Vazia, a essa hora. "Você não vai gritar", diz ele.

Ela balança a cabeça, o peito arfa e ela treme descontroladamente.

"Está pensando nas suas amigas. Eu sei disso. Com certeza elas também estão pensando em você. É uma pena. E não estão aqui. Não estão em nenhum lugar à vista." Ele olha para a praça deserta e dá de ombros. "Por que estariam aqui agora? Elas se foram. Faz tempo."

O nariz dela escorre, as lágrimas jorram e ela tirita. A energia em seus olhos — não é mais como quando ele a conheceu, e ele se ressente por ela ter arruinado quem ela era para ele. Mais cedo, bem mais cedo, falou italiano com ela, porque isso o transformava no estrangeiro que precisava ser. Agora fala em inglês porque não faz mais diferença nenhuma. Ela dá uma olhada em sua ereção. As espiadas dela ricocheteiam como uma mariposa contra a lâmpada. Ele a sente ali. Ela teme o que tem ali. Mas não tanto quanto teme todo o resto — a água, as ferramentas, a areia, a cola. Não compreende o cinto grosso de couro que jaz enrolado nos ladrilhos antigos do chão, e é isso que deveria temer acima de tudo.

Ele pega o cinto e diz a ela que é um impulso primitivo, bater em gente que não consegue se defender. Por quê? Ela não responde. Por quê? Ela olha para ele aterrorizada, e a luz em seus olhos é embaçada, insana, feito um espelho se espatifando na frente dele. Ele diz para ela se levantar, e ela se levanta, trêmula, os joelhos quase cedendo. Fica de pé na água gelada e ele fecha a torneira. O corpo dela o faz pensar num arco com a corda retesada, porque ela é flexível e poderosa. A água escorre do corpo, com ela parada na frente dele.

"Vira para o outro lado", diz ele. "Não se preocupe. Não vou espancá-la com o cinto. Não faço isso."

A água se movimenta silenciosamente na banheira quando ela se vira para o velho reboco rachado e para uma veneziana fechada.

"Agora quero que você se ajoelhe na água", diz ele. "E olhe para a água. Não olhe para mim."

Ela se ajoelha, de frente para a parede, ele apanha o cinto e enfia a ponta na fivela.

1

Dez dias depois. 27 de abril de 2007. Uma sexta-feira à tarde.

Dentro do teatro de realidade virtual estão doze das mais poderosas autoridades políticas e policiais do país, cujos nomes, no geral, a legista Kay Scarpetta confunde. Os únicos que não são italianos são ela e o psicólogo forense Benton Wesley, ambos consultores da Reação Investigativa Internacional (RII), um braço especial da Rede Europeia dos Institutos de Ciência Forense (REICF). O governo italiano está numa posição extremamente delicada.

Nove dias antes, a estrela do tênis Drew Martin foi morta durante as férias, e seu corpo, nu e mutilado, encontrado perto da Piazza Navona, no coração da Roma histórica. O caso provocou comoção internacional; detalhes sobre a vida e a morte da jovem de dezesseis anos passavam sem parar na televisão, com legendas ao pé da tela fazendo a mesma coisa — repetindo, com vagar e tenacidade, as mesmas informações e esmiuçando os mesmos pormenores que âncoras e especialistas já tinham fornecido.

"Então, doutora Scarpetta, vamos esclarecer as coisas por aqui, porque parece que está havendo confusão. Segundo a senhora, ela morreu lá pelas duas ou três da tarde", diz o capitão Ottorino Poma, médico-legista da Arma dei Carabinieri, a polícia militar encarregada da investigação.

"Não segundo o que eu disse", explica ela, com a paciência já se esgotando. "Segundo o que o senhor disse."

Ele franze o cenho, a meia-luz. "Eu estava certo de que

tinha sido a senhora, minutos atrás, quando falou sobre o conteúdo do estômago e o nível de álcool. E que ambos indicavam que ela morreu algumas horas depois que as amigas a viram pela última vez."

"Eu não disse que ela morreu às duas ou três da tarde. Acredito que quem continua afirmando isso é o senhor, capitão Poma."

Jovem, ele já tinha uma fama bastante difundida, e não que fosse inteiramente boa. Quando Scarpetta se encontrou com ele pela primeira vez em Haia, durante a reunião anual da REICF, Poma era alvo de zombarias, apelidado de Doutor Designer e descrito como extraordinariamente orgulhoso e argumentativo. Ele é bonito — magnífico, na verdade —, com uma queda para mulheres lindas e roupas esplêndidas, e nesse dia usava um uniforme azul-escuro com largas listras vermelhas, adornado com peças brilhantes de prata e botas pretas de couro lustroso. Quando fez sua aparição no teatro, pela manhã, estava usando uma capa forrada de vermelho.

Senta-se bem diante de Scarpetta, no meio da primeira fileira, e raramente tira os olhos dela. A sua direita está Benton Wesley, que passa a maior parte do tempo em silêncio. Estão todos mascarados com óculos estereoscópicos, sincronizados com o Sistema de Análise da Cena do Crime, uma inovação brilhante que fez da Unità per l'Analisi del Crimine Violento da *polizia scientifica* italiana objeto da inveja de todas as agências mundiais encarregadas de manter a ordem.

"Desconfio que teremos de repassar isso mais uma vez, para que o senhor entenda completamente minha postura", diz Scarpetta ao capitão Poma, que agora descansa o queixo na mão como se estivesse mantendo uma conversa íntima com ela, com uma taça de vinho ao lado. "Se ela tivesse sido morta às duas ou três horas da tarde, na hora em que o corpo foi encontrado, por volta das oito e meia da manhã seguinte, a morte teria ocorrido no mínimo dezessete horas antes. Porém, *livor mortis*, *rigor mortis* e *algor mortis* são inconsistentes com essa teoria."

Ela usa um feixe de laser para dirigir a atenção de todos para a construção tridimensional de um canteiro barrento de obras, projetado numa tela do tamanho da parede. É como se estivessem no local, olhando para o corpo morto e maltratado de Drew Martin e para o entulho e as escavadeiras em volta. A pinta vermelha do laser se mexe ao longo do ombro esquerdo, da nádega esquerda, da perna esquerda e do pé descalço. A nádega direita foi arrancada, bem como uma porção da coxa direita, como se ela tivesse sido atacada por um tubarão.

"A lividez do corpo...", começa a dizer Scarpetta.

"Mais uma vez eu peço desculpas. Meu inglês não é tão bom quanto o seu. Não sei direito o significado dessa palavra", diz o capitão Poma.

"Eu já a usei antes."

"Também não entendi na ocasião."

Risos. Além da tradutora, Scarpetta é a única mulher presente. Ela e a tradutora não acham o capitão divertido, mas os homens sim. Exceto Benton, que não sorriu uma vez sequer hoje.

"Conhece a palavra correspondente em italiano?", pergunta o capitão Poma a Scarpetta.

"O que me diz da língua da Roma antiga?," diz Scarpetta. "Latim. Uma vez que a maior parte da terminologia médica tem raízes latinas." Ela não é descortês, mas também não faz uso de firulas, porque sabe muito bem que o inglês dele só fica ruim quando lhe convém.

Seus óculos tridimensionais se fixam nela, o que a faz se lembrar de Zorro. "Em italiano, por favor", ele diz. "Nunca fui muito bom de latim."

"Eu explico. Em italiano, *livor* é *livido*, ou seja, um aspecto equimosado. *Mortis* é *morte*. *Livor mortis* é a equimose que surge depois da morte."

"Ajuda bastante quando se fala italiano", diz ele. "E a senhora fala muito bem."

Ela não pretende fazê-lo ali, embora fale italiano bem o bastante para se virar. Ela prefere o inglês durante as discussões profissionais porque as nuanças são complicadas e o tradutor interfere a cada palavra dita. Essa dificuldade com a língua, aliada à pressão política, ao estresse e aos incansáveis e enigmáticos maneirismos do capitão Poma, se soma ao que já é um desastre que não tem nada a ver com isso. O assassino, nesse caso, desafia os precedentes e os perfis usuais. Ele os confunde. Até a ciência se tornou uma fonte irritante de disputa — parece desafiá-los, mentir para eles, forçando Scarpetta e todos os demais a lembrar que a ciência nunca diz mentiras. Nunca comete erros. Nunca afasta deliberadamente alguém do caminho certo nem zomba de ninguém.

Essas considerações se perdem diante do capitão Poma. Ou talvez ele esteja fingindo. Talvez não fale a sério, quando se refere ao cadáver de Drew como não cooperativo e lógico, quase como se tivessem um relacionamento e estivessem discutindo. Ele afirma que as mudanças ocorridas após o óbito podem dizer alguma coisa, mas o nível de álcool no sangue e o conteúdo do estômago revelam outra e, ao contrário do que Scarpetta acredita, comida e bebida sempre são confiáveis. Ele fala a sério, ao menos sobre isso.

"O que Drew comeu e bebeu é indicador da verdade." Ele repete o que falou na sua apaixonada abertura, no começo do dia.

"Indicador de uma verdade, sim. Mas não a *sua* verdade", retruca Scarpetta, num tom mais educado do que aquilo que ela diz. "Sua verdade é uma interpretação errônea."

"Acho que já falamos sobre isso", diz Benton, das sombras da primeira fileira. "Acho que a doutora Scarpetta já deixou as coisas bem claras."

Os óculos tridimensionais do capitão Poma — assim como fileiras de outros óculos — estão fixos nela. "Sinto muito se o chateio com meu reexame, doutor Wesley, mas temos de achar algum sentido nisso tudo. De modo que, por favor, tenha paciência. No dia 17 de abril, Drew comeu uma lasanha muito ruim e tomou quatro taças de um horrível Chianti entre onze e meia e meia-noite e meia numa *trattoria* para turistas perto da Scalinata di Spagna. Ela pagou a conta, saiu do restaurante e, depois, na Piazza di Spagna, despediu-se das duas amigas com a promessa de se juntar a elas na Piazza Navona em uma hora. Nunca apareceu. Até esse ponto, sabemos que é verdade. O que continua um mistério é tudo o que houve depois." Seus óculos de lentes grossas fixaram-se em Scarpetta, então ele se voltou na cadeira e falou com as fileiras atrás. "Em parte porque nossa estimada colega dos Estados Unidos diz que está convencida de que Drew não morreu pouco depois do almoço nem no mesmo dia."

"Eu disse isso o tempo todo. Uma vez mais, vou explicar por quê. Já que parece que o senhor está confuso", diz Scarpetta.

"Precisamos avançar", diz Benton.

Mas é impossível avançar. O capitão Poma é tão respeitado pelos italianos, é como uma celebridade. Pode fazer o que quiser. A imprensa o chama de Sherlock Holmes de Roma, ainda que seja um médico, não um detetive. Todos, inclusive o comandante-geral da polícia italiana, sentado no fundo, ouvindo mais que falando, parecem ter se esquecido disso.

"Em circunstâncias normais", diz Scarpetta, "a comida ingerida por Drew já estaria completamente digerida algumas horas depois de ela ter almoçado, e seu nível alcoólico com certeza não teria sido tão alto quanto o 0,2 determinado pelo teste toxicológico. Portanto, capitão Poma, sim, o conteúdo no estômago e a toxicologia sugerem que ela morreu logo depois do almoço. Mas o *livor mortis* e o *rigor mortis* sugerem — com muita ênfase, deixe-me acrescentar — que ela morreu possivelmente entre doze e quinze horas depois de ter almoçado na *trattoria*, e são nesses artefatos *post-mortem* que devemos prestar toda a atenção."

"Quer dizer que voltamos à estaca zero. De volta à lividez." Ele solta um suspiro. "Essa palavra com a qual tenho tanta dificuldade. Por gentileza, me explique de novo, já que parece que eu tenho muitos problemas com o que a senhora chama de artefatos póstumos. Como se fôssemos arqueólogos escavando ruínas." O queixo do capitão Poma repousa de novo em sua mão.

"Lividez, *livor mortis*, hipóstase *post-mortem*, é tudo a mesma coisa. Quando você morre, a circulação para e o sangue começa a se acumular nas veias, devido à gravidade, mais ou menos como o sedimento se acomoda num navio afundado." Sente os óculos tridimensionais de Benton olhando para ela. Não ousa olhar para ele. Benton está diferente.

"Continue, por favor." O capitão Poma sublinha várias vezes alguma coisa em seu bloco.

"Quando o corpo fica numa determinada posição por um tempo, depois da morte, o sangue assenta segundo essa mesma posição — um artefato *post-mortem* que nós chamamos de *livor mortis*", explica Scarpetta. "Com o tempo, o *livor mortis* se fixa, ou assenta, dando àquela parte do corpo um tom vermelho-arroxeado, com descolorações nas regiões onde havia alguma coisa pressionando ou restringindo, como roupas apertadas, por exemplo. Será que podemos ver as fotos da autópsia, por favor?" Ela confere uma lista a seu lado. "Número vinte e um."

A parede se enche com o corpo de Drew numa mesa de aço no necrotério da Universidade Tor Vergata. Ela está de bruços. Scarpetta move a pinta vermelha do laser pelas costas, pelas áreas vermelho-arroxeadas e pelas descolorações causadas pela lividez. Pelas feridas chocantes que parecem crateras vermelho-escuras e que ela ainda terá de enfocar.

"Agora, por favor, vamos mudar de cenário. E mostrar Drew sendo posta no saco mortuário", diz ela.

A foto tridimensional do canteiro de obras toma conta da parede de novo, mas desta vez há investigadores de macacão branco em Tyvek, com luvas e proteção nos sapatos, erguendo o corpo molenga e nu de Drew até o saco preto forrado com lençol que se vê sobre a maca. Em volta deles, investigadores levantam outros lençóis no perímetro da cena para bloquear a visão dos curiosos e dos *paparazzi*.

"Comparem esta foto com a que acabaram de ver. Até ela ser autopsiada, cerca de oito horas depois de ter sido encontrada, sua lividez estava quase que completamente instalada", diz Scarpetta. "Mas aqui, no local onde foi encontrada, fica óbvio que sua lividez estava nos estágios iniciais." A pinta vermelha se move por sobre áreas rosadas nas costas de Drew. "O rigor também estava na fase inicial."

"A senhora descarta a visualização dos primeiros sintomas de *rigor mortis* devido a um espasmo cadavérico? Por exemplo, se ela tivesse se esforçado muito imediatamente antes de morrer? Talvez tenha lutado com ele. Já que a senhora não fez menção a esse fenômeno até agora." O capitão Poma sublinha algo em seu bloco de notas.

"Não há por que falarmos de espasmo cadavérico", afirma Scarpetta. Por que você não atira isso na pia da cozinha?, ela tem vontade de perguntar. "Se ela se esforçou muito ou não", diz, "não estava inteiramente rígida quando foi encontrada, de modo que não teve um espasmo cadavérico..."

"A menos que o *rigor mortis* já tivesse passado."

"Impossível, já que se fixou totalmente no necrotério. O *rigor mortis* não vem, vai e depois volta de novo."

A tradutora esconde um sorrisinho e traduz a frase para o italiano; várias pessoas riem.

"É possível ver por aqui" — Scarpetta aponta o laser para o corpo de Drew sendo erguido até a maca — "que os músculos dela certamente não estão rígidos. Ainda estão bem flexíveis. Eu calculo que ela foi morta menos de seis horas antes de ter sido encontrada, talvez até bem menos que isso."

"A senhora é uma especialista internacional. Como pode ser tão vaga?"

"Porque não sabemos onde ela esteve, e a quais temperaturas foi exposta, antes de ter sido largada naquele canteiro de obras. A temperatura do corpo, o *rigor mortis* e o *livor mortis* podem variar imensamente de caso para caso e de indivíduo para indivíduo."

"Com base nas condições do corpo, a senhora está dizendo que é *impossível* ela ter sido morta logo depois de ter almoçado com as amigas? Talvez enquanto ia a pé para a Piazza Navona, para se encontrar com elas?"

"Não creio que foi isso que aconteceu."

"Então, por favor, mais uma vez. Como a senhora explica a comida não digerida e o nível 0,2 de álcool no sangue? As duas coisas dão a entender que ela morreu logo depois do almoço com as amigas — e não quinze ou dezesseis horas mais tarde."

"Existe a possibilidade de que ela tenha recomeçado a beber pouco depois de deixar as amigas, e estava tão aterrorizada e estressada que sua digestão parou."

"O quê? Então agora a senhora sugere que ela passou horas com o assassino, possivelmente dez, doze, quinze horas com ele — e que ela estava bebendo com ele?"

"Ela pode ter sido forçada a beber; a intenção dele era manter o estado de fraqueza dela, mais fácil de controlar. Como drogar alguém."

"Quer dizer que ele a forçou a ingerir álcool, talvez a tarde inteira, a noite toda, até de manhãzinha, e ela estava tão apavorada que a comida não foi digerida? É isso que a senhora está nos oferecendo como explicação plausível?"

"Já vi isso acontecer antes", responde Scarpetta.

O animado canteiro de obras depois de escurecer.

Lojas em volta, pizzarias e restaurantes, tudo está iluminado e lotado. Carros e lambretas estacionam na lateral das ruas, sobre as calçadas. O zum-zum do trânsito e o barulho de passos e vozes enchem a cena da reconstituição.

De repente, as janelas iluminadas escurecem. Depois, silêncio.

O som de um carro, e o formato dele. Um Lancia preto de quatro portas estaciona na esquina da Via di Pasquino com a Via dell'Anima. A porta do motorista se abre e uma figura animada de homem desce do carro. Está vestido com roupas cinzentas. O rosto não tem feições e, como as mãos, é cinzento, dado que leva todos os presentes a inferir que não foram determinadas idade, raça ou qualquer característica física do assassino. Em nome da simplicidade, o assassino é tido como do sexo masculino. O homem cinzento abre o porta-malas e tira um corpo embrulhado num tecido azul com uma estampa que inclui as cores vermelho, dourado e verde.

"O lençol em que ela está embrulhada tem por base as fibras de seda retiradas do corpo e da lama sob ele", diz o capitão Poma.

Benton Wesley interfere: "Fibras encontradas por todo o corpo. Inclusive no cabelo, nas mãos e nos pés. Sem dúvida, uma abundância de fibras grudadas nas feridas. Isso nos leva a concluir que ela foi totalmente embrulhada, da cabeça aos pés. De modo que, sim, obviamente temos de considerar um bom pedaço de seda estampada. Talvez um lençol, quem sabe uma cortina..."

"Aonde você quer chegar?"

"A dois pontos: não devemos presumir que era um lençol, porque não devemos presumir nada. E também é possível que ele tenha embrulhado Drew em algo que era próprio do lugar onde ele mora ou trabalha, ou de onde ela ficou presa."

"Sim, sim." Os óculos do capitão Poma continuam fixos na cena que enche a parede. "Também sabemos que há fibras de carpete que são consistentes com as fibras de carpete do porta-malas de um Lancia 2005, dado por sua vez consistente com o que foi descrito como um veículo se afastando do local por volta das seis da manhã. A testemunha que mencionei. Uma mulher num apartamento da vizinhança que acordou porque seu gato estava — qual é mesmo a palavra...?"

"Berrando? Miando?", diz a tradutora.

"Ela se levantou porque o gato estava berrando e calhou de olhar pela janela e ver um sedã escuro de luxo partindo do canteiro de obras como se não tivesse pressa. Ela disse que ele virou à direita, na dell'Anima, uma rua de mão única. Continue, por favor."

A animação é reiniciada. O homem cinzento ergue o fardo colorido e carrega o cadáver para uma passarela de alumínio ali perto, isolada só por uma corda, que ele pula. Continua levando o corpo e desce uma prancha de madeira que dá no canteiro de obras. Coloca o corpo ao lado dessa prancha, na lama, se agacha no escuro e rapidamente desembrulha uma figura que se transforma no cadáver de Drew Martin. Isso não é uma animação, e sim uma fotografia tridimensional. Pode-se ver a moça claramente — seu rosto famoso, as feridas horrendas em seu corpo esbelto, atlético e nu. O homem cinzento embola o pano colorido e volta para o carro. E sai em velocidade normal.

"Acreditamos que ele carregou o corpo, em vez de arrastá-lo", diz o capitão Poma. "Porque essas fibras estavam apenas no corpo e no chão, por baixo. Não havia outras fibras e, embora isso não prove nada, com certeza indica que ela não foi arrastada. Deixe-me lembrá-los de que a cena do crime foi mapeada com um sistema a laser e que a perspectiva que estão vendo, a posição dos objetos e do corpo são dados precisos. Obviamente, apenas as pessoas ou objetos que não foram gravados ou fotografados — tais como o assassino e seu carro — são figuras animadas."

"Quanto ela pesava?", o ministro do Interior pergunta lá da última fileira.

Scarpetta dá o peso de Drew Martin em libras, depois transfere para quilos, cinquenta e oito. "Ele deve ser razoavelmente forte", acrescenta.

A animação recomeça. Silêncio e o canteiro de obras sob a luz do início da manhã. Barulho de chuva. As janelas da região continuam escuras, as lojas fechadas. Nenhum tráfico. Depois o gemido de uma moto. Mais e mais alto.

Aparece uma Ducati vermelha na Via di Pasquino; o motoqueiro é uma figura animada num impermeável brilhante e capacete fechado. Ele vira à direita na dell'Anima e de repente estanca, a moto cai no chão com uma forte pancada e o motor para de funcionar. O espantado motociclista desce da moto e, hesitante, atravessa a passarela de alumínio, as botas soando alto no metal. O corpo morto abaixo dele, na lama, parece ainda mais chocante, mais pavoroso, porque é uma foto tridimensional, justaposta à figura animada e um tanto rígida do motociclista.

"São agora quase oito e meia e o tempo, como podem ver, está nublado e chuvoso", diz o capitão Poma. "Por favor, vamos agora ao professor Fiorani na cena do crime. Deve ser a fotografia número catorze. E agora, doutora Scarpetta, a senhora pode, se quiser, examinar o corpo no local do crime junto com o professor, que não está aqui conosco esta tarde, infelizmente, porque... vamos ver se vocês adivinham? Ele está no Vaticano. Um cardeal morreu."

Benton olha fixamente para a tela que fica atrás de Scarpetta, e ela sente um nó no estômago ao vê-lo tão infeliz, sem querer olhar para ela.

Novas imagens — vídeos em 3-D — enchem a tela. Luzes azuis piscam. Carros da polícia e um furgão azul-escuro da perícia. Mais policiais com metralhadoras guardam o perímetro do canteiro. Investigadores à paisana dentro da área isolada, recolhendo provas, tirando fotos. Ruído de obturadores de máquinas fotográficas, de vozes falando baixinho e de gente nas ruas. Um helicóptero da polícia faz barulho lá em cima. O professor — o mais famoso patologista forense de Roma — está coberto com o macacão Tyvek branco todo enlameado. De perto, sua perspectiva: o corpo de Drew. É tão real, visto com os óculos estereoscópicos, que chega a ser bizarro. Scarpetta sente que poderia tocar na carne de Drew e nas feridas escancaradas de um vermelho-escuro, manchadas de lama e reluzentes da chuva. Seus longos cabelos loiros estão molhados e grudados no rosto. Os olhos estão bem fechados e protuberantes sob as pálpebras.

25

"Doutora Scarpetta", diz o capitão Poma. "A senhora pode examinar a vítima agora, por favor. Diga o que está vendo. A senhora já deve ter examinado o relatório do professor Fiorani, mas, olhando para o corpo numa imagem tridimensional, colocando-se na cena do crime com ele, por favor, nos dê sua opinião. Não vamos criticar a senhora se discordar das conclusões do professor."

Que é considerado tão infalível quanto o papa que ele embalsamou vários anos antes.

A pinta vermelha do laser se move para onde Scarpetta aponta, e ela diz: "A posição do corpo. Do lado esquerdo, as mãos dobradas sob o queixo, as pernas ligeiramente dobradas. Uma posição, a meu ver, deliberada. Doutor Wesley?". Ela olha para as lentes grossas de Benton observando tudo por cima dela, direto para a tela. "Esta é uma boa hora para fazer algum comentário."

"Deliberado. O corpo foi posicionado pelo assassino."

"Como se ela estivesse rezando, talvez?", diz o chefe da delegacia de polícia.

"Qual era a religião dela?", pergunta o vice-diretor do Diretório Nacional da Polícia Criminal.

Uma salva de perguntas e conjecturas feitas pela sala quase às escuras.

"Apostólica romana."

"Mas não era praticante, pelo que eu sei."

"Não muito."

"Talvez alguma ligação religiosa?"

"É, pensei nisso também. O canteiro de obras fica muito perto da igreja de Sant'Agnese in Agone."

O capitão Poma explica: "Para quem não está familiarizado" — e olha para Benton —, "santa Inês foi uma mártir torturada e assassinada, aos doze anos de idade, por não querer se casar com um pagão como eu."

Rajadas de risos. Uma discussão sobre o crime ter ou não algum significado religioso. Benton diz que não.

"Houve degradação sexual", diz ele. "Ela fica à mostra, nua, jogada na rua, à vista de todo mundo, na mesma região em que ficou de encontrar as amigas. O assassino queria que ela fosse encontrada, ele queria chocar as pessoas. Religião não foi o motivo principal. A excitação sexual sim."

"No entanto, não encontramos o menor indício de estupro." Isso foi dito pelo chefe do laboratório forense da polícia italiana.

Ele prossegue, dizendo através da tradutora, que o assassino parece não ter deixado nenhum traço de fluido seminal, nada de sangue, nem saliva, a menos que tenham sido levados pela chuva. Porém, o DNA de duas fontes diferentes foi recolhido de sob suas unhas. Os perfis a que chegaram foram inúteis até o momento, porque, infelizmente, explica ele, o governo italiano não permite que se tire uma amostra dos criminosos, para exame de DNA, porque isso é considerado violação dos direitos humanos. Os únicos perfis que podem fazer parte da base de dados italiana, por enquanto, são os que foram obtidos das provas, não de indivíduos.

"O que significa que não temos uma base de dados para pesquisa, aqui", acrescenta o capitão Poma. "E o máximo que podemos dizer, no momento, é que o DNA recolhido de sob as unhas de Drew não combina com o DNA de qualquer indivíduo incluído em qualquer banco de dados fora da Itália, inclusive o dos Estados Unidos."

"Acredito que o senhor afirmou que as fontes do DNA recolhido de sob as unhas dela são de homens de descendência europeia — em outras palavras, caucasianos", diz Benton.

"Exato", diz o diretor do laboratório.

"Doutora Scarpetta?", diz o capitão Poma. "Por favor, continue."

"Por favor, agora a foto da autópsia, número vinte e seis", diz ela. "Uma visão posterior, durante o exame externo. Um *close* das feridas."

Elas enchem a tela. Duas crateras vermelho-escuras de bordas irregulares. Ela aponta o laser e a pinta vermelha se move pela enorme ferida onde deveria estar a nádega direita, depois para uma segunda área de carne amputada da parte posterior da coxa direita.

"Causadas por um instrumento cortante bem afiado, possivelmente de lâmina serrada, que serrou o músculo e superficialmente cortou o osso", diz ela. "E causadas após a morte, tendo como base a ausência de reação tecidual às feridas. Em outras palavras, os ferimentos são amarelados."

"A mutilação *post-mortem* descarta a tortura, pelo menos a tortura por cortes", acrescenta Benton.

"Então qual a explicação? Se não foi tortura?", pergunta o capitão Poma, e ambos se olham de frente como dois bichos naturalmente inimigos. "Que outro motivo uma pessoa teria para causar ferimentos tão sádicos e, eu acrescentaria, tão desfiguradores em outro ser humano? Diga-nos, doutor Wesley, com toda a sua experiência, alguma vez na vida o senhor viu algo parecido com isso, quem sabe em outros casos? Sobretudo porque o senhor foi um conhecido investigador do perfil de criminosos, no FBI."

"Não", responde Benton sucintamente, para quem qualquer referência à sua carreira anterior no FBI é um insulto de caso pensado. "Já vi mutilações. Mas nunca vi nada parecido com isso. Sobretudo o que ele fez com os olhos."

Ele arrancou os olhos e encheu os buracos com areia. Depois, grudou as pálpebras com cola.

Scarpetta aponta o laser, descreve o ocorrido e Benton gela de novo. Tudo, nesse caso, o deixa gelado, enervado, fascinado. Qual seria o simbolismo? Não que não esteja familiarizado com olhos arrancados. Mas o que o capitão Poma sugere é forçado demais.

"O pancrácio, um esporte de combate, da Grécia antiga? Talvez tenham ouvido falar", diz o capitão Poma aos presentes. "No pancrácio, usava-se todo e qualquer meio possível para derrotar o inimigo. Era comum arrancar os olhos e matar a pessoa por esfaqueamento ou estrangulamento. Os olhos de Drew foram arrancados e ela foi estrangulada."

O general dos *carabinieri* pergunta a Benton, através da tradutora: "Então talvez haja um elo com o pancrácio? O assassino tinha isso em mente quando arrancou os olhos e estrangulou Drew?".

"Não creio", respondeu Benton.

"Então qual é a explicação?", pergunta o general que, como o capitão Poma, está vestido com um esplêndido uniforme, só que com mais ornamentos de prata em volta dos punhos e no colarinho alto.

"Algo mais interior. Mais pessoal", diz Benton.

"Tirado dos noticiários, talvez", diz o general. "Tortura. Os Esquadrões da Morte no Iraque que arrancam os dentes e os olhos."

"Eu só posso supor que o que esse criminoso fez é uma manifestação de sua própria psique. Em outras palavras, não acredito que o que ele fez com ela seja uma alusão a qualquer coisa nem mesmo remotamente tão óbvia. Através dos ferimentos dela, é possível dar uma espiada no mundo interior dele", diz Benton.

"Isso é pura especulação", diz o capitão Poma.

"É um *insight* psicológico baseado em anos trabalhando com crimes violentos", responde Benton.

"Mas é uma intuição."

"Ignoramos a intuição por nossa própria conta e risco", retruca Benton.

"Será que podemos exibir a foto da autópsia que mostra Drew anteriormente, durante o exame externo?", Scarpetta diz. "Um *close* do pescoço dela." Confere a lista que está na tribuna. "Número vinte."

Uma imagem tridimensional preenche a tela: o corpo de Drew numa mesa de autópsia de aço inoxidável, a pele e o cabelo molhados da lavagem que foi feita.

"Se vocês olharem para esse ponto" — Scarpetta aponta o laser para o pescoço —, "irão notar uma marca horizontal de ligadura." O laser se move ao longo da parte dianteira do pescoço. Antes que possa continuar, é interrompida pelo secretário de Turismo de Roma.

"Depois é que ele tirou os olhos dela. Depois que ela morreu", diz ele. "E não quando ela estava viva. Isso é importante."

"É", responde Scarpetta. "Os laudos que eu revisei indicam que os ferimentos infligidos antes da morte foram apenas contusão nos tornozelos e contusões causadas por estrangulamento. A fotografia do pescoço dissecado, por favor? Número trinta e oito."

Ela espera enquanto as imagens preenchem a tela. Uma mesa cirúrgica, a laringe e os tecidos moles com áreas de hemorragia. A língua.

Scarpetta aponta: "Contusões no tecido mole e nos músculos subjacentes, mais o osso hioide fraturado devido ao estrangulamento, mostram claramente o dano infligido enquanto ela estava viva."

"Petéquia na região dos olhos?"

"Não sabemos se houve petéquia conjuntival", diz Scarpetta. "Ela estava sem os olhos. Mas os laudos indicam um pouco de petéquia nas pálpebras e no rosto."

"O que ele fez com os olhos? A senhora reconhece isso por alguma outra experiência sua?"

"Já vi vítimas cujos olhos foram arrancados. Mas nunca tinha visto ou escutado falar de um assassino encher as órbitas de areia e depois fechar as pálpebras com — nesse caso — uma cola adesiva que o laudo de vocês classifica como cianocrilato."

"*Superbonder*", diz o capitão Poma.

"Estou mais interessada na areia", diz ela. "Não me parece que seja daqui da região. Mais importante que isso, o microscópio eletrônico de varredura, com sistema EDX, encontrou traços do que pelo visto são resíduos de arma de fogo. Chumbo, antimônio e bário."

"A areia certamente não é das praias locais", diz o capitão Poma. "A menos que as pessoas estejam se matando a tiros e a gente não saiba."

Risos.

"A areia de Óstia contém basalto", diz Scarpetta. "Outros componentes de atividade vulcânica. Acredito que todos vocês têm uma cópia da impressão digital espectral da areia recuperada do corpo e uma impressão digital espectral da areia na região da praia de Óstia."

Ruídos de papel farfalhando na sala de projeção. Pequenas lanternas se acendem.

"Ambas analisadas com espectroscopia Raman, usando um laser de oito miliwatts vermelho. Como podem ver, a areia das praias locais de Óstia e a areia encontrada nas órbitas dos olhos de Drew Martin têm digitais espectrais bem diferentes. Com o microscópio eletrônico de varredura, podemos ver a morfologia da areia, e as imagens de retrodispersão eletrônica nos mostram as partículas de resíduos de arma de fogo sobre os quais falamos."

"As praias de Óstia são muito populares entre os turistas", diz o capitão Poma. "Mas não tanto nesta época do ano. Tanto os moradores como os turistas esperam esquentar um pouco mais. Final de maio, junho. Aí então sobretudo os romanos lotam o lugar, uma vez que o trajeto leva trinta, no máximo quarenta minutos. Não é para mim", acrescenta como se alguém tivesse lhe perguntado seus sentimentos pessoais sobre as praias de Óstia. "Eu acho feia, a areia negra das praias, e jamais entraria naquela água."

"Acho que o importante aqui é saber de onde veio a areia, algo que pelo visto ainda é um mistério", diz Benton, e agora já é final de tarde e todos estão impacientes. "E por que areia, afinal? A escolha de areia — dessa areia específica — significa algo para o assassino e talvez nos diga onde Drew foi morta, ou então de onde o assassino é ou onde ele vive."

"Isso, isso", diz o capitão Poma, com um quê de impaciência. "E os olhos e as feridas horrendas têm um significado para o assassino. Felizmente, esses detalhes não são do conhecimento público. Conseguimos manter essa parte longe dos jornalistas. De modo que, se houver um assassinato semelhante, saberemos que não foi imitação."

2

Os três estão sentados num canto iluminado a vela do Tullio, uma *trattoria* famosa com fachada de travertino, perto dos teatros e a dois passos da Scalinata di Spagna.

As mesas iluminadas a vela estão cobertas por toalhas de um dourado pálido e as paredes escuras atrás deles estão forradas de garrafas de vinho. Nas demais paredes, veem-se aquarelas de cenas italianas rústicas. Está tudo calmo no restaurante, exceto por um bando de americanos bêbados. Estão indiferentes e despreocupados, assim como o garçom, de paletó bege e gravata preta. Ninguém faz a menor ideia do que Benton, Scarpetta e o capitão Poma estão falando. Se alguém se aproxima o bastante para escutar, eles mudam de assunto, passam a discutir tópicos inócuos e escondem as fotos nas pastas.

Scarpetta toma um gole de um caríssimo Biondi Santi Brunello de 1996, que não é o vinho que teria escolhido, se tivesse sido consultada, e em geral ela é. Ela põe a taça de novo na mesa sem tirar os olhos da foto junto a seu simples presunto de Parma com melão, que será seguido de robalo grelhado e por favas ao azeite de oliva. Quem sabe framboesas para a sobremesa, a menos que a conduta cada vez pior de Benton estrague seu apetite. E pode ser que consiga.

"Mesmo correndo o risco de parecer ingênua", diz ela, em voz baixa, "não consigo parar de achar que tem alguma coisa importante que nós deixamos passar." Seu dedo indicador tamborila uma foto de Drew Martin, no canteiro de obras.

"Quer dizer então que agora a senhora não se queixa de repassar a mesma coisa uma centena de vezes", diz o capitão, flertando abertamente com ela. "Viu só? Boa comida e bom vinho. Eles nos deixam mais espertos." Ele tamborila os dedos na cabeça, imitando o gesto de Scarpetta sobre a foto.

Ela está pensativa, do jeito como fica quando sai de um lugar sem ter chegado a parte alguma.

"Algo tão óbvio que nós não enxergamos, todos cegos diante do fato", continua. "Em geral nós não vemos alguma coisa porque — como dizem — ela está plenamente à vista. O que seria? O que ela está nos dizendo?"

"Ótimo. Então vamos ver o que está plenamente à vista", diz Benton, e poucas vezes ela o viu tão abertamente hostil e reservado. Ele não esconde o desdém que sente pelo capitão Poma, agora trajando um impecável terno de risca. As abotoaduras gravadas com o timbre dos *carabinieri* cintilam quando refletem a luz da vela.

"Sim, plenamente à vista. Cada centímetro de sua carne à mostra — antes que alguém tocasse nela. Devíamos estudar o cadáver nessa condição. Intocado. Exatamente como ele a deixou", diz o capitão Poma, os olhos pregados em Scarpetta. "Mas como ele a deixou, essa é que é a questão, certo? Mas, antes que eu me esqueça, em nome de nossa última vez juntos em Roma. Pelo menos por enquanto. Vamos fazer um brinde."

Não parece certo erguer as taças com a jovem morta ali nas fotos, observando tudo, seu corpo nu e maltratado de certa forma bem ali na mesa.

"E um brinde ao FBI", diz o capitão Poma. "À determinação deles de fazer disso um ato de terrorismo. O alvo fácil por excelência — uma tenista norte-americana."

"É perda de tempo fazer alusão a isso", diz Benton, apanhando a taça não para brindar e sim para beber.

"Então diga a seu governo para parar de sugerir terrorismo", diz o capitão Poma. "Olha, vou dizer isso sem papas na língua, já que estamos sozinhos. O governo de vocês está espalhando essa propaganda nos bastidores. E o motivo de não termos discutido isso antes é que os italianos não acreditam em algo assim tão ridículo. Não há terrorista nenhum responsável. O FBI dizer uma coisa dessas? É burrice."

"Mas não é o FBI que está sentado aqui. Nós estamos. E não somos o FBI e eu já estou por aqui com as suas referências ao FBI", respondeu Benton.

"Mas o senhor foi do FBI durante a maior parte de sua carreira. Até que saiu e sumiu de vista, como se estivesse morto. Por algum motivo."

"Se isso fosse um ato terrorista, a esta altura alguém já teria reivindicado a autoria", diz Benton. "E eu prefiro que o senhor não mencione mais nem o FBI nem minha história pessoal."

"Um apetite insaciável por publicidade e a necessidade atual do seu país de apavorar todo mundo e controlar o planeta." O capitão Poma enche as taças de novo. "Seu Birô de Investigação entrevistando testemunhas aqui em Roma, passando por cima da Interpol, quando deveriam trabalhar com ela, ter seus próprios representantes nela. E eles nos mandam esses idiotas de Washington, que não nos conhecem e, ainda por cima, não sabem como investigar um homicídio complexo..."

Benton interrompe. "O senhor já devia saber, capitão Poma, que lutas políticas e jurisdicionais internas são próprias da natureza da besta."

"Eu gostaria que me chamasse de Otto. Como fazem meus amigos." Ele aproxima a cadeira um pouco mais de Scarpetta — com ele, vem o aroma de sua colônia —, depois mexe na vela. Lança um olhar de nojo para a mesa de norte-americanos obtusos e beberrões e diz: "Sabe, nós até que tentamos gostar de vocês".

"Não tente", diz Benton. "Ninguém mais tenta."

"Nunca entendi por que vocês americanos falam tão alto."

"Porque não escutamos", diz Scarpetta. "É por isso que temos George Bush."

34

O capitão Poma apanha a foto perto do prato dela e examina como se nunca a tivesse visto antes. "Estou olhando para o que está plenamente visível", diz ele. "E tudo o que vejo é o óbvio."

Benton olha para os dois sentados tão perto, seu belo rosto parece esculpido em granito.

"O melhor é não presumirmos que exista essa coisa de *óbvio*. É uma palavra", diz Scarpetta, tirando mais fotos de dentro de um envelope. "Uma referência às percepções pessoais de alguém. E as minhas podem ser diferentes das suas."

"Acredito que demonstrou isso à exaustão na sede da polícia", diz o capitão, enquanto Benton os observa atentamente.

Ela olha para Benton, um olhar comprido que comunica que ela está ciente de seu comportamento e de quão desnecessário ele é. Benton não tem motivo para sentir ciúmes. Ela não fez nada para encorajar o flerte do capitão Poma.

"Plenamente visível. Bom, então. Por que não começamos com os dedos do pé", diz Benton, mal tocando na sua *mozzarella* de búfala e já na terceira taça de vinho.

"Essa á uma ótima ideia." Scarpetta examina as fotografias de Drew. Estuda um *close* dos dedos dos pés da jovem. "Cuidadosamente feitos. As unhas pintadas recentemente, o que indica que ela foi ao pedicuro antes de partir de Nova York." Repete o que eles todos sabem.

"E isso importa?" O capitão Poma examina uma foto, debruçando-se tanto para o lado de Scarpetta que seu braço toca no dela, e ela sente seu calor, seu cheiro. "Eu acho que não. Acho que importa muito mais o que ela estava usando. Calça *jeans* preta, uma blusa branca de seda, um blusão de couro preto forrado de seda. Também calcinha preta e sutiã preto." Ele para de falar por uns instantes. "É estranho que o corpo não tivesse nenhuma fibra dessas roupas, apenas as fibras do lençol."

"Nós não sabemos de fato se era um lençol", Benton torna a lembrá-lo, irritado.

"Além disso, suas roupas, seu relógio, colar, braceletes de couro e brincos ainda não foram encontrados. Quer dizer, o assassino levou tudo isso com ele", diz o capitão para Scarpetta. "Por quê? Talvez como lembrança. Mas vamos falar sobre ela ter feito os pés, já que acham isso importante. Drew foi a um *spa* no Central Park South logo depois de chegar a Nova York. Temos os detalhes desse compromisso, cobrado no cartão de crédito dela — na verdade no cartão do pai dela. Pelo que me disseram, ele era extremamente indulgente com ela."

"Acho que já ficou bem claro que ela era mimada", diz Benton.

"Creio que deveríamos ter cuidado ao usar palavras como essa", diz Scarpetta. "Ela ganhou o dinheiro que tinha, treinava seis horas por dia, treinava muito mesmo — tinha acabado de ganhar a copa Family Circle e a esperança era de que ganhasse outra..."

"É onde você mora", diz o capitão Poma. "Em Charleston, na Carolina do Sul. Onde se disputa a copa Family Circle. Curioso, não acha? Nessa mesma noite ela foi para Nova York. E de lá, voou pra cá. Para isso." E indicou as fotos.

"O que estou dizendo é que o dinheiro não pode comprar títulos de campeonatos, e gente mimada em geral não se esforça com a mesma garra que ela demonstrava", diz Scarpetta.

Benton acrescenta: "O pai mimava a filha, mas não estava interessado em agir como pai. O mesmo se aplica à mãe".

"Sei, sei", o capitão Poma concorda. "Que pai ou mãe permitiria a uma filha de dezesseis anos viajar sozinha para o exterior com duas amigas de dezoito anos de idade? Sobretudo quando ela andava tristonha. Com o astral ora alto, ora baixo.

"Quando a criança fica mais difícil, é mais fácil ceder. Não resistir", diz Scarpetta, pensando na sobrinha Lucy. Quando Lucy era criança, Deus, as batalhas que as duas tiveram. "E quanto ao treinador dela? Sabemos alguma coisa sobre o relacionamento dos dois?"

"Gianni Lupano. Falei com ele e ele me disse que sabia que ela estava vindo para cá, mas que não estava muito contente, por causa dos torneios importantes dos próximos meses, como o de Wimbledon. Ele não ajudou em nada e parecia estar com raiva dela."

"E o Aberto italiano, aqui em Roma, no mês que vem?", salienta Scarpetta, achando inusitado o capitão não ter feito menção ao torneio.

"Claro. Ela deveria treinar, não sair por aí com as amigas. Eu não assisto tênis."

"Onde ele estava quando ela foi morta?", pergunta Scarpetta.

"Em Nova York. Entramos em contato com o hotel em que ele disse ter ficado e de fato ele estava registrado no dia. Ele também comentou que ela estava temperamental. Um dia lá em cima, no outro lá embaixo. Muito teimosa, difícil e imprevisível. Não estava bem certo de quanto tempo mais conseguiria trabalhar com ela. Disse que tinha coisa melhor a fazer que aguentar aquele comportamento."

"Eu gostaria de saber se essas desordens de comportamento estão no sangue da família", diz Benton. "Acho que o senhor não se preocupou em perguntar."

"Não, desculpe, não fui astuto o bastante para pensar nisso."

"Seria extremamente útil saber se ela tinha algum histórico psiquiátrico que a família guardava em segredo."

"Sabe-se que ela lutou com uma desordem alimentar", diz Scarpetta. "Ela falava abertamente sobre isso."

"Alguma menção a desordem de comportamento? Nada pelo lado dos pais?" Benton continua a interrogar friamente o capitão.

"Nada mais que os altos e baixos. Uma adolescente típica."

"O senhor tem filhos?" Benton estende a mão para a taça de vinho.

"Não que eu saiba."

"Um gatilho", diz Scarpetta. "Tinha alguma coisa acontecendo com ela que ninguém nos contou. Talvez algo que está à vista de todos... Seu comportamento à vista de todos. Ela bebendo na frente de todo mundo. Por quê? Teria acontecido alguma coisa?"

"O torneio em Charleston", diz o capitão Poma para Scarpetta. "Onde a senhora tem sua clínica particular. Como é mesmo que eles dizem? O *Paisbaixo*. O que significa, exatamente, *Paisbaixo*?" Ele gira lentamente o vinho na taça, os olhos fixos nela.

"Quase ao nível do mar, literalmente, país baixo."

"E a polícia local não tem nenhum interesse no caso? Já que ela jogou num torneio por lá dois dias antes de ser assassinada."

"É curioso, mas estou certa...", começa a dizer Scarpetta.

"A morte dela não tem nada a ver com a polícia de Charleston", intervém Benton. "Eles não têm jurisdição."

Scarpetta olha para ele, e o capitão observa o comportamento de ambos. Examinou a interação tensa entre os dois o dia todo.

"Não ter jurisdição não é impedimento para alguém aparecer exibindo um distintivo policial, todo orgulhoso", diz o capitão Poma.

"Se está se referindo de novo ao FBI, já entendi aonde quer chegar", diz Benton. "Se está se referindo de novo ao fato de eu ser um ex-agente do FBI, decididamente sei aonde quer chegar. Se está se referindo a mim e à doutora Scarpetta — nós fomos convidados pelo senhor. Não aparecemos simplesmente do nada, Otto. Já que me pediu para chamá-lo assim."

"Será que sou eu ou isso não está perfeito?" O capitão segura a taça de vinho no ar, como se fosse um diamante com defeito.

Benton pega sua taça. Scarpetta sabe mais sobre vinhos italianos do que ele, mas nessa noite ele acha necessário afirmar seu predomínio, como se tivesse descido cinquenta degraus na escala evolutiva. Ela sente o interesse do capitão Poma por ela, enquanto procura outra fotografia, e agradece o fato de o garçom não se sentir inclinado a se aproximar deles. Está ocupado cuidando da mesa dos americanos barulhentos.

"Aqui está um *close* das pernas dela", diz. "Hematomas em volta dos tornozelos."

"Hematomas recentes", diz o capitão. "Ele a agarrou, talvez."

"É possível. Não são marcas de ligaduras."

Gostaria que o capitão Poma não se sentasse tão perto dela, mas não tem para onde se mexer, a não ser que empurre a cadeira na parede. Gostaria que ele não roçasse nela, ao pegar as fotos.

"As pernas estão recém-raspadas", continua Scarpetta. "Eu diria que raspadas nas vinte e quatro horas que antecederam sua morte. Praticamente não há pelos crescendo. Ela se importava com a aparência, mesmo quando viajava com amigas. Isso pode ser importante. Será que estava esperando se encontrar com alguém?"

"Claro que sim. Três moças à procura de rapazes", diz o capitão Poma.

Scarpetta observa Benton fazer um gesto ao garçom para trazer mais uma garrafa de vinho.

E diz: "Drew era uma celebridade. Pelo que me disseram, era cuidadosa com estranhos, não gostava de ser incomodada".

"A quantidade de álcool ingerido por ela também não faz muito sentido", diz Benton.

"O alcoolismo crônico nunca faz", diz Scarpetta. "Você pode ver por essas fotos que ela está em ótima forma, magra, com um desenvolvimento muscular soberbo. Se por acaso ela se tornou uma consumidora regular de álcool, tudo indica que não fazia muito tempo, como aliás seu sucesso recente também indica. De novo, temos de nos perguntar se teria acontecido alguma coisa, nos últimos tempos. Algum distúrbio emocional?"

"Deprimida. Instável. Consumindo álcool demais", diz Benton. "Tudo isso faz a pessoa mais vulnerável a um predador."

"E eu acho que foi isso o que aconteceu", diz o capitão Poma. "Casualidade. Um alvo fácil. Sozinha na Piazza di Spagna, onde encontrou o mímico pintado de ouro."

O mímico pintado de ouro fez o que faz todo mímico, e Drew jogou mais uma moeda em sua xícara, quando repetiu seu ato para alegria dela.

Não quis ir junto com as amigas. A última coisa que disse a elas foi: "Por baixo daquela tinta dourada tem um belo italiano". A última coisa que as amigas disseram para ela foi: "Não vá pensando que ele é italiano". Foi um comentário válido, uma vez que mímicos não falam.

Ela disse às amigas para irem na frente, quem sabe poderiam ir ver as lojas da Via dei Condotti, e prometeu encontrá-las na Piazza Navona, na fonte dos quatro rios, onde elas esperaram até cansar. Contaram ao capitão Poma que tinham experimentado amostras grátis de *waffles* torradinhos, feitos de ovo, farinha e açúcar, e que riram muito com os meninos italianos que atiravam chiclete de bola nelas, implorando para que comprassem um. Em vez disso, fizeram falsas tatuagens e encorajaram os músicos de rua a tocar canções americanas na flauta travessa. Reconheceram que tinham ficado um tanto bêbadas durante o almoço e que estavam meio abobadas.

Descreveram Drew como "um pouco bêbada" e disseram que ela era bonita, mas tinha uma opinião diferente a seu respeito. Presumia que olhavam para ela por ser uma pessoa conhecida, quando muitas vezes era por causa de sua beleza. "Gente que não assiste aos torneios de tênis nem sempre sabe quem ela é", uma das amigas disse ao capitão Poma. "Ela simplesmente não entendia o quanto era bonita."

O capitão Poma fala durante todo o prato principal,

enquanto Benton, na maior parte do tempo, bebe, e Scarpetta sabe o que ele acha — que ela devia evitar as seduções do capitão, que devia de algum modo se afastar do alvo, o que na verdade não exigiria nada além de sair da mesa, ou até mesmo do restaurante. Benton acha o capitão um exibido, porque é um desafio ao senso comum um médico-legista entrevistar testemunhas como se fosse o detetive encarregado; além disso, ele nunca menciona o nome de qualquer outra pessoa envolvida no caso. Benton se esquece de que o capitão Poma é o Sherlock Holmes de Roma, ou, o que é mais provável, Benton não suporta nem pensar nisso, de tanto ciúme.

Scarpetta faz anotações enquanto o capitão reconta, em detalhes, sua longa entrevista com o mímico pintado de ouro que, pelo visto, tem um álibi infalível: ele continuou atuando no mesmo local, ao pé da Scalinata di Spagna, até o final da tarde — bem depois de as amigas de Drew terem voltado para procurar por ela. Ele disse lembrar-se vagamente da moça, mas não tinha ideia de quem fosse, achou que estava bêbada, e depois ela foi embora. Em suma, tinha prestado pouquíssima atenção nela, disse. Quando não faz mímica, trabalha de porteiro no hotel Hassler, onde Benton e Scarpetta estão hospedados. Situado no alto da Scalinata di Spagna, é um dos melhores hotéis de Roma, e Benton insistiu para que ficassem lá, na cobertura, por motivos que ele ainda terá de explicar.

Scarpetta mal tocou no peixe. Ela continua a olhar as fotos como se fosse a primeira vez. Não interfere na discussão entre Benton e o capitão Poma sobre os motivos de alguns assassinos exibirem grotescamente suas vítimas. Não acrescenta nada à afirmação de Benton sobre o excitamento que esses predadores sexuais tiram das manchetes de jornal ou, mais ainda, de rondar por perto, ou no meio do povo, observando o drama da descoberta e o pânico que se segue. Ela examina o corpo maltratado e nu da tenista, de lado, as pernas juntas, joelhos e cotovelos dobrados, as mãos sob o queixo.

Quase como se estivesse dormindo.

"Não estou certa de que seja desprezo", diz ela.

Benton e o capitão param de falar.

"Olhem para isso" — ela empurra uma foto mais para perto de Benton — "sem presumir como de costume que é uma exibição sexualmente degradante; talvez seja melhor se perguntar se existe algo diferente. Nada a ver com religião. Ela não está rezando para santa Inês. Algo a ver com a forma como ela foi colocada." Scarpetta continua falando o que lhe vem à cabeça. "Algo quase terno."

"Terno? Está brincando", diz o capitão Poma.

"Como se ela estivesse dormindo", continua Scarpetta. "Não me ocorre pensar que esteja sendo mostrada de um jeito sexualmente degradante — a vítima de costas, braços e pernas esparramados, e assim por diante. Quanto mais eu olho, mais eu acho que não é isso."

"Talvez", diz Benton, pegando a fotografia.

"Mas nua para todo mundo ver", discorda o capitão Poma.

"Dê uma boa olhada na posição em que ela está. Posso estar enganada, claro, só estou tentando abrir minha mente para outras interpretações, pondo de lado meus preconceitos, minha presunção irada de que esse assassino está cheio de ódio. É só uma sensação que tenho. A sugestão de uma possibilidade diferente, de que talvez ele quisesse que ela fosse achada, mas sem ter sido movido pela intenção de degradar a moça sexualmente", diz ela.

"Não vê desprezo? Raiva?" O capitão Poma está surpreso, parece genuinamente incrédulo.

"Eu acho que o que ele fez o deixou com a sensação de poder. Ele tinha necessidade de subjugar a vítima. Ele tem outras necessidades que, neste momento, não temos como conhecer", diz ela. "E em momento nenhum sugeri que não há um componente sexual. Também não estou dizendo que não haja raiva. Apenas não acho que esses sejam os motivos que moveram o assassino."

"Charleston deve se sentir muito honrada de ter uma moradora como a senhora", diz ele.

"Não tenho certeza de que Charleston sinta qualquer coisa parecida", diz ela. "Pelo menos, o magistrado da cidade certamente não sente."

Os americanos bêbados estão cada vez mais barulhentos. Benton parece estar prestando atenção no que eles dizem.

"Uma especialista como a senhora, bem ali do lado. Uma tremenda de uma sorte, é o que eu pensaria, se fosse eu o magistrado. E ele não usa seus talentos?", diz o capitão Poma, roçando nela ao estender a mão para pegar uma fotografia que ele não precisa olhar de novo.

"Ele envia todos os casos de morte suspeita para a Faculdade de Medicina da Carolina do Sul, nunca teve de se haver com uma clínica pericial na vida. Nem em Charleston nem em parte alguma. Meus contratos são com alguns dos legistas-chefes que servem em outras jurisdições, onde não há acesso a facilidades periciais e laboratórios", explica ela, prestando atenção em Benton.

Ele faz um sinal para que ela atente para o que o americano bêbado diz.

"... eu só acho que, quando vier a público isso e aquilo, vai ficar meio suspeito", pontifica um deles.

"Por que ela ia querer que alguém soubesse? Eu não ponho a culpa nela. É a mesma coisa que a Oprah ou a Anna Nicole Smith. Quando as pessoas descobrem onde elas estão, comparecem às pencas."

"Que horror. Imagine estar num hospital..."

"Ou, no caso de Anna Nicole Smith, no necrotério. Ou na porra do chão..."

"E gente e mais gente na calçada, gritando seu nome."

"Se não aguenta o tranco, não pega o trampo, é o que eu sempre digo. É o preço que se paga por ser rico e famoso."

"O que houve?", Scarpetta pergunta a Benton.

"Tudo indica que a nossa velha amiga, a doutora Self, está enfrentando algum tipo de emergência e vai ficar fora do ar por uns tempos", responde ele.

O capitão Poma se vira e olha para a mesa de norte-americanos barulhentos. "Vocês conhecem a doutora?", pergunta.

Benton responde: "Tivemos uns entreveros com ela. Principalmente Kay".

"Se não me engano, li qualquer coisa a respeito quando estava pesquisando o nome de vocês. Um caso brutal de homicídio na Flórida, muito famoso, que envolveu vocês todos."

"Fico feliz que tenha pesquisado o nosso nome", diz Benton. "Foi muito meticuloso."

"Apenas para me familiarizar, antes que viessem." Os olhos do capitão Poma cruzam com os de Scarpetta. "Uma linda mulher que eu conheço vê a doutora Self regularmente", diz ele, "e me disse que viu Drew num programa dela, no outono passado. Teve alguma coisa a ver com a vitória naquele grande torneio em Nova York. Confesso que não presto muito atenção em tênis."

"O Aberto dos Estados Unidos", diz Scarpetta.

"Eu não sabia que ela tinha ido ao programa da doutora Self", diz Benton, franzindo o cenho como se não acreditasse no capitão.

"Ela foi. Eu conferi. Isso é muito interessante. De repente, a doutora Self teve uma emergência na família. Tentei entrar em contato com ela, e ela ainda não respondeu a minhas perguntas. Talvez a senhora pudesse interceder?", pergunta ele a Scarpetta.

"Tenho sérias dúvidas de que eu seria útil, capitão. A doutora Self me odeia."

Eles voltam pela Via Due Macelli no escuro.

Ela imagina Drew Martin andando por essas ruas. Pergunta-se com quem ela teria encontrado. Como seria ele? Quantos anos teria? O que ele fez para ter inspirado confiança nela? Será que já haviam se visto antes? Era dia ainda, muita gente na rua, mas até o momento nenhuma testemunha se apresentara com informações convincentes a respeito de alguém que se encaixasse na descrição dela, após ter deixado o mímico. Como isso era possível? Ela era uma das atletas mais famosas do mundo e nem uma pessoa sequer reconhecera a tenista nas ruas de Roma?

"Teria sido mera casualidade, o que aconteceu? Como uma descarga de raio? Essa é a pergunta que não estamos nem perto de responder", diz Scarpetta, andando ao lado de Benton pela noite agradável, a sombra deles se movendo pelas pedras. "Ela está sozinha e intoxicada, talvez perdida numa travessa deserta, e ele a vê? E daí? Ele se oferece para lhe mostrar o caminho e leva Drew para um lugar onde pode ter controle absoluto sobre ela? Talvez para o lugar onde ele mora? Ou para o carro? Nesse caso, tem de falar ao menos um pouco de inglês. Como é que ninguém reparou nela? Nem uma única pessoa."

Benton não diz nada, seus sapatos raspam no piso da calçada, a rua barulhenta, com gente saindo de restaurantes e bares, todos falando alto, com motonetas e carros quase passando por cima deles.

"Drew não falava italiano, nem meia dúzia de palavras, pelo que me disseram", continua Scarpetta.

As estrelas brilham, a lua bate suave na Casina Rossa, a casa onde Keats morreu de tuberculose aos vinte e cinco anos de idade.

"Ou então ele foi atrás dela", continua. "Quem sabe ele já conhecia Drew. Nós não sabemos e provavelmente nunca saberemos, a menos que ele cometa outro crime e seja apanhado. Você vai falar comigo ou não, Benton? Ou prefere que eu continue meu monólogo fragmentado e redundante?"

"Eu não sei que diabos está havendo entre vocês dois, a menos que essa seja sua forma de me castigar", diz ele.

"Com quem?"

"Com aquele maldito capitão. Quem mais?"

"A resposta para a primeira parte é que não está acontecendo nada, e você está sendo ridículo de pensar o contrário, mas a gente volta a falar sobre isso depois. Estou mais interessada na parte do castigo, na sua segunda afirmação. Já que não tenho o hábito de castigar você nem qualquer outra pessoa."

Começam a subir a Scalinata di Spagna, um exercício que fica mais difícil quando se tem o coração magoado e muito vinho na cabeça. Namorados se abraçam e jovens baderneiros riem, turbulentos, sem prestar atenção neles. Lá longe, no que parece ser a dois quilômetros de altura, o Hotel Hassler todo iluminado, imenso, impera sobre a cidade como um palácio.

"Está aí uma coisa que não faz parte do meu caráter", retoma ela. "Castigar as pessoas. Proteger a mim mesma e aos outros, mas nunca punir. Jamais as pessoas de quem eu gosto. Acima de tudo" — sem fôlego — "eu jamais puniria você."

"Se pretende ver outras pessoas, se está interessada em outros homens, não vou dizer que a culpa é sua. Mas me diga. É só o que eu peço. Não me venha com espetáculos como o de hoje, o dia todo. E agora à noite. Não me venha com essa porra desse joguinho de escola pra cima de mim."

"Espetáculo? Joguinho?"

"Ele estava dando em cima de você", diz Benton.

"E eu estava dando o maior duro tentando me afastar dele."

"Ele deu em cima de você o dia inteiro. Queria chegar cada vez mais perto de você. Ficava olhando para você, roçava em você na minha frente."

"Benton..."

"Eu sei que ele é boa-pinta, e, bom, pode ser que você se sinta atraída por ele. Mas não vou tolerar isso. Bem na minha frente. Porra."

"Benton..."

"A mesma coisa com sabe Deus quem. Lá na Carolina do Sul. Que sei eu?"

"Benton!"

Silêncio.

"Você está falando bobagem. Desde quando, na história do universo, você se preocupou com a possibilidade de eu estar te traindo ou não? Em sã consciência."

Ruído nenhum, a não ser as passadas dos dois na pedra, a respiração forçada.

"Em sã consciência", diz ela de novo, "porque a única vez em que eu fiquei com outro foi quando pensei que você estava..."

"Morto", diz ele. "Certo. Então lhe dizem que eu morri. Um minuto depois, você está trepando com um cara jovem o bastante para ser seu filho."

"Não diga mais nada." A ira começa a se acumular. "Nem ouse."

Ele fica quieto. Mesmo depois da garrafa de vinho que tomou sozinho, Benton sabe que não deve tocar no assunto de sua falsa morte, quando foi forçado a entrar num programa de proteção a testemunhas. As coisas que ele a fez passar. Sabe que é melhor não fazer nenhum ataque para não parecer emocionalmente cruel.

"Desculpe", diz ele.

"Qual é a questão de fato?", pergunta ela. "Meu Deus, esses degraus."

"Imagino que nós pelo visto também não mudamos. Como diz você sobre *livor* e *rigor*. Estabelecidos. Fixados. Vamos encarar isso de frente."

"Eu não vou encarar nada, o que quer que *isso* seja. No que me diz respeito, não tem *isso*. E *livor* e *rigor* são para quem está morto. Nós não estamos mortos. Você mesmo disse que nunca esteve."

Estão ambos sem fôlego. O coração dela está aos pulos.

"Sinto muito. Verdade", diz ele, referindo-se ao que ocorreu no passado, à falsa morte e à vida arruinada dela.

Scarpetta diz: "Ele foi atencioso demais. Atrevido. E daí?".

Benton está acostumado com outros homens dando

atenção a ela, nunca se perturbou com isso, acha até divertido, porque sabe quem ela é, sabe quem ele é, sabe que tem um poder enorme e que ela precisa lidar com a mesma situação — mulheres olhando para ele, roçando nele, desejando desavergonhadamente seu corpo.

"Você fez uma vida nova para você em Charleston", diz ele. "Não consigo enxergar você desfazendo isso. Não acredito nisso."

"Não acredita...?" E os degraus sobem indefinidamente.

"Sabendo que estou em Boston e que não posso me mudar para o sul. E nós, onde é que ficamos?"

"Você fica com ciúmes. Fica dizendo 'foda-se', e você nunca diz 'foda-se'. Deus! Eu odeio escadas!" Incapaz de recuperar o fôlego. "Você não tem motivo para se sentir ameaçado por ninguém. Nem parece você, sentir-se ameaçado por alguém. Qual é o problema?"

"Eu esperava demais."

"Esperava o quê, Benton?"

"Não importa."

"Claro que importa."

Eles sobem a sucessão infindável de degraus e param de falar, porque é demais discutir o relacionamento quando nem respirar conseguem. Ela sabe que Benton está bravo porque sente medo. Ele se sente impotente em Roma. Ele se sente impotente em Massachusetts, para onde se mudou com as bênçãos dela; a oportunidade de trabalhar como psicólogo forense no hospital McLean, associado à Harvard, era boa demais para ser deixada de lado.

"Em que estávamos pensando?", diz ela, sem mais degraus pela frente, pegando na mão dele. "Idealistas como sempre, imagino. E você bem que podia pôr um pouco de energia nessa sua mão, se quer segurar a minha também. Durante dezessete anos, nunca moramos na mesma cidade, quanto mais na mesma casa."

"E você acha que isso não pode mudar." Ele entrelaça os dedos nos dela, respirando fundo.

"Como?"

"Acho que alimentei a fantasia de você se mudar. Para a Harvard, o MIT ou a Tufts. Acho que pensei que você poderia dar aulas. Talvez na faculdade de medicina, ou então que se contentaria em ser consultora de meio período no McLean. Ou quem sabe em Boston, no gabinete do médico-legista. Quem sabe até mesmo ser indicada para a chefia."

"Eu nunca mais voltaria para uma vida assim", diz Scarpetta, no momento em que estão entrando no saguão do hotel, que ela chama de Belle Époque porque foi construído numa bela era. Mas eles estão indiferentes aos mármores, aos antigos vidros de Murano, às sedas e esculturas, a tudo e a todos, inclusive a Romeo — esse é de fato seu nome — que durante o dia é mímico pintado de dourado, na maioria das noites trabalha de porteiro e, recentemente, se transformou em um jovem italiano até que atraente e emburrado, que não quer mais ser interrogado a respeito do assassinato de Drew Martin.

Romeo é educado, mas evita os olhos deles e, como na mímica, está totalmente calado.

"Eu quero o que é melhor para você", diz Benton. "E foi por isso, obviamente, que não interferi quando você resolveu abrir sua própria clínica em Charleston, mas fiquei bem contrariado com a mudança."

"Você nunca me disse."

"E não devia estar falando agora. Você fez a coisa certa e eu sei disso. Durante anos você se sentiu como alguém que não pertencia a lugar nenhum. Em certo sentido, uma sem-teto, infeliz desde que saiu de Richmond — ou pior, e desculpe por lembrá-la do fato, desde que foi despedida. Aquele maldito governador de segunda classe. Nesta altura da vida, você está fazendo exatamente o que deveria." E entraram no elevador. "Mas eu não sei se consigo suportar mais a situação."

Ela tenta não sentir um medo que é indescritivelmente pavoroso. "O que está me dizendo, Benton? Que devíamos desistir? É isso mesmo que você está me dizendo?"

"Talvez eu esteja dizendo o oposto."

"Talvez eu não saiba o que isso quer dizer, e eu não estava flertando. Ao saírem do elevador: "Eu nunca flerto. A não ser com você".

"Eu não sei o que você faz quando não estou por perto."

"Você sabe o que eu não faço."

Ele destranca a porta da suíte de cobertura. É esplêndida, com antiguidades, mármores brancos e um pátio de pedra grande o bastante para receber um pequeno povoado. Por trás, os contornos da velha cidade de encontro à noite

"Benton", diz ela. "Por favor, não vamos brigar. Você vai pegar o avião de volta para Boston pela manhã. Eu vou voltar para Charleston. Então, não vamos ficar nos afastando na suposição de que isso facilita o fato de não morarmos juntos."

Ele tira o casaco.

"O quê? Você está bravo porque eu finalmente encontrei onde me acomodar e começar de novo, num lugar que funciona para mim?", pergunta ela.

Ele joga o casaco sobre uma cadeira.

"Para ser bem sincera", diz ela, "eu é que tive de começar tudo outra vez, eu é que tive de criar algo do nada, atender meu próprio telefone e limpar eu mesma o maldito laboratório. Eu não fiz faculdade em Harvard. Não tenho um apartamento de milhões de dólares em Beacon Hill. Tenho Rose, Marino e, às vezes, Lucy. Só eles, de modo que acabo atendendo o telefone eu mesma, metade do tempo. Atendo as mídias locais. Advogados. Algum grupo que me chama para fazer uma palestra durante um almoço. A exterminadora. Outro dia, foi a maldita Câmara do Comércio — quantas daquelas malditas listas eu quero encomendar? Como se eu quisesse ser citada na lista da Câmara do Comércio como tintureira ou algo parecido."

"Por quê?", diz Benton. "Rose sempre filtrou suas chamadas."

"Ela está ficando velha. Não dá para ela fazer tudo."

"E por que você não deixa o Marino atender?"

"Por que isso, por que aquilo? As coisas mudaram. Quando você fez todo mundo acreditar que estava morto, as pessoas se fragmentaram e se espalharam. Pronto, está dito. Todos mudaram em função daquilo, inclusive você."

"Eu não tinha escolha."

"Isso é que é engraçado a respeito das escolhas. Quando você não tem uma, ninguém mais tem."

"Então foi por isso que você lançou raízes em Charleston. Você não quer me escolher. Eu posso morrer de novo."

"Sinto como se eu estivesse totalmente sozinha no meio de uma puta explosão, tudo voando ao meu redor. E eu ali de pé, parada. Você me arruinou. Porra, Benton, você me arruinou."

"Agora quem é que está xingando?"

Ela enxuga os olhos. "Agora você me fez chorar."

Ele se aproxima mais dela, roça em seu corpo. Estão no sofá e olham fixamente para as torres gêmeas da Trinità dei Monti, na Villa Medici, na beirada do monte Pincio, e, mais além, para a Cidade do Vaticano. Ela se vira para ele e, de novo, se espanta com as linhas bem-proporcionadas de seu rosto, sua elegância esguia e alta, tão incongruente com o que ele faz.

"Como é que vão as coisas agora?", pergunta ela. "Como está se sentindo, em comparação com antes? No início."

"Diferente."

"Diferente soa desastroso."

"Diferente porque nós passamos por tanta coisa, por tanto tempo. A essa altura, fica difícil para mim lembrar de quando eu não te conhecia. É difícil pra mim lembrar que já fui casado, antes de te conhecer. Eu era outra pessoa, um cara do FBI que seguia as normas, não tinha paixões, nem vida, até aquela manhã em que entrei na sua sala de reuniões, o dito delineador de perfis com toda a sua importância, chamado para ajudar a resolver assassinatos que aterrorizavam sua modesta cidade. E lá estava você, com seu avental branco, arrumando uma pilha enorme de pastas de casos, me estendendo a mão. Achei você a mulher mais notável que eu já tinha conhecido, não conseguia tirar os olhos de você. Ainda não consigo."

"Diferente." Ela o lembra daquilo que ele tinha dito.

"O que se passa entre duas pessoas é diferente todos os dias."

"Tudo bem, isso, contanto que elas sintam o mesmo."

"E você, sente?", pergunta ele. "Ainda sente a mesma coisa? Porque se..."

"Por que se o quê?"

"Será que você?"

"Será que eu o quê? Quer fazer alguma coisa a respeito?"

"Quero. Para sempre." Ele se levanta, pega o paletó, remexe num bolso e volta para o sofá.

"Para sempre em oposição a nunca mais", diz ela, perturbada com o que ele tem na mão.

"Não estou fazendo graça. Falo sério."

"Para não me perder para algum flerte tolo?" Ela o puxa para si e o segura firme. Passa os dedos pelo cabelo dele.

"Talvez", diz ele. "Pegue isso, por favor."

Ele abre a mão e, na sua palma, há um papelzinho dobrado.

"Estamos passando cola na escola", diz ela, temerosa de abrir.

"Vai, abre. Não seja covarde."

Ela abre e o bilhete diz "Aceita?", junto com um anel. É uma antiguidade, uma fina banda de platina cravejada de brilhantes.

"Da minha bisavó", diz ele, pondo o anel no dedo de Scarpetta. A aliança serve.

Eles se beijam.

"Se é porque você está com ciúmes, esse é um péssimo motivo", diz ela.

"E eu simplesmente estava com o anel comigo, depois

de ele ter ficado cinquenta anos trancado num cofre? Este é um pedido de casamento, de verdade", diz ele. "Por favor, diga que aceita."

"E como é que vamos nos virar? Depois de toda a sua preleção sobre nossas vidas separadas?"

"Pelo amor de Deus, uma vez na vida, não seja tão racional."

"É muito lindo", diz ela. "E acho melhor estar falando sério, porque eu não vou devolver."

3

Nove dias mais tarde, um domingo. A buzina de um navio soa pesarosa no mar. As torres das igrejas espetam a madrugada nublada de Charleston e um sino solitário começa a tocar. Depois vários outros vêm lhe fazer companhia, badalando numa linguagem secreta que parece a mesma no mundo inteiro. Com os sinos, vem também a primeira luz da manhã e Scarpetta se mexe em sua suíte *master*, como ela se refere, com ironia, à área habitada no segundo andar de uma antiga cocheira do começo do século XIX, reformada. Comparada a casas um tanto suntuosas do passado, o que ela tem agora é um curioso desvio.

Seu quarto e gabinete são uma coisa só, tudo tão lotado que ela mal consegue se mover sem tropeçar nas cômodas antigas, nas estantes de livros, ou na longa mesa coberta com um pano negro onde estão microscópio, *slides*, luvas de borracha, máscaras de proteção, equipamento fotográfico e várias outras necessidades para enfrentar uma cena de crime — todas elas excêntricas em seu contexto. Não há *closets*, apenas guarda-roupas dispostos lado a lado, forrados de cedro; de um deles ela escolhe um *tailleur* cinza-chumbo, uma blusa de seda listrada de branco e cinza e sapatos baixos de cor preta.

Vestida para o que promete ser um dia difícil, senta-se à escrivaninha e olha para o jardim, vendo as mudanças por que ele passa nas variadas sombras e luzes matinais. Acessa seus e-mails, conferindo se seu investigador, Pete Marino, lhe mandou alguma coisa que possa arruinar seus planos para o dia. Mensagem nenhuma. Para se garantir, liga para ele.

"Sim." Ele parece meio zonzo. Ao fundo, uma voz feminina desconhecida se queixa. "Merda. Agora o quê?"

"Você vem mesmo para cá?" Scarpetta quer ter certeza. "Fiquei sabendo tarde da noite, ontem, que tem um cadáver a caminho, vindo de Beaufort, e eu presumo que você vai estar aqui para receber o caso. Além disso, temos uma reunião esta tarde. Deixei recado. Você não me ligou de volta."

"Sei."

A mulher ao fundo diz, na mesma voz de queixa: "O que ela quer agora?".

"Estou falando de no máximo uma hora", Scarpetta diz firmemente a Marino. "Você precisa se pôr a caminho ou não vai ter ninguém para receber o corpo. Da Funerária Meddick. Não conheço."

"Sei."

"Vou estar lá por volta das onze, para terminar o que der com o corpo daquele garotinho."

Como se o caso de Drew Martin não fosse suficiente, no primeiro dia de volta ao trabalho, depois de ter chegado de Roma, Scarpetta teve de enfrentar outro caso horrendo, o homicídio de um menininho pequeno que nem nome tem ainda. O garoto se transferiu para sua cabeça porque não tem mais para onde ir, e, quando menos se espera, ela enxerga aquele rosto delicado, o corpo delgado e o cabelo ondulado, castanho. Então, ela vê o resto dele. Como ele ficou, assim que ela terminou. Depois de tantos anos, depois de milhares de casos, uma parte de si odeia a necessidade de fazer o que tem de fazer com os mortos por causa do que alguém fez com eles primeiro.

"Tá." É tudo que Marino tem a dizer.

"Petulante, grosseiro...", resmunga enquanto desce a escada. "Estou tão cansada disso tudo." E, exasperada, solta o ar de supetão.

Na cozinha, seus calcanhares pisam duro no chão de

ladrilhos de terracota que ela, ajoelhada no chão, gastou vários dias assentando num padrão de zigue-zague, quando se mudou para a antiga cocheira. Pintou as paredes de branco, para captar a luz do jardim, depois restaurou as vigas de cipreste, que faziam parte da construção original. A cozinha — o aposento mais importante — está meticulosamente arrumada, com utensílios de aço inoxidável, panelas e tachos de cobre (sempre polidos até brilhar como moeda nova), tábuas de cortar e talheres alemães feitos à mão, que já tinham pertencido a algum chef de verdade. Sua sobrinha Lucy está para chegar, o que a faz feliz, no entanto sente-se curiosa. Lucy raramente se convida para tomar o café da manhã com ela.

Scarpetta pega o que precisa para fazer uma omelete de claras, recheada com ricota, e cogumelos Paris salteados no *sherry* e azeite de oliva extravirgem. Pão nenhum, nem mesmo aquele pãozinho chato, feito panqueca, grelhado numa pedra de terracota — ou testo — que havia trazido de Bolonha nos tempos em que a segurança dos aeroportos não tratava utensílios de cozinha como armas. Lucy está numa dieta sem perdão — para treinar, segundo ela. Para o quê, é o que Scarpetta sempre pergunta. Para a vida, Lucy sempre responde. Preocupada em bater as claras com seu batedor, e ruminando o que teria pela frente, leva um susto ao ouvir um baque agourento contra a janela de cima.

"Por piedade, não", exclama espantada, largando o batedor e correndo para a porta.

Ela desliga o alarme e corre para o pátio do jardim, onde um tentilhão amarelo se debate desamparado nos velhos tijolos. Com todo o cuidado, ela o apanha e sua cabeça se vira de um lado para outro, os olhos semicerrados. Conversa suavemente com ele, afaga suas penas sedosas, enquanto ele tenta se endireitar e voar, e a cabeça volta a pender. Talvez não morra. Pensamento tolo de alguém que crê naquilo que quer crer vindo de alguém com discernimento; leva o passarinho para dentro. Na gaveta trancada da mesa da cozinha, a de baixo, tem uma caixinha de metal trancada e, dentro dela, um vidro de clorofórmio.

Ela se senta nos degraus de tijolo da escada dos fundos e não se levanta quando ouve o ronco característico da Ferrari de Lucy.

Ela dobra na rua King, estaciona na entrada comum, na frente da casa, e aparece no pátio, de envelope na mão.

"Não tem nada pronto, nem mesmo o café", diz Lucy. "Você está sentada aqui, de olho vermelho."

"Alergias", diz Scarpetta.

"A última vez que você culpou as alergias — coisa de que por sinal você não sofre — foi quando um passarinho se espatifou na janela. E você tinha uma colher de jardineiro suja sobre a mesa, igual a essa." Lucy aponta para uma antiga mesa de mármore no jardim, com uma colher de jardineiro em cima. Ali perto, debaixo de um pau-incenso, a terra revolvida faz pouco tempo está coberta por fragmentos de cerâmica.

"Um tentilhão", diz Scarpetta.

Lucy senta ao lado dela e diz: "Quer dizer que pelo visto Benton não vem passar o fim de semana com você. Quando ele vem, você sempre tem uma longa lista de compras no balcão".

"Não dá para ele fugir do hospital." Há folhas de jasmim chinês e camélia boiando como se fossem confete na superfície do pequeno lago do jardim.

Lucy pega uma folha de nespereira, derrubada pela chuva recente, e a torce pelo caule. "Espero que seja o único motivo. Você volta de Roma com grandes notícias e o que acontece de diferente? Nada, que eu veja. Ele está lá, você aqui. Sem planos de mudar isso, certo?"

"De repente você virou especialista em relacionamentos?"

"Especialista nos que dão errado."

"Já começo a me arrepender de ter contado a alguém", diz Scarpetta.

"Já passei por isso. Foi o que aconteceu com a Janet. Começamos a falar sobre comprometimento, sobre casamento, quando afinal se tornar judicialmente legal, para pervertidas e pervertidos como nós ter mais direitos que um cão. De repente, ela não conseguia mais lidar com a ideia de ser gay. E terminou antes mesmo de começar. E não foi de um jeito bonito."

"Não de um jeito bonito? Que tal imperdoável?"

"Eu é que não devia perdoar, não você", diz Lucy. "Você não estava lá. Não sabe como é estar lá. E eu não quero falar nesse assunto."

Uma pequena estatueta de um anjo cuida do lago. O que ele protege, Scarpetta ainda não descobriu. Certamente não os passarinhos. Quem sabe nada. Ela se levanta e alisa a parte de trás da saia.

"Era sobre isso que queria conversar comigo", pergunta Scarpetta, "ou só se lembrou disso quando me viu sentada aqui, me sentindo arrasada porque tive de fazer eutanásia em mais um passarinho?"

"Não foi por isso que eu liguei ontem à noite e disse que precisava falar com você", diz Lucy, ainda brincando com a folha.

Seu cabelo, vermelho-cereja com luzes róseo-douradas, está limpo e brilhante, enfiado atrás das orelhas. Veste uma camiseta negra que mostra o belo corpo, obtido à custa de exercícios extenuantes, além da genética boa. Ela vai a algum lugar, pensa Scarpetta, sem querer perguntar. Senta-se novamente.

"A doutora Self." Lucy fita o jardim do jeito como as pessoas olham quando não estão vendo nada, a não ser o que as incomoda.

Não era o que Scarpetta esperava ouvir. "O que tem ela?"

"Eu disse que era para você mantê-la por perto, sempre mantenha os inimigos por perto", diz Lucy. "Você não prestou atenção. Não liga se ela faz pouco de você sempre que tem a chance, por causa daquele processo criminal.

Ela diz que você é mentirosa, uma impostora profissional. Se quiser, faça uma busca sobre você mesma no Google. Eu fui atrás, copiei toda a baboseira dela pra você, e você mal olhou."

"Como é que você pode saber se eu mal olhei uma coisa?"

"Sou a sua administradora de sistema. Sei muito bem por quanto tempo você mantém um arquivo aberto. Podia ter se defendido", diz Lucy.

"Do quê?"

"Das acusações de que você manipulou o júri."

"E o que mais é um tribunal? Manipulação do júri."

"Será que é você mesmo falando? Ou estou sentada ao lado de uma estranha?"

"Se você foi amarrado, amordaçado, torturado, e escuta os gritos das pessoas que ama sendo violentadas e mortas no quarto ao lado, e acaba com a própria vida para escapar do destino deles? Pô, isso não é suicídio nenhum, Lucy. Isso é homicídio."

"E juridicamente falando?"

"Eu não estou nem aí."

"Mas meio que costumava estar."

"Meio que não costumava não. Você não sabe o que se passa na minha cabeça enquanto trabalho nos meus casos, há anos e anos, e muitas vezes me vi como a única defensora das vítimas. A doutora Self se esconde erradamente por trás da confidencialidade e não divulgou informações que poderiam ter evitado sofrimentos tremendos e morte. Ela merece coisa muito pior do que recebeu. E por que estamos falando sobre isso? Por que você está me deixando nervosa?"

Lucy a olha de frente. "Como é mesmo que eles dizem? Vingança é um prato que se serve frio? Ela está em contato com Marino de novo."

"Ai, meu Deus. Como se essa última semana já não tivesse sido suficientemente infernal. Ele perdeu totalmente a cabeça?"

"Quando você voltou de Roma e espalhou a notícia, achou que ele iria ficar feliz de saber? Será que você vive na estratosfera?"

"Obviamente deve ser."

"Como é que você não enxergou? De repente, ele começa a sair e se embebedar toda noite, pega uma vagabunda para namorar. E olha que dessa vez ele escolheu a dedo. Ou será que não ficou sabendo? Shandy Snook, da Snook's Flaming' Chips?"

"Flaming o quê? Quem?"

"Umas batatas fritas gordurentas, salgadas demais e temperadas com pimenta-vermelha e *jalapeño*. O pai dela ganhou uma fortuna com essas batatas. Ela se mudou para cá faz um ano, mais ou menos. Conheceu Marino no Kick'N Horse, na segunda-feira passada, e foi amor à primeira vista."

"Ele contou tudo isso?"

"Quem contou foi a Jess."

Scarpetta balança a cabeça, não faz ideia de quem seja Jess.

"Dona do Kick'N Horse. A biboca dos motoqueiros que o Marino frequenta, e tenho certeza de que você já ouviu ele falar desse bar. Ela me ligou porque ficou preocupada com ele e sua mais recente amante, que, por sinal, mora num trailer, preocupada com o fato de ele estar ficando descontrolado. Jess me disse que nunca viu Marino desse jeito antes."

"Como é que a doutora Self saberia o e-mail dele, a menos que Marino tivesse entrado em contato com ela primeiro?", pergunta Scarpetta.

"O e-mail pessoal dela não mudou, desde que ele foi paciente dela, na Flórida. O dele sim. De maneira que podemos supor quem escreveu primeiro. Mas posso descobrir, para termos certeza. Não que eu tenha a senha para os e-mails pessoais do computador da casa dele, se bem que inconveniências pequenas como essa nunca me impediram. Eu teria de..."

"Eu sei o que você teria de fazer."

"Ter acesso físico."

"Eu sei o que você teria de fazer, e não quero que faça. Não vamos piorar as coisas ainda mais."

"Pelo menos alguns dos e-mails que ele recebeu dela estão agora no tampo da escrivaninha dele, para o mundo inteiro ver", diz Lucy.

"Isso não faz sentido."

"Claro que faz. Para deixar você com raiva e ciúmes. É a desforra."

"E você reparou nos e-mails sobre a escrivaninha dele por quê?"

"Por causa da pequena emergência de ontem à noite. Quando ele me ligou e me disse que um alarme havia soado, indicando que a câmara de refrigeração estava com problemas, e me pediu para ir verificar, porque ele estava longe do escritório. Disse que, se eu precisasse chamar a empresa de alarmes, o telefone estava na lista grudada na parede."

"Alarme?", disse ela, espantada. "Ninguém me comunicou nada."

"Porque ele não disparou. Quando cheguei, estava tudo como sempre esteve. A câmara de refrigeração estava funcionando muito bem. Aí fui até o escritório dele, pra pegar o número da empresa de alarmes e poder saber se estava tudo bem de fato, e adivinhe o que havia sobre a mesa."

"Isso é ridículo. Ele está agindo como criança."

"Ele não é nenhuma criança, tia Kay. E você vai ter que despedi-lo, qualquer dia desses."

"E me virar como? Mal consigo me virar agora. Assim como está, já não tenho pessoal suficiente e não tem uma única pessoa elegível no horizonte que eu possa contratar."

"Isso é só o começo. Ele vai ficar pior", diz Lucy. "Ele não é a mesma pessoa que você conhecia."

"Não acredito nisso, e jamais conseguiria mandá-lo embora."

"Tem razão", diz Lucy. "Não poderia mesmo. Seria um divórcio. Ele é seu marido. Só Deus sabe que você passou muito mais tempo com ele do que com Benton."

"Ele decididamente não é meu marido. Por favor, não me atormente."

Lucy apanha o envelope do chão e o entrega para ela. "Seis deles, todos enviados por ela. Coincidentemente, começam na segunda-feira anterior, seu primeiro dia no escritório, depois do trabalho em Roma. No mesmo dia em que vimos o seu anel e, grandes detetives que somos, chegamos à conclusão de que não tinha sido um brinde daqueles que vêm num pacote de cereais."

"Algum e-mail de Marino para a doutora Self?"

"Ele não deve querer que você veja o que escreveu. Recomendo que morda um pedaço de pau." Indica depois o envelope e o que há em seu interior. "Como está ele. Self sente saudade. Pensa nele. Você é uma tirana, alguém que já era, ele deve se sentir angustiado de ter de trabalhar com você, o que ela pode fazer para ajudar."

"Será que ele nunca vai aprender?" Mais que tudo, isso é deprimente.

"Você devia ter escondido a notícia dele. Como é que pode dizer que não sabia o que isso faria com ele?"

Scarpetta repara nas petúnias mexicanas de cor púrpura subindo pelo muro do lado norte. Repara nas lantanas. Parecem meio esturricadas.

"E aí, você não vai ler os malditos e-mails?" Lucy indica o envelope de novo.

"Não vou dar esse poder a eles, não agora", diz Scarpetta. "Tenho coisas mais importantes para tratar. É por isso que estou vestida nesse maldito *tailleur*, indo para um maldito gabinete num maldito domingo, quando podia estar trabalhando no jardim ou até mesmo dando uma maldita volta."

"Conferi os antecedentes do cara com quem você vai se encontrar essa tarde. Há pouco tempo, foi vítima de um assalto. Não há suspeitos. E, relacionado com o fato, ele foi acusado de contravenção por posse de maconha. A acusação foi rejeitada. Fora isso, nem mesmo uma multa por excesso de velocidade. Mas não acho que deva ficar sozinha com ele."

"E o que me diz do garotinho brutalizado que está na minha morgue? Já que você não disse nada, presumo que suas buscas pela internet ainda não deram em nada."

"É como se ele não existisse."

"Mas existiu. E o que foi feito com ele foi uma das piores coisas que já vi na vida. Acho que está na hora da gente arriscar um pouco."

"E fazer o quê?"

"Andei pensando sobre genética estatística."

"É inacreditável que ninguém a esteja usando", diz Lucy. "A tecnologia está aí. Já faz um tempinho. É tudo tão cretino. Os alelos são partilhados pelos parentes e, assim como acontece com outros dados, é tudo uma função da probabilidade."

"Um pai, uma mãe, um irmão teriam mais chances. E nós enxergaríamos e nos concentraríamos nisso. Acho que devemos tentar."

"Se fizermos isso, o que acontece se por acaso esse garotinho tiver sido morto por um parente? Nós usamos a genética estatística num caso de homicídio e o que acontece no tribunal?", pergunta Lucy.

"Se conseguirmos descobrir quem ele é, aí então poderemos nos preocupar com o tribunal."

Belmont, Massachusetts. A dra. Marilyn Self está sentada diante de uma janela com vista.

Gramados inclinados, bosques e árvores frutíferas, além de construções de tijolinho vermelho, trazem de volta tempos mais refinados, em que os ricos e famosos podiam desaparecer das próprias vidas, por um curto tempo ou tanto quanto necessário, ou, em alguns casos irremediáveis, para sempre, e ser tratados com o respeito e os mimos merecidos. No hospital McLean, é muito normal encontrar atores, músicos, atletas e políticos famosos passeando por entre os chalés ao estilo campus, projetados pelo célebre arquiteto paisagista Frederick Law Olmsted, autor, entre outros projetos notáveis, do Central Park de Nova York, dos jardins do Capitólio e da mansão Biltmore, além da Feira Mundial de Chicago, de 1893.

Não é normal dar de cara com a dra. Marilyn Self por ali. Mas ela não pretende ficar por muito tempo, e quando o público por fim descobrir a verdade, seus motivos ficarão claros. Estar segura e apartada e, de repente, como sempre na história de sua vida, um destino. O que ela chama de *destinada a ser*. Tinha esquecido que Benton Wesley trabalhava ali.

Experimentos Chocantes Secretos: Frankenstein.

Vejamos. Ela continua a escrever seu primeiro roteiro para quando voltar ao ar. *Enquanto estive reclusa, para preservar minha vida, eu me tornei, inadvertida e relutantemente, testemunha — pior, cobaia — de experimentos e abusos clandestinos. Em nome da ciência. É como diz Kurtz em* Coração das trevas: *"O horror! O horror!". Fui submetida a algo semelhante ao que era feito em asilos durante dias mais sombrios, na mais sombria das épocas, quando as pessoas que não tinham as ferramentas apropriadas eram consideradas sub-humanas e tratadas feito... Tratadas feito...?* A analogia certa lhe ocorrerá mais tarde.

A dra. Self sorri ao imaginar o êxtase de Marino quando descobrir que ela escreveu de volta para ele. Provavelmente ele acredita que ela (a mais célebre psiquiatra do mundo) ficaria feliz de ter notícias suas. Ele ainda acha que ela se importa! Ela nunca se importou. Mesmo quando ele era paciente, em tempos menos influentes, nos dias da Flórida, ela não ligava. Era pouco mais que uma diversão terapêutica e, sim (ela admite isso), uma pitada de tempero, porque sua adoração por ela era quase tão patética quanto sua estúpida obsessão sexual por Scarpetta.

Pobre, patética Scarpetta. É incrível o que poucas ligações benfeitas conseguem fazer.

Sua mente está a toda. Pensa sem descanso, dentro do quarto que ocupa no Pavilion, onde tem as refeições servidas no apartamento e um segurança disponível para quando quiser ir a um teatro, a um jogo do Red Sox ou a um *spa*. O paciente privilegiado do Pavilion obtém quase tudo o que deseja; no caso da dra. Self, uma conta própria de e-mail e o quarto ocupado por uma paciente chamada Karen no momento de sua admissão, nove dias antes.

A inaceitável disposição dos quartos foi, claro, remediada facilmente, sem precisar de intervenção administrativa nem de atrasos — no primeiro dia, a dra. Self entrou no quarto de Karen antes do amanhecer e acordou-a gentilmente soprando em seus olhos.

"Ah!", exclamou Karen, aliviada, quando percebeu que era a dra. Self e não um estuprador. "Eu estava tendo um sonho estranho."

"Olha. Eu trouxe café. Você estava dormindo como se estivesse morta. Vai ver ficou olhando muito tempo para o lustre de cristal, ontem à noite." A dra. Self olha para a forma sombreada do lustre de cristal vitoriano, acima da cama.

"O quê!", exclamou Karen alarmada, pondo seu café sobre o criado-mudo de época.

"É preciso ter muito cuidado ao olhar para qualquer coisa de cristal. O cristal pode ter um efeito hipnótico e pôr você num estado de transe. Como é que foi o sonho?"

"Doutora Self, foi tão real! Senti o hálito de alguém no meu rosto e fiquei com medo."

"Tem ideia de quem fosse a pessoa? Talvez alguém da família? Ou um amigo da família?"

"Meu pai tinha a mania de esfregar suas suíças no meu rosto, quando eu era pequena. Eu sentia o hálito dele. Que engraçado! Só agora estou lembrando disso! Ou talvez tenha imaginado. Às vezes tenho problemas para distinguir o que é real do que não é." Desapontamento.

"Memórias reprimidas, minha cara", disse a dra. Self. "Não duvide do seu Eu (dito devagar) interior. É o que eu digo a todos os meus seguidores. Não duvide do seu o quê, Karen?"

"Eu interior."

"Isso mesmo. Seu Eu (dito muito devagar) interior conhece a verdade. Seu Eu interior sabe o que é real."

"Uma verdade sobre o meu pai? Algo real de que eu não me lembro?"

"Uma verdade insuportável, uma realidade impensável que você não conseguiu enfrentar na época. Como você sabe, minha cara, tudo gira em torno de sexo. Eu posso ajudá-la."

"Por favor, me ajude."

Com paciência, a dra. Self levou-a de volta ao passado, até a época em que tinha sete anos e, com um direcionamento sagaz, conduziu-a de volta à cena de seu crime psíquico original. Finalmente, pela primeira vez em sua vida sem sentido e apagada, Karen falou do pai se esgueirando para dentro de sua cama e esfregando o pênis exposto e ereto em suas nádegas, o bafo de bebida em seu rosto e, depois, um grude molhado na calça do pijama. A dra. Self continuou, dirigindo a pobre Karen até a percepção dramática de que o ocorrido não fora um incidente isolado, porque o abuso sexual, com raras exceções, é repetitivo e a mãe dela devia estar ciente do que acontecia, a julgar pelo estado do pijama e dos lençóis da pequena Karen, o que significa que a mãe se fizera de cega diante dos atos do marido com a filha pequena.

"Lembro de uma vez em que meu pai levou uma xícara de chocolate quente até a cama e eu derrubei", disse Karen por fim. "Lembro que era uma coisa grudenta e quente na calça do pijama. Talvez seja isso que estou lembrando, e não..."

"Porque era mais seguro pensar em chocolate quente. E depois, o que houve?" Sem resposta. "Se foi você que derrubou? De quem foi a culpa?".

"Eu derrubei. A culpa é minha", diz Karen, com voz chorosa.

"Talvez seja por isso, então, que você virou alcoólatra e drogada dali em diante? Porque achou que o que aconteceu foi culpa sua?"

"Não foi dali em diante. Só fui começar a beber e a puxar fumo aos catorze anos. Ah, eu não sei! Não quero entrar em outro transe, doutora Self! Eu não suporto as lembranças! Se elas não eram de verdade, agora acho que são!"

"É bem como Pitres escreveu em suas *Leçons cliniques sur l'hystérie et l'hypnotisme* em 1891", disse a dra. Self, enquanto o bosque e o gramado se materializavam lindamente ao amanhecer — uma vista que logo seria dela. Ela explicou o que eram delírio e histeria e, de vez em quando, olhava para o lustre de cristal sobre a cama de Karen.

"Eu não posso ficar neste quarto!", gritou Karen. "Por favor, será que a senhora não quer trocar de quarto comigo?", implorou ela.

Lucious Meddick puxa o elástico que tem no pulso direito enquanto estaciona seu reluzente rabecão negro na viela atrás da casa de Scarpetta.

Feita para cavalos, não para veículos imensos, que maluquice. Seu coração ainda está aos pulos. Ele está nervoso. Foi uma maldita de uma sorte não ter raspado nas árvores nem no muro alto de tijolo que separa o jardim público da viela e das velhas casas ao longo dela. Que tipo de provação é essa em que foi posto, e seu rabecão novo em folha já fora do eixo, começando a puxar para o lado toda vez que bate no acostamento, levantando poeira e folhas mortas. Ele salta, deixando o motor ligado, e repara numa velha senhora olhando fixamente para ele de uma janela lá de cima. Lucious sorri para ela, não consegue deixar de pensar que não vai demorar muito para que a velha precise de seus serviços.

Ele aperta o botão do interfone num respeitável portão de ferro e anuncia: "Da Meddick".

Depois de uma longa pausa, que o leva a fazer o anúncio de novo, a voz forte de uma mulher soa pelo alto-falante: "Quem é?"

"Da Agência Funerária Meddick. Tenho uma entrega..."

"Você trouxe a entrega para *cá*?"

"Sim senhora."

"Vá para o seu veículo. Eu já vou."

O charme sulista do general Patton, pensa Lucious, um tanto humilhado e aborrecido, enquanto volta para o carro fúnebre. Suspende o vidro da janela e pensa nas histórias que ouviu. Houve uma época em que a dra. Scarpetta era tão famosa quanto Quincy, mas alguma coisa aconteceu enquanto ela era chefe dos legistas... Ele não consegue se lembrar onde. Ela foi despedida ou não aguentou a pressão. Um colapso. Um escândalo. Quem sabe as duas coisas e mais. Foi depois daquele caso altamente divulgado na Flórida, uns dois anos antes, uma senhora nua estrangulada num caibro de telhado, torturada e atormentada até que não aguentou mais e se enforcou com a própria corda.

Uma paciente daquela psiquiatra que tem um programa de entrevistas na televisão. Ele tenta se lembrar. Talvez fosse mais de uma pessoa torturada e morta. Ele tem certeza de que a dra. Scarpetta testemunhou e de que seu depoimento foi essencial para que o júri achasse a dra. Self culpada de alguma coisa. E nos vários artigos que leu desde então, a dra. Self sempre se refere à dra. Scarpetta como "incompetente e tendenciosa", "lésbica que ainda não saiu do armário" e uma "já-era". Provavelmente verdade. A maior parte das mulheres poderosas age como os homens, ou ao menos desejaria ser como eles, e quando ela começou a carreira, não havia muitas mulheres na sua profissão. Agora, deve haver milhares. Oferta e procura, não há mais nada de especial em relação a ela, nadinha mesmo, tem mulher para tudo quanto é lado — mulheres jovens — pegando ideias da televisão e fazendo o mesmo que ela. Isso e tudo o mais que falaram certamente explica por que se mudou para o País Baixo e trabalha numa minúscula cavalariça — uma antiga estrebaria, vamos ser honestos — que certamente não é o lugar onde Lucious costuma trabalhar.

Ele mora no andar de cima da funerária que a família Meddick tem na comarca de Beaufort há mais de cem anos. A mansão de três andares, situada numa antiga plantação, ainda conserva as cabanas originais dos escravos e com certeza não é uma cavalariçazinha de nada numa viela estreita e antiga. Chocante, totalmente chocante. Uma coisa é embalsamar os corpos e prepará-los para o enterro numa sala profissionalmente equipada dentro de uma mansão, outra bem diferente é fazer autópsias numa cavalariça, sobretudo se estiver lidando com gente sem eira nem beira — *simplórios*, é o nome que dá a eles — e outros que são difíceis feito o diabo de se fazerem apresentáveis a suas famílias, não obstante o quanto de pó desodorante D-12 você use para que não fedam na capela.

Uma mulher aparece por trás de seus dois portões e ele se vê entregue a sua preocupação predileta, o voyeurismo, examinando por trás da janela escurecida por insulfilme o que ela faz. Rangidos de metal quando abre e fecha o primeiro portão negro, depois o outro — alto, com barras chatas, enroscadas e centralizadas pelas curvas em "J" que parecem um coração. Como se ela tivesse um, e a essa altura ele tem certeza que não. Está com um *tailleur* de executiva, os cabelos são loiros e, segundo seus cálculos, deve ter um metro e sessenta e cinco; veste saia tamanho quarenta e blusa tamanho quarenta e dois. Lucious é praticamente infalível, quando se trata de deduzir como as pessoas seriam nuas; na mesa de embalsamamento, ele brinca que tem "olhos de raio X".

Já que ela mandou com tamanha rudeza que ele não saísse do veículo, Lucious não saiu. Ela bate na janela escurecida e ele começa a ficar nervoso. Os dedos tamborilam no colo, tentam ir até a boca como se tivessem vontade própria e ele lhes diz que *não*. Puxa com vontade o elástico que tem no pulso e diz às mãos que *parem*. Puxa o elástico de novo e agarra a direção de madeira falsa para manter as mãos fora de problemas.

Ela bate de novo.

Ele chupa dropes Wint-O-Green Life Saver e baixa o vidro da janela. "Você com certeza achou um lugar bem estranho para abrir seu escritório", diz ele, com um enorme sorriso ensaiado.

"Você está no lugar errado", ela lhe diz, sem se preocupar em dar bom-dia ou dizer que bom que veio. "O que é que você veio fazer aqui?"

"Lugar errado, hora errada. É isso que mantém gente como nós trabalhando", Lucious responde, com um sorriso cheio de dentes.

"Como foi que você conseguiu este endereço?", diz ela, no mesmo tom de poucos amigos. Ela parece que está com uma pressa danada. "Aqui não é meu escritório. E com certeza não é o necrotério. Sinto muito pelo aborrecimento, mas tem de ir agora mesmo daqui."

"Eu sou Lucious Meddick, da Casa Funerária Meddick, de Beaufort, que fica bem na frente de Hilton Head." Ele não estende a mão, ele nunca estende a mão a ninguém, se puder evitar. "Suponho que poderia nos chamar de estância das agências funerárias. Dirigida pela família, três irmãos, incluindo eu. A piada é quando você pede para falar com um *Meddick*, isso não significa que a pessoa ainda esteja viva. Entendeu?" Ele faz um gesto com o polegar para o fundo do carro e diz: "Morreu em casa, provavelmente de ataque cardíaco. Uma senhora oriental, velha como a terra. Imagino que já tenha pedido todas as informações sobre ela. Esse seu vizinho aí em cima é algum tipo de espião ou coisa que o valha?". Ele ergue a vista para a janela.

"Conversei com o legista encarregado desse caso ontem à noite", diz Scarpetta no mesmo tom. "Como foi que conseguiu este endereço?"

"O legista..."

"Ele deu *este* endereço para você? Ele sabe onde fica o meu escritório..."

"Olha só. Primeiro de tudo, sou novo na entrega. Estava cheio de ficar sentado, lidando com familiares aos prantos, e resolvi que era hora de pegar a estrada de novo."

"Não podemos ter essa conversa aqui."

Ah, mas vão, e ele diz: "De modo que comprei esse Cadillac 1998, V-Doze, com carburador duplo, escapamento duplo, rodas de alumínio, sirene violeta e carreta fúnebre negra. Mais carregada, só se estivesse levando a gorda do circo".

"Senhor Meddick, o investigador Marino já está indo para o necrotério. Acabei de ligar para ele."

"Em segundo lugar, nunca entreguei um cadáver para a senhora. De modo que não tinha a menor ideia de onde ficava seu escritório, até procurar."

"Pensei que o senhor tivesse dito que foi o legista quem falou."

"Não foi isso que ele me falou."

"O senhor tem que ir embora agora. Não posso ter um rabecão nos fundos da minha casa."

"Olha só, a família dessa senhora oriental quer que a gente cuide do enterro, de modo que eu disse ao legista que poderia fazer o transporte. Resumindo, procurei o endereço da senhora."

"Procurou? Procurou onde? E por que não ligou para o meu investigador?"

"Eu liguei, mas ele não me ligou de volta, de modo que tive que ir eu mesmo procurar seu endereço, como falei." Lucious dá um puxão no elástico. "Na internet. Na lista da Câmara do Comércio." Ele esmaga a lasca de Life Saver entre os dentes de trás.

"Este endereço não consta da lista e nunca esteve na internet, e jamais foi confundido com o endereço do meu escritório — o necrotério — e eu já estou aqui há dois anos. O senhor é a primeira pessoa a fazer isso."

"Olha, não fique zangada comigo. Eu não posso evitar o que está na internet." Ele puxa o elástico de novo. "Mas se eu tivesse sido chamado dias antes, quando o menino foi encontrado, eu teria entregado o corpo dele e nós não estaríamos tendo esse problema. A senhora passou bem na minha frente, na cena do crime, e me ignorou, e se nós tivéssemos trabalhado juntos naquele caso, é batata que a senhora teria me dado o endereço certo." Ele puxa o elástico, chateado por ela não mostrar mais respeito.

"Por que estava no local se o legista não lhe pediu para transportar o corpo?" Ela está ficando muito exigente, olhando fixo para ele, como se fosse um encrenqueiro.

"Meu lema é 'Apenas Apareça'. A senhora sabe, como o lema da Nike, 'Just Do It'. Bom, o meu é 'Apenas Apareça'. Sacou? Às vezes, quando você é o primeiro a aparecer, não precisa acontecer mais nada."

Ele puxa o elástico do pulso e Scarpetta o observa com olhos firmes, depois olha para o rádio da polícia dentro do carro fúnebre. Ele passa a língua sobre o retentor de plástico transparente que usa em cima dos dentes para impedi-lo de roer as unhas. Puxa o elástico do pulso novamente. Puxa com força, como se fosse um chicote, e isso dói à beça.

"Dirija-se ao necrotério agora, por favor." Ela ergue a vista para a vizinha olhando lá de cima para eles. "Eu garanto que o investigador Marino vai encontrar o senhor lá." Ela se afasta do rabecão ao reparar de repente em algo na traseira. Abaixa-se para olhar melhor. "E o dia vai melhorando a cada instante que passa", diz ela, abanando a cabeça.

Ele salta e mal pode acreditar. "Cacete, pô!", exclama ele. "Mas que merda! Que merda!"

4

A Associação de Patologia Forense Litorânea fica às margens da Faculdade de Charleston.

O prédio de dois andares é anterior à Guerra Civil e se inclina um pouco para o lado, em razão de o terremoto de 1886 ter mexido em suas fundações. Pelo menos isso foi o que o corretor disse a Scarpetta, quando ela comprou o imóvel por motivos que Pete Marino ainda não compreende.

Havia construções mais bonitas, novas em folha, que ela poderia ter comprado com o mesmo dinheiro. Mas por algum motivo, ela, Lucy e Rose se decidiram por um lugar que exigia mais trabalho do que Marino tinha em mente quando aceitou trabalhar lá. Durante meses, arrancaram camadas de tinta e verniz, derrubaram paredes, substituíram janelas e telhas. Fuçaram os detritos deixados para trás por casas fúnebres, hospitais e restaurantes e, no fim, acabaram com um necrotério mais que adequado, que incluía um sistema especial de ventilação, capacetes para utilização de produtos químicos, uma sala de decomposição, carrinhos cirúrgicos e macas. As paredes e o chão foram selados com tinta epóxi, que pode ser lavada, e Lucy instalou um sistema de segurança e computação sem fio tão misterioso para Marino como o código de Da Vinci.

"Quer dizer, quem é que ia querer arrombar este muquifo?", diz ele a Shandy Snook, enquanto aperta o código que desativa o alarme da porta entre a entrada e a morgue.

"Aposto que tem muita gente querendo", diz ela. "Vamos dar um giro."

"Não. Não por aqui." Ele a leva até uma segunda porta com alarme.

"Eu quero ver um ou dois cadáveres."

"Não."

"Está com medo do quê? É impressionante o medo que você tem dela", diz Shandy, dando um passo rangido de cada vez. "É como se você fosse escravo dela."

Shandy diz isso o tempo todo e, a cada vez, deixa Marino um pouco mais irritado. "Se eu tivesse medo dela, eu não traria você aqui, é ou não é, mesmo com você me deixando louco de tanto pedir. Tem câmeras em tudo quanto é canto, então por que diabos eu faria isso, se tivesse medo dela?"

Ela olha para uma câmera, sorri e acena.

"Para", diz ele.

"Pô, mas quem é que vai ver essa fita? Só tem a gente aqui, e não tem motivo para a Grande Chefe querer assistir, certo? Caso contrário, nós não estaríamos aqui, correto? Você morre de medo dela. Me deixa enojada, um homaço feito você. Você só me deixou entrar porque o rabecão daquele palerma da agência fúnebre está com o pneu furado. E a Grande Chefe vai demorar para chegar e ninguém vai se dar ao trabalho de olhar as gravações." Ela volta a acenar para uma câmera. "Você não teria peito de me trazer pra fazer uma turnê por aqui se alguém pudesse descobrir e contar para a Grande Chefe." Ela sorri e acena para outra câmera. "Eu fico bem na tela. Você já visitou uma televisão? Meu pai costumava viver o tempo todo na televisão, fazia os próprios comerciais. Eu apareci em alguns, talvez eu até pudesse ter feito carreira na televisão, mas quem é que quer todo mundo de olho em você o tempo inteiro?"

"Além de você?" Ele lhe dá um tapa na bunda.

Os escritórios ficam no primeiro andar, os mais chiques de toda a carreira de Marino, com assoalho de pinho, um friso de lambri nas paredes e sancas trabalhadas. "Olha só, no passado, lá pelo século XVIII", ele conta a Shandy, enquanto entram, "meu escritório provavelmente era a sala de jantar."

"Nossa sala de jantar em Charlotte era dez vezes maior", diz ela, olhando em volta e mascando chiclete.

Ela nunca esteve no escritório dele, nunca entrou no prédio. Marino não ousaria pedir permissão, e Scarpetta não daria. Mas depois da noite devassa que passara com ela, Shandy começou de novo a lhe passar descomposturas, dizendo que ele era escravo de Scarpetta, o que o deixou despeitado. Então Scarpetta ligou, dizendo que Lucious Meddick estava com um pneu furado e que se atrasaria, e Shandy se pôs a atormentá-lo de novo, falando sem parar que Marino corria de um lado para outro por qualquer coisa e que então bem que podia dar uma volta com ela pelo necrotério, como ela vinha pedindo para ele a semana inteira. Afinal, ela é sua namorada e devia ao menos conhecer o lugar onde ele trabalha. De modo que ele disse a ela para ir atrás, na moto, no sentido norte, até a rua Meeting.

"Isso tudo aqui é antiguidade mesmo", ele se vangloria. "De brechós. A Chefe dá um acabamento novo ela mesma. Que coisa, hein? A primeira vez na vida que sento numa mesa mais velha que eu."

Shandy se acomoda na cadeira de couro atrás da escrivaninha e começa a abrir as gavetas.

"Eu e a Rose passamos um bom tempo zanzando por aí, tentando imaginar o que seria o quê, e chegamos à conclusão de que a sala dela deve ter sido o quarto principal da casa. E o lugar mais espaçoso, a sala do legista, era o que eles chamavam de sala de estar."

"Meio bobo." Shandy olha fixamente para dentro de uma das gavetas. "Como é que você consegue achar alguma coisa aqui dentro? Parece que vai enfiando tudo aí porque não tem paciência de arquivar."

"Eu sei exatamente onde está tudo. Tenho meu próprio sistema de arquivamento, coisas separadas segundo as gavetas. Meio como o sistema decimal de Dewey."

"Bom, então cadê seu catálogo dos livros, garotão?"

"Está aqui." Ele dá uma pancadinha na cabeça brilhante e raspada.

"Você não tem alguns casos famosos de homicídio, aqui? Quem sabe umas fotos?"

"Não."

Ela se levanta, reajusta a calça de couro. "Quer dizer que a Grande Chefe ficou com a *sala de estar*. Eu quero ver."

"Não."

"Eu tenho o direito de ver onde ela trabalha, já que pelo visto ela é sua dona."

"Ela não é minha dona e nós não vamos entrar lá. Além do mais, não tem nada para você ver lá, a não ser livros e um microscópio."

"Aposto que ela deve ter uns bons casos de homicídio lá naquela *sala de estar* dela."

"Não. A gente mantém os casos mais controversos trancados. Quer dizer, os que a gente acha bons."

"Todo aposento é pra gente *estar*, certo? Então por que chamar de *sala de estar*?" Ela não quer saber de parar de falar. "É burrice."

"Lá nos velhos tempos, chamavam de sala de estar para diferenciar da sala de visitas", explica Marino, olhando orgulhosamente em volta da sala para seus certificados nas paredes de lambri, para o enorme dicionário que ele nunca usa, para todos os outros volumes de referência que Scarpetta passa para ele assim que consegue uma edição mais nova e revisada. E, claro, seus troféus de boliche — todos arrumadinhos e reluzentes, nas prateleiras embutidas. "A sala de visitas era o aposento realmente formal, junto à porta da frente, onde você enfiava as pessoas que não queria que ficassem muito tempo, ao passo que o oposto é verdade em relação à sala de estar, que é a mesma coisa que um *living*."

"Está me parecendo que você ficou feliz de ela ter comprado isto aqui. Não importa o quanto você se queixe."

"Até que não é mau, para um lugar tão antigo. Mas eu preferia que fosse uma coisa nova."

"O seu até que também não é mau." Ela o agarra até ele sentir dor. "Na verdade, a mim me parece novo. Me mostra o escritório dela. Me mostra onde a Grande Chefe trabalha." Ela o agarra de novo. "Está ficando duro por causa dela ou minha?"

"Cala a boca", diz ele, afastando a mão de Shandy, irritado com seus trocadilhos.

"Me mostra onde ela trabalha."

"Eu já disse que não."

"Então me mostra o necrotério."

"Não vai dar."

"Por quê? Porque tem um medo fodido dela? O que ela pode fazer? Chamar a polícia da morgue? Me mostra", ela exige.

Ele olha para uma minúscula câmera num canto do corredor. Ninguém vai ver as fitas. Shandy tem razão. Quem iria se incomodar? Não há motivo. Ele tem aquela sensação de novo — um coquetel de rancor, agressão e vingança que o leva a querer fazer algo horrendo.

Os dedos da dra. Self fazem *clique-clique* no laptop, novos e-mails chegando sem parar (agentes, advogados, empresários, executivos de redes de comunicação, alguns pacientes especiais e um grupo seleto de fãs).

Mas nada novo vindo dele. Do Homem de Areia. Ela não gosta disso. O Homem de Areia quer que ela ache que ele fez o impensável, quer atormentá-la, deixá-la ansiosa, aterrorizada, fazer com que pense o impensável. Quando abriu seu último e-mail, naquela fatídica sexta-feira, durante sua pausa nos trabalhos de estúdio, na metade da manhã, o e-mail do Homem de Areia, o último que ele mandou, foi para alterar a vida de qualquer pessoa. Pelo menos temporariamente.

Não deixe que seja verdade.

Que tolice, a sua, que crédula fora em lhe responder quando ele mandou seu primeiro e-mail para um endereço pessoal, no último outono; porém estava intrigada. Como ele teria conseguido seu endereço pessoal e muito, muitíssimo privado? Ela tinha de saber. Por isso escreveu de volta e perguntou. Ele não queria dizer. Começaram a se corresponder. Ele é fora do comum, especial. Acaba de voltar do Iraque, onde sofreu traumatismo profundo. Com a ideia em mente de que ele seria um convidado fantástico em um de seus programas, estabelece um relacionamento terapêutico pela internet, sem imaginar que ele seria capaz do impensável.

Por favor, não permita que seja verdade.

Se ao menos pudesse desfazer aquilo. Se ao menos não tivesse respondido. Se ao menos não tivesse tentado ajudá-lo. Ele é demente, uma palavra que ela raramente usa. Sua reivindicação à fama é dizer que todos são capazes de mudar. Não ele. Não, se fez o impensável.

Por favor, não permita que seja verdade.

Se ele fez o impensável, é um ser humano horrendo, para além de qualquer conserto. Homem de Areia. O que significava isso e por que ela não exigiu que ele contasse, por que não o ameaçou de nunca mais entrar em contato, se ele não contasse?

Porque ela é psiquiatra. Psiquiatras não ameaçam seus pacientes.

Por favor, não permita que o impensável seja verdade.

Seja quem for, ele não pode ser ajudado por ela nem por mais ninguém neste mundo, e agora talvez tenha feito o que ela nunca esperou. Pode ter feito o impensável! Se ele fez, só há uma maneira de a dra. Self salvar a si mesma. Ela decidiu isso na sua clínica, num dia que nunca mais vai esquecer, quando viu a foto que ele lhe enviou e percebeu que poderia estar correndo sério perigo por uma infinidade de razões, e que teria de dizer a seus produtores que estava enfrentando uma emergência familiar que não poderia divulgar. Ficaria fora do ar não mais que algumas semanas. Eles teriam que preencher com o substituto de sempre (um psicólogo até que divertido, que não representava competição nenhuma, mas que se iludia pensando que sim) — motivo pelo qual não pode se dar ao luxo de ficar mais do que algumas semanas fora do ar. Todo mundo quer tomar seu lugar. A dra. Self ligou para Paulo Maroni (disse que era uma paciente precisando ser internada e foi imediatamente conectada) e (disfarçada) entrou numa limusine (não poderia usar um de seus próprios motoristas) e (ainda disfarçada) tomou um jatinho privado e, em segredo, registrou-se na clínica McLean onde está a salvo, escondida e, espera ela, logo vai descobrir que o impensável não aconteceu.

Trata-se de um ardil doentio. Ele não fez nada. Gente maluca faz confissões falsas o tempo todo.

(Mas e se não for?)

Ela tem que pensar na pior das hipóteses: todos vão pôr a culpa nela. Dirão que é por causa dela que o louco se fixou em Drew Martin, depois que ela venceu o Aberto dos Estados Unidos, no último outono, e apareceu nos programas da dra. Self. Programas incríveis e entrevistas exclusivas. Que momentos notáveis ela e Drew partilharam no ar, falando sobre pensamento positivo, sobre se apropriar das ferramentas corretas, sobre tomar a decisão de ganhar ou perder, e de como isso permitiu a Drew, com dezesseis anos apenas, fazer uma das maiores reviravoltas na história do tênis. A série escrita pela dra. Self, *Quando vencer*, foi um sucesso fenomenal, ganhou prêmios.

Sua pulsação aumenta quando chega ao outro lado do horror. Abre o e-mail do Homem de Areia de novo, como se, olhando o suficiente para ele, pudesse mudá-lo. Não há mensagem de texto, apenas uma imagem horripilante de alta resolução de Drew nua, sentada numa banheira de mosaicos cinzentos, num chão de terracota. O nível da água está pela cintura e, quando a dra. Self aumenta a imagem, como já fez tantas outras vezes, pode enxergar os pelos arrepiados nos braços da jovem, os dedos e as unhas azulados, sugerindo que a água jorrando da velha torneira de latão está fria. O cabelo está molhado, a expressão em seu rosto bonito difícil de descrever. Estupefata? Em estado lamentável? Em choque? Ela parece drogada.

Nos primeiros e-mails, o Homem de Areia tinha dito à dra. Self que, no Iraque, era rotina mergulhar os prisioneiros nus na água. Dar surras neles, humilhá-los, forçá-los a urinar uns sobre os outros. Você faz o que tem de fazer, escreveu ele. Depois de um tempo, tornou-se normal, e ele não se incomodava de tirar fotografias. Não se incomodava muito até *aquela única coisa* que ele fez, e ele nunca contou para ela o que *aquela única coisa* era, e ela se convenceu de que foi isso que começou sua transformação num monstro. Presumindo que ele tenha feito o impensável, se o que ele mandou para ela não foi uma artimanha.

(Mesmo que seja uma artimanha, ele é um monstro por ter feito isso com ela!)

Ela examina a imagem, à procura de algum sinal de que é falsa, aumentando e reduzindo, reorientando, olhando fixamente. *Não, não, não,* ela continua dizendo a si mesma, tranquilizando-se. *Claro que não é de verdade.*

(E se for?)

Sua mente se remói. Se for considerada responsável, sua carreira vai sair do ar. Pelo menos por uns tempos. Seus milhões de seguidores dirão que a culpa é dela, porque deveria ter previsto o que viria, porque nunca deveria ter discutido Drew nos e-mails trocados com esse paciente anônimo que se intitula Homem de Areia e que diz ter visto Drew na televisão, lido a respeito dela e achado que ela era um doce de menina, porém insuportavelmente isolada, mas que tinha certeza de que ele iria conhecê-la, de que ela iria amá-lo e de que nunca mais ela sentiria dor.

Se o público descobrir, vai ser a Flórida de novo, só que pior. Culpada. Injustamente. Pelo menos por uns tempos.

"Vi Drew no seu programa e senti o sofrimento insuportável dela", escreveu o Homem de Areia. "Ela vai me agradecer."

A dra. Self olha para a imagem na tela. Ela vai ser punida por não ter chamado a polícia assim que recebeu o e-mail, nove dias atrás, e ninguém vai aceitar seu raciocínio, que é perfeitamente lógico: se o que o Homem de Areia lhe enviou for verdade, é tarde demais para fazer o que quer que seja a respeito; se é tudo uma artimanha doentia (alguma coisa montada com um daqueles programas de fotomontagem), qual é o sentido de divulgar o fato e quem sabe colocar a ideia na cabeça de outra pessoa maluca?

Sombriamente, seu pensamento se volta para Marino. Para Benton.

Para Scarpetta.

Então Scarpetta entra em sua mente.

Tailleur preto com largas listras azul-claras, blusa azul combinando e tornando os olhos ainda mais azuis. Cabelo loiro cortado curto; ela usa pouquíssima maquiagem. Surpreendente e forte, ereta mas à vontade no banco das testemunhas, diante dos jurados. Eles estavam hipnotizados por ela, enquanto respondia às perguntas e explicava. Nunca consultou suas anotações.

"Mas não é verdade que quase todas as mortes por enforcamento são suicídio, o que portanto sugere ser possível que ela tenha se matado?" Um dos advogados da dra. Self passeia de um lado para o outro, na sala do tribunal da Flórida.

Ela terminou seu depoimento, foi liberada como testemunha e não conseguiu resistir ao impulso de acompanhar o processo. De olho nela. Em Scarpetta. Esperando um tropeço, ou algum engano.

"Estatisticamente falando, nos tempos modernos, é verdade que a maior parte dos enforcamentos — até onde sabemos — é suicídio", Scarpetta responde aos jurados, recusando-se a olhar para o advogado da dra. Self, respondendo como se ele estivesse falando por interfone, de outra sala.

"'Até onde sabemos'? Está dizendo, senhora Scarpetta, que..."

"Doutora Scarpetta." Sorrindo para os jurados.

Eles sorriem de volta, cativados, tão obviamente encantados. Enamorados dela, enquanto ela desanca a credibilidade e a decência da dra. Self sem que ninguém perceba que é tudo manipulação e embuste. Sim, mentiras. Assassinato, não suicídio. A dra. Self é indiretamente culpada pelo homicídio! Mas a culpa não é dela. Ela não tinha como saber que essa gente seria assassinada. Só porque eles desapareceram de casa não significa que algo de ruim tenha acontecido com eles.

E quando Scarpetta a chamou para o banco das testemunhas, depois de ter encontrado um frasco de remédio com o nome dela como a médica que receitara o fármaco, a dra. Self se negou, com toda a razão, a falar de um paciente ou antigo paciente. Como é que ela poderia saber que alguém terminaria morto? Morto de forma horrorosa. Não era culpa dela. Se fosse, teria havido um processo criminal, não apenas uma ação judicial interposta por familiares gananciosos. Não era culpa sua, e Scarpetta deliberadamente fez o júri acreditar o contrário.

(A cena da sala de julgamento lhe enche a mente.)

"Quer dizer que a senhora não sabe determinar se um enforcamento foi suicídio ou homicídio?" O advogado da dra. Self começa a falar mais alto.

Scarpetta diz: "Não sem testemunhas ou circunstâncias que esclarecessem o que aconteceu...".

"Que foi?"

"Que uma pessoa não teria em hipótese alguma feito isso consigo mesma."

"O quê?"

"Se pendurar no alto de um poste de luz num estacionamento, sem escada. Com as mãos bem amarradas nas costas", diz ela.

"Um caso real, ou será que é uma invenção sua?" Em tom de chacota.

"Mil novecentos e sessenta e dois. Um linchamento em Birmingham, Alabama", diz ela aos jurados, sete dos quais são negros.

A dra. Self retorna do horror e fecha a imagem na tela.

Pega o telefone e liga para o escritório de Benton Wesley, e na hora seus instintos lhe dizem que a mulher desconhecida que atendeu é jovem, superestima sua importância, tem uma atitude de dona e, portanto, é provavelmente de família rica, foi contratada pelo hospital como um favor e é um espinho cravado em Benton.

"E seu primeiro nome qual é, doutora Self?", a mulher pergunta, como se não soubesse quem é a dra. Self, quando todos no hospital sabem.

"Espero que o doutor Wesley já tenha chegado", diz a dra. Self. "Ele está esperando uma visita minha."

"Ele só chega por volta das onze horas." Como se a dra. Self não fosse alguém especial. "Posso saber o motivo da visita?"

"Claro que sim. E você é? Não creio que tenhamos nos cruzado. Da última vez, havia outra pessoa atendendo."

"Ela não está mais aqui."

"Seu nome?"

"Jackie Minor. A nova pesquisadora assistente dele." Seu tom se torna pretensioso. Provavelmente ela ainda nem terminou o ph.D., presumindo-se que termine um dia.

Com muito charme, a dra. Self diz: "Bem, então muito obrigada, Jackie. E suponho que você aceitou o trabalho para poder ajudá-lo nas pesquisas para seu estudo, como é que é mesmo o nome? 'Dorsolateral Activation in Maternal Nagging'? Um estudo sobre a chatice materna?"

"DAMN?",* Jackie diz surpresa. "Quem é que deu esse nome?"

"Eu acho que você acabou de dar. O acrônimo do maldito teste não tinha me ocorrido. Foi você que deu. Muito espirituosa, você. Quem foi o grande poeta... Deixa ver se eu consigo citá-lo: 'A sagacidade é o gênio de perceber e a metáfora de expressar'. Ou algo parecido. Alexander Pope, se não me engano. Nós vamos nos encontrar muito

---

(*) *Damn* significa "maldição", "maldito". (N. T.)

em breve, Jackie. Como você provavelmente já sabe, eu faço parte do estudo. O que você chama de DAMN."

"Eu sabia que era alguém importante. Foi por isso que o doutor Wesley acabou ficando por aqui, neste fim de semana, e me pediu para vir trabalhar. Tudo o que eles põem, ao lado do nome na programação, é VIP."

"O doutor Wesley deve ser um chefe muito exigente."

"Sem dúvida."

"Com sua fama internacional."

"Foi por isso que eu quis ser sua assistente pessoal. Minha residência é para psicologia forense."

"Muito bem! Excelente. Quem sabe qualquer dia desses você vá ao meu programa."

"Não tinha pensado nisso."

"Pois deveria, Jackie. Andei pensando um bocado sobre expandir meus horizontes para O Outro Lado do Horror. O outro lado do crime que as pessoas não veem — a mente criminosa."

"Isso é no que as pessoas estão interessadas", concorda Jackie. "É só ligar a televisão. Todos os programas são sobre crime."

"Então, estou às vésperas de começar a pensar na minha equipe de produtores."

"Eu ficaria muito feliz de conversar com você sobre isso."

"Você já entrevistou algum delinquente? Ou acompanhou uma das entrevistas do doutor Wesley?"

"Ainda não. Mas certamente vou."

"A gente volta a se ver, doutora Minor. É *doutora* Minor, certo?"

"Assim que eu obtiver minhas qualificações e tiver tempo suficiente para me concentrar na dissertação. Já estamos planejando minha cerimônia de graduação."

"Claro que sim. Um dos melhores momentos da vida."

Nos séculos anteriores, o laboratório computadorizado de estuque atrás do necrotério de tijolos acomodara cavalos e cavalariços.

Felizmente, antes de ter surgido uma comissão de revisão arquitetônica que pusesse um fim nas reformas, o prédio foi convertido numa garagem/armazém que é agora, como Lucy o chama, seu laboratório computadorizado improvisado. É de tijolo. É pequeno. É mínimo. Já está sendo planejada a construção de um enorme laboratório na outra margem do rio Cooper, onde não faltam terrenos e as leis de zoneamento não pegam, como diz Lucy. Seu novo laboratório forense, depois de terminado, terá todos os instrumentos e capacidades científicas imagináveis. Até o momento, elas têm se saído até que bem com análise de digitais, toxicologia, armas de fogo, alguns resquícios de prova e DNA. A Polícia Federal ainda não viu nada. Ela vai colocar todos no chinelo.

Dentro do laboratório de antigos tijolos e assoalho de abeto fica seu domínio computadorizado, seguro de ameaças do mundo externo por janelas blindadas e antifuracão, com venezianas sempre cerradas. Lucy comanda uma estação de trabalho conectada a um servidor de sessenta e quatro gigabytes, com chassis de seis bandejas montadas em "U". O cerne — ou o sistema operacional com interface do software com o hardware — é de sua própria autoria, construído com uma linguagem de baixo nível para que pudesse conversar ela mesma com a placa-mãe quando estivesse criando seu cibermundo — ou o que ela chama de Infinitude do Universo Interior, cujo protótipo ela vendeu por uma soma que nem é decente mencionar. Lucy não fala sobre dinheiro.

Ao longo das paredes há telas planas de vídeo mostrando constantemente todos os ângulos e todos os sons capturados pelo sistema sem fio de câmeras e microfones embutidos, e o que ela está vendo é inacreditável.

"Seu filho da puta sacana", diz ela em voz alta para a tela plana a sua frente.

Marino está fazendo uma turnê pelo necrotério com

Shandy Snook, diferentes ângulos dos dois nas telas, as vozes muito nítidas, como se Lucy estivesse ao lado deles.

Boston, quinto andar de um prédio de meados do século XIX, de arenito pardo, na rua Beacon. Benton Wesley, sentado à escrivaninha, olha através da janela para um balão de ar quente que passa sobre o parque e sobre olmos tão velhos quanto a América. O balão branco sobe devagar, feito uma lua enorme de encontro à silhueta dos prédios.

Seu celular toca. Ele põe o fone Bluetooth e diz: "Wesley", torcendo para que não seja uma emergência que tenha a ver com a dra. Self, o grande tormento atual do hospital, talvez o mais perigoso de todos os tempos.

"Sou eu", diz Lucy em seu ouvido. "Entra na rede agora. Vou conferenciar com você."

Benton não pergunta por quê. Entra na rede sem fio de Lucy, que transfere vídeo, áudio e informações em tempo real. O rosto dela toma conta da tela do laptop na escrivaninha. Ela parece cheia de vida e dinamicamente bonita, como sempre, mas seus olhos fuzilam de raiva.

"Estou tentando algo diferente", diz ela. "Conectar com o acesso de segurança para que você veja o que estou vendo agora mesmo. Certo? Sua tela deve se dividir em quatro quadrantes para pegar quatro ângulos ou locais. Depende do que eu escolher. Isso deve bastar para que você veja o que o nosso suposto amigo Marino está fazendo."

"Pronto", diz Benton, enquanto sua tela se divide, permitindo que ele observe, simultaneamente, quatro áreas do prédio de Scarpetta vigiadas por câmeras.

A campainha na área do necrotério.

No canto esquerdo da tela, no alto, Marino e uma jovem sensual mas de aspecto barato, usando uma jaqueta de couro de motociclista, estão no hall, perto do gabinete de Scarpetta, e ele está dizendo a ela: "Você fica aqui, não se mexe, até ser autorizada".

"Por que eu não posso entrar com você? Não tenho medo." A voz dela — rouca, com sotaque sulista — chega com nitidez aos alto-falantes da mesa de Benton.

"O que é que está havendo?", diz Benton a Lucy, pelo fone.

"Presta atenção", diz ela, voltando ao ar. "A última garota maravilha dele."

"Desde quando?"

"Vamos ver. Acho que eles começaram a transar na última segunda-feira à noite. Na mesma noite em que se conheceram e tomaram uns tragos juntos."

Marino e Shandy entram no elevador e outra câmera pega os dois no momento em que ele diz a ela: "Certo. Mas se ele contar pra Chefe, estou frito".

"Atirei-o-pau-na-gata-ta, mas Scarpe-ta-ta não morreu-reu-reu", diz ela, ridicularizando a música infantil.

"Vamos pegar um avental para esconder esse couro todo, mas fique de boca bem fechada e não faça nada. Não se horrorize nem faça nada, estou falando sério."

"Você acha que nunca vi um cadáver antes?", diz ela.

As portas do elevador se abrem e eles saem.

"Meu pai engasgou com um pedaço de bife bem na minha frente e da minha família", diz Shandy.

"O vestiário é lá atrás. A porta da esquerda." Marino aponta.

"À esquerda? Olhando pra que lado?"

"A primeira depois do canto. Pegue um avental e seja rápida!"

Shandy corre. Numa seção da tela, Benton vê a moça no interior do vestiário — no vestiário de Scarpetta — pegando um avental azul de um armário — avental e armário de Scarpetta — e, às pressas, vestindo-o — de trás para a frente. Marino aguarda no vestíbulo. Ela corre de volta para ele, o avental desamarrado e esvoaçando.

Outra porta. Uma que leva ao pátio onde as motos de Marino e Shandy estão paradas, num canto, barricadas por cones de trânsito. Há um carro fúnebre lá, o motor ligado, o barulho ecoando nos antigos muros de tijolo. Um funcionário da agência fúnebre salta, magricelo e desajeitado, de terno e gravata tão negros quanto o rabecão. Ele se desdobra como uma maca, como se estivesse se transformando naquilo que faz para viver. Benton repara em qualquer coisa esquisita nas mãos dele, na forma como estão fechadas feito garras.

"Eu sou Lucious Meddick." Ele abre a porta traseira. "A gente se encontrou um dia desses, quando eles estavam procurando o corpo daquele garoto no pântano." Ele pega um par de luvas de látex e Lucy dá um *zoom* nele. Benton repara num retentor ortodôntico nos dentes dele, e num elástico em volta do pulso direito.

"Chega mais perto das mãos", diz Benton a Lucy.

Ela dá um *zoom* maior enquanto Marino diz, como quem não suporta o sujeito: "É, eu lembro".

Benton repara nos dedos em carne viva de Lucious Meddick e diz a Lucy: "Rói as unhas até o toco. Uma espécie de automutilação".

"Alguma novidade naquele ali?" Lucious está perguntando sobre o pequeno garoto assassinado que Benton sabe ainda não ter sido identificado.

"Isso não é da sua conta", diz Marino. "Se fosse para disseminação pública, já estaria nos noticiários."

"Minha nossa", Lucy diz no ouvido de Benton. "Ele fala como Tony Soprano."

"Parece que você perdeu uma calota." Marino aponta para o pneu traseiro do carro fúnebre.

"É o estepe." Lucious foi meio áspero.

"Meio que estraga o efeito, não é mesmo?", diz Marino. "Todo empetecado, com esse negro todo reluzente, aí vem uma roda com parafusos tão pavorosos."

Melindroso, Lucious abre a traseira e puxa a maca de rolimãs do rabecão. Pernas basculantes de alumínio dão um estalo, abrem-se e se fixam na posição aberta. Marino não se oferece para ajudar, quando Lucious puxa a maca e o corpo ensacado pela rampa, bate na esquadria da porta e xinga.

Marino dá uma piscada para Shandy, que parece esquisita com seu avental cirúrgico aberto e suas botas de couro de motoqueira. Impaciente, Lucious larga o corpo empacotado no hall, puxa o elástico no pulso e diz, numa voz alta e irritada: "Preciso cuidar da papelada dela".

"Fale baixo", diz Marino. "Pra não acordar ninguém por aqui."

"Estou sem tempo para as suas piadas." Lucious começa a se afastar.

"Você não vai a lugar nenhum até me ajudar a transferir o corpo dela da sua para uma das nossas avançadíssimas macas."

"Exibido." A voz de Lucy soa no fone de Benton. "Tentando impressionar a vagabunda das batatas fritas."

Marino puxa uma maca da câmara refrigerada, meio arranhada e de perna bamba, uma das rodas vesga como um daqueles carrinhos maltratados de supermercado. Ele e o furioso Lucious erguem o corpo ensacado de uma maca e o põem na outra.

"Aquela sua patroa é osso duro", diz Lucious. "Lembra uma palavra começada com 'V'."

"Ninguém pediu a sua opinião. Você escutou alguém perguntar a opinião dele?" A pergunta é para Shandy.

Ela olha atentamente para o saco, como se não tivesse escutado.

"Não é culpa minha que ela esteja com os endereços trocados na internet. Ela agiu como se o problema fosse eu ter aparecido, tentando fazer meu serviço. Não que eu não consiga me dar com as pessoas. Você tem alguma agência funerária pra recomendar a seus clientes?"

"Vê se arranja um maldito de um anúncio nas Páginas Amarelas."

Lucious se encaminha para o pequeno escritório do necrotério, andando rápido, mal dobrando os joelhos, lembrando a Benton uma tesoura.

Um dos quadrantes da tela mostra Lucious dentro do escritório do necrotério, mexendo na papelada, abrindo gavetas, fuçando até encontrar uma caneta.

Outro quadrante na tela mostra Marino dizendo a Shandy: "Será que alguém conhece a manobra de Heimlich?".

"Eu aprendo qualquer coisa, *baby*", diz ela. "Qualquer manobra que você queira me mostrar."

"Falando sério. Quando seu pai engasgou com —", Marino começa a explicar.

"A gente achou que ele estava tendo um ataque cardíaco, um derrame, um ataque epiléptico", ela diz, interrompendo Marino. "Foi tão horrível, ele se agarrando em tudo, depois caiu no chão e cortou a cabeça, o rosto foi ficando azulado. Ninguém sabia o que fazer, não tinha ideia de que ele estava engasgado. Mesmo que soubéssemos, não teríamos feito nada a não ser o que fizemos, ligar para a emergência." De repente, parecia que ela ia começar a chorar.

"Desculpe ter de dizer que vocês podiam ter feito alguma coisa", diz Marino. "Eu vou te mostrar. Vira de costas."

Acabado o trabalho com a papelada, Lucious sai depressa do gabinete da morgue e passa direto por Marino e Shandy. Eles não prestam atenção quando ele entra na sala de autópsia sem acompanhante. Marino passa os braços massudos pela cintura dela, fecha o punho, o polegar prensando a parte de cima da barriga, logo acima do umbigo. Pega o punho com a outra mão e dá um empurrão delicado para o alto, só para mostrar a ela. Desliza as mãos para cima para acariciá-la.

"Deus meu", diz Lucy no ouvido de Benton. "Ele está de pau duro na porra da morgue."

Na sala de autópsia, a câmera pega Lucious indo até o grande livro de registros, na bancada, o "Livro dos Mortos", como Rose o chama educadamente. Começa a registrar o corpo com a caneta que pegou da escrivaninha no gabinete da morgue.

"Ele não devia estar fazendo isso." A voz de Lucy no ouvido de Benton. "Só tia Kay tem licença para tocar naquele livro. É um documento legal."

Shandy diz a Marino: "Tá vendo, não é tão difícil ficar

aqui dentro. Bom, quer dizer, talvez seja". Estendendo a mão para trás, agarrando Marino. "Você certamente sabe deixar uma moça feliz. Tô falando sério. Oba!"

Benton diz a Lucy: "É inacreditável".

Shandy se vira para os braços de Marino e lhe dá um beijo — um beijo na boca bem ali no necrotério — e por alguns instantes Benton chega a pensar que eles vão transar no hall.

Depois: "Olha, tenta agora comigo", diz Marino.

Em outro quadrante da tela, Benton observa Lucious folheando o diário do necrotério.

Quando Marino se vira, sua ereção é evidente. Shandy mal consegue passar os braços em volta dele e começa a rir. Ele põe as manoplas em cima das mãos dela, ajudando a empurrar, e diz: "Sem brincadeira. Se algum dia me vir engasgando, empurra desse jeito assim. Com força!". E mostra a ela. "Para forçar o ar a sair, de modo que seja o que for que estiver lá dentro saia voando também." Ela introduz as mãos por baixo e o agarra de novo, mas ele a afasta e vira de costas para Lucious, que emerge da sala de autópsia.

"Ela já descobriu alguma coisa sobre aquele garotinho morto?" Lucious puxa o elástico que tem em volta do pulso. "Bom, acho que não, uma vez que foi registrado no Diário dos Mortos como 'não identificado'."

"Ele já era considerado não identificado quando foi trazido para cá. O que você andou fazendo, xeretando o livro?" Marino parece ridículo, de costas para Lucious.

"Obviamente, ela não consegue cuidar de um caso tão complicado. Pena que não fui eu que trouxe o menino para cá. Eu podia ter ajudado. Sei mais sobre o corpo humano que qualquer médico." Lucious se move para o lado e olha para a virilha de Marino. "Bom, olá", diz ele.

"Você não sabe de porra nenhuma e não consegue parar de falar naquele menino morto", diz Marino, de um jeito grosseiro. "Vê se cala essa boca e não fala da Chefe. E vai se mandando daqui."

"Está falando sobre o menino daquele dia?", diz Shandy.

Lucious sai chacoalhando a sua maca e deixa o cadáver que acabou de entregar numa outra, no meio do hall, diante da porta de aço inoxidável da câmara. Marino abre e empurra a maca pouco cooperativa lá para dentro, a ereção ainda óbvia.

"Meu Deus", diz Benton para Lucy.

"Ele tomou Viagra ou algo parecido?" A voz dela está em seu ouvido.

"Por que vocês não compram um carreto novo, ou seja lá como for que vocês chamam isso?", pergunta Shandy.

"A Chefe não desperdiça dinheiro."

"Quer dizer que além de tudo ela é pão-duro. Aposto que não te paga grande merda."

"Quando a gente precisa de alguma coisa, ela compra, mas não sai por aí gastando. Não é como a Lucy, que pode comprar a China."

"Você sempre torce pela Grande Chefe, não é? Mas não como torce por mim, *baby*." Shandy lhe faz um afago.

"Acho que vou vomitar." É a voz de Lucy.

Shandy entra na câmara refrigerada para dar uma boa olhada no que tem lá dentro. O ar gelado soprando é audível nos alto-falantes de Benton.

Uma videocâmara na entrada capta Lucious se acomodando atrás do volante do rabecão.

"Ela é assassina?", pergunta Shandy a respeito da última entrega, depois olha para outro corpo ensacado, num canto. "Eu quero saber sobre o garoto."

Lucious sai trovejando dali, o portão da entrada fecha com estrépito, o ruído se assemelha ao de uma batida de carro.

"Causas naturais", diz Marino. "Uma velha senhora oriental. Oitenta e cinco anos, por aí."

"E por que ela foi mandada para cá, se morreu de causas naturais?"

"Porque o magistrado encarregado quis que ela viesse para cá. Por quê? Eu sei lá por quê. A Chefe me mandou vir para cá. Eu sei lá por quê. A mim me parece que foi um ataque anunciado do coração. Estou sentindo um cheiro." Ele faz uma careta.

"Vamos olhar", diz Shandy. "Vem. Só uma olhadinha."

Benton os vê na tela, vê Marino abrir o zíper do saco e Shandy recua enojada, dá um pulo para trás, cobre o nariz e a boca.

"Benfeito." A voz de Lucy comenta, enquanto dá um *zoom* no cadáver: em decomposição, inchado de gases, o abdômen ficando verde. Benton conhece aquele cheiro bem demais, um fedor pútrido diferente de todos os outros, que gruda no ar e no céu da boca.

"Porra", Marino se queixa, puxando o zíper do saco. "Provavelmente ela está morta há dias, e o maldito magistrado de Beaufort não quis moleza com ela. Cheirou bem, é?" Ele ri de Shandy. "E você que achava que meu serviço era moleza."

Shandy se aproxima do pequeno corpo dentro de um saco, parado num canto, sozinho. Fica estática, olhando fixamente para baixo.

"Não abra." A voz de Lucy soa no ouvido de Benton, mas está falando de fato com a imagem de Marino na tela.

"Aposto que eu sei o que tem dentro desse saco menor", diz Shandy, e é difícil ouvi-la.

Marino sai da câmara refrigerada. "Fora, Shandy. Agora."

"Vai fazer o quê? Me trancar aqui dentro? Para com isso, Pete. Abra esse saco. Eu sei que é aquele menino morto sobre quem você e aquele chato da agência funerária estavam comentando. Fiquei sabendo de tudo sobre o garoto pelos noticiários. Quer dizer que ele ainda está aqui. Como é que pode? Pobrezinho, tão solitário e frio dentro de uma câmara de refrigeração."

"Você não vai querer ver isso", diz Marino, voltando para dentro da câmara.

"Por que não? O menino que encontraram em Hilton Head. O que apareceu em tudo quanto foi noticiário", ela repete. "Eu sabia. Por que ele ainda está aqui? Sabem quem fez isso?" Ela se mantém na mesma posição, ao lado do pequeno saco sobre a maca.

"Nós não sabemos porra nenhuma. É por isso que ele ainda está aqui. Vem." Ele faz um gesto, e é difícil escutar o que dizem.

"Deixa eu ver."

"Não faça isso", diz a voz de Lucy, falando com a imagem de Marino na tela. "Caso contrário você vai se ferrar, Marino".

"Você não vai querer", diz ele a Shandy.

"Eu aguento. Tenho o direito de ver o cadáver, você não pode guardar segredos de mim. Essa é a nossa regra. Então prove agora mesmo que não guarda nenhum segredo." Ela não consegue tirar os olhos do saco plástico.

"Não senhora. Com coisas assim, a regra do segredo não conta."

"Conta sim. E acho melhor se apressar porque estou ficando gelada que nem um cadáver, aqui."

"Porque se algum dia a Chefe souber..."

"Lá vem você de novo. Com medo dela como se ela fosse sua dona. O que tem aí de tão ruim que você acha que eu não vou aguentar?", diz Shandy com fúria, quase aos berros, se abraçando por causa do frio. "Aposto que ele não fede tanto quanto a velha."

"Ele foi esfolado e teve os olhos arrancados", diz Marino.

"Ai, não", diz Benton, esfregando o rosto.

Shandy exclama: "Não mexa comigo! Não ouse brincar comigo! Deixa eu ver agora mesmo! Estou cansada de ver você virar um maldito de um fracote sempre que *ela* lhe diz alguma coisa!".

"Não tem nada de engraçado por aqui, nesse ponto você acertou em cheio. O que acontece neste lugar não é piada. Eu vivo tentando lhe dizer isso. Você não faz ideia das coisas com que eu tenho de lidar."

"Mas isso é qualquer coisa, mesmo. E pensar que a sua Grande Chefe faria uma coisa dessas. Esfolar o garoto e arrancar os olhos dele. Você sempre me disse que ela trata os mortos com muita simpatia." Com ódio. "A mim, parece mais uma nazista. Eles costumavam esfolar as pessoas e fazer cúpulas de abajur com a pele."

"Às vezes, a única forma de dizer se as áreas escuras ou avermelhadas são hematomas de verdade é olhar pelo lado de baixo da pele, para poder saber se o que você está vendo são vasos de sangue arrebentados — em outras palavras, se são machucados ou o que chamamos de contusões — e não um resultado do *livor mortis*", pontifica Marino.

"Isto é irreal." Lucy fala no ouvido de Benton. "Quer dizer que agora ele é o legista-chefe."

"Irreal não", diz Benton. "Insegurança colossal. Ameaçado. Rancoroso. Supercompensando e descompensando. Não sei o que está havendo com ele."

"Você e a tia Kay, é isso que está havendo com ele."

"Do quê?" Shandy não tira os olhos do pequeno saco plástico.

"É quando a circulação para, o sangue assenta e pode fazer a pele ficar avermelhada em certos lugares. As manchas podem parecer hematomas recentes. E também pode haver outros motivos para coisas que parecem ferimentos, o que nós chamamos de artefatos *post-mortem*. É complicado", diz Marino, com ar importante. "Então, para ter certeza, você esfola a pele, você sabe, com um bisturi" — ele faz rápidos movimentos de corte no ar — "para ver o que há por baixo da pele e, no caso, eram hematomas sim. O garoto estava coberto de hematomas da cabeça aos pés."

"Mas por que tiraram os olhos?"

"Para estudar melhor, procurar hemorragias como a da síndrome do bebê-trêmulo, coisas do gênero. Foi a mesma coisa com o cérebro dele. Está fixado em formol, num balde, não aqui, mas numa escola de medicina, onde eles fazem estudos especiais."

"Minha nossa. O cérebro dele está num balde?"

"É assim que nós fazemos. Fixamos nesse produto químico para não decompor e assim podemos estudar melhor a vítima. Meio como embalsamento."

"Você sem dúvida sabe um bocado. Devia ser o médico, aqui, não ela. Deixa eu ver."

Tudo isso dentro da câmera refrigerada, a porta aberta.

"Faço isso praticamente há mais tempo do que você tem de vida", diz Marino. "Claro, eu podia ser médico, mas quem é que quer ficar aquele tempo todo na escola? E quem é que quer vestir a pele dela? Uma pessoa sem vida. Não conhece ninguém, a não ser gente morta."

"Eu quero ver o garoto", exige Shandy.

"Porra, eu não sei o que acontece", diz Marino. "Mas toda vez que entro numa porra de uma câmara refrigerada, me dá uma vontade doida de fumar."

Ela procura no bolso do blusão de couro, debaixo do avental, puxa um maço de cigarros e um isqueiro. "Não acredito que alguém faça uma coisa dessas com um garotinho. Eu preciso ver. Já que estou aqui, me mostra." Ela acende dois cigarros e eles fumam.

"Manipulativa, marginal", diz Benton. "Ele arranjou um problema sério, dessa vez."

Marino puxa a bandeja para fora da câmara de refrigeração.

Abre o zíper do saco. Plástico farfalhando. Lucy dá um *zoom* bem de perto em Shandy, soltando fumaça e olhando firme, de olho arregalado, para o menino morto.

Um pequeno corpo retalhado em linhas retas, do queixo aos genitais, dos ombros às mãos, do quadril aos dedos do pé, o peito aberto feito um melão vazio. Os órgãos já se foram. A pele está virada para fora e esparramada em abas que revelam dezenas de hemorragias de um roxo escuro, provocadas em épocas diferentes e de severidade diversa, mais rasgos e fraturas de cartilagem e osso. Os olhos são dois buracos vazios e, através deles, vê-se o interior do crânio.

Shandy dá um berro. "Eu odeio aquela mulher! Odeio! Como ela pôde fazer isso com ele? Destripou e pelou o garoto como se fosse um veado morto! Como é que você pode trabalhar com essa vaca psicótica!"

"Acalme-se. Para de berrar." Marino fecha o zíper do saco e o leva de volta para a câmera de refrigeração. Fecha a porta. "Eu bem que avisei. Há certas coisas que as pessoas não precisam ver. Podem acabar com um estresse pós-traumático, depois de ver uma coisa dessas."

"Agora vou ficar vendo ele o tempo todo, na minha cabeça, com aquela cara. Vaca doentia. Desgraçada nazista."

"Você fica de bico calado a respeito disso, entendeu bem?", diz Marino.

"Como é que você pode trabalhar para alguém como ela?"

"Fica quieta. Falo sério", diz Marino. "Eu ajudei a fazer a autópsia e não sou nenhum nazista. É isso o que acontece. As pessoas se fodem duas vezes, quando são assassinadas." Ele pega o avental cirúrgico de Shandy e dobra às pressas. "Esse garoto provavelmente foi assassinado no dia em que nasceu. Ninguém nunca deu a menor bola pra ele, e o resultado é esse."

"O que você sabe sobre a vida? Vocês acham que sabem tudo sobre todo mundo, quando tudo o que veem é o que restou depois que cortam as vítimas feito açougueiros."

"Foi você que quis vir aqui." Marino está ficando bravo. "Então faça o favor de calar a boca e não me chame mais de açougueiro."

Deixa Shandy no corredor e devolve o avental ao armário de Scarpetta. Aciona o alarme de novo. A câmera da entrada os pega mais uma vez, a imensa porta rangendo e chacoalhando.

A voz de Lucy. Benton será o encarregado de contar a Scarpetta sobre a turnê de Marino, sobre a traição que poderá destruí-la, se a mídia algum dia descobrir. Lucy está a caminho do aeroporto e só voltará no dia seguinte, tarde da noite. Benton não pergunta. Tem certeza de que ela já sabe, mesmo que não tenha dito nada. Depois ela lhe conta sobre a dra. Self e sobre os e-mails que ela enviou a Marino.

Benton não comenta nada. Não pode. Na tela, Marino e Shandy Snook saem, cada um na sua moto.

5

O ruído de rodas de metal em cerâmica.

A porta da câmara refrigerada, um enorme freezer, se abre com um chupão relutante. Scarpetta é impérvia ao ar frígido e ao fedor de carne congelada, quando entra com o carrinho de aço que leva o pequeno saco mortuário preto. Preso ao fecho do zíper há uma etiqueta de dedo, e escrito nela, em tinta preta: *Desconhecido*, com a data, 30/04/07, e a assinatura do atendente da agência fúnebre que transportou o cadáver. No registro do necrotério, Scarpetta anotou *Desconhecido, sexo masculino, cinco a dez anos, homicídio, ilha Hilton Head*, a duas horas de Charleston. De raça mista: trinta e quatro por cento africano e sessenta por cento europeu.

As entradas no registro são feitas apenas por ela, que fica indignada quando descobre, ao chegar horas antes, que seu primeiro caso do dia já estava registrado, presumivelmente por Lucious Meddick. Por incrível que pareça, ele se achou no direito de decidir que a velha senhora que transportara falecera por morte *natural* causada por *parada cardíaca e respiratória*. O imbecil presunçoso. Todo mundo morre de parada cardíaca e respiratória. Ao levar um tiro, ser atingido por um carro ou um bastão de beisebol, a morte ocorre quando o coração e os pulmões desistem. Ele não tinha nenhum motivo para concluir que a morte fora natural. A autópsia ainda não fora feita, e não é responsabilidade dele, nem sua jurisdição legal determinar coisíssima nenhuma. Ele não é um patologista forense. Jamais deveria ter posto as mãos no registro do necrotério.

Não consegue nem imaginar por que Marino permitiu que ele entrasse na sala de autópsia e o deixou sozinho ali.

Seu hálito se esfumaça enquanto tira uma prancha de um carrinho e preenche as informações do *Desconhecido*, a hora e a data. Sua decepção é tão palpável quanto o frio. Apesar das tentativas obsessivas, não sabe onde o garotinho morreu, embora suspeite que não seja muito longe do lugar onde foi encontrado. Também não sabe a idade precisa. Não sabe como o criminoso transportou o corpo, mas imagina que tenha sido por barco. Não apareceu nenhuma testemunha, e o único vestígio que ela encontrou foram fibras de algodão branco, presumidamente do lençol que o magistrado encarregado do caso pôs em volta dele, antes de fechar o zíper do saco mortuário.

A areia, o sal e os fragmentos de conchas e restos de plantas nos orifícios e na pele são nativos dos brejos onde se decompunha seu corpo nu, de barriga para baixo, de cara para a lama fofa e para o capim-navalha. Depois de dias usando todos os procedimentos que lhe vieram à cabeça para fazer o corpo falar com ela, o garotinho só pôde oferecer algumas poucas penosas revelações. Seu estômago tubular e a emaciação apresentada dizem que ele passou fome durante semanas, quem sabe meses. Unhas ligeiramente deformadas indicam novos crescimentos em épocas diferentes e sugerem traumas repetidos de força bruta ou qualquer outro tipo de tortura sobre os minúsculos dedos das mãos e dos pés. Padrões sutis de vermelhidão por todo o corpo revelam que era surrado com brutalidade, mais recentemente com um cinto largo de fivela grande quadrada. Incisões, exames do lado interno da pele e análises microscópicas revelaram hemorragia nos tecidos moles, do topo da cabeça até a sola dos pezinhos. Ele morreu de perda interna de sangue — sangrou até morrer sem derramar uma gota de sangue por fora —, uma metáfora, pelo visto, da sua vida invisível e sofrida.

Ela preservou seções de seus órgãos e feridas em vidros de formol e enviou o cérebro e os olhos para exames especiais. Tirou centenas de fotos e notificou a Interpol, caso tivesse havido alguma queixa de desaparecimento em outro país. Suas impressões digitais e pegadas foram registradas no Iafis, o sistema integrado e automatizado de identificação digital, seu perfil de DNA no Codis, o sistema combinado e indexado de DNA — e todas as informações a seu respeito entraram para os dados do Centro Nacional de Crianças Desaparecidas e Exploradas. É claro que Lucy também está fazendo suas buscas na Rede Oculta. Até o momento, não há pistas nem nada parecido indicando que tenha sido sequestrado, ou que tenha se perdido ou fugido de casa, acabando nas mãos de um estranho sadista. O mais provável é que tenha sido espancado até a morte pelos pais, ou por algum outro parente, guardião ou tutor, que largou o corpo numa região distante para esconder o crime. Isso acontece a todo momento.

Scarpetta não pode fazer mais nada por ele, nem médica nem cientificamente, mas não desiste. Não vai haver descarnação e arrumação de ossos numa caixa — nenhuma tumba de pobre. Até ser identificado, ele ficará lá com ela, transferido da câmara refrigerada para uma espécie de cápsula do tempo, um freezer insulado com poliuretano resfriado a sessenta e cinco graus centígrados negativos. Se for necessário, ele pode ficar com ela durante muitos anos. Ela fecha as pesadas portas de aço inoxidável do freezer e sai para o iluminado e desodorizado hall, desamarrando seu avental cirúrgico azul e tirando as luvas. Os protetores descartáveis dos sapatos fazem um chiado rápido e baixo no impecável chão de ladrilho.

Do seu quarto com vista, a dra. Self conversa com Jackie Minor de novo, uma vez que Benton ainda não se dignou retornar a ligação e já são duas da tarde.

"Ele está bem ciente de que temos de cuidar disso. Por que você acha que ele ficou aqui neste fim de semana e pediu para você vir? Falando nisso, você recebe hora extra?" A dra. Self não demonstra sua ira.

"Eu bem que desconfiei que alguém VIP estava para chegar. Tudo o que eles nos dizem, em geral, é que é alguém famoso. Nós recebemos muita gente famosa aqui. Como é que ficou sabendo sobre o estudo?", pergunta Jackie. "Eu tenho de perguntar porque preciso estar informada, assim podemos encontrar a maneira mais eficaz de fazer publicidade. Sabe como é, anúncios em jornais e no rádio, cartazes, o boca a boca."

"Foi o anúncio pedindo gente para participar, que está na recepção. Vi no primeiro dia, quando dei entrada no que agora me parece que faz um tempão. E me ocorreu: por que não? Resolvi que vou sair em breve, muito em breve. Uma pena que seu fim de semana foi arruinado", diz a dra. Self.

"Para dizer a verdade, foi ótimo. É difícil encontrar voluntárias que tenham todos os critérios exigidos, sobretudo as normais. Tamanho desperdício. Pelo menos duas entre três acabam se mostrando fora da normalidade. Mas pense nisso. Se você fosse normal, por que iria querer vir aqui para..."

"Fazer parte de um projeto científico." A dra. Self termina o pensamento da tonta. "Não creio que alguém possa se registrar como *normal.*"

"Olha, eu não quis dizer que a senhora não é..."

"Estou sempre aberta para aprender coisas novas, e tenho um motivo inusitado para estar aqui", diz a dra. Self. "Você está ciente de como isso é confidencial."

"Escutei rumores de que a senhora está escondida aqui por motivos de segurança."

"Foi o doutor Wesley quem disse isso?"

"São boatos. E a confidencialidade é um dado, segundo as novas diretrizes estabelecidas pelo HIPAA, que temos de seguir à risca. Deve ser seguro para a senhora ir embora, se é que vai."

"Só me resta esperar."

"Tem conhecimento dos detalhes do estudo?"

"Apenas o que eu lembro muito vagamente de ter lido no anúncio", diz a dra. Self.

"O doutor Wesley não reviu tudo com a senhora?"

"Ele só tomou conhecimento na sexta-feira, quando informei ao doutor Maroni, que está na Itália, que eu queria me voluntariar para o estudo, mas que essa era uma questão da qual teriam de cuidar imediatamente, porque resolvi sair logo daqui. Tenho certeza de que o doutor Wesley pretende me pôr a par de tudo. Não sei por que ele não ligou ainda. Talvez ainda não tenha recebido seu recado."

"Eu já falei com ele, mas o doutor é uma pessoa ocupada e importante. Sei que ele tem de gravar a mãe da VIP hoje, o que significa a sua mãe. Portanto eu presumo que ele planeja fazer isso primeiro. Depois, tenho certeza de que ele irá falar com a senhora."

"Deve ser tão duro, para a vida pessoal dele. Esses estudos e sabe-se lá mais o quê que o mantêm aqui nos fins de semana. Imagino que ele deva ter uma namorada. Um homem bonito e talentoso como ele com certeza não deve estar sozinho."

"Ele tem alguém lá no sul. Na verdade, a sobrinha dela esteve aqui não faz nem um mês."

"Que interessante", diz a dra. Self.

"Ela veio fazer uma tomografia. Lucy. Uma espécie de agente secreta, ou pelo menos tentando parecer uma. Sei que ela é empresária na área de informática e amiga de Josh."

"Envolvida com trabalhos policiais", pondera a dra. Self. "Uma espécie de operadora secreta, altamente treinada em termos técnicos. E rica por si só, eu presumo. Fascinante."

"Ela mal falou comigo, a não ser para se apresentar como Lucy, me dar um aperto de mão, dizer oi e bater um papo furado. Ficou com o Josh, depois entrou no consultório do doutor Wesley e ficou lá um bom tempo. Com a porta fechada."

"O que achou dela?"

"Ela é muito fechada. Claro que eu não passei muito

tempo com ela. Lucy ficou mais com o doutor Wesley. De porta fechada." Ela salienta esse ponto de novo.

Ciumenta. Que maravilha. "Que ótimo", diz a dra. Self. "Devem ser muito apegados. Ela me parece meio diferente. É bonita?"

"Achei que é meio masculina demais, se é que a senhora me entende. Vestida toda de preto e musculosa. Um aperto de mão firme, como se fosse um rapaz. E me olhou direto nos olhos, com intensidade. Como se os olhos dela fossem raios verdes de laser. Não me senti muito à vontade. Não gostaria de ficar sozinha com ela, pensando bem. Mulheres assim..."

"Ouvi você dizendo que ela se sentiu atraída por você e quis fazer sexo antes de voltar, no que mesmo? Num jatinho particular, se não me engano", diz a dra. Self. "Onde é mesmo que você disse que ela mora?"

"Em Charleston. Com a tia. Eu acho mesmo que ela quis fazer sexo comigo. Meu Deus. Como é que eu não percebi isso na hora, quando ela apertou minha mão e me olhou bem nos olhos? E, ah, claro. Ela me perguntou se eu trabalhava muito, como se estivesse querendo saber a que horas eu saía do trabalho. Perguntou de onde eu era. Ficou mais pessoal. Mas eu não percebi nada, na hora."

"Talvez porque não quisesses enxergar, Jackie. Ela de fato parece muito atraente e carismática, do tipo que quase que por hipnose atrai uma mulher heterossexual para a cama, e, depois de uma experiência extremamente erótica...?" Uma pausa. "Você entende, não entende, por que duas mulheres fazendo sexo, ainda que uma delas, ou ambas, sejam heterossexuais, não é assim tão fora do comum?"

"De jeito nenhum."

"Já leu alguma coisa de Freud?"

"Nunca senti a menor atração por outra mulher. Nem mesmo pela minha companheira de quarto, na faculdade. E nós morávamos juntas. Se houvesse uma predisposição latente, teria acontecido muito mais coisas."

"Tudo gira em torno do sexo, Jackie. O desejo sexual

começa lá na infância. O que tanto homens como mulheres têm, na infância, que mais tarde é negado às mulheres?"

"Não sei."

"O conforto do seio materno."

"Eu não quero esse tipo de conforto e não me lembro de nada sobre isso, e só ligo para os peitos porque os homens gostam deles. É só por isso que eles têm importância e eu só reparo neles por causa disso. De todo modo, acho que fui alimentada com mamadeira."

"Mas eu concordo com você', diz a dra. Self. "Muito estranho que ela tenha vindo até aqui para fazer uma tomografia. Sinceramente, espero que não haja nada errado com ela."

"Eu só sei que ela vem algumas vezes por ano."

"Algumas vezes ao ano?"

"Foi o que me disse um dos técnicos."

"Que trágico se ela estiver com algum problema. Você e eu sabemos que não é rotina alguém fazer várias ressonâncias da cabeça num único ano. Nem uma sequer. E o que mais eu preciso saber sobre a minha ressonância?"

"Alguém chegou a lhe perguntar se a senhora tem problemas com magnetos?", pergunta Jackie, com a seriedade de uma especialista.

"Problemas?"

"A senhora sabe. Se eles podem causar algum problema."

"Não, a menos que no fim eu não seja mais capaz de dizer onde é o norte e onde é o sul. Mas esse é mais um ponto de interesse que você levantou. Eu tenho de me perguntar o que o magnetismo faz com as pessoas. Não tenho bem certeza se isso foi investigado. A imagem por ressonância magnética ainda não tem muito tempo de vida."

"O estudo usa o IRMf, o IRM funcional, assim podemos observar seu cérebro funcionando enquanto a senhora escuta a fita."

"Sim, a fita. Minha mãe vai gostar tanto de fazer a fita. E o que mais há para esperar?"

"O protocolo é começar pela Entrevista Clínica Estruturada para o *DSM-Três-Revisto*, a scid."

"Eu conheço bem. Sobretudo com o Diagnóstico Estatístico para Doenças Mentais quatro, o *DSM-Quatro*. A última edição revista."

"Às vezes, o doutor Wesley me deixa fazer a scid. Não podemos colocá-la na máquina até tirar isso do caminho, e pode ser um processo demorado, responder a todas as perguntas."

"Converso sobre isso com ele quando nos encontrarmos. E, se for apropriado, pergunto sobre a Lucy. Não, acho melhor não. Mas, de qualquer modo, espero que não haja nada errado com ela. Sobretudo porque ao que me parece ela é muito especial para ele."

"Ele está ocupado com outros pacientes, mas eu provavelmente poderia achar tempo para fazer uma scid na senhora."

"Muito obrigada, Jackie. Falo com ele a respeito assim que ele me ligar. E houve alguma reação adversa a esse seu estudo tão fascinante? E quem custeou a bolsa? Se não me engano, você disse que foi seu pai?"

"Apareceram algumas pessoas claustrofóbicas. Então não pudemos fazer a ressonância nelas, depois de tanto esforço. Imagine", diz Jackie, "ter todo aquele trabalho para fazer a entrevista clínica, gravar a voz das mães..."

"Gravar pelo telefone, eu suponho. Você fez um bocado, numa única semana."

"Mais barato e mais eficiente. Não precisa receber ninguém pessoalmente. É só um formato padrão, o que precisamos que elas falem na fita. Não tenho permissão de falar sobre a concessão de bolsas, mas meu pai é um filantropo."

"O novo programa que estou idealizando. Eu não mencionei que estou às vésperas de chamar consultores de produção? Você deu a entender que Lucy de alguma forma tem ligações com a polícia? Ou que é uma agente especial? Ela pode ser alguém a considerar. A menos que haja alguma coisa errada com ela. E ela fez ressonância na cabeça quantas vezes, aqui?"

"Sinto dizer que não assisti a seu programa muitas vezes. Por causa dos meus horários, só posso assistir televisão à noite."

"Meus programas vão ao ar várias vezes ao dia. De manhã, à tarde e à noite."

"Explorar cientificamente a mente criminosa e seu comportamento, em vez de entrevistar gente que usa armas e sai por aí prendendo todo mundo, é de fato a ideia correta. Sua audiência vai adorar", diz Jackie. "Vai preferir isso ao conteúdo da maioria dos programas de entrevista. Acho que conseguir uma especialista para entrevistar esses assassinos psicopatas sexualmente violentos aumentaria bastante a audiência do seu programa."

"Pelo que sou levada a presumir que um psicopata que estupra, abusa sexualmente e mata não é necessariamente violento. Esse é um conceito extraordinariamente original, Jackie, o que me faz perguntar, por exemplo, se só os sociopatas assassinos sexuais são violentos. E, seguindo essa hipótese, teríamos de perguntar o quê, a seguir?"

"Bom..."

"Bem, teríamos de perguntar onde se enquadra o homicídio sexual compulsivo. Ou seria apenas uma questão de linguagem? Eu digo mandioca, você diz aipim."

"Bom..."

"Quanto de Freud você já leu, e será que presta atenção nos seus sonhos? Devia anotar tudo, manter um diário na beira da cama."

"Claro que já li, na aula, bem, não o diário nem os sonhos. Não estudei isso", diz Jackie. "Na verdade, na vida real não tem mais ninguém freudiano."

Oito e meia da noite, hora de Roma. Gaivotas mergulham e gritam na noite. Parecem grandes morcegos brancos.

Em outras cidades perto da costa, as gaivotas são um

incômodo durante o dia, mas somem depois que escurece. Com certeza isso vale para os Estados Unidos, onde o capitão Poma passou um tempo considerável. Quando menino, frequentava terras estrangeiras com a família. Iria se tornar um homem do mundo, dono de maneiras impecáveis, falante fluente de outras línguas e senhor de uma excelente educação. Ele seria alguém, diziam os pais. Ele observa duas gordas gaivotas cor de neve num parapeito de janela perto de sua mesa, olhando para ele. Talvez elas queiram o caviar beluga.

"Eu lhe pergunto onde ela está", diz ele em italiano. "E você me responde que é para eu me informar sobre um homem que eu devia conhecer. Sem me dar mais nenhum detalhe? Isso me deixa tremendamente frustrado."

"O que eu disse foi o seguinte", retruca o dr. Paulo Maroni, que conhece o capitão há anos. "A doutora Self atraiu Drew Martin para seu programa, como você bem sabe. Semanas depois, a doutora começou a receber e-mails de alguém muito perturbado. Sei disso porque ela transferiu o sujeito para mim."

"Paulo, por favor. Preciso de detalhes sobre essa pessoa perturbada."

"Eu esperava que você tivesse todos."

"Quem começou a falar no assunto não fui eu."

"Você é que está trabalhando no caso", diz o dr. Maroni. "Mas pelo visto tenho mais informações que você. O que é deprimente. Porque então nós não temos nada."

"Eu não gostaria de admitir isso publicamente. Mas realmente nós não avançamos. Por isso é vital que você me informe sobre essa pessoa perturbada. E tenho a impressão de que você está brincando comigo de um jeito muito estranho."

"Para ter mais detalhes, você precisa falar com a doutora Self. Ele não é paciente dela, de modo que ela pode falar sobre ele livremente. Presumindo que a doutora Self vai querer colaborar." Ele estende a mão para o prato de blinis. "E essa é uma presunção e tanto."

"Então me ajude a encontrá-la", diz o capitão Poma. "Porque tenho a impressão de que você sabe onde ela está. Motivo que o fez me ligar de repente e convidar-se para um jantar supercaro."

O dr. Maroni ri. Ele tem dinheiro para comprar um salão inteiro recheado do melhor caviar russo. Não é por isso que está jantando com o capitão. Ele sabe alguma coisa e tem motivos complexos, um esquema. Isso é bem típico dele. Tem o dom de compreender as motivações e tendências humanas, possivelmente o homem mais brilhante que o capitão conhece. Porém é um enigma, e sua definição da verdade é só dele.

"Eu não posso lhe dizer onde ela está", diz o dr. Maroni.

"O que não significa dizer que não saiba. Você está jogando seus jogos semânticos comigo, Paulo. Não que eu seja preguiçoso. Não que eu não tenha tentado encontrá-la de todas as formas possíveis. Desde que soube que ela conheceu Drew, já conversei com pessoas que trabalham com ela e sempre ouço a mesma história, que já foi divulgada nos noticiários. Ela teve uma misteriosa emergência familiar. Ninguém sabe onde está."

"A lógica diria que é impossível que ninguém saiba onde ela está."

"Certo, a lógica me diz isso", concorda o capitão, que espalha caviar num blini e estende para ele. "Tenho a sensação de que você vai me ajudar a encontrá-la. Porque, como eu disse, e você sabe, foi por isso que me ligou, e agora cá estamos, brincando os dois de jogos de palavras."

"A equipe da doutora Self encaminhou os e-mails que você mandou pedindo uma reunião, ao menos por telefone, com ela?", pergunta o dr. Maroni.

"É o que eles dizem." As gaivotas se vão, interessadas numa outra mesa. "Eu não vou conseguir chegar até ela pelos canais normais. Ela não tem a menor intenção de me atender porque a última coisa que quer é se tornar um fator nas investigações. As pessoas podem lhe atribuir parte da responsabilidade."

"Como de fato deveriam. Ela é irresponsável", diz o dr. Maroni.

O *sommelier* aparece para encher de novo as taças. O restaurante no topo do Hotel Hassler é um dos prediletos do capitão Poma. A vista é linda e ele nunca se cansa dela; lembra-se de Kay Scarpetta e se pergunta se ela e Benton Wesley alguma vez comeram ali. Provavelmente não. Eram ocupados demais. Pareciam sempre ocupados demais para curtir o que importa na vida.

"Você entende? Quanto mais ela me evita, mais eu acho que ela tem um motivo", acrescenta o capitão. "Talvez seja esse homem desequilibrado que ela encaminhou a você. Por favor, me diga onde encontrá-la, porque eu acho que você sabe."

O dr. Maroni diz: "Alguma vez mencionei que temos regulamentos e padrões de conduta, nos Estados Unidos, e que entrar em juízo é um dos esportes nacionais mais praticados?".

"A equipe da doutora Self não vai me dizer se ela é ou não paciente no seu hospital."

"E eu também jamais lhe diria."

"Claro que não." O capitão sorri. Agora ele sabe. Não resta dúvida.

"Estou tão feliz de não estar lá neste momento", diz então o dr. Maroni. "Estamos com uma VIP muito difícil, no Pavilion. Espero que Benton Wesley consiga lidar com ela de forma adequada."

"Preciso falar com ela. Como é que posso levá-la a pensar que achei outra forma que não seja por seu intermédio de saber onde ela está?"

"Você não soube nada de mim."

"Soube com alguém. Ela vai exigir que eu conte com quem."

"Você não soube nada comigo. Na verdade, foi você que falou. E ainda não verificou."

"Será que daria para discutirmos hipoteticamente?"

O dr. Maroni toma seu vinho. "Prefiro o Barbaresco que tomamos da outra vez."

"Claro que prefere. A trezentos euros a garrafa."

"Encorpado mas muito refrescante."

"O vinho? Ou a mulher com quem esteve ontem à noite?"

Para um homem da idade dele, que come e bebe o que quer, o dr. Maroni parece estar em forma, e sempre acompanhado de alguma mulher. Elas se oferecem para ele como se ele fosse um deus Príapo, e Maroni não é fiel a nenhuma. Em geral, deixa a mulher em Massachusetts, quando vem a Roma. Ela não parece se incomodar. Está bem cuidada e ele não exige que satisfaça seus desejos sexuais porque ela não responde mais e ele também não a ama mais. Um destino que o capitão se recusa a aceitar. É um romântico e se pergunta de novo como andará Scarpetta. Ela não precisa de ninguém cuidando dela e jamais permitiria isso. A presença de Kay em seu pensamento é como a luz de velas nas mesas e as luzes da cidade por trás das vidraças. Ele se comove com ela.

"Posso entrar em contato com ela no hospital. Mas ela vai exigir saber como é que eu descobri seu esconderijo", diz o capitão.

"A VIP, você quer dizer." O dr. Maroni mergulha uma colher de madrepérola no caviar e pega uma quantidade suficiente para dois blinis. Passa o caviar sobre um e come. "Não quero que entre em contato com ninguém no hospital."

"E se Benton Wesley for minha fonte? Ele acabou de sair daqui e está envolvido na investigação. E agora ela é paciente dele. Me deixa irritado saber que falamos sobre a doutora Self uma noite dessas e ele não disse que ela é sua paciente."

"Você quer dizer a VIP. Benton não é psiquiatra e a VIP não é, tecnicamente, paciente dele. Tecnicamente, a VIP é minha paciente."

O capitão para de falar quando o garçom aparece com os *primi piatti*. Risoto com cogumelos e parmesão. Minestrone temperado com manjericão e massa *quadrucci*.

"Seja como for, Benton jamais revelaria um segredo como esse. Você poderia muito bem perguntar a uma pedra", diz o dr. Maroni depois que o garçom se afasta. "Eu acredito que a vip vai embora logo, logo. A pergunta importante para você é para onde ela vai. Onde ela esteve só é importante por causa do motivo."

"O programa da doutora Self é feito em Nova York."

"Os vips podem ir aonde bem entendem. Se você descobrir onde ela está e por quê, talvez descubra para onde irá em seguida. Uma fonte bem mais provável seria Lucy Farinelli."

"Lucy Farinelli?" O capitão está desconcertado.

"A sobrinha da doutora Scarpetta. No momento, estou lhe fazendo um favor e ela vai com frequência ao hospital. É possível que tenha tomado conhecimento dos rumores que correm por lá."

"E aí, o quê? Ela contou para Kay, que em seguida contou para mim?"

"Kay?" O dr. Maroni come. "Quer dizer então que ficaram amigos?"

"Espero que sim. Mas dele, não. Acho que ele não gosta de mim."

"A maioria dos homens não gosta de você, Otto. Só os homossexuais. Mas entende o que quero dizer? Hipoteticamente. Se a sua informação tiver vindo de alguém de fora — por exemplo de Lucy, que conta para a doutora Scarpetta, que conta para você" — o dr. Maroni come o risoto com entusiasmo —, "então não existem preocupações éticas ou legais. Acho que está começando a acompanhar meu raciocínio."

"E a vip sabe que Kay trabalha comigo nesse caso, uma vez que acabou de vir a Roma e andou pelos noticiários. Então essa vip vai acreditar que Kay é indiretamente sua fonte, e daí não haverá mais problemas. Isso é muito bom. Perfeito."

"O *risotto ai funghi* está quase perfeito. E o minestrone? Já pedi uma vez", diz o dr. Maroni.

"Excelente. Essa vip. Sem comprometer a confidencialidade, será que poderia me dizer por que ela está internada no Hospital McLean?"

"Os motivos dela ou os meus? Segurança pessoal é o motivo dela. O meu é que ela tire vantagem de mim. A doutora Self tem a patologia do eixo um e dois. Transtorno bipolar de alta velocidade, e se recusa a admitir o fato, quanto mais um remédio para estabilizar o humor. Qual desordem de personalidade você quer discutir? Ela tem tantas. E eu receio dizer que pessoas com desordens de personalidade raramente mudam."

"Quer dizer que alguma coisa provocou o colapso. Essa é a primeira internação da vip por motivos psiquiátricos? Andei fazendo umas pesquisas. Ela é contra medicamentos e acha que todos os problemas do mundo podem ser administrados se a pessoa seguir seus conselhos. O que ela chama de ferramentas."

"A vip não tem histórico de hospitalizações, antes dessa. Agora você está fazendo as perguntas importantes. Não sobre onde ela está. Mas sim por quê. Não posso lhe dizer onde a doutora Self está. Mas posso lhe dizer onde a vip está."

"Alguma coisa traumática com a sua vip?"

"Essa vip recebeu um e-mail de um louco. Coincidentemente, o mesmo louco de quem a doutora Self já tinha me falado no outono."

"Preciso falar com ela."

"Falar com quem?"

"Certo. Será que podemos falar sobre a doutora Self?"

"Mudamos o assunto da conversa da vip para a doutora Self."

"Me conte mais sobre esse louco."

"Como eu disse, alguém que eu vi várias vezes no meu consultório aqui."

"Não vou perguntar o nome do paciente."

"Ótimo, porque eu não sei qual é. Ele pagava em dinheiro vivo. E mentia."

"Você não faz ideia de qual seria o nome verdadeiro dele?"

"Ao contrário de você, eu não faço uma checagem dos antecedentes de um paciente, nem exijo prova de identidade real", diz o dr. Maroni.

"Então qual era o nome falso dele?"

"Não posso dizer."

"Por que a doutora Self entrou em contato com você para falar sobre ele? E quando?"

"No começo de outubro. Disse que ele estava mandando e-mails para ela e que achava melhor transferi-lo para outro consultório. É como eu disse."

"Então ao menos ela é um pouco responsável, se reconheceu que a situação estava além de suas capacidades", disse o capitão Poma.

"É aí, tenho a impressão, que você não entende a doutora Self. Ela jamais pensaria que alguma coisa está além de suas capacidades. Ela não queria se incomodar com ele e foi interessante, para seu ego maníaco, transferi-lo para um psiquiatra detentor do prêmio Nobel, que dá aula na Faculdade de Medicina de Harvard. Foi gratificante para ela me causar essa inconveniência, como já aconteceu tantas outras vezes. Ela tem seus motivos. Talvez provavelmente porque sabia que eu iria falhar. Ele não tem cura." O dr. Maroni estuda seu vinho como se ali estivesse a resposta.

"Me diga uma coisa", o capitão Poma diz. "Se esse homem não tem cura, então você não concorda comigo que isso também justifica o que estou pensando? Ele é um sujeito muito anormal, que pode estar fazendo coisas muito anormais. Ele manda e-mails para ela. Pode ter mandado o e-mail sobre o qual ela conversou com você, quando foi admitida no McLean."

"Você quer dizer a VIP. Eu nunca disse que a doutora Self está no McLean. Mas, se estivesse, com certeza você descobriria exatamente por quê. Me parece que é isso que interessa. Estou me repetindo como um disco enroscado."

"Ele pode ter enviado um e-mail à VIP que a desestruturou a ponto de fazê-la ir se esconder no seu hospital. Precisa localizá-lo e ao menos ter certeza de que ele não é um assassino."

"Não tenho ideia de como fazer isso. Como eu disse, não sei nem quem ele é. Apenas que é americano e que serviu no Iraque."

"Qual era o propósito dele ao dizer que viria vê-lo aqui em Roma? É um longo caminho, para uma consulta."

"Estava sofrendo de transtorno de estresse pós-traumático. Parece que ele tem parentes na Itália. Contou uma história perturbadora sobre uma jovem com quem passou um dia, no verão passado. Um corpo encontrado perto de Bari. Você lembra do caso."

"A turista canadense?", diz o capitão, surpreso. "Cacete."

"Essa mesma. Só que ela não foi identificada, de início."

"Estava nua, muito mutilada."

"Não como Drew Martin, pelo que me disseram. Não fizeram a mesma coisa com os olhos dela."

"Mas estava com grandes partes do corpo arrancadas."

"Exato. De início pensou-se que fosse alguma prostituta atirada de um carro em movimento, ou que tivesse sido atropelada, o que explicaria os ferimentos", diz o dr. Maroni. "A autópsia porém revelou dados diferentes: o que foi feito com ela foi feito com competência, ainda que em condições precárias. Você sabe como são essas coisas em regiões onde o dinheiro é curto."

"Sobretudo se for uma prostituta. A autópsia dela foi feita num cemitério. Se não tivessem dado parte do desaparecimento da turista canadense, na mesma época, ela poderia ter sido enterrada no cemitério, sem ser identificada", lembra o capitão Poma.

"Ficou determinado que a carne foi removida com algum tipo de faca ou serra."

"E você não vai me contar o que sabe sobre esse paciente que pagou em dinheiro e mentiu sobre o nome?", o capitão protesta. "Você há de ter anotações que pode partilhar comigo."

"Impossível. O que ele me contou não é prova."

"E se for ele o criminoso, Paulo?"

"Se eu tivesse mais provas, eu diria. Tudo o que eu tenho são histórias retorcidas e a sensação desagradável que senti quando fui procurado por causa da prostituta assassinada que era na verdade a canadense desaparecida."

"Procurado? Por quem? Para dar sua opinião? Isso é novidade para mim."

"Foi trabalhado pela polícia estadual. Não pelos *carabinieri*. Eu dou conselho de graça para muita gente. Resumindo, esse paciente nunca voltou a me procurar e não tenho ideia de onde ele possa estar", diz o dr. Maroni.

"Não tem ou não quer ter."

"Não tenho."

"Será que você não vê que é possível que ele seja o assassino de Drew Martin? Quem o transferiu para você foi a doutora Self, e de repente ela vai se esconder no seu hospital por causa do e-mail de um louco?"

"Agora você está perseverando e vamos voltar à VIP. Eu nunca disse que a doutora Self é paciente do hospital. Mas a motivação para se esconder é mais importante que o lugar em si."

"Se a menos eu pudesse pegar uma pá e escavar dentro da sua cabeça, Paulo. Não dá para saber o que eu acharia."

"Risoto e vinho."

"Se você conhece algum detalhe que possa ajudar na investigação, não concordo com o seu silêncio", diz o capitão, depois se cala porque o garçom está vindo na direção da mesa deles.

O dr. Maroni pede para ver o cardápio novamente, ainda que já tenha experimentado de tudo, porque janta ali com muita frequência. O capitão, que não quis o cardápio, recomenda a lagosta grelhada do Mediterrâneo, seguida por salada e queijos italianos. A gaivota macho retorna sozinha. Ela olha pela vidraça, eriçando as penas de um branco brilhante. Atrás, estão as luzes da cidade. O domo dourado da São Pedro parece uma coroa.

"Otto, se eu violar a confidencialidade do paciente com tão poucas provas, e estiver errado, minha carreira acaba", diz o dr. Maroni por fim. "Não tenho motivos legítimos para expor mais detalhes dele para a polícia. Seria uma imprudência da minha parte."

"Quer dizer que você menciona o assunto de quem poderia ser o assassino e depois fecha a porta?", diz o capitão Poma, debruçado sobre a mesa, desesperado:

"Não fui eu que abri essa porta", diz o dr. Maroni. "Tudo o que eu fiz foi assinalá-la pra você."

Enfronhada no trabalho, Scarpetta leva um susto quando o alarme do seu relógio de pulso toca, às quinze para as três.

Termina de suturar a incisão em "Y" na velha senhora em decomposição, cuja autópsia era desnecessária. Placa aterosclerótica. Causa da morte, como esperado, doença arterial coronariana, provocada pela arteriosclerose. Ela tira as luvas, joga dentro de uma lata de risco biológico pintada de vermelho vibrante e liga para Rose.

"Eu subo daqui a pouco", Scarpetta lhe diz. "Se puder entrar em contato com a Meddick, diga que ela está pronta para ser apanhada."

"Eu já ia descendo para falar com você", diz Rose. "Fiquei preocupada que pudesse ter se trancado de novo na geladeira." Uma velha piada. "Benton está tentando entrar em contato com você. Diz que é para você conferir os seus e-mails quando, e eu cito, estiver sozinha e muito calma."

"Você parece pior que ontem. Mais congestionada."

"Pode ser que eu esteja com um resfriado."

"Escutei a moto de Marino não faz muito tempo. E alguém andou fumando por aqui. Na câmara de refrigeração. Até minhas luvas cirúrgicas fedem a cigarro."

"Estranho."

"Onde ele está? Seria simpático se ele tivesse encontrado tempo de me ajudar aqui embaixo."

"Na cozinha", diz Rose.

Com um novo par de luvas, Scarpetta puxa o corpo da velha senhora da mesa de autópsia para um saco reforçado, forrado de vinil, que está em cima de uma maca, que ela empurra para a câmara refrigerada. Esguicha sua mesa de trabalho, coloca tubos de fluidos vítreos, urina, bile, sangue e uma caixa de órgãos retirados dentro de uma geladeira para testes posteriores de toxicologia e histologia. Cartões manchados de sangue vão para debaixo de uma cúpula para secar — amostras para testes de DNA que são incluídas em cada pasta. Depois de limpar o chão, os instrumentos cirúrgicos e as pias, e de juntar a papelada para ditar o relatório mais tarde, está pronta para cuidar de sua própria higiene.

No fundo da sala de autópsia ficam gabinetes de secagem com filtros HEPA e carbono para roupas ensanguentadas ou manchadas, antes que sejam empacotadas como prova e enviadas para os laboratórios. Ao lado, há uma área de estocagem, depois uma lavanderia e, por fim, a sala dos armários, dividida por uma parede de tijolos de vidro. De um lado os homens, do outro as mulheres. Nessa fase inicial de sua clínica em Charleston, só tem Marino de ajudante na morgue. Ele tem um lado do vestiário, ela o outro, e ela sempre sente certo constrangimento quando estão os dois tomando banho ao mesmo tempo e ela pode ouvi-lo e ver mudanças na luz pelo grosso vidro verde translúcido, enquanto ele se movimenta ao lado.

Ela entra do seu lado do vestiário e tranca a porta. Tira a proteção descartável dos sapatos, o avental, a touca, a máscara e joga tudo na lata de resíduos biológicos, depois joga sua roupa cirúrgica num cesto. Toma um chuveirada, esfregando-se com um sabonete antibactericida, depois seca o cabelo, veste seu *tailleur* e calça os sapatos. Voltando ao corredor, ela o percorre inteiro, até uma porta.

Do outro lado, há um lance escarpado de gastos degraus de carvalho que levam direto à cozinha, onde Marino está abrindo uma lata de Pepsi diet.

Ele a olha de cima a baixo. "E não é que estamos muito chiques", diz ele. "Esqueceu que hoje é domingo e se aprontou para ir ao tribunal? E eu aqui achando que ia dar pra ir até a praia." Uma longa noite de farra se estampava no rosto vermelho, barbado.

"Receba como um presente. Mais um dia vivo." Ela detesta motos. "Além do mais, o tempo está ruim e vai piorar ainda mais."

"Um dia desses eu ainda faço você montar na garupa do meu Indian Chief Roadmaster e você vai ficar vidrada, vai me implorar por mais."

A ideia de montar na moto, com os braços em volta dele, com o corpo grudado no dele, é um grande banho de água fria, e ele sabe disso. Ela é sua chefe, e de certa forma sempre foi, durante quase vinte anos, mas isso não lhe parece mais o certo. Com certeza, os dois mudaram. Com certeza, tiveram seus bons e maus momentos. Mas nos últimos anos, e sobretudo agora, o que ele acha dela e do seu emprego se tornou cada vez mais irreconhecível, e agora isso. Ela pensa nos e-mails da dra. Self, se pergunta se ele presume que ela os tenha visto. Pensa em qual foi o jogo em que a dra. Self o envolveu — um jogo que ele não entende e que está fadado a perder.

"Escutei você chegando. Obviamente, estacionou no pátio de novo", diz ela. "Se alguma caminhonete ou carro fúnebre bater na sua moto", lembra ela, "a responsabilidade é toda sua e não vou ficar com pena."

"Se alguém bater nela, pode crer que vai ter um cadáver a mais dando entrada no necrotério, seja quem for o paspalho da funerária que não olhou para onde estava indo."

A moto de Marino, com seus escapamentos capazes de quebrar a barreira do som, se tornou mais um motivo de discórdia. Ele vai com ela às cenas de crime, ao tribunal, aos prontos-socorros, aos escritórios de advocacia, à casa das testemunhas. No escritório, recusa-se a deixá-la no estacionamento e para no pátio, destinado apenas à entrega de corpos, não a veículos particulares.

"O senhor Grant já apareceu?", pergunta Scarpetta.

"Veio numa merda de uma caminhonete, com a merda do barco dele, redes de apanhar camarão, baldes e outras porcarias na traseira. Um grandessíssimo de um filho da puta, negro retinto. Nunca vi gente preta tão preta como aqui. Nem uma gota de creme no café. Não como na nossa saudosa terra natal da Virgínia, onde Thomas Jefferson dormia com a criada."

Ela não está com vontade de responder às provocações. "Ele está na minha sala, por acaso? Eu não quero que ele espere."

"Eu não entendo por que você se vestiu toda, como se fosse encontrar um advogado, um juiz, ou estivesse indo à igreja", diz Marino, e ela se pergunta se o que ele realmente espera é que ela tenha se vestido para ele, talvez por ter lido os e-mails da dra. Self e ficado com ciúme.

"Encontrar-me com ele é tão importante quanto com qualquer outra pessoa", diz ela. "Nós sempre mostramos respeito, lembra-se?"

Marino recende a cigarro e bebida, e quando "essa química se esgota", como diz Scarpetta, minimizando vezes demais o fato, as arraigadas inseguranças levam seu mau comportamento à máxima potência, problema que acaba se tornando ameaçador por causa do seu físico formidável. Aos cinquenta e poucos anos, raspa o que restou de cabelo, usa sempre roupas pretas de motociclista, botas pesadas e, como nos últimos tempos, um chamativo colar com um dólar de prata pendurado. Ele é fanático por levantamento de peso, e tem um peito tão largo que é conhecido por se vangloriar de que são precisos dois raios X para captar seus pulmões na chapa. Numa fase bem anterior da vida, baseada em velhas fotografias que Scarpetta viu, ele era bonito de um jeito viril e duro, e poderia continuar atraente até hoje, não fossem a grosseria, o desleixo e a vida desregrada que levava e que, nessa altura dos acontecimentos, não poderiam ser atribuídos ao fato de ter crescido numa região pobre de New Jersey.

"Não sei por que você ainda mantém a fantasia de que é capaz de me enganar", diz Scarpetta, desviando a conversa para longe daquele assunto ridículo de como está vestida e por quê. "Ontem à noite. E obviamente na morgue."

"Enganar você sobre o quê?" Mais um gole da latinha.

"Quando você toma banho de colônia para disfarçar o cheiro de cigarro, tudo o que consegue é me dar dor de cabeça."

"Hã?" Ele arrota silenciosamente.

"Deixa ver se eu adivinho. Você passou a noite no Kick'N Horse."

"O boteco é uma fumaça de cigarro só." Ele encolhe os ombros maciços.

"E eu tenho certeza de que você não contribuiu com nenhuma fumaça. Você estava fumando na morgue. Na câmara refrigerada. Será que também fumou no meu vestiário?"

"Provavelmente foi do meu lado para o seu. A fumaça. Talvez eu tenha levado o cigarro para lá, para o meu lado. Não me lembro."

"Eu sei que você não quer um câncer de pulmão."

Ele desvia os olhos do jeito como sempre faz, quando algum tópico de conversa fica desagradável, e opta por encerrar o assunto. "Descobriu alguma coisa nova? E não estou falando da velha, que nem deveria ter sido trazida para cá só porque o médico-legista não queria lidar com o fedor de um cadáver em decomposição. Falo do garoto."

"Eu coloquei o menino no congelador. Não tem mais nada que se possa fazer, no momento."

"Eu não aguento quando isso acontece com uma criança. Se eu conseguisse saber quem fez isso com aquele menininho, eu acabaria com a vida dele, despedaçaria o corpo dele com as próprias mãos."

"Não vamos ameaçar as pessoas, por favor." Rose está na soleira, com uma expressão esquisita no rosto. Scarpetta não sabe com certeza há quanto tempo ela está lá.

"Não é ameaça nenhuma", diz Marino.

"Foi justamente por isso que falei." Rose entra na cozinha, vestida de forma imaculada — com sua expressão antiquada — num *tailleur* azul, com os cabelos brancos presos atrás, num coque. Parece exausta e suas pupilas estão contraídas.

"Está me passando um sabão de novo?", diz Marino, com uma piscada de olho.

"Você precisa de uns dois sermões. Ou três ou quatro", diz ela, servindo-se de café bem forte, sem leite, um "mau" hábito que abandonara mais ou menos um ano antes e que agora, pelo visto, retomara. "E caso tenha se esquecido" — ela o examina por trás da borda da xícara de café —, "você já matou gente antes. Portanto não devia ficar fazendo ameaças." Ela se debruça no topo da bancada e respira fundo.

"Eu já disse. Não é uma ameaça."

"Tem certeza de que está bem?", Scarpetta pergunta a Rose. "Quem sabe você está com mais do que um simples resfriado. Não devia ter vindo trabalhar."

"Eu tive uma conversinha com a Lucy", diz Rose. Para Marino: "Eu não quero a doutora Scarpetta sozinha com Grant. Nem mesmo por um segundo".

"Ela contou que ele passou pelo exame de antecedentes?", diz Scarpetta.

"Você me escutou bem, Marino? Nem por um segundo você deixa a doutora Scarpetta sozinha com aquele homem. Eu não estou nem aí com o exame de antecedentes dele. Ele é maior que você", diz a superprotetora Rose, provavelmente sob instruções da superprotetora Lucy.

Rose é secretária de Scarpetta há quase vinte anos, seguindo a chefe de norte a sul, nas palavras de Rose, através de fases boas e más. Aos setenta e três anos de idade, é uma figura atraente, intimidante, ereta e alerta, que entra e sai todos os dias da morgue armada com recados telefônicos, relatórios que precisam ser assinados naquele mesmo minuto, qualquer coisa que ela decide que não pode esperar ou apenas um lembrete — não, uma ordem — para Scarpetta, que não comeu o dia todo, e que comida pronta — saudável, é claro — a está aguardando no andar de cima e que é melhor a doutora ir comer *já* e não tomar mais *nenhum* café, porque ela bebe café demais.

"Ele andou se metendo no que parece ter sido uma briga de faca." Rose continua preocupada.

"Consta da verificação dos antecedentes. Ele foi a vítima", diz Scarpetta.

"Ele parece bem violento e perigoso, e tem o tamanho de um cargueiro. Fiquei muito preocupada quando ele quis vir vê-la num domingo à tarde, talvez na esperança de pegá-la sozinha", diz ela a Scarpetta. "Como é que você pode saber que não foi ele que matou o menino?"

"Vamos apenas ouvir o que ele tem a dizer."

"Nos velhos tempos, não faríamos desse jeito. Haveria a presença da polícia", insiste Rose.

"Não estamos nos velhos tempos", retruca Scarpetta, tentando não passar sermão. "Isto é uma clínica particular e temos mais flexibilidade em certas coisas e menos em outras. Mas, na verdade, parte do nosso trabalho sempre foi encontrar quem tenha informações que possam ser úteis, com ou sem a presença policial."

"Mas tenha cuidado", diz Rose a Marino. "Quem quer que tenha feito aquilo com o coitado do menino sabe perfeitamente bem que o corpo dele está aqui e que a doutora Scarpetta está trabalhando nele, e em geral quando ela trabalha em algum caso, ela descobre tudo. Ele pode estar seguindo todos os passos dela, até onde se sabe."

Em geral, Rose não perde as estribeiras.

"Você andou fumando", diz ela então a Marino.

Ele toma mais um belo gole de Pepsi diet. "Devia ter me visto ontem à noite. Tinha dez cigarros na boca e dois no cu, enquanto tocava gaita e mandava ver com a minha nova gata."

"Mais uma noite edificante naquele bar de motoqueiros ao lado de alguma mulher cujo QI é igual ao da minha geladeira. Abaixo de zero. Por favor, não fume. Não quero que morra." Rose parece meio irritada quando vai até a cafeteira automática e enche o bule com água para fazer um café novo. "O senhor Grant gostaria de tomar um", diz ela. "E não, doutora Scarpetta, por hoje chega de café."

6

Bulrush Ulysses S. Grant sempre foi chamado de Bull. Sem nenhum estímulo, começou a conversa explicando a origem de seu nome.

"Imagino que esteja se perguntando sobre o 'S' do meu nome. Mas é só isso mesmo. Só um 'S' e pronto", diz ele, sentado no gabinete de Scarpetta, a portas fechadas. "Minha mãe sabia que o 'S' no nome do general Grant era Simpson. Mas ficou com medo de botar Simpson e ficar comprido demais pra escrever. Por isso deixou só o 'S'. Aliás, explicar isso leva mais tempo do que escrever o nome inteiro."

Ele está bem-arrumado e limpo, com roupas cinza passadas a ferro e um par de tênis que parece saído da máquina de lavar. Tem um boné amarelo de basquete no colo, esfiapado, com a estampa de um peixe, as manzorras educadamente cruzadas por cima. O resto de sua aparência é assustador, rosto, pescoço e cabeça marcados brutalmente por uma rede de longos talhos cor-de-rosa. Se algum dia ele viu um cirurgião plástico, não deve ter sido dos melhores. Vai ficar desfigurado para o resto da vida, uma colcha de retalhos feita de queloides que induz Scarpetta a se lembrar de Queequeg, do romance *Moby Dick*.

"Sei que se mudou pra cá faz pouco tempo", diz Bull, para sua surpresa. "Que se instalou naquela velha estrebaria que dá fundos para a viela entre a Meeting e a King."

"Por que cargas-d'água você sabe onde a doutora Scarpetta supostamente mora, e o que você tem a ver com isso?", interrompe Marino, com grosseria.

"Eu costumava trabalhar para uma vizinha sua." Bull se dirige a Scarpetta. "Ela morreu faz algum tempo. Acho que seria mais acertado dizer que trabalhei pra ela uns quinze anos, até que, uns quatro anos atrás, o marido morreu. Depois disso, ela despediu quase todos os empregados, acho que estava preocupada com o dinheiro, e eu precisei encontrar outra coisa pra fazer. Logo depois, ela também morreu. O que estou querendo dizer é que eu conheço a área onde a senhora mora como a palma da minha mão."

Ela olha para as cicatrizes rosadas no dorso das mãos.

"Conheço a sua casa...", acrescenta ele.

"Como eu ia dizendo..." Marino recomeça a falar.

"Deixa ele terminar", diz Scarpetta.

"Conheço muito bem o seu jardim, porque fui eu que escavei o lago e cimentei, fui eu que tomei conta da estátua do anjo de frente para o lago, fui eu que mantive tudo limpo e em ordem. Fui eu que construí a cerca branca com remates, num dos lados. Mas não as colunas de tijolo e de ferro fundido do outro. Isso foi feito antes da minha chegada e provavelmente estavam tão cobertas de mato, faias e bambus quando a senhora chegou que nem sabia que elas existiam. Eu plantei rosas, papoulas da Europa e da Califórnia, jasmim chinês, e consertei muitas coisas na casa."

Scarpetta está atônita.

"Seja como for", continua Bull, "fiz coisas pra metade das pessoas que moram lá na sua viela, e também nas ruas King, Meeting, Church e arredores. Desde menino. A senhora não sabe por que eu fico na minha. O que é muito bom quando a gente não quer que as pessoas daqui se ofendam com você."

Ela diz: "Como eles fazem comigo?".

Marino lança um olhar de desdém para ela. Scarpetta está sendo simpática demais.

"Isso mesmo. Não tem dúvida de que eles podem ser assim, por aqui", diz Bull. "Depois a senhora pôs todos aqueles decalques de teia de aranha nas janelas, e isso também não contribuiu, sobretudo por causa do que a senhora faz. Para ser sincero, uma das vizinhas chama a senhora de Doutora das Bruxas."

"Deixa ver se eu adivinho: por acaso não seria a senhora Grimball?"

"Eu não levaria isso muito a sério", diz Bull. "Ela me chama de Olé. Por causa do meu nome."

"Os decalques são para os pássaros não baterem nos vidros das janelas."

"Hã-hã. Nunca consegui descobrir o que exatamente é que os passarinhos veem. Feito assim, eles veem o que supostamente é uma teia de aranha e desviam para o outro lado, ainda que eu nunca tenha visto um passarinho preso numa teia de aranha como se fosse um inseto ou algo parecido. É o mesmo que dizer que os cachorros não enxergam cores ou não têm senso do tempo. Como é que a gente vai saber?"

"E o que é que você estava fazendo ali perto da casa dela?", diz Marino.

"Procurando trabalho. Quando eu era menino, ajudei muito a senhora Whaley", diz Bull a Scarpetta. "Agora, tenho certeza de que a senhora já ouviu falar no jardim da senhora Whaley, o mais famoso de toda Charleston, bem aqui, na rua Church." Ele sorri orgulhoso, apontando uma direção geral, as feridas nas mãos cintilando rosadas.

Ele também tem feridas nas palmas. Ferimentos defensivos, pensa Scarpetta.

"Foi um verdadeiro privilégio, trabalhar para a senhora Whaley. Ela foi muito boa comigo. Escreveu um livro, a senhora sabe, né? Eles mantêm cópias do livro na vitrine daquela livraria do Hotel Charleston. Uma vez ela assinou uma cópia pra mim. Eu ainda tenho."

"Que raios está acontecendo aqui?", diz Marino. "Você vem até a morgue para falar conosco sobre aquele garotinho morto ou será que isso é uma porra de uma entrevista de emprego e um passeio pelas ruas da memória?"

"Às vezes, as coisas se encaixam de formas misteriosas", diz Bull. "Minha mãe sempre dizia isso. Talvez no mal haja algo de bom. Quem sabe alguma coisa boa pode sair do que houve. E o que houve foi ruim, não há dúvida. Feito um filme passando o tempo todo dentro da cabeça, ver aquele garotinho morto na lama. Com caranguejos e moscas andando pelo corpo dele." Bull toca o dedo indicador marcado de cicatrizes nas cicatrizes da testa. "Lá no alto, eu vejo quando fecho os olhos. A polícia da comarca de Beaufort diz que a senhora ainda está se estabelecendo por aqui." Ele vistoria o gabinete de Scarpetta, absorvendo lentamente todos os livros e diplomas emoldurados. "A senhora parece bem estabelecida, a meu ver. Mas é provável que eu tivesse feito coisa melhor." Sua atenção vai para os gabinetes recém-instalados, onde ela tranca os casos mais sensíveis e aqueles que ainda não foram julgados. "Por exemplo, a porta de nogueira negra não está nivelada com a porta ao lado. Não está no alinhamento certo. Eu podia consertar isso facilmente. A senhora viu alguma porta capenga na sua casa? Não, não viu. Não as que eu pus no prumo, quando ajudei nas reformas que houve por lá. Sei fazer de tudo, e quando não sei, eu aprendo. De modo que disse comigo mesmo, quem sabe eu podia perguntar. Perguntar não ofende."

"Então quem sabe *eu* deva lhe perguntar", diz Marino. "Você matou aquele garoto? Meio que coincidência, ter encontrado o corpo dele, não acha?"

"Não senhor." Bull olha para ele, olha direto nos olhos, os músculos do maxilar se flexionando. "Eu ando por aí tudo, cortando glicéria, pescando camarão e peixe, pegando mariscos e ostras. Deixe eu lhe perguntar" — ele enfrenta o olhar de Marino —, "se eu tivesse matado aquele menino, por que é que eu iria encontrar o corpo e ligar pra polícia?"

"Você me diz. Por quê?"

"Claro que eu não ia ligar."

"O que me faz pensar. Como é que chamou a polícia?", pergunta Marino, debruçando-se mais para a frente na cadeira, com mãos feito patas de urso sobre os joelhos. "Você por acaso tem celular?" Como se um preto pobre não pudesse ter um celular.

"Liguei pra polícia. E, como eu já disse, por que iria chamar a polícia se tivesse matado o menino?"

Não teria. Além do mais, embora Scarpetta não vá lhe dizer isso, a vítima é uma criança sexualmente abusada, com antigas fraturas curadas, inúmeras cicatrizes e óbvia privação de comida. De maneira que, a menos que Bulrush Ulysses S. Grant fosse o guardião ou o pai adotivo do menino, ou o tivesse sequestrado e mantido vivo durante meses ou anos, ele com certeza não era o assassino.

Marino diz a Bull: "Você ligou pra cá dizendo que queria nos contar o que houve na manhã da segunda-feira passada, há quase uma semana. Mas antes de mais nada, onde você mora? Porque, pelo que entendi, você não mora em Hilton Head".

"Ah, não, claro que não." Bull dá risada. "Acho que isso fica um pouco além das minhas posses. Eu e a família temos uma casinha a noroeste daqui, numa quebrada da rodovia quinhentos e vinte e seis. Venho pescar por aqui com frequência, e fazer um trabalhinho ou outro. Ponho o barco na carroceria da caminhonete, vou aonde tem água e saio pra trabalhar. Como eu já disse, camarão, peixe, ostra, dependendo da temporada. Comprei um daqueles barcos de fundo chato, leves que nem uma pena, e posso subir os riachos desde que saiba a hora das marés e não encalhe no seco por lá, com toda aquela mosquitada e muito maruim em volta. Cobras venenosas e cascavéis. E jacaré também, mas esses só têm nos canais e riachos onde há mato em volta e a água é salobre."

"O barco de que você fala é esse na traseira da caminhonete estacionada aí fora?", pergunta Marino.

"Isso mesmo."

"Alumínio com o quê? Motor de cinco cavalos?"

"Isso mesmo."

"Eu queria dar uma examinada nele, antes de você ir

embora. Tem alguma objeção se eu der uma espiada no seu barco e na sua caminhonete? Presumo que a polícia já tenha feito isso."

"Não senhor, não fizeram. Quando chegaram e eu disse o que sabia, eles falaram que eu podia ir embora. Então eu voltei para o abrigo onde deixei a caminhonete. Àquela altura, estava lotado de gente lá. Mas pode ir e olhar quanto quiser. Não tenho nada a esconder."

"Muito obrigada, mas não será necessário." Scarpetta olha feio para Marino. Ele sabe muito bem que não tem jurisdição para investigar a caminhonete de Grant, nem o barco, ou seja o que for. Isso é tarefa dos policiais, e eles não acharam necessário.

"Para onde é que levou seu barco, seis dias atrás?", diz Marino a Bull.

"Para Old House Creek. Tem um molhe lá, e um pequeno armazém onde, se o dia for bom, dá pra vender alguma coisa do que peguei. Sobretudo se tiver sorte com camarões e ostras."

"Viu alguém suspeito na região, quando estacionou sua caminhonete na manhã da segunda-feira passada?"

"Não posso dizer que sim, mas também não sei por que eu veria. Àquela altura, o garoto já estava havia muitos dias onde eu o encontrei."

"Quem falou que foram dias?", pergunta Scarpetta.

"O cara da funerária, no estacionamento."

"O que trouxe o corpo até aqui?"

"Não senhora. Foi o outro. Ele estava lá com aquele enorme rabecão. Sei lá o que estava fazendo ali. A não ser falar."

"Lucious Meddick?", pergunta Scarpetta.

"Da Funerária Meddick. Sim senhora. Ele me disse que o garoto estava morto havia dois ou três dias, quando foi encontrado."

Aquele maldito Lucious Meddick. Presunçoso feito o diabo, e totalmente equivocado. Nos dias 29 e 30 de abril, as temperaturas variaram entre vinte e quatro e vinte e sete graus. Mesmo que o corpo tivesse ficado no pântano só por um dia, já teria começado a se decompor e sofrer ataques predatórios de animais e peixes. As moscas ficam quietas durante a noite, mas teriam posto ovos de dia e ele estaria infestado de larvas. Na verdade, até chegar à morgue, o corpo já estava em *rigor mortis*, se bem que não completo, ainda que a mudança *post-mortem* tenha sido menor e mais vagarosa, devido à subnutrição e à falta de desenvolvimento muscular. O *livor mortis* era indistinto, ainda não se fixara. Não havia descoloração motivada pela putrefação. Caranguejos, camarões e similares estavam apenas começando nas orelhas, no nariz e nos lábios. Na estimativa da dra. Scarpetta, o menino estava morto havia menos de vinte e quatro horas. Quem sabe até menos que isso.

"Continue", disse Marino. "Conte pra gente como foi exatamente que encontrou o corpo."

"Ancorei meu barco e saí, com minhas botas e luvas, carregando meu cesto e um martelo..."

"Um martelo?"

"Pra quebrar os cachos."

"Cachos?", diz Marino, com um sorrisinho afetado.

"As ostras ficam grudadas em cachos, por isso você tem que separá-las com o martelo e jogar fora as cascas mortas. E esse é o tipo que mais se encontra por aqui. Muito difícil encontrar ostras seletas." Faz uma pausa, depois diz: "Não me parece que vocês saibam muita coisa sobre ostras. Então me deixa explicar. Uma ostra seleta é aquela que você recebe numa meia concha, no restaurante. Esse é o tipo que todo mundo quer, mas é difícil de achar. Seja como for, comecei a recolher as ostras por volta do meio-dia. A maré estava bem baixa. E foi aí que eu vi de relance alguma coisa no capim que me pareceu cabelo enlameado; cheguei mais perto e lá estava ele".

"Você tocou nele ou mudou o garoto de posição?", pergunta Scarpetta.

"Não senhora." Balançando a cabeça. "Assim que vi o que era, voltei direto pro barco e chamei a polícia."

"A maré baixa começa por volta da uma da manhã", diz ela.

"Exato. E lá pelas sete volta a subir — tão alto quanto possível. E perto da hora em que eu estava lá, já tinha baixado de novo."

"Se fosse você", diz Marino, "e você quisesse se livrar do corpo usando o barco, faria isso na maré baixa ou alta?"

"Seja quem for que cometeu o crime, pôs o garoto ali com a maré bem baixa e largou entre a lama e o capim, na margem do riacho. Caso contrário, o corpo teria sido levado pela correnteza, se a maré estivesse mesmo alta. Mas se você joga o garoto num lugar parecido com aquele onde ele foi encontrado, é bem provável que fique parado, a não ser que venha uma maré de lua, na lua cheia, quando a água pode chegar a três metros de altura. Nesse caso, ele podia ter sido levado embora, podia ter ido parar em qualquer parte."

Scarpetta já verificou isso. Na véspera de o corpo ter sido encontrado, a lua não estava nem um terço cheia, e o céu se achava parcialmente encoberto.

"Lugar esperto pra jogar um corpo. Em uma semana, ele não seria muito mais que alguns ossos espalhados por ali", diz Marino. "É um milagre que tenha sido descoberto, você não acha?"

"Não ia demorar muito tempo pra se transformar numa pilha de ossos, e havia uma boa chance de ninguém encontrar o garoto, isso é verdade", diz Bull.

"O negócio é que, quando eu falei em maré alta e maré baixa, não pedi para você ficar especulando o que uma outra pessoa teria feito. Eu perguntei o que você teria feito", diz Marino.

"Maré baixa num barquinho pequeno sem muito arranque, não dá pra ir a parte alguma com mais de trinta centímetros de fundura. É isso que eu teria feito. Mas não fiz." Ele olha fixamente para os olhos de Marino de novo. "Eu não fiz coisa nenhuma com aquele garoto, a não ser encontrar o corpo."

Scarpetta lança mais um olhar contundente para Marino, já teve o suficiente de interrogatórios e intimidações por parte dele. Vira-se para Bull. "Há mais alguma coisa de que você se lembre? Alguém que tenha visto na região? Alguém que possa ter visto por lá que chamou a sua atenção?"

"Penso muito nesse assunto e a única coisa que me vem à mente é que, cerca de uma semana atrás, eu estava nesse mesmo molhe em Old House Creek, no mercado de lá, vendendo camarão, e na hora de ir embora, reparei numa pessoa amarrando um barco, um pesqueiro. O que chamou minha atenção foi que não havia nada dentro do barco que pudesse ser usado pra pegar camarão, ostra, nem pra pescar, de modo que concluí que o sujeito simplesmente gostava de estar na água, sabe como é. Confesso que não gostei da forma como ele olhou pra mim. Me deu uma sensação esquisita. Como se ele tivesse me visto em algum outro lugar."

"Tem uma descrição dele?", Marino pergunta. "Viu o carro dele? Uma caminhonete, eu imagino, pra puxar o barco?"

"Ele estava de chapéu bem enterrado na cabeça e óculos escuros. Não me pareceu muito forte, mas não saberia dizer ao certo. Eu não tinha motivo pra ficar encarando e não queria que ele achasse que eu estava olhando pra ele. É assim que as coisas começam, você sabe. Minha lembrança é que ele usava botas. Calça comprida e uma camiseta de manga comprida, sem dúvida, e lembro de ter me perguntado por quê, já que estava sol e fazia calor. Não vi que carro ele dirigia porque saí antes e havia inúmeros carros e caminhonetes no estacionamento. Hora de movimento. Gente chegando, comprando e vendendo peixes e frutos do mar recém-pescados."

"Na sua opinião, uma pessoa teria de conhecer a área pra largar um corpo ali?", pergunta Scarpetta.

"Depois do escurecer? Deus meu. Não conheço ninguém que entre num riacho daqueles depois do escurecer. Eu não entraria. Mas isso não significa dizer que não aconteceu. Porque, quem fez isso não é uma pessoa normal como nós, de qualquer forma. Não pode ser, pra fazer uma coisa dessas com uma criança pequena."

"Reparou em alguma mudança no capim, na lama, na cama de ostras, quando encontrou o menino?", pergunta Scarpetta.

"Não senhora. Mas se alguém tivesse colocado o corpo ali na noite anterior, durante a maré baixa, na maré alta a água entraria e alisaria toda a lama, bem como faz uma onda com a areia. Ele teria ficado debaixo da água por um tempo, mas sem sair do lugar, por causa do capim alto em que estava. E a cama de ostras, ninguém iria querer pisar nela, de todo modo. Passaria por cima ou daria a volta do melhor jeito que desse. Não tem nada mais dolorido do que um corte de concha de ostra. Você entra lá no meio delas, perde o equilíbrio e pode sair de lá retalhado."

"Quem sabe foi isso que cortou você todo', diz Marino. "Você caiu numa cama de ostras?"

Só de ver, Scarpetta sabe que são cortes feitos por lâmina e diz: "Senhor Grant, tem muitas casas ao longo do pântano, assim como inúmeros molhes, e um deles fica bem perto do local onde o senhor achou o menino. Seria possível que ele tivesse sido levado de carro, depois carregado até o molhe e sido largado, digamos, onde foi encontrado?"

"Não consigo imaginar ninguém descendo uma escada num daqueles velhos molhes, sobretudo depois que escurece, levando um corpo e uma lanterna. E com certeza seria preciso ter uma lanterna bem potente. Um homem pode se enterrar até os quadris naquela lama capaz de sugar os sapatos pra fora dos pés. Eu imagino que haveria pegadas de lama no molhe, presumindo que ele tenha subido de novo para ir embora, depois de fazer o serviço."

"E como é que o senhor sabe que não havia pegadas de lama no molhe?", Marino pergunta a ele.

"O cara da funerária me disse. Eu estava esperando no estacionamento até eles trazerem o corpo, e ele estava ali, conversando com a polícia."

"Claro que só pode ter sido Lucious Meddick de novo", diz Scarpetta.

Bull faz que sim com a cabeça. "Ele também passou um tempão conversando comigo, querendo saber o que eu tinha pra dizer. Não contei muita coisa pra ele."

Uma batida na porta e Rose entra, põe um caneco de café na mesa, perto de Bull, as mãos tremendo. "Creme e açúcar", diz ela. "Desculpe por ter demorado tanto. Da primeira vez, encheu demais, foi grão pra todo lado."

"Muito obrigado, senhora."

"Alguém precisa de mais alguma coisa?" Rose olha em volta, respira fundo e parece mais exausta e pálida do que antes.

Scarpetta diz: "Por que não vai pra casa? E descansa um pouco?".

"Estarei na minha sala."

A porta se fecha e Bull diz: "Eu gostaria de explicar minha situação, se não se importam".

"Vá em frente", diz Scarpetta.

"Eu tinha um emprego de verdade até três semanas atrás." Olha firme para os polegares e gira os dedos devagar no colo. "Não vou mentir para vocês. Eu me meti numa encrenca. É só olhar para mim pra saber disso. E não caí em nenhuma cama de ostras." Seus olhos se cruzam com os de Marino.

"Encrenca por quê?", pergunta Scarpetta.

"Por fumar maconha e brigar. Na verdade eu nem fumei a maconha, mas ia fumar."

"Ora, isso não é mesmo uma beleza?", diz Marino. "Pois, para trabalhar aqui, uma das exigências que a gente tem nesse muquifo é que a pessoa fume maconha, seja violenta e tenha descoberto no mínimo um corpo assassinado. Em casa, as exigências são as mesmas para jardineiro e faz-tudo."

Bull vira-se para ele. "Eu sei o que você deve estar pensando. Mas não é bem assim. Eu estava trabalhando no porto."

"Fazendo o quê?", Marino pergunta.

"O nome é mecânico ajudante para erguimentos pesados. Esse era o título do meu serviço. No geral, eu fazia qualquer coisa que meu supervisor mandasse. Ajudava a cuidar do equipamento, a erguer e carregar as coisas de um lado pro outro. Precisava saber falar no rádio e consertar coisas, fazer o que fosse. Bom, um dia, depois que terminei meu turno, resolvi me esconder entre aqueles velhos contêineres lá nas docas. Estou falando dos que não são mais usados, que ficam largados de lado, meio amassados. Se você andar pela rua Concord, vai saber do que estou falando, bem ali, do outro lado da cerca de arame. O dia tinha sido comprido, e, para dizer a verdade, eu e a minha mulher tínhamos brigado de manhã, eu não estava de bom humor e resolvi fumar um baseado. Não era uma coisa que eu fazia habitualmente, nem consigo me lembrar da última vez que fumei. Eu ainda nem tinha acendido quando, de repente, um homem surge de lugar nenhum, perto dos trilhos do trem. E me esfaqueia feio, feio mesmo."

Ele levanta as mangas e estende os braços e as mãos musculosos, virando para o outro lado, exibindo mais lanhos rosa-pálido contra a pele escura.

"E eles pegaram quem fez isso?", pergunta Scarpetta.

"Acho que eles nem tentaram com muito empenho. A polícia me acusou de ter provocado a briga, disseram que eu provavelmente tinha me atracado com o sujeito que me vendeu a maconha. Nunca contei quem era, e sei que não foi ele que me cortou. Ele nem sequer trabalhava no porto. Depois que saí do pronto-socorro, passei algumas noites preso até voltar a falar com o juiz e o caso ser anulado porque não havia nenhum suspeito e não foi encontrada maconha nenhuma."

"É mesmo? Então por que a polícia acusou você de estar com maconha, se nada foi encontrado?", diz Marino.

"Porque eu disse pra polícia que estava indo fumar um, quando aconteceu. Eu tinha acabado de enrolar um baseado e estava prestes a pôr fogo quando o homem avançou.

Vai ver que a polícia nunca achou. Aliás, acho que eles não estavam muito preocupados, pra falar a verdade. Ou vai ver o homem que me esfaqueou levou embora, eu não sei. Nunca mais cheguei perto de maconha. E também não ponho uma gota de álcool na boca. Prometi a minha mãe que nunca mais."

"Então foi despedido", presume Scarpetta.

"Sim senhora."

"E no que, exatamente, o senhor acha que poderia nos ajudar por aqui?", pergunta ela.

"Tudo de que precisarem. Não há nada que eu não queira fazer. A morgue não me assusta. Não tenho o menor problema com gente morta."

"Quem sabe o senhor me deixa o número do seu celular, ou a melhor maneira de a gente entrar em contato", diz ela.

Ele puxa uma folha de papel do bolso de trás, se levanta e coloca delicadamente na mesa dela. "Está tudo aqui, a senhora pode me ligar a qualquer hora."

"O investigador Marino vai acompanhá-lo até a porta. Muito obrigada pela ajuda, senhor Grant." Scarpetta se levanta e aperta com cuidado a mão dele, cautelosa com as feridas.

A cento e dez quilômetros a sudoeste, na ilha de veraneio de Hilton Head, o tempo está nublado e há rajadas de vento quente vindo do mar.

Will Rambo caminha na praia escura e vazia com um destino em mente. Leva uma caixa verde de ferramentas e ilumina com uma luz tática SureFire o que quer que seja, sem precisar de fato ver por onde vai. A luz é potente o bastante para cegar uma pessoa, pelo menos por alguns segundos, e isso é o suficiente, supondo que a situação assim exija. Rajadas de areia pinicam seu rosto e ressoam nas lentes escuras dos óculos. A areia gira como uma dançarina diáfana.

E a tempestade de areia rugiu por Al-Asad feito um tsunami, engolindo a ele e ao veículo Humvee, engolindo o céu, engolindo tudo. O sangue espirrava dos dedos de Roger, e os dedos pareciam pintados de vermelho vivo, a areia continuava a soprar e grudar nos dedos sangrentos, enquanto ele tentava enfiar o intestino de volta para dentro. O rosto mostrava um pânico e um estado de choque como Will nunca vira, e ele sem poder fazer nada, a não ser prometer que tudo ficaria bem e ajudar o amigo a enfiar os intestinos de volta.

Will escuta os gritos de Roger nas gaivotas voando pela praia. Gritos de pânico e dor.

"*Will! Will! Will!*"

Os gritos, gritos agudos, e o rugido da areia.

"*Will! Meu Deus! Por favor, me ajuda, Will!*

Foi um pouco depois disso, depois da Alemanha. Will retornou para a base da Força Aérea em Charleston, depois foi para a Itália, diferentes partes da Itália onde havia crescido. Ele vagava num entra e sai de blecaute total. Foi a Roma enfrentar o pai porque era hora de enfrentar o pai, e lhe pareceu um sonho sentar-se entre os desenhos em estêncil de ramos de palmeira e moldes trompe-l'oeil *na sala de jantar da infância, na casa de verão da Piazza Navona. Tomou vinho tinto com o pai, um vinho tão vermelho quanto sangue, e irritou-se com o barulho que os turistas faziam embaixo das janelas abertas, turistas tolos, tão pouco inteligentes quanto pombos, jogando moedas na Fontana dei Quattro Fiumi de Bernini e tirando fotos, água jorrando o tempo todo.*

"*Fazendo pedidos que nunca se concretizam. Ou, caso se realizem, são ainda piores*", *comentou com o pai, que não entendeu, mas continuou a olhar para ele como se fosse um mutante.*

À mesa, sob o candelabro, Will enxergava sua imagem no espelho veneziano na parede oposta. Não era verdade. Ele se parecia com Will, não com um mutante, e viu a boca se mexer no espelho, enquanto relatava ao pai que Roger queria ser um herói, quando regressasse do Iraque. Seu desejo se tornou verdadeiro, disse a boca de Will. Roger voltou para casa num caixão barato na barriga de um avião de carga C5.

"Não tínhamos óculos de proteção, nem equipamentos de proteção, nem colete blindado, nada", contou Will para o pai, em Roma, esperando que ele entendesse, mas ele não entendia.

"Por que foi, se tudo o que você faz é se queixar?"

"Eu tive que escrever pra você, pedindo lanternas. Tive que escrever pra você pedindo ferramentas porque até os parafusos quebravam. As bostas baratas que eles nos deram", disse a boca de Will, no espelho. "Não tínhamos nada, a não ser tranqueiras baratas, por causa das malditas mentiras, as malditas mentiras que os políticos contam."

"Então por que você foi?"

"Porra, porque me mandaram ir, seu velho imbecil."

"Não ouse falar desse jeito comigo! Não nesta casa, onde você sempre há de me tratar com respeito. Não fui eu que escolhi essa guerra fascista, e sim você. Tudo o que você faz é se queixar feito um bebê. Por acaso rezou, quando estava lá?"

Quando a parede de areia se arremessou contra eles, e Will não conseguiu mais enxergar sua mão na frente, ele rezou. Quando a explosão da bomba na estrada atirou o Humvee de lado, encobrindo completamente sua visão e o vento uivando como se estivessem dentro do motor de um C17, ele rezou. Quando segurou Roger nos braços, ele rezou, quando não conseguiu mais aguentar a dor de Roger, ele rezou, e essa foi a última vez que rezou.

"Quando rezamos, na verdade estamos pedindo ajuda a nós mesmos — não a Deus. Estamos pedindo a nossa própria intervenção divina", disse a boca no espelho, conversando com o pai, em Roma. "De modo que não preciso rezar para um deus num trono. Eu sou Will, o Desejo de Deus, porque sou o meu próprio desejo. Não preciso nem de você nem de Deus, porque sou o Desejo de Deus."

"*Quando você perdeu os dedos do pé, também perdeu o juízo?*", disse-lhe o pai em Roma, e era algo irônico de dizer na sala de jantar, onde, sobre um console dourado, abaixo do espelho, havia um pé de pedra da Antiguidade, com todos os dedos. Por outro lado, Will tinha visto pés desmembrados por lá, depois de um homem-bomba entrar num lugar repleto de gente e se suicidar, portanto ele supunha que perder alguns dedos do pé era melhor que ser um pé inteiro sem nada mais.

"*Isso já está curado. Mas o que o senhor sabe a respeito?*", disse ele em Roma. "*Nunca foi me ver, em todos aqueles meses na Alemanha ou em Charleston, nem nos anos anteriores. O senhor nunca esteve em Charleston. Eu estive aqui em Roma inúmeras vezes, mas nunca pelo senhor, ainda que pense o contrário. Exceto desta vez, por causa do que tenho de fazer, uma missão, entende. Permitiram que eu vivesse para poder aliviar o sofrimento dos outros. Algo que o senhor jamais entenderia porque é egoísta, inútil, e não liga pra ninguém a não ser para o senhor mesmo. Olhe só para o senhor. Rico, desinteressado e frio.*"

O corpo de Will se levanta da mesa e ele se vê andando em direção ao espelho e ao console dourado. Apanha o antigo pé de pedra enquanto a fonte abaixo da janela jorra água e os turistas fazem barulho.

Ele leva a caixa de ferramentas e uma câmera a tiracolo e caminha pela praia de Hilton Head para completar sua missão. Senta-se, abre a caixa de ferramentas, tira de lá de dentro uma bolsa de congelar alimentos cheia de areia especial e, em seguida, pequenos frascos de cola lilás. Com a lanterna, ilumina o que está fazendo, enquanto espreme a cola sobre as palmas das mãos. Mergulha cada uma delas no saco de areia. Depois estica as mãos para o vento, a cola seca rapidamente e ele fica com mãos de lixa. Mais frascos de cola e ele faz o mesmo com as solas dos pés, com todo o cuidado, para não deixar nenhum espaço sem areia nas solas, sob seus sete dedos. Guarda os frascos vazios e o que resta da areia na caixa de ferramentas.

Os óculos escuros olham em volta e ele desliga a lanterna.

Seu destino é a placa de ENTRADA PROIBIDA posta na praia, no final do longo passeio de tábuas que dá no quintal cercado da propriedade.

7

O estacionamento atrás do escritório de Scarpetta. Motivo de muitas brigas, quando ela abriu a clínica, com vizinhos impetrando objeções formais a quase tudo o que ela pedia autorização para fazer. Conseguiu seus objetivos com a cerca de segurança, ao ocultar tudo com trepadeiras e roseiras-bravas, mas perdeu na questão da iluminação. À noite, o estacionamento é escuro demais.

"Até o momento, não vejo motivo para não lhe dar uma chance. Nós realmente estamos precisando de ajuda", diz Scarpetta.

As folhas das palmeiras se agitam e as plantas que cobrem a cerca se mexem enquanto ela e Rose se aproximam dos carros.

"Eu não tenho ninguém para me ajudar no jardim, falando nisso. E não posso desconfiar de todos neste planeta", acrescenta.

"Não deixe Marino levá-la a fazer algo que depois vai se arrepender de ter feito", diz Rose.

"Eu desconfio dele."

"Você precisa sentar com ele. E não falo no escritório. Convide-o. Cozinhe para ele. Ele não vai fazer nada de mau com você."

Elas chegaram ao Volvo de Rose.

"Sua tosse piorou", diz Scarpetta. "Por que não fica em casa amanhã?"

"Bem que eu gostaria que você não tivesse dito nada para ele. Me surpreende que tenha contado para qualquer um de nós."

"Acho que foi o anel que falou."

"Mas você não devia ter explicado", diz Rose.

"Já é hora de Marino enfrentar o que ele vem evitando enfrentar desde que nos conhecemos."

Rose encosta no carro, como se estivesse cansada demais para ficar de pé, ou quem sabe seus joelhos estejam doendo. "Então você devia ter dito isso a ele faz tempo. Mas não disse, e ele continuou esperançoso. A fantasia infeccionou. Você não confronta as pessoas em relação aos sentimentos que possam ter e tudo o que essa atitude faz é tornar as coisas..." Ela tosse tão forte que não consegue terminar a frase.

"Acho que está ficando gripada." Scarpetta põe o dorso da mão no rosto de Rose. "Você está meio quente."

Rose tira um lenço de papel da bolsa, enxuga os olhos e suspira. "Aquele homem. Não acredito que algum dia você tenha pensado nele a sério." Ela volta a falar de Bull.

"A clínica está aumentando. Tenho de conseguir um assistente para a morgue, e já desisti de tentar achar alguém qualificado."

"Não acho que tentou a sério nem manteve o pensamento aberto." O Volvo é tão antigo, Rose tem de abrir a porta com a chave. A luz de dentro acende e sua fisionomia parece contraída e cansada, quando ela se ajeita no banco e arruma meticulosamente a saia para cobrir os joelhos.

"Os assistentes de morgue mais qualificados sempre vêm de agências funerárias ou de morgues hospitalares", responde Scarpetta, com a mão no topo da esquadria da janela. "Como o maior negócio funerário da região está nas mãos de um certo Henry Hollings, que, além disso, tem o direito de usar as instalações da Faculdade de Medicina da Carolina do Sul para autópsias que são de sua jurisdição ou sublocadas para ele, que chances você acha que eu teria, se ligasse para ele pedindo uma recomendação? A última coisa que nosso magistrado quer é me ver tendo sucesso."

"Você diz isso faz dois anos. Baseada em nada."

"Ele foge de mim."

"Exatamente o que eu estava dizendo sobre comunicar seus sentimentos. Talvez devesse falar com ele", diz Rose.

"Como é que eu vou saber se ele não é o responsável pelos números do meu escritório e da minha casa terem ido parar na internet?"

"E por que ele esperaria tanto tempo para fazer isso? Se é que foi ele."

"O momento certo. Meu gabinete andou nos noticiários, por causa do caso de abuso infantil. E a comarca de Beaufort me pediu para cuidar do caso, em vez de chamar Hollings. Estou envolvida na investigação do caso Drew Martin e acabei de voltar de Roma. Momento interessante para alguém entrar em contato com a Câmara do Comércio e registrar meu consultório, dando os endereços de casa e do escritório. Até mesmo pagar a taxa para se afiliar."

"É óbvio que você mandou que tirassem seu nome da lista. E tem de haver um registro de quem pagou essa taxa."

"Um cheque bancário", diz Scarpetta. "Tudo o que puderam me dizer é que quem os procurou foi uma mulher. Eles me tiraram da lista, graças a Deus, antes que acabasse por toda a internet."

"O magistrado não é uma mulher."

"O que não significa porra nenhuma. Ele não faria o trabalho sujo ele mesmo."

"Ligue para ele. Pergunte à queima-roupa se ele está tentando tirar você da cidade. Tirar todos nós da cidade, eu deveria dizer. Me parece que você tem um bocado de gente com quem falar. A começar por Marino." Ela tosse e, como se num sinal combinado, as luzes interiores do Volvo se apagam.

"Ele não devia ter vindo para cá." Scarpetta olha para os fundos da antiga edificação de tijolos, pequena, com um andar e um porão, que ela converteu em morgue. "Ele adorava a Flórida", diz ela, o que a faz se lembrar da dra. Self de novo.

Rose ajusta o ar-condicionado, gira os ventiladores para soprarem ar frio sobre o rosto e mais uma vez respira fundo.

"Tem certeza de que está bem? Eu queria ir atrás de você", diz Scarpetta.

"De jeito nenhum."

"E se a gente passasse um tempo juntas, amanhã? Eu podia fazer um jantar para nós. Prosciutto e figos, mais o seu assado preferido de carne de porco marinada. Um belo vinho toscano. E eu sei o quanto você gosta do meu creme de ricota e café."

"Muito obrigada, mas já tenho compromisso", diz Rose, com um toque de tristeza na voz.

A sombra escura de um reservatório de água elevado, na ponta sul da ilha, ou no dedão, como é chamado.

A ilha de Hilton Head tem o formato de um sapato, como os sapatos que Will via em lugares públicos no Iraque. A mansão de alvenaria branca a que pertence a placa de ENTRADA PROIBIDA vale no mínimo quinze milhões de dólares. As venezianas eletrônicas estão fechadas e ela provavelmente se encontra no sofá, na sala grande, vendo mais um filme na tela retrátil que cobre boa parte da vidraça que faz frente para o mar. Da perspectiva de Will, olhando de fora para dentro, o filme aparece de trás para a frente. Ele examina a praia, examina as casas mais próximas, vazias. O céu nublado e escuro está baixo, pesado, e as rajadas de vento sopram ferozes, ininterruptas.

Will entra no passeio de tábuas e segue por ele até o portão que separa o mundo exterior do jardim, enquanto a tela grande de cinema cintila de trás para a frente. Um homem e uma mulher trepando. Seu pulso se acelera enquanto anda, as passadas arenosas soando baixo nas tábuas gastas, atores cintilando de trás para a frente na tela. Trepando dentro de um elevador. O volume está baixo. Ele mal escuta os baques e gemidos, aqueles sons tão violentos de quando as personagens trepam em Hollywood, e então depara com o portão de madeira, e ele está trancado. Will passa por cima e vai para seu lugar de costume, ao lado da casa.

Por uma fresta entre a janela e a cortina, ele a vigia há meses, intermitentemente, observa seus passos, gritos e puxões de cabelo. Ela nunca dorme à noite, tem medo da noite, medo das tempestades. Vê filmes a noite inteira e a manhã toda. Assiste a filmes quando chove e, se houver tempestade, põe o volume quase no máximo; quando o sol brilha, ela se esconde dele. Em geral dorme no sofá de couro preto em que está esticada agora, apoiada em almofadas de couro, com um cobertor por cima. Ela aponta o controle remoto e volta o DVD até a cena em que Glenn Close e Michael Douglas trepam no elevador.

As casas de ambos os lados, escondidas por árvores e cercas altas de bambu, estão vazias. Vazias porque os ricos que não estiveram ali nem vão estar não as alugam para ninguém. As famílias em geral só começam a usar as caríssimas casas de veraneio depois que os filhos entram em férias. Ela não iria querer outros vizinhos por perto, e vizinho nenhum esteve por ali durante todo o inverno. Quer ficar sozinha e sente pavor de estar sozinha. Tem pavor de trovões e da chuva, tem pavor de céu aberto e da luz do sol, não quer mais estar em lugar nenhum, quaisquer que sejam as condições.

Foi por isso que vim.

Ela volta o DVD de novo. Ele está acostumado com o ritual, ela se deita ali, com o mesmo moletom rosa imundo, volta a fita e repete cenas, em geral de gente trepando. De vez em quando, sai para fumar à beira da piscina, momento em que deixa o pobre do cachorro sair um pouco de sua jaula. Ela nunca apanha os detritos dele, a grama toda cheia de bosta seca, e o faz-tudo mexicano, que vai uma semana sim, outra não, também não recolhe a merda. Ela fuma e olha para a piscina, enquanto o cachorro vagueia pelo pátio, ladrando de vez em quando seus uivos graves, até ela o chamar de volta.

"Bom cachorro", ou, com mais frequência, "Cachorro mau" e "Vem. Vem pra cá já". Batendo as mãos.

Ela não lhe faz nenhum carinho, mal consegue olhar para o animal. Se não fosse por ele, sua vida seria insuportável. O cachorro não entende nada daquilo. É muito provável que não se lembre do que houve, ou que tenha entendido, na época. O que ele conhece é a caixa na lavanderia, onde dorme e fica sentado, uivando. Ela não liga a mínima, quando ele uiva e ela bebe vodca, toma comprimidos e puxa os cabelos, a mesma rotina todos os dias, dia após dia.

Logo vou segurá-la em meus braços e levá-la através da escuridão interior até um reino superior, e você vai se ver separada da dimensão física, que é agora seu inferno. Você vai me agradecer.

Will se mantém alerta, garantindo que ninguém o veja. Vê quando ela se levanta do sofá e anda bêbada até a porta de correr, para fumar e, como sempre, esquece que o alarme está ligado. Dá um salto e xinga, quando o alarme começa suas lamúrias e martelações, e vai aos trambolhões até o painel para desligá-lo. O telefone toca e ela enfia a mão pelos cabelos ralos e escuros, diz alguma coisa, depois berra e bate o telefone no gancho. Will se abaixa até o chão, entre os arbustos, não se move. Em questão de minutos, eles aparecem, dois policiais numa radiopatrulha da comarca de Beaufort. Will olha sem ser visto os policiais parados na varanda, que se recusam a entrar porque já conhecem o enredo. Ela esqueceu a senha de novo, e a companhia do alarme acionou a polícia outra vez.

"Minha senhora, não é uma boa ideia usar o nome do seu cachorro, de toda maneira." Um dos policiais lhe diz a mesma coisa que já lhe disseram antes. "Devia usar outra coisa como senha. O nome de um bichinho de estimação é uma das primeiras coisas que um intruso tenta."

Ela fala enrolado. "Se eu não consigo lembrar nem do nome do maldito cachorro, como é que vou lembrar de outra coisa qualquer? Tudo o que eu sei é que a senha é o nome do cachorro. Ah, diacho. Buttermilk. Agora lembrei."

"Sim senhora. Mas eu ainda acho que a senhora deveria mudar a senha. Como eu disse, não é bom usar o nome de um animal de estimação, e a senhora nunca se lembra qual é, mesmo. Deve haver alguma coisa que a senhora guardou na cabeça. Temos tido muitos assaltos por aqui, sobretudo nesta época do ano, quando quase todas as casas estão vazias."

"Não vou conseguir me lembrar de uma nova." Ela mal consegue falar. "Quando ele dispara, eu não consigo nem pensar."

"Tem certeza de que está bem aqui sozinha? Não quer que a gente ligue para alguém?"

"Eu não tenho ninguém."

Por fim, os policiais se retiram. Will surge de seu lugar seguro e a vê, por uma janela, acertando o alarme de novo. Um, dois, três, quatro. O mesmo código, o único que ela consegue lembrar. Ele vê quando ela se acomoda outra vez no sofá, chorando de novo. Serve-se de mais uma dose de vodca. O momento passou. Ele segue pelas tábuas de madeira até a praia.

8

Na manhã seguinte, oito horas, horário de verão do Pacífico, Lucy para na frente do Centro Stanford para o Câncer.

Sempre que ela pilota seu jatinho Citation X até San Francisco, e aluga uma Ferrari para dirigir por uma hora até seu neuroendocrinologista, sente-se poderosa, do jeito como se sente em casa. O jeans apertado e a camiseta colada na pele mostram um corpo atlético e a fazem se sentir vital, como ela se sente em casa. As botas negras de pele de crocodilo e o relógio Breitling Emergency, com seu dial cor de laranja, a fazem se sentir ainda a Lucy destemida e bem-sucedida, do jeito como se sente quando não pensa no que há de errado com ela.

Ela abre a janela de seu F430 Spider vermelho. "Será que sabe manobrar isto aqui?", pergunta ao manobrista vestido de cinza que se aproxima temeroso dela, na entrada do moderno complexo de vidro e tijolos. Ela não o reconhece. Deve ser novo. "O câmbio é tipo Fórmula Um, essas almofadas na direção. À direita para subir, à esquerda para reduzir, as duas ao mesmo tempo para ponto neutro, este botão para ré." Ela repara na ansiedade dos olhos dele. "Bom, certo, confesso que é um pouco complicado", diz ela, porque não quer que ele se sinta diminuído.

É um homem mais velho, provavelmente aposentado e entediado, que veio estacionar carros no hospital. Ou talvez alguém na família dele tenha câncer, ou teve. Mas é óbvio que nunca dirigiu uma Ferrari e talvez nunca tenha visto uma de perto. Ele olha para o carro como se tivesse acabado de descer do espaço sideral. Não quer saber de conversa, e isso é bom, quando não se sabe dirigir um carro que pode custar tanto quanto algumas casas.

"Acho que não", diz o manobrista, hipnotizado pelos bancos de couro e pelo botão vermelho de "ligar" na roda de direção em fibra de carbono. Dá a volta até a traseira do carro, olha o motor sob a tampa de vidro e balança a cabeça. "Isso é demais. Conversível, acho eu. Deve ventar pra burro, quando você baixa a capota e vai tão rápido quanto possível", diz ele. "Tenho de admitir que é demais. Por que a senhora não para bem ali?" Ele mostra a ela. "Melhor lugar da casa. É realmente demais." Balançando a cabeça.

Lucy estaciona, pega a pasta e os dois envelopes grandes contendo as imagens da ressonância magnética que revelam o segredo mais devastador de sua vida. Guarda a chave da Ferrari, põe na mão do manobrista uma nota de cem dólares e diz, muito séria mas piscando para ele: "Tome conta dele como se fosse da sua própria vida."

O centro oncológico é lindíssimo, um complexo médico com enormes janelas e quilômetros de assoalho encerado, tudo aberto e cheio de luz. As pessoas que trabalham no lugar, muitas delas voluntárias, são sempre educadíssimas. Da última vez em que passou por uma consulta, havia uma harpista empoleirada no corredor, tocando graciosamente "Time after time". Nessa tarde, a mesma senhora toca "What a wonderful world". Que piada, esse tal mundo maravilhoso, e, caminhando a passos muito rápidos, sem olhar para ninguém, com um boné de beisebol enterrado até os olhos, Lucy percebe que no momento música nenhuma conseguiria aliviar seu cinismo e sua depressão.

As clínicas são áreas abertas, perfeitamente pintadas em tons de terra, sem nenhum quadro nas paredes, apenas televisores de tela plana mostrando cenas calmantes da natureza: pradarias e montanhas, folhas de outono, bosques nevados, sequoias-gigantes, as rochas vermelhas de Sedona, acompanhadas por sons delicados de riachos correndo, chuva caindo, pássaros e brisas. Orquídeas em vasos sobre as mesas, a iluminação suave, as áreas de espera sem aglomeração. Há uma única paciente da Clínica D, quando Lucy chega à mesa da recepção, e é uma senhora usando peruca e lendo a revista *Glamour*.

Lucy avisa em voz baixa ao recepcionista atrás do balcão que ela veio ver o dr. Nathan Day, ou Nate, como ela o chama.

"Seu nome?" Com um sorriso.

Calmamente, Lucy lhe dá o pseudônimo que vem usando. Ele digita alguma coisa no computador, sorri de novo e pega o telefone. Em menos de um minuto, Nate abre a porta e faz um gesto para que Lucy entre. Ele lhe dá um abraço, como sempre faz. "É ótimo ver você. Com essa cara fantástica." Ele fala enquanto se encaminham para o consultório.

É uma sala pequena, muito longe do que seria de esperar de um neuroendocrinologista formado em Harvard e considerado um dos melhores em sua área. A mesa de trabalho está atulhada, há um computador com tela grande, uma estante repleta de livros e múltiplas caixas de luz suspensas nas paredes, onde na maioria dos escritórios haveria janelas. Há um sofá e uma poltrona. Lucy entrega os registros que levou consigo.

"Resultados de laboratório", diz ela. "E a imagem que você viu da outra vez e a mais recente."

Ele se acomoda atrás da escrivaninha e ela se senta no sofá. "De quando?" Ele abre os envelopes, lê os relatórios e nem uma palavra sequer é armazenada eletronicamente; a pasta de papel está no cofre individual do médico, identificada por código, o nome de Lucy não consta de lugar nenhum.

"O exame de sangue foi há duas semanas. A ressonância mais recente foi há um mês. Minha tia olhou, diz que parece que estou bem, mas considerando o que ela vê o tempo todo", diz Lucy.

"Ela está dizendo que você não parece morta. O que é um alívio. E como vai Kay?"

"Ela gosta de Charleston, mas não tenho muita certeza se Charleston gosta dela. Eu gosto bastante... Bom, sempre me motivo por lugares que não se encaixam comigo."
"O que significa dizer a maior parte deles."
"Eu sei. Lucy, a monstra. Espero que a minha presença ainda seja segredo. Pelo menos é o que parece, já que dei meu pseudônimo para, como é mesmo o nome dele, na recepção, e ele não me questionou. Independentemente da maioria democrática, privacidade é piada."
"Não me provoque." Ele examina o relatório do laboratório. "Sabe quantos pacientes eu tenho que pagariam do próprio bolso, se pudessem, para manter suas informações longe dos bancos de dados?"
"Isso é muito bom. Se eu quisesse invadir seu banco de dados, o faria provavelmente em cinco minutos. A Polícia Federal talvez conseguisse em uma hora, mas o mais provável é que já tenham entrado no seu banco de dados. E eu não. Porque não acredito em violar os direitos civis de uma pessoa, a menos que seja por uma boa causa."
"Isso é o que *eles* dizem."
"Eles mentem e são burros. Sobretudo o FBI."
"Ainda no topo da sua Lista dos Mais Procurados, pelo visto."
"Eles me despediram sem justa causa."
"E pensar que você podia estar abusando do Patriot Act e recebendo por isso. Bem, não muito. E que treco de computador você está vendendo agora por muitos milhões de dólares?"
"Modelos de dados. Redes neurais que recebem o *input* dos dados e basicamente executam tarefas inteligentes da mesma maneira que o nosso cérebro. E estou brincando com um projeto de DNA que pode vir a ser muito interessante."
"O exame de TSH está excelente", diz ele. "O T-4 livre está bom, o que quer dizer que seu metabolismo está funcionando. Dá pra dizer isso sem nem ter de olhar o relatório. Mas você perdeu um pouco de peso, desde a última vez em que veio me ver."

"Quem sabe uns dois quilos e meio."

"Pelo visto, você ganhou massa muscular. Portanto é provável que tenha perdido bem uns quatro quilos e meio do inchaço de gordura e água."

"Não podia ter sido mais claro."

"Quanto está malhando por dia?"

"O mesmo de sempre."

"Vou considerar isso como obrigatório, embora provavelmente seja obsessivo. O teste do painel do fígado está bom. E seu nível de prolactina está estupendo, bem na marca dos dois ponto quatro. E quanto à menstruação?"

"Normal."

"Nenhum vazamento branco, transparente ou leitoso nos seios? Não que eu esteja esperando lactação com um nível tão baixo de prolactina."

"Não. E não precisa se animar, não. Não vou deixar você checar."

Ele sorri e faz mais algumas anotações na pasta.

"O lado triste disso é que meus seios não são grandes."

"Tem muita mulher que pagaria um bom dinheiro para ter o que você tem. E paga", diz ele, prosaicamente.

"Eles não estão à venda. Na verdade, ultimamente não estou conseguindo dar nem de graça."

"Isso eu sei que não é verdade."

Lucy não se sente mais constrangida, pode falar com ele sobre tudo. No começo, a história foi diferente, era um pavor e uma humilhação ter um macroadenoma pituitário benigno — um tumor no cérebro — causando uma superprodução de prolactina hormonal, o que levava seu corpo a achar que ela estava grávida. Sua menstruação parou. Ela ganhou peso. Não teve galactorreia, nem começou a produzir leite, mas, se não tivesse descoberto o que havia de errado com ela na hora em que descobriu, seria a próxima coisa a acontecer.

"Me parece que você não está vendo ninguém." Ele tira as imagens do envelope, ergue os braços e as prende nas caixas de luz.

"Ninguém."

"E como vai sua libido?" Ele reduz as luzes da sala e acende as das caixas de luz, iluminando o cérebro de Lucy. "Dostinex é às vezes chamado de droga do sexo, sabia? Bem, isso se você conseguir achá-la."

Ela se aproxima dele e olha para as imagens. "Cirurgia eu não faço, Nate."

Fixa sombriamente os olhos na região de forma um tanto retangular da hipointensidade, na base do hipotálamo. Toda vez que olha uma de suas imagens, acha que tem de haver algum erro. Aquele não pode ser seu cérebro. Um cérebro jovem, como Nate diz. Anatomicamente, um cérebro grande, diz ele, exceto por uma pequena imperfeição, um tumor que corresponde à metade do tamanho de uma moeda de um centavo.

"Não me importa o que dizem os artigos nos jornais. Ninguém vai me abrir. Como é que está? Por favor, diga que vai bem."

Nate compara a imagem anterior com a mais recente, examina as duas lado a lado. "Não há uma diferença dramática. Ainda tem entre sete e oito milímetros. Nada na cisterna suprasselar. Uma pequena mudança da esquerda para a direita do infundíbulo pituitário." Ele aponta com uma caneta. "O quiasma óptico está claro." Aponta de novo. "O que é excelente." Larga a caneta e levanta dois dedos, começando com eles juntos, depois vai separando os dois, para conferir a visão periférica de Lucy. "Ótimo", diz de novo. "Estão quase idênticos. A lesão não está aumentando."

"Mas também não está encolhendo."

"Vamos sentar, por favor."

Ela se senta na pontinha do sofá. "Resumindo", diz ela, "ele continua comigo. Não se tornou necrótico nem foi embora apesar das drogas que eu tomei e nunca vai desaparecer, correto?"

"Mas não está aumentando", repete ele. "Os remédios fizeram com que ele encolhesse e ficasse contido. Muito bem. Opções. O que você quer fazer? Olha, só porque o

Dostinex e o genérico foram ligados a danos na válvula do coração, não acho que você tenha com o que se preocupar. Os estudos tratam de pessoas que tomam a droga por causa do mal de Parkinson. E na sua dose baixinha? É muito provável que dê tudo certo. O grande problema? Eu posso prescrever uma dúzia de receitas, mas acho que não vai encontrar um único comprimido no país."

"O remédio é fabricado na Itália. Eu posso conseguir lá. O doutor Maroni disse que me arranja."

"Ótimo. Mas quero que faça um ecocardiograma a cada seis meses."

O telefone toca. Nate aperta um botão, escuta por alguns momentos e diz, para quem quer que seja: "Obrigado. Chame a segurança se tiver a impressão de que não vai conseguir controlar. Fique atento para que ninguém toque nela." Desliga e diz a Lucy: "Pelo visto alguém veio até aqui numa Ferrari vermelha que está atraindo muita atenção".

"Mas que ironia." Ela se levanta do sofá. "É tudo uma questão de perspectiva, não é?"

"Eu dirijo, se você não quiser."

"Não é que eu não queira. É só que nada mais parece o mesmo. E isso não é inteiramente mau. Apenas diferente."

"Esse é o negócio com o que você tem. É uma coisa que você não quer. Mas é algo mais do que o que você teve, porque talvez tenha mudado a maneira como você olha as coisas." Ele a acompanha até a porta. "Vejo isso todo dia, por aqui."

"Claro."

"Você está indo bem." Ele para na porta que dá na área de espera e não há ninguém para ouvi-los, apenas o homem atrás do balcão, que sorri muito e está ao telefone de novo. "Eu poria você no topo dos meus dez por cento de pacientes que estão indo bem."

"Um dos dez mais. Acho que isso rende um B+. Eu comecei com um A."

"Não, não começou não. Você provavelmente já tinha

a doença há muito tempo, só não sabia de sua existência, até que se tornou sintomático. Tem falado com Rose?"

"Ela não consegue enfrentar isso. Estou tentando não deixá-la ressentida, mas está difícil. Muito, muito difícil. Não é justo. Sobretudo com a minha tia."

"Não deixe Rose atropelar você, porque é provavelmente o que ela está tentando fazer, justamente por essas mesmas razões que você acabou de me explicar. Ela não consegue enfrentar." Ele põe as mãos nos bolsos do avental. "Ela precisa de você. Com certeza não vai falar disso com mais ninguém."

Do lado de fora do Centro de Câncer, uma mulher muito magra, com um lenço cobrindo a careca e dois meninos pequenos, dá voltas em torno da Ferrari. O manobrista corre até Lucy.

"Ninguém chegou muito perto. Eu fiquei de olho. Ninguém se aproximou", diz ele, em voz baixa, urgente.

Lucy olha para os dois garotos e para a mãe doente, vai até o carro e destranca a porta, com a cabeça em outro lugar. A mãe e os meninos recuam e seus rostos mostram medo. A mãe parece velha, porém o mais provável é que não tenha mais de trinta e cinco anos.

"Desculpe", ela diz a Lucy. "Eles estão fascinados. Mas não tocaram em nada."

"Até que velocidade ele vai?", pergunta o menino mais velho, um ruivinho de aproximadamente doze anos.

"Vejamos, quatrocentos e noventa cavalos, seis marchas, motor V-8 de quatro vírgula três litros, oitocentas e cinquenta rotações por minuto e painel difusor traseiro de fibra de carbono. De zero a noventa e seis quilômetros em quatro segundos. Cerca de trezentos e vinte quilômetros por hora."

"Não pode ser!"

"Alguma vez já dirigiu um desses?", pergunta Lucy para o mais velho.

"Nunca nem tinha visto um."

"E você?", pergunta Lucy ao irmão também ruivo, que deve ter oito ou nove anos.

"Não senhora." Com timidez.

Lucy abre a porta do motorista e deixa os dois ruivinhos darem uma espiada, com o fôlego preso.

"Como é que você se chama?", Lucy pergunta ao mais velho.

"Fred."

"Senta no banco do motorista, Fred, e eu vou lhe mostrar como é que se liga isso."

"Não precisa fazer isso", diz a mãe para ela, com cara de quem vai cair no choro. "Querido, não estrague nada."

"Eu me chamo Johnny", diz o outro garoto.

"Você vem depois", diz Lucy. "Chega mais perto de mim e presta atenção."

Lucy liga o carro, verificando antes que a Ferrari está em ponto morto. Pega o dedo de Fred e coloca no botão vermelho da direção. Depois solta sua mão. "Segure por alguns segundos, depois acelere." A Ferrari acorda com um rugido.

Lucy dá uma volta com cada garoto pelo estacionamento, enquanto a mãe, sozinha no meio de tudo, sorri, acena e enxuga as lágrimas.

Benton fotografa Gladys Self no telefone do Laboratório McLean de Neuroimagem. Como acontece com sua filha famosa, o sobrenome Self combina com ela.

"Se está se perguntando por que aquela minha filha riquíssima não me põe numa bela mansão em Boca", diz Gladys, "bem, doutor, eu é que não quero estar em Boca ou em Palm Beach, nem em nenhum outro lugar que não seja aqui, em Hollywood, Flórida. Em meu pequeno apartamento caindo aos pedaços de frente para o mar."

"Por que será?"

"Pra me vingar. Imagine como é que vai parecer, quando eles me acharem morta num muquifo daquele, qualquer dia desses. Vamos ver o que isso não faz pela popularidade dela." E dá uma risadinha.

"Parece que vai ser difícil a senhora ter alguma coisa boa pra dizer sobre ela", diz Benton. "E vou precisar de alguns minutos de elogios seus para ela, senhora Self. Assim como vou precisar de alguns minutos de neutralidade sua, e depois de críticas."

"Por que ela está fazendo isso, é o que eu me pergunto."

"Eu expliquei no começo da conversa. Ela se apresentou como voluntária para uma pesquisa que estou conduzindo."

"Aquela minha filha não se oferece como voluntária para nada, a menos que queira algo em troca. Nunca soube que ela tenha feito alguma coisa só pela simples razão de ajudar terceiros. Que besteira! Emergência familiar. Ela tem sorte de eu não ter ido à CNN para contar ao mundo inteiro que está mentindo. Vamos ver. Qual é a verdade. Eu vou seguir as pistas. Você é um desses psicanalistas da polícia que trabalham no, como é mesmo o nome do seu hospital? McLean? É, isso mesmo. Onde todos os ricos e famosos vêm se tratar. Bem o tipo de lugar para onde ela viria, se tivesse de ir a algum lugar, e eu sei de um bom motivo para isso. Que derrubaria o senhor, se soubesse. Bingo! Ela é uma paciente, mais nada!"

"Como eu já disse, ela faz parte de um projeto de pesquisa que estou conduzindo." *Cacete*. Ele tinha avisado a dra. Self sobre isso. Se ele chamasse sua mãe para fazer o registro, ela poderia suspeitar que a filha era uma paciente. "Não tenho permissão para falar sobre ela — onde ela está, o que está fazendo e por quê. Não posso divulgar informações sobre nenhuma das pessoas envolvidas em nosso estudo."

"Mas eu com certeza poderia divulgar uma ou duas coisas para o senhor. Eu sabia! Ela merece ser estudada, com certeza. Que pessoa normal se poria na frente das câmaras de televisão fazendo o que ela faz, retorcendo o cérebro das pessoas, suas vidas, como aconteceu com aquela tenista que acabou de ser assassinada? Aposto que Marilyn é de alguma forma culpada por isso, chamou a moça para se apresentar no programa, obteve tudo quanto é informação privada dela, para o mundo todo ver. Foi constrangedor, não acredito que a família daquela mocinha tenha permitido."

Benton viu uma cópia desse programa. A sra. Self tem razão. Foi exposição demais e tornou Drew vulnerável e acessível. Esses são os ingredientes perfeitos para ser perseguida, se é que ela foi. Não é o objetivo, aqui, mas ele não consegue não cutucar um pouco. "Eu me pergunto como é que a sua filha conseguiu levar Drew Martin ao programa. Será que elas já se conheciam?"

"Marilyn consegue entrevistar quem ela quer. Quando me liga, em ocasiões especiais, está sempre se vangloriando dessa ou daquela celebridade. Só que da forma como ela fala, são eles que têm a sorte de conhecer minha filha, não o contrário."

"Tenho a impressão de que a senhora não a vê com muita frequência."

"O senhor acha mesmo que ela se daria ao trabalho de ir visitar a própria mãe?"

"Bom, mas ela não é totalmente desprovida de sentimentos, é?"

"Quando garotinha, era um doce de menina, por mais incrível que isso possa parecer. Mas alguma coisa virou de ponta-cabeça, por volta dos dezesseis anos. Fugiu com um *playboy*, sofreu uma desilusão, depois voltou pra casa e eu tive de dançar miudinho. Por acaso ela falou sobre isso?"

"Não, ela não disse nada."

"Claro que não. Ela fala sem parar no pai que se matou, e como eu sou horrível e tudo o mais. Mas seus próprios fracassos não existem. E isso inclui os outros. O senhor ficaria surpreso se soubesse o número de gente que ela conseguiu expulsar de vida dela por motivo nenhum, a não ser pelo fato de que eram inconvenientes. Ou quem

sabe mostraram uma faceta da vida que o mundo não deveria ver. Isso é ofensa passível de assassinato."
"Presumo que não esteja sendo literal."
"Depende da sua definição."
"Vamos começar com o que ela tem de positivo."
"Ela lhe disse que faz todo mundo assinar um contrato de confidencialidade?"
"Até mesmo a senhora?"
"Quer saber o motivo real de eu viver como vivo? É que não posso me dar ao luxo de aceitar a chamada generosidade dela. Vivo do Seguro Social e da aposentadoria que consegui guardar depois de toda uma vida de trabalho. Marilyn nunca levantou um dedo por mim e depois ainda teve a coragem de me dizer que eu precisava assinar um dos seus contratos de confidencialidade, entende? Disse que, se eu não assinasse, ficaria sozinha no mundo, não importa quão velha ou doente estivesse. Eu não assinei. De todo modo, não falo sobre ela. Mas com certeza poderia."
"Está falando comigo."
"Bom, é, mas foi ela que me disse pra falar, certo? Ela lhe deu meu telefone porque isso condiz com seja lá qual for o objetivo que ela tem em mente desta vez. E eu sou a fraqueza dela. Ela não consegue resistir. Está morta de vontade de saber o que eu vou dizer. Dá validade às crenças que tem sobre si mesma."
"O que eu precisava que a senhora tentasse", diz Benton, "é se imaginar dizendo a ela o que a senhora gosta nela. Tem de haver alguma coisa. Por exemplo: 'Sempre admirei a sua inteligência', ou 'Tenho tanto orgulho do seu sucesso' etc. e tal."
"Mesmo que não seja verdade?"
"Se a senhora não tem nada de positivo para dizer sobre ela, receio que não podemos ir adiante." O que para ele seria uma maravilha.
"Não se preocupe. Eu sei mentir tão bem quanto ela."
"Depois as coisas negativas. Por exemplo, eu gostaria

que ela fosse mais generosa, ou menos arrogante, ou seja lá o que for que lhe vier à mente."

"Fácil como tirar o doce de uma criança."

"E por fim os comentários neutros. O tempo, as compras que fizeram juntas, coisas assim."

"Desconfie dela. Ela vai falsificar tudo e acabar com a sua pesquisa."

"O cérebro não sabe falsificar", diz Benton. "Nem mesmo o dela."

Uma hora depois, a dra. Self, vestida com pantalonas vermelho-cintilante e sem sapatos, está empoleirada na cama, encostada em travesseiros.

"Entendo que você ache isso desnecessário", diz Benton, virando as páginas da edição azul-clara do *Manual Diagnóstico e Estatístico de Desordens Mentais Eixo 1*.

"Precisa de um roteiro, Benton?"

"Para manter as coisas consistentes, neste estudo, mantemos a Imunodeficiência Combinada Grave de acordo com o livro. Um item de cada vez. Não vou lhe fazer perguntas que sejam óbvias ou irrelevantes, tais como seu *status* profissional."

"Deixa ver se eu ajudo", diz ela. "Nunca fui paciente de nenhum hospital psiquiátrico. Não tomo nenhum remédio. Não bebo muito. Em geral durmo cinco horas por noite. Quantas horas a Kay dorme?"

"Perdeu ou ganhou muito peso, nos últimos tempos?"

"Mantenho sempre o mesmo peso. Quanto a Kay está pesando, agora? Ela come muito, quando está deprimida ou solitária? Todas aquelas frituras lá onde ela mora."

Benton folheia o manual. "E quanto a sensações estranhas no corpo ou na pele?"

"Depende da companhia."

"Alguma vez já sentiu o cheiro ou o gosto de coisas que os outros não conseguem sentir?"

"Eu faço inúmeras coisas que outras pessoas não podem fazer."

Benton olha para ela. "Não acho que esse estudo seja uma boa ideia, doutora. Não é construtivo."

"Não cabe a você julgar isso."

"Então acha isso construtivo?"

"Você não chegou à cronologia dos estados de espírito. Não vai me perguntar sobre ataques de pânico?"

"Já teve algum, em algum momento?"

"Suores, tremores, tontura, coração disparado. Medo de morrer?" Ela o olha pensativa, de olhos fixos, como se o paciente fosse ele. "O que minha mãe disse na fita?"

"E quanto ao primeiro dia aqui?", diz ele. "Você me pareceu quase em pânico, por causa de um e-mail. Aquele que mencionou para o doutor Maroni, quando entrou no hospital, sobre o qual nunca mais falou."

"Imagine a sua assistentezinha achando que vai me aplicar um teste de Imunodeficiência Combinada Grave." Ela sorri. "Eu sou psiquiatra. Seria como um iniciante jogando uma partida de tênis com Drew Martin."

"Como se sente com o que aconteceu com ela?", pergunta ele. "Tem saído nos noticiários que você levou a moça para ser entrevistada no seu programa. Algumas pessoas sugerem que o assassino fixou as atenções nela por causa..."

"Como se meu programa tivesse sido a primeira vez que ela apareceu na televisão. E eu levo tanta gente ao meu programa."

"Eu ia dizer por causa da visibilidade que ela alcançou. Não especificamente pela aparência dela no programa."

"É muito provável que eu ganhe outro Emmy por causa daquela série. A menos que o que aconteceu..."

"A menos que o que aconteceu?"

"O que seria uma injustiça total", diz a dra. Self. "Se por acaso a Academia se deixar influenciar pelo que aconteceu com ela. Como se isso tivesse alguma coisa a ver com a qualidade do meu trabalho. O que minha mãe disse?"

"É importante que você não ouça o que ela falou até entrar na máquina de ressonância."

"Eu queria falar sobre o meu pai. Ele morreu quando eu era muito jovem."

"Certo", diz Benton, sentado o mais longe possível dela, encostado na escrivaninha, com um laptop em cima. Na mesa entre os dois, um gravador registra tudo. "Vamos falar sobre o seu pai."

"Eu tinha dois anos, quando ele morreu. Nem dois anos."

"E lembra o suficiente para se sentir rejeitada por ele?"

"Como deve saber, pelos estudos que eu presumo que tenha lido, as crianças que não mamam no peito são mais vulneráveis a sofrer de estresse e angústia na vida. Mulheres presas, que não podem dar de mamar, sofrem significativas perdas em sua capacidade de nutrir e proteger."

"Não sei qual a conexão. Está me dizendo que sua mãe esteve presa, em algum momento?"

"Ela nunca me levou ao seio, nunca me amamentou, nunca me acalmou com as batidas de seu coração, nunca manteve contato visual comigo quando me alimentava com mamadeira, com colher, com pá, com escavadeira. Por acaso ela admitiu tudo isso, quando fez a gravação? Perguntou a ela qual é nossa história?"

"Quando gravamos a mãe de uma paciente, não precisamos saber a história do relacionamento das duas."

"A recusa da minha mãe em estabelecer um vínculo comigo, somada a meus sentimentos de rejeição e meu ressentimento, me deixou mais inclinada a culpá-la pelo fato de meu pai ter me deixado."

"Quer dizer, morrido?"

"Interessante, não acha? Tanto Kay como eu perdemos nossos pais bem novinhas, e nós duas nos tornamos médicas. Mas eu curo a mente dos vivos, enquanto ela corta o corpo dos mortos. Sempre me perguntei como ela seria na cama. Tendo em vista sua ocupação."

"Acusa sua mãe pela morte de seu pai?"

"Eu tinha ciúme. Várias vezes eu os surpreendi enquanto faziam sexo. Eu vi. Da porta. Minha mãe dando seu corpo para ele. Por que ele e não eu? Por que ela e não eu?

Eu queria o que eles davam um ao outro, sem perceber o que isso significava, porque eu obviamente não queria sexo oral nem genital com meus pais e não entendia essa parte, o que eles faziam enquanto as coisas progrediam. Eu provavelmente achava que eles sentiam dor."

"Com menos de dois anos de idade, você entrou no quarto deles mais de uma vez e se lembra do que viu?" Ele tinha colocado o manual diagnóstico debaixo da cadeira e estava fazendo anotações.

Ela se acomoda melhor na cama, faz-se mais confortável e provocante, garantindo que Benton veja cada contorno do seu corpo. "Eu vi meus pais vivos, tão vitais, e depois, num piscar de olhos, ele se foi. Kay, por outro lado, testemunhou a longa e demorada morte do pai por causa de um câncer. Eu vivi com a perda e ela viveu com um moribundo, e aí está a diferença. Acredito que você entende, Benton, que, como psiquiatra, meu objetivo é compreender a vida do meu paciente, ao passo que a de Kay é entender a morte de seu paciente. Isso deve ter algum efeito em você."

"Não estamos aqui para falar de mim."

"Não é maravilhoso que o Pavilion não se apegue a rígidas regras institucionais? Cá estamos nós. Apesar do que ocorreu quando fui admitida. O doutor Maroni por acaso mencionou que entrou no meu quarto, não este, o primeiro? Que fechou a porta, abriu minha camisola? Me tocou? Será que foi ginecologista, antes? Você me parece desconfortável, Benton."

"Está se sentindo hipersexual?"

"Quer dizer que agora estou tendo um episódio maníaco." Ela sorri. "Vamos ver quantos diagnósticos podemos inventar esta tarde. Não é por esse motivo que estou aqui. Nós sabemos por que estou aqui."

"Disse que foi por causa de um e-mail que descobriu enquanto tirava umas férias do estúdio. Na sexta-feira retrasada."

"Contei ao doutor Maroni sobre o e-mail."

"Pelo que entendi, tudo o que você disse a ele é que tinha recebido um e-mail", diz Benton.

"Se uma coisa dessas fosse possível, eu diria que vocês me atraíram hipnoticamente até aqui por causa daquele e-mail. Mas isso só poderia ter saído de um filme ou de alguma psicose, certo?"

"Contou ao doutor Maroni que estava terrivelmente perturbada e temia pela própria vida?"

"E então me encheram de drogas contra a minha vontade. Depois ele fugiu para a Itália."

"Ele tem uma clínica lá. Está sempre indo e voltando, sobretudo nesta época do ano."

"No Dipartimento di Scienze Psichiatriche da Universidade de Roma. Ele tem uma *villa* em Roma. Um apartamento em Veneza. Vem de uma família italiana riquíssima. Também é o diretor clínico do Pavilion, e todos fazem o que ele manda, inclusive você. Antes de deixar o país, devíamos averiguar o que houve depois que eu fiz o *check-in*."

"'*Check-in*'? Pelo visto a senhora pensa no Hospital McLean como um hotel."

"Agora é tarde demais."

"Acredita de fato que o doutor Maroni tocou na senhora de forma inapropriada?"

"Acredito que deixei isso absolutamente claro."

"Quer dizer que acredita nisso."

"Todo mundo aqui iria negar."

"Obviamente que não. Se fosse verdade."

"Todos iriam negar."

"Quando a limusine trouxe a senhora para cá, para ser admitida, estava lúcida mas muito agitada. Lembra-se disso? Lembra-se de ter conversado com o doutor Maroni, na ala de admissão, e de ter dito a ele que precisava de um refúgio seguro por causa de um e-mail, e que explicaria melhor mais tarde?", pergunta Benton. "Lembra-se de ter se tornado provocativa tanto verbal como fisicamente?"

"Você tem um jeito bom de tratar seus pacientes, mas talvez fosse melhor voltar ao FBI, usar jato de água e sei lá mais o quê. Quem sabe invadir meu e-mail, minha casa e minhas contas bancárias."

"É importante que se lembre de como estava quando chegou aqui. Estou tentando ajudá-la a fazer isso", diz ele.

"Lembro-me de que ele entrou no meu quarto, aqui no Pavilion."

"Isso foi mais tarde — à noite — quando você de repente ficou histérica e incoerente."

"Levada pelas drogas. Sou muito sensível a remédios de todos os tipos. Nunca tomo nada nem acredito neles."

"Quando o doutor Maroni entrou no seu quarto, já havia uma neuropsicólogo e uma enfermeira com você. Mesmo assim, você continuou dizendo que alguma coisa não era culpa sua."

"Você estava lá também?"

"Não."

"Entendo. Porque age como se estivesse."

"Li sua ficha."

"Minha ficha. Imagino que esteja fantasiando vendê-la pelo lance mais alto."

"O doutor Maroni lhe fez algumas perguntas, enquanto a enfermeira conferia seus sinais vitais, e foi necessário sedá-la com uma injeção intramuscular."

"Cinco miligramas de Haldol, dois miligramas de Ativan, um miligrama de Cogetin. A infame restrição química cinco-dois-um usada em presos violentos em unidades forenses. Imagine. Eu, sendo tratada como um preso violento. Não me lembro de mais nada, depois disso."

"Pode me dizer o que não foi culpa sua, doutora? Será que tinha algo a ver com o e-mail?"

"O que o doutor Maroni fez não foi culpa minha."

"Quer dizer então que sua perturbação nada tinha a ver com o e-mail que, segundo a senhora, foi o motivo de ter se internado no McLean?"

"Isso é uma conspiração. Todos vocês estão metidos nisso. Foi por isso que seu colega Pete Marino entrou em contato, não foi? Ou quem sabe ele quer dar o fora. Quer que eu o salve. Como eu fiz com ele na Flórida. O que vocês estão fazendo com ele?"

"Não tem conspiração nenhuma."

"Será que vislumbro um investigador xeretando?"

"A senhora está aqui há dez dias. E não contou a ninguém a natureza desse e-mail."

"Porque na verdade é sobre a pessoa que me mandou vários desses e-mails. Dizer 'um e-mail' é enganoso. É sobre uma pessoa."

"Quem?"

"Uma pessoa a quem o doutor Maroni poderia ter ajudado. Um indivíduo muito perturbado. Não importa o que tenha feito ou não, ele precisa de ajuda. E se alguma coisa acontecer comigo, ou com alguém mais, será culpa do doutor Maroni. Não minha."

"O que poderia ser culpa sua?"

"Eu acabei de dizer que não seria culpa minha."

"E não há e-mail nenhum que possa me mostrar que me ajude a entender quem é essa pessoa e, quem sabe, fornecer-lhe proteção?", diz Benton.

"Interessante, mas eu tinha esquecido que o senhor trabalha aqui. Lembrei quando vi o anúncio para a sua pesquisa no balcão da recepção. Depois, claro, Marino disse alguma coisa ao me mandar um e-mail. Mas esse não é *o* e-mail. Portanto não se anime todo. Ele está tão enfastiado e sexualmente frustrado, trabalhando para Kay."

"Gostaria de falar com a senhora sobre qualquer e--mail que tenha recebido. Ou enviado."

"Inveja. É assim que começa." Ela olha para ele. "Kay sente inveja de mim porque a existência dela é tão insignificante. Tão desesperadamente invejosa que teve de mentir sobre mim, no tribunal."

"E a senhora se refere a...?"

"Sobretudo a ela." O ódio sobe em espiral. "Sou absolutamente objetiva em relação ao que houve naquela amostra grosseira de exploração litigiosa e nunca levei pelo lado pessoal o fato de que você e Kay — sobretudo Kay

— fossem testemunhas, tornando os dois — sobretudo ela — campeões daquela mostra grosseira de exploração litigiosa." Um ódio frio, que sobe espiralado. "Eu gostaria de saber como ela se sentiria se soubesse que você está aqui no meu quarto, com a porta fechada."

"Quando me disse que precisava falar comigo a sós, na privacidade do seu quarto, entramos num acordo. Eu registraria nossas sessões, além de tomar notas."

"Registre. Tome suas notas. Algum dia, vai achar uma utilidade para elas. Há muito que aprender comigo. Vamos discutir seu experimento."

"Pesquisa. Aquela para a qual você se ofereceu como voluntária, para a qual obteve permissão especial e contra a qual eu adverti você. Nós não usamos a expressão 'experimento'."

"Fico curiosa para saber por que você iria querer me excluir do seu experimento, a menos que tenha algo a esconder."

"Para ser bem sincero, doutora, não acho que você corresponde aos critérios."

"Para ser franca, Benton, essa é a última coisa que você quer agora, certo? Mas não tem escolha porque seu hospital é espertíssimo e não vai querer me discriminar."

"Alguma vez foi diagnosticada como bipolar?"

"Nunca tive diagnose de nada, a não ser de dotada."

"Alguém na sua família algum dia foi diagnosticado como bipolar?"

"O que isso tudo vai provar, no fim, bom, isso é assunto seu. Que durante vários estados de espírito o córtex pré-frontal dorsolateral do cérebro vai se acender, havendo estímulos externos apropriados. E daí? As imagens PET e de ressonância funcional demonstram claramente que há um fluxo anormal de sangue nas regiões pré-frontais e uma atividade diminuída no córtex dorsolateral pré-frontal em pessoas deprimidas. Agora você joga violência na mistura e o que vai provar, e por que isso interessa? Sei que seu experimentozinho não foi aprovado pela Comissão sobre o Uso de Cobaias Humanas da Universidade Harvard."

"Nós não conduzimos estudos que não tenham sido aprovados."

"Essas cobaias de controle da saúde. Será que ainda são saudáveis, quando vocês terminam de estudá-las? O que acontece com as cobaias não tão saudáveis assim? O pobre-diabo, com histórico de depressão, esquizofrenia, desordem bipolar ou qualquer outra coisa, que também tem um histórico de se autopunir, ou punir os outros, ou então tentar, ou quem sabe fantasiar obsessivamente sobre isso."

"Presumo que Jackie tenha feito um resumo para você", diz ele.

"Não exatamente. Ela não saberia a diferença entre um córtex pré-frontal dorsolateral e um bacalhau. Estudos de como o cérebro reage às críticas e aos elogios maternos já foram feitos antes. Agora você joga violência na mistura, e o que quer provar, e por que isso interessa? Você mostra o que é diferente entre cérebros violentos e não violentos, e o que isso prova, e a quem interessa isso? Por acaso teria impedido o Homem de Areia?"

"Homem de Areia?"

"Se você olhasse no cérebro dele, veria o Iraque. E depois o quê? Por acaso, por um passe de mágica, conseguiria extrair o Iraque e ele ficaria bom?"

"O e-mail foi dele?"

"Eu não sei quem ele é."

"É possível que ele seja o indivíduo perturbado que você transferiu para o doutor Maroni?"

"Não entendo o que você vê em Kay", diz ela. "Ela não cheira a necrotério, quando volta para casa? Mas, pensando bem, você nunca está lá quando ela volta."

"Com base no que me disse, você recebeu o e-mail vários dias depois que o corpo de Drew foi achado. Coincidência? Se tem alguma informação sobre o assassino dela, é preciso que me diga", diz Benton. "Estou lhe pedindo para que me diga. Isso é muito sério."

Ela estica as pernas e com os pés descalços toca a

mesa entre os dois. "Se eu chutasse o gravador da mesa e ele quebrasse, como ficaríamos?"

"Quem quer que tenha matado Drew vai matar de novo", diz ele.

"Se eu chutasse o gravador" — ela toca nele com o dedão descalço e desloca um pouquinho a máquina —, "o que nós diríamos e o que faríamos?"

Benton se levanta. "Quer que mais alguém seja morto, doutora Self?" Apanha o gravador, mas não desliga. "Já não passou por isso antes?"

"Eis aí", diz ela da cama. "Essa é a conspiração. Kay vai mentir sobre mim de novo. Como fez antes."

Benton abre a porta. "Não", diz ele. "Vai ser muito pior dessa vez."

9

Oito da noite em Veneza. Maroni enche sua taça novamente e sente o cheiro desagradável que vem lá de baixo, entrando pela janela. A luz do dia esmorece. As nuvens estão empilhadas mais ou menos na metade do céu, numa camada grossa e espumosa, e ao longe, no horizonte, surgem os primeiros toques de ouro.

"Maníaca como o demônio." A voz de Benton Wesley é nítida, como se estivesse ali, e não em Massachusetts. "Não dá para ser clínico, muito menos adequado. Não dá para ficar sentado ali, ouvindo manipulações e mentiras. Chame outra pessoa. Eu não volto mais. Estou lidando bastante mal com o assunto, Paulo. Como um policial, e não como um clínico."

O dr. Maroni está em seu apartamento, sentado diante da janela, tomando um excelente Barolo, que vai se acidulando com a conversa. Ele não consegue fugir de Marilyn Self. Ela invadiu seu hospital. Invadiu Roma. E agora o seguiu até Veneza.

"Eu queria lhe perguntar se posso tirá-la da pesquisa. Não quero escaneá-la", diz Benton.

"Certamente que não sou eu que vou lhe dizer o que fazer", retruca o dr. Maroni. "A pesquisa é sua. Mas quer saber o que eu acho? Não se meta a besta com ela. Vá em frente, faça a ressonância. Torne tudo uma experiência agradável e depois diga que o resultado dos dados não foi o esperado. Aí ela some."

"O que quer dizer com 'some'?"

"Vejo que não foi informado. Ela recebeu alta e vai sair logo depois da ressonância", diz o dr. Maroni; através das venezianas abertas, o canal é da cor de azeitona verde, tão liso quanto vidro. "Tem falado com Otto?"

"Otto?", diz Benton.

"O capitão Poma."

"Sei quem é. E por que eu iria conversar com ele sobre isso?"

"Jantei com ele ontem à noite, em Roma. Estou surpreso que ele não tenha entrado em contato com você, ainda. Ele está indo para os Estados Unidos. Já deve até estar no avião."

"Meu Jesus."

"Ele quer conversar com a doutora Self sobre Drew Martin. Tem certeza de que ela tem informações que não está disposta a apresentar."

"Por favor, me diga que você não falou."

"Não. Mas ele sabe, de qualquer forma."

"Não vejo como isso é possível", diz Benton. "Percebe o que ela irá fazer, se achar que contamos a alguém que ela é paciente do hospital?"

Um táxi marítimo passa devagar, roncando o motor, e a água lambe o prédio do dr. Maroni.

"Presumi que ele tinha obtido a informação com você', diz. "Ou com Kay. Uma vez que vocês dois são consultores da RII e estão investigando o homicídio de Drew Martin."

"Claro que não foi."

"E o que me diz de Lucy?"

"Nem Kay nem Lucy sabem que a doutora Self está aqui", diz Benton.

"Lucy é muito amiga do Josh."

"Santo Deus. Ela se encontra com ele só nos dias em que tem ressonância. E eles falam de computadores. Por que ele iria contar a ela?"

Do outro lado do canal, uma gaivota grita feito um gato, e um turista lhe atira pão; a ave grita mais ainda.

"O que estou dizendo é apenas hipotético, claro", diz o dr. Maroni. "Imagino que tenha me passado pela cabeça porque ele sempre liga para ela, quando o computador dá algum problema ou tem alguma coisa que ele não consegue consertar. É coisa demais, ser técnico de ressonância magnética e de telefonia."

"O quê?"

"A pergunta é para onde ela vai agora e que outros problemas vai causar."

"Nova York, eu presumo", diz Benton.

"Você me diz quando souber." O dr. Maroni toma um gole de vinho. "Isso tudo é apenas hipotético. Quer dizer, sobre Lucy."

"Mesmo que Josh tivesse dito a ela, como é que chegou à conclusão de que ela contou para o capitão Poma, que ela nem conhece?"

"Temos de monitorar a doutora Self, depois que tiver alta", diz o dr. Maroni. "Ela vai causar problema."

"O que significa toda essa conversa críptica? Não estou entendendo", diz Benton.

"Posso ver que não. Uma pena. Bom, nada de muito importante. Ela vai embora. E você me conta para onde ela foi."

"Nada de muito importante? Se ela descobrir que alguém contou ao capitão Poma que ela é paciente do McLean, ou foi, será uma violação do HIPAA. Ela vai causar problema, sem dúvida, e isso é exatamente o que ela quer."

"Não tenho o menor controle sobre o que ele dirá a ela, nem quando. A polícia italiana está encarregada da investigação."

"Não dá para entender o que está havendo aqui, Paulo. Quando fiz a SCID, ela me contou sobre o paciente que mandou para você", diz Benton, com a voz decepcionada. "Não entendo por que você não me contou."

Ao longo do canal, as fachadas dos prédios se mostram em pálidos tons de pastel, com o tijolo aparecendo onde o estuque esboroou. Um barco de teca encerada passa por baixo de uma ponte em arco, feita de tijolos, o capitão se levanta, o vão é pouco e sua cabeça quase toca na ponte. Ele controla o acelerador de mão com o polegar.

"Pois é, ela mandou um paciente para mim. Otto me perguntou sobre ele", diz o dr. Maroni. "Ontem à noite, contei o que sabia. Ao menos o que posso dizer."

"Teria sido simpático da sua parte ter me contado."

"Pois estou contando agora. Se você não tivesse mencionado o assunto, assim mesmo eu lhe contaria. Eu o vi algumas vezes", diz o dr. Maroni.

"Ele se autodenomina Homem de Areia. Segundo a doutora Self. Isso lhe parece familiar?"

"Eu não sei nada sobre esse nome, Homem de Areia."

"Ela disse que é assim que ele assina os e-mails", diz Benton.

"Quando ela me ligou, em outubro último, me pedindo para ver esse sujeito em Roma, não me forneceu nenhum e-mail. E nunca disse nada a respeito de ele se autointitular Homem de Areia. Ele nunca mencionou esse nome, quando veio me ver no consultório. Duas vezes, se não me engano. Em Roma, como eu já disse. Não tive informação nenhuma que pudesse me levar a concluir que ele teria assassinado alguém, e disse a mesma coisa a Otto. E não posso lhe dar acesso à pasta dele nem à avaliação que fiz, e sei que você entende isso, Benton."

O dr. Maroni estende a mão para o *decanter* e torna a encher sua taça, enquanto o sol se põe no canal. O ar soprando pelas janelas abertas está mais fresco, e o cheiro do canal não é tão forte.

"Será que você podia me fornecer alguma informação sobre ele, por menor que seja?", pede Benton. "Uma história pessoal? Uma descrição física? Sei que ele esteve no Iraque. Mas é tudo que eu sei."

"Não poderia, mesmo que quisesses, Benton. Não estou com as anotações aqui comigo."

"O que significa que pode haver informações importantes nelas."

"Hipoteticamente falando", diz o dr. Maroni.

"Não acha que devia conferir?"
"Elas não estão aqui", diz o dr. Maroni.
"Não está com elas?"
"As informações não estão em Roma, é o que eu quis dizer", informa ele de sua cidade que afunda.

Horas depois, no Kick'N Horse Saloon, situado a trinta quilômetros ao norte de Charleston.

Marino está sentado diante de Shandy Snook, ambos comem filé de frango frito com molho, pão sírio e uma espécie de polenta chamada *gris*. O celular dele toca. Ele olha o número na tela."Quem é?", pergunta ela, tomando um Bloody Mary de canudinho.

"Por que as pessoas não conseguem me deixar em paz?"
"Melhor não ser o que eu acho que é", diz ela. "São sete da noite, porra, e estamos jantando."
"Não estou em casa." Marino aperta o botão para silenciar o telefone e age como se não se importasse.
"Isso aí." Ela faz barulho para chupar o finzinho do drinque, o que o leva a pensar em cristais de Drano desentupindo uma pia. "Não tem ninguém em casa."

No salão, o som da banda Lynird Skynyrd ecoa pelos alto-falantes, os letreiros em neon da Budweiser estão acesos e os ventiladores de teto giram lentamente. Selas e autógrafos enchem as paredes, e modelos de motos, de cavalos de rodeio e cobras de cerâmica decoram os parapeitos. As mesas de madeira estão lotadas de motoqueiros. Há mais motoqueiros na varanda, todos comendo, bebendo e se preparando para o concerto dos Hed Shop Boys.

"Filha da mãe", resmunga Marino, olhando fixo para o celular sobre a mesa e para o fone Bluetooth sem fio do lado. Ignorar a ligação é impossível. É ela. Ainda que o mostrador diga "Restrito", ele sabe que é ela. A esta altura, ela já deve ter visto o que está no seu computador. Ele se surpreende e se irrita que tenha demorado tanto. Ao mesmo tempo, sente a emoção da vingança. Imagina a dra.

Self o querendo tanto quanto Shandy o quer. Esgotando-o como Shandy faz. Faz uma semana que ele não dorme.

"Como eu sempre digo, ninguém fica mais morto do que já está, certo?" Shandy torna a lembrá-lo: "Deixa a Chefona tomar conta disso uma vez na vida".

É ela. Shandy não sabe. Presume que seja alguma funerária. Marino estende a mão para seu bourbon com gengibre e não para de olhar para o celular.

"Deixe que ela se encarregue uma vez na vida disso", insiste Shandy. "Ela que se foda."

Marino não responde, a tensão aumentando enquanto gira o que sobrou no copo. Não responder às ligações de Scarpetta nem ligar de volta para ela deixa seu peito apertado de ansiedade. Pensa no que a dra. Self disse e se sente decepcionado e abusado. O rosto se aquece. Durante a maior parte dos últimos vinte anos, Scarpetta o fez sentir-se como alguém que não era bom o bastante, quando talvez o problema seja ela. *Isso mesmo. Provavelmente é ela.* Ela não gosta de homem. *Diacho, não gosta mesmo.* E nesses anos todos, fez com que achasse que o problema era ele.

"Deixa a Chefona tomar conta de seja qual for o nome do presunto mais recente. Ela não tem nada melhor pra fazer", diz Shandy.

"Você não sabe nada sobre ela, nem o que ela está fazendo no momento."

"Você ficaria surpreso se soubesse o quanto eu sei sobre ela. Melhor ficar de olho." Shandy faz um gesto, pedindo mais uma bebida.

"Ficar de olho no quê?"

"Nessa sua mania de ficar defendendo a doutora. Porque isso está me dando nos nervos. Como se você não se lembrasse de quem eu sou na sua vida."

"Depois de uma semana inteira."

"Não se esqueça disso, chuchuzinho. Não é questão de *estar à disposição*. E sim de *estar às ordens*", diz ela. "E por que você faria uma coisa dessas? Por que sempre salta quando ela manda? Salte! Salte!" Ela estala os dedos e dá risada.

"Vê se fecha essa cloaca, porra."

"Salte! Salte!" Ela se debruça para a frente, para que ele possa ver o que há dentro de sua camiseta de seda.

Marino estende a mão para o aparelho, pega o fone de ouvido.

"A verdade, sabe qual é?" Ela está sem sutiã. "Ela o trata como se você não fosse mais que uma secretária eletrônica, um lacaio, um ninguém. E não sou a primeira a falar isso."

"Eu não deixo ninguém me tratar desse jeito", diz ele.

"Vamos ver quem é o ninguém, aqui." Ele lembra da dra. Self e se imagina na televisão internacional.

Shandy estica o braço debaixo da mesa, e ele enxerga tudo, até lá embaixo da camiseta, enxerga o quanto quer. Ela esfrega o pau dele.

"Não", diz ele, na expectativa, ansioso e com raiva ao mesmo tempo.

Não demora para que outros motoqueiros arranjem uma desculpa para passar pertinho deles e dar uma olhada nela se debruçando na mesa, do jeitinho certo. Ele observa quando ela se inclina, os seios ficam mais cheios, o decote se aprofunda. Ela sabe como se inclinar nas conversas dos outros, de modo que, se houver alguém interessado, já pode ter uma boa ideia de como é a maior parte dela. Um cara grandalhão, com uma barriga enorme e uma corrente atrelada à carteira, se levanta devagar da banqueta do bar. Ele leva um tempão para ir até o banheiro masculino, captando os arredores, e Marino se sente violento.

"Não está gostando?" Shandy esfrega a mão em seu pinto. "Porque a minha impressão é que está. Lembra da noite passada, amor? Feito um adolescente tesudo."

"Para", diz ele.

"Por quê? Estou sendo muito dura com você?", diz Shandy, que se orgulha do jeito que tem com as palavras.

Ele tira a mão dela. "Agora não."

E retorna a ligação de Scarpetta. "Aqui é Marino", diz ele, concisamente, como se estivesse falando com um desconhecido, para que Shandy não descubra quem é.

"Preciso vê-lo", diz ela.

"Certo. A que horas?" Marino age como se não a conhecesse, e está excitado e com ciúme dos motoqueiros que passam pela mesa, olhando para sua exótica e morena namorada se exibindo.

"Assim que puder chegar aqui. Na minha casa", diz a voz de Scarpetta no fone de ouvido, e o tom dela não é o tom de hábito, ele sente sua fúria como uma tempestade chegando. Ela viu os e-mails, ele tem certeza disso.

Shandy lhe dá uma olhada de *com quem você está falando?*

"É, imagino que sim." Marino finge estar irritado, olhando para o relógio. "Estarei aí em meia hora." Desliga e diz a Shandy: "Um corpo que acaba de chegar".

Ela olha para ele como se tentasse ler a verdade em seus olhos, como se por alguma razão soubesse que é mentira. "De qual funerária?" Ela se acomoda na cadeira.

"Da Funerária Meddick. De novo. Um esquisitão. Não deve fazer nada na vida a não ser dirigir aquele monstrengo de manhã, de tarde e de noite. O que a gente chama de pega-ambulância."

"Que horror", diz ela. Sua atenção se distrai e vai para um homem com um *do-rag* de estampa incendiária na cabeça e o salto das botas gasto. Ele não presta a menor atenção neles, quando passa pela mesa para ir ao caixa automático.

Marino reparou no indivíduo, quando chegaram, a quem nunca vira mais gordo. Nota que o sujeito tira míseros cinco dólares do caixa, enquanto seu vira-lata dorme enroscado num banco no bar. O cara não fez uma festinha para o cachorro, nem pediu ao garçom para levar alguma coisa para ele — nem mesmo uma tigela de água.

"Não sei por que sempre tem que ser você", Shandy começa de novo, mas a voz sai diferente. Mais baixa, mais fria, do jeito como fica com as primeiras mordidas da inveja. "Quando se pensa em tudo o que você sabe e tudo o que fez. O investigador bambambã. Você é que devia ser o chefe, não ela. Nem a sapata da sobrinha dela, tampouco." Ele passa o último pedacinho de pão pita no molho branco espalhado pelo prato de papelão da companheira. "A Chefona meio que transformou você no Homem Invisível."

"Eu já disse. Não fale de Lucy dessa forma. Você não sabe merda nenhuma."

"Verdade é sempre verdade. Eu não preciso de você pra me contar. Todo mundo neste bar sabe que tipo de sela ela monta."

"Vê se cala a boca e não fala mais dela." Marino termina seu drinque com raiva. "Você fica bem quietinha e não fala da Lucy. Eu e ela somos amigos desde criança. Fui eu que a ensinei a dirigir, a atirar, e não quero mais nem uma palavra sobre ela. Entendeu?" Ele quer mais um drinque, sabe que não devia, já tomou três bourbons, dose reforçada. Acende dois cigarros, um para Shandy, outro para ele. "Vamos ver quem é invisível."

"A verdade é a verdade. Você tinha uma carreira e tanto, antes que a Chefona começasse a arrastá-lo pra tudo quanto é lugar. E por que você está sempre grudado nela? Eu sei o porquê." Ela se volta para ele com um dos seus olhares de acusação e sopra uma nuvem de fumaça. "Porque acha que ela pode te desejar."

"Talvez fosse melhor a gente se mudar", diz Marino. "Ir para uma cidade maior."

"Eu ir morar com você?" Ela sopra mais fumaça.

"Que me diz de Nova York?"

"Não dá pra andar de moto naquela maldita cidade. De jeito nenhum que eu mudaria pra uma cidade enxameada feito uma colmeia de ianques metidos a besta."

Ele lança a ela seu olhar mais sensual e enfia o braço por baixo da mesa. Afaga sua coxa porque tem pavor de perdê-la. Todos os homens do bar a desejam e foi a ele que ela escolheu. Ele afaga sua coxa e pensa em Scarpetta e no que vai lhe dizer. Ela leu os e-mails da dra. Self. Talvez esteja percebendo quem ele é e o que as outras mulheres acham dele.

"Vamos pra sua casa", diz Shandy.

"Por que é que a gente nunca vai para a sua casa? Tem medo de ser vista comigo, ou algo parecido? Tipo assim, você vive com gente rica e eu não sou bom o bastante?"

"Tenho de decidir se eu vou ficar com você ou não. Olha só, eu não gosto de escravidão", diz ela. "Ela vai fazer você trabalhar como escravo, e eu sei tudo sobre escravos. Meu bisavô foi escravo, mas meu pai não. Ninguém nunca lhe disse que merda fazer."

Marino segura seu copo vazio de plástico, sorri para Jess, que está um espetáculo nessa noite, com uma calça jeans apertadíssima e um top azul. Ela surge com mais um bourbon Maker's Mark e um refrigerante sabor gengibre e põe na frente dele. Depois diz: "Vai voltar dirigindo?".

"Sem problema." E dá uma piscada para ela.

"Talvez você devesse pernoitar no acampamento. Tenho um trailer vazio, lá." Ela tem vários, atrás do bar, para o caso de haver algum cliente que não esteja apto a dirigir.

"Eu não podia estar melhor."

"Me traz mais um." Shandy tem o mau hábito de berrar ordens para as pessoas que não tem seu status na vida.

"Continuo esperando o dia em que você vai ganhar a competição de construtor de motos, Pete." Jess ignora o pedido de Shandy e fala mecanicamente, devagar, os olhos sempre nos lábios de Marino.

Levou um tempo, até ele se acostumar. Aprendeu a olhar para Jess, quando fala, nunca muito alto, nunca com exagero. Mal se dá conta, agora, da surdez dela, e sente uma proximidade especial com ela, talvez porque não possam se comunicar sem olhar um para o outro.

"Cento e vinte e cinco mil dólares em dinheiro para o primeiro colocado." Jess desenha no ar o assombroso total.

"Aposto como este ano quem fica com o prêmio é

River Rats", diz Marino, sabendo que ela está apenas tirando um sarro, quem sabe até flertando um pouco. Ele nunca construiu uma moto nem entrou numa competição, e nunca fará isso.

"Eu aposto em Thunder Cycle." Shandy intervém no assunto daquele seu jeito abelhudo que Marino odeia. "Eddie Trotta é um supergato. Ele pode trotar para a minha cama a hora que quiser."

"Vou lhe contar uma coisa", diz Marino para Jess, abraçando-a pela cintura, sempre olhando para o alto, para que ela possa vê-lo falando. "Qualquer dia desses, vou ter muito dinheiro. Não vou precisar ganhar uma competição de construção de motos nem trabalhar num emprego de merda."

"Ele devia largar esse emprego de merda dele, não ganha o suficiente pra que valha a pena pra ele — ou pra mim", diz Shandy. "Ele não passa de uma mulherzinha, pra Chefona. Além do mais, não precisaria trabalhar. Ele me tem."

"Ah, é?" Marino sabe que seria melhor ficar de boca fechada, mas está bêbado e cheio de raiva. "E se eu lhe dissesse que recebi uma oferta para ir para a televisão em Nova York?"

"Fazendo o quê? Publicidade pra tônico capilar?" Shandy ri, enquanto Jess tenta ler o que está sendo dito.

"Como consultor da doutora Self. Ela me convidou." Ele não consegue parar, devia mudar de assunto.

Shandy parece genuinamente espantada e deixa escapar: "É mentira sua. Por que ela havia de dar a mínima pra você?".

"A gente tem uma história. Ela quer que eu vá trabalhar para ela. Andei pensando no assunto, talvez devesse ter aceitado na hora, mas isso significaria mudar para Nova York e deixar você, docinho." Ele põe o braço em torno dela.

Ela se afasta. "Bom, pelo visto o programa dela está a caminho de se tornar comédia."

"Ponha aquele freguês ali na minha conta", diz Marino, com generosidade retumbante, apontando para o sujeito de *do-rag* chamejante na cabeça, sentado junto a seu cachorro, no bar. "A noite não está pra peixe. Ele está com cinco míseras pratas pra gastar."

O homem se vira e Marino tem tempo de dar uma boa espiada no rosto marcado por cicatrizes de acne. Ele tem o olhar de cobra que Marino sempre associa com gente que esteve em cana.

"Eu posso pagar pela minha própria maldita cerveja", diz o homem de *do-rag* chamejante na cabeça.

Shandy continua reclamando com Jess, sem se incomodar em olhar para o rosto dela, de forma que poderia muito bem estar falando sozinha.

"Não me parece que você possa pagar por grande coisa, e eu peço desculpa pela minha hospitalidade sulista", diz Marino, em voz alta o suficiente para que todos no bar o escutem.

"Eu acho que você não devia ir a parte alguma." Jess olha para Marino e para a bebida que ele está tomando.

"Na vida dele só tem espaço para uma mulher, e qualquer dia desses ele descobre isso." Shandy diz a Jess e a qualquer outra pessoa que esteja ouvindo. "Sem mim, o que ele tem, afinal? Quem você acha que lhe deu aquela bela corrente que ele está usando?"

"Vai se foder", o homem de *do-rag* diz a Marino. "Vai foder tua mãe."

Jess atravessa o bar e cruza os braços. Depois diz ao homem de *do-rag*: "Aqui a gente fala sem xingar. Acho melhor você ir embora."

"O quê?", diz ele, pondo a mão em copa atrás da orelha, zombando dela.

Marino afasta a cadeira com estridência e, em três longos passos, está no meio dos dois. "Vê se pede desculpa, seu imbecil", diz Marino ao sujeito.

Os olhares se cruzam feito agulhas. Ele amarfanha a nota de cinco dólares que tirou do caixa automático, joga no chão, amassa sob a bota como se estivesse apagando um cigarro. Dá um tapa no traseiro do cachorro e vai para a porta, enquanto diz a Marino: "Por que você não vem aqui pra fora feito homem? Tenho umas coisinhas pra dizer pra você".

Marino segue o homem e o cachorro pelo estacionamento de terra até uma velha moto *chopper*, provavelmente montada nos anos 1970, quatro marchas com arranque no pedal, pintura de labaredas, alguma coisa com ar engraçado na placa de licenciamento.

"Papelão", Marino percebe e diz alto. "Feita em casa. Ora, sim senhor, não é uma doçura, ela? Diz o que tem pra me dizer."

"O motivo de eu estar aqui hoje? Tenho um recado pra você", diz o homem do *do-rag*. "Senta!", berra ele para o cachorro, que se acovarda e se achata no chão, de barriga.

"Da próxima vez, manda uma carta." Marino o agarra pela lapela suja da jaqueta de algodão. "Sai mais barato que um enterro."

"Se não me largar, eu te pego de jeito qualquer hora, de uma forma que não vai gostar. Tem um motivo pra minha presença aqui e acho melhor escutar."

Marino o larga, ciente de que todos que estavam lá dentro estão na varanda, observando. O cachorro continua de barriga no chão, acovardado.

"Aquela vaca pra quem você trabalha não é bem-vinda por aqui e seria mais inteligente da parte dela voltar pro lugar de onde ela veio", diz o sujeito com o *do-rag*. "Só estou transmitindo um conselho que veio de alguém capaz de fazer alguma coisa a respeito."

"Do que é mesmo que você chamou minha chefe?"

"Uma coisa eu te digo, aquela vaca tem uns peitos gostosos." Ele fecha as mãos em copa e lambe o ar. "Se ela não sair da cidade, eu vou descobrir quanto."

Marino dá um senhor pontapé na *chopper*, que cai por terra. Agarra o seu Glock calibre quarenta de trás da calça jeans e aponta a arma entre os dois olhos do cara.

"Não seja burro", diz o homem, ao som dos berros dos motoqueiros na varanda. "Se atirar em mim, sua vida inútil se acaba e você sabe disso."

"Eia! Eia! Eia!"

"Uah, vai!"

"Pete!"

Marino sente o topo da cabeça flutuando, enquanto mira entre os olhos do sujeito. Engatilha a arma e põe a bala na agulha.

"Se me matar, o melhor é você morrer também", diz o sujeito de *do-rag*, mas ele está com medo.

Os motoqueiros estão todos de pé, berrando. Marino está vagamente ciente de que há gente se aventurando até o estacionamento.

"Pega essa sua moto de merda", diz Marino, baixando a arma. "Mas deixa o cachorro."

"Eu não vou deixar porra de cachorro nenhum aqui!"

"Vai deixar sim. Você trata ele como se fosse merda. Agora sai daqui antes que eu abra um terceiro olho na sua cara."

Enquanto a *chopper* se afasta rugindo, Marino limpa o compartimento da arma e a enfia de volta no cós da calça, inseguro sobre o que acabou de sentir e fazer e aterrorizado com isso. Faz um afago no cachorro, que continua grudado ao chão e lambe sua mão.

"Vamos arrumar alguém bem simpático pra cuidar de você", Marino diz a ele, enquanto dedos se enterram em seu braço. Ele olha e vê Jess.

"Acho que já é hora de você lidar com isso", diz ela.

"Do que está falando?"

"Você sabe do quê. Daquela mulher. Eu te avisei. Ela está botando você pra baixo, fazendo você se sentir um nada, e veja o que está ocorrendo. Numa semana só, você já virou um selvagem."

As mãos dele tremem muito. Ele olha para ela, para que possa ler seus lábios. "Isso foi uma grande besteira, não foi, Jess? E agora o quê?" Ele afaga o cachorro.

"Ele vai ser o cão do salão, e, se aquele homem voltar, não vai ser muito bom pra ele. Mas acho melhor você tomar cuidado, agora. Você começou alguma coisa."

"Alguma vez já tinha visto o cara?"

Ela abana a cabeça.

Marino repara em Shandy no terraço, encostada na mureta. Ele se pergunta por que ela não saiu da varanda. Ele quase matou alguém e ela continua na varanda.

10

Em algum lugar, um cachorro late na semiescuridão, e o latido se torna mais insistente.

Scarpetta detecta o ritmo distante, carburado, dizendo batata-batata-batata, da Roadmaster de Marino. Ela consegue escutar a maldita máquina a vários quarteirões de distância, na rua Meeting, indo na direção sul. Momentos depois, a moto ruge na viela estreita atrás da casa. Ele andou bebendo. Deu para saber só de conversar ao telefone. Ele está sendo detestável.

Ela precisa dele sóbrio, se forem ter uma conversa produtiva — quem sabe a mais importante que jamais tiveram. Ela começa fazendo um bule de café, enquanto ele vira à esquerda na rua King, e depois à esquerda de novo na viela estreita que ela divide com sua desagradável vizinha, a sra. Grimball. Marino acelera algumas vezes, para anunciar sua chegada, depois desliga o motor.

"Tem alguma coisa pra beber, aí?", diz ele, enquanto Scarpetta abre a porta da frente. "Um bourbon seria ótimo. Não é mesmo, senhora Grimball?", berra ele para a casa de madeira amarela, e uma cortina se mexe. Ele tranca o garfo dianteiro da moto e põe a chave no bolso.

"Pra dentro, agora", diz Scarpetta, percebendo que ele está muito mais bêbado do que ela imaginava. "Pelo amor de Deus, por que você achou necessário vir a toda pela viela e gritar com a vizinha?", diz ela, enquanto ele a segue até a cozinha, as passadas das botas ressoando com força, a cabeça quase tocando no topo dos marcos das portas.

"Controle de segurança. Gosto de saber que não tem nada demais acontecendo, nenhum caixão perdido, nenhum sem-teto zanzando por aí."

Ele puxa uma cadeira e senta, com as costas arriadas para trás. O cheiro de álcool é poderoso, o rosto está vermelho vivo, os olhos afogueados. Ele diz: "Não posso ficar muito tempo. Tenho de voltar pra minha mulher. Ela pensa que estou no necrotério".

Scarpetta lhe entrega um café preto, sem nada. "Vai ficar tempo suficiente para se recuperar da bebida, caso contrário não vai nem chegar perto da moto. Não acredito que veio dirigindo, nesse estado. Nem parece você. O que aconteceu?"

"E se eu tomei umas e outras? Grande coisa. Estou bem."

"É uma coisa bem grande sim, e você *não* está bem. Não me importa quão bem você acha que lida com álcool. Todo motorista bêbado acha que está bem até terminar morto, mutilado ou na prisão."

"Eu não vim até aqui para ouvir sermão."

"E eu não convidei você para vir até aqui bêbado."

"Por que me convidou, então? Pra me passar sabão? Pra achar mais uma coisa errada comigo? Alguma coisa que não está à altura dos seus altos padrões?"

"Você não falava assim, antes."

"Talvez você nunca tenha escutado", diz ele.

"Pedi para você vir para nós podermos ter uma conversa aberta e franca, mas não me parece que seja um bom momento. Tenho um quarto de hóspedes. Talvez fosse uma boa ideia você ir dormir, agora, e a gente conversa de manhã."

"Me parece que agora é uma hora tão boa quanto qualquer outra." Ele boceja, espreguiça, mas não toca no café. "Então fala. Senão, eu vou embora."

"Então vamos para a sala de estar, sentar na frente do fogo." Ela se levanta da mesa da cozinha.

"Tá fazendo vinte e cinco graus lá fora, porra." Ele se levanta também.

"Então vou deixar o ambiente mais frio e gostoso." Ela vai até um termostato e liga o ar-condicionado. "Sempre achei mais fácil conversar na frente do fogo."

Ele vai atrás dela até seu aposento predileto, uma sala de estar pequena, com uma lareira de tijolos, assoalho de pinho-de-riga, vigas expostas e paredes de estuque. Ela coloca uma acha química na grade, acende, puxa duas cadeiras mais para perto e desliga as luzes.

Ele olha as chamas queimando o invólucro de papel da acha e diz: "Não acredito que você usa essa coisa. Original pra cá, original pra lá, e depois vem e usa achas de lenha falsas".

Lucious Meddick dá voltas no quarteirão e seu ressentimento vai aumentando.

Ele viu os dois entrarem depois que aquele investigador de merda chegou bêbado, com a moto trovejando e perturbando os vizinhos. Dobradinha diária, pensa Lucious. Ele é abençoado porque foi enganado e Deus o está compensando. Ao se dispor a dar uma lição a ele, Lucious acabou pegando os dois, e, aos poucos, vai enfiando o rabecão pela viela sem luz, preocupado com a possibilidade de um novo pneu furado e cada vez mais bravo. Puxa forte o elástico, enquanto a frustração aferroa. Vozes, no rádio ilegal, de policiais distribuindo tarefas são uma estática longínqua que ele sabe decifrar até dormindo.

A polícia não o chamou. Passou por uma batida fatal na rodovia William Hilton, viu o corpo sendo levado para o rabecão da concorrência — um carro velho — e mais uma vez foi ignorado. A comarca de Beaufort é agora terreno dela, e ninguém mais o chama. Ela lhe deu bola preta só porque cometeu um erro com o endereço. Se ela acha uma violação de privacidade, ainda não viu nada.

Filmar mulheres pela janela, à noite, não é nenhuma novidade. É espantosamente fácil e a maioria não se preocupa em fechar as cortinas ou venezianas, ou então as deixa um pouquinho abertas porque pensa: 'Quem é que vai olhar? Quem é que vai se enfiar atrás do mato ou subir numa árvore para ver?', Lucious, claro. Vamos ver se a doutora toda cheia de dedos vai gostar de se ver num filme caseiro a que qualquer um pode assistir embasbacado em troca de nada, sem nunca saber quem fez. Melhor ainda, ele pegou os dois no ato. Lucious pensa no rabecão — nem de longe tão bonito quanto o seu —, na batida, e a injustiça disso é insuportável.

Quem foi chamado? Não ele. Não Lucious, mesmo depois de ter mandado uma mensagem de rádio para a expedidora, dizendo que estava na área e ela retrucou, naquele seu tom irritado, tenso, que não tinha tentado entrar em contato e em que unidade ele estava? Ele disse que não estava em unidade nenhuma e ela respondeu nos seguintes termos: que era melhor ele ficar fora dos canais da polícia e, falando nisso, fora do ar. Ele puxa o elástico até arder como um chicote. Vai aos solavancos sobre os paralelepípedos, passa pelo portão de ferro atrás do jardim da doutora médica e vê um Cadillac branco impedindo seu caminho. Está tudo escuro, na viela. Ele puxa o elástico de novo e xinga. Reconhece o adesivo oval do para-choque na traseira do Cadillac.

HH para Hilton Head.

Então vai deixar o maldito rabecão ali mesmo. Ninguém entra de carro nessa maldita viela, de qualquer forma, e ele se imagina retirando o Cadillac de circulação enquanto a polícia multa o motorista. Pensa satisfeito no YouTube e no rolo que está prestes a armar. Aquele maldito investigador está dentro das calças da maldita vaca. Ele viu quando entraram na casa, sorrateiros, falsos. E ele tem mulher, aquela coisinha sensual com quem ele foi ao necrotério, e Lucious já viu os dois no ato, quando não estavam prestando atenção. Pelo que sabe, a dra. Scarpetta também tem um cacho lá no norte. Quem diria. Fazendo Lucious de bobo, ele que promoveu o negócio, dizendo a um investigador grosseiro que ele — Lucious Meddick

— gostaria de uma carta de recomendação dele e de sua chefe, e a resposta? Desrespeito. Discriminação. Agora terão de pagar.

Desliga os faróis e o motor, salta e fica de olho no Cadillac. Abre a porta traseira do rabecão e uma maca vazia é posta no chão, com uma pilha de sacos fúnebres e lençóis brancos dobrados em cima. Acha a filmadora *camcorder* e uma bateria extra dentro de uma caixa de ferramentas que ele mantém na traseira, fecha a porta e olha para o Cadillac, passa por ele, pensando na melhor maneira de chegar perto da casa dela.

Alguém se mexe atrás do vidro da janela do motorista, apenas um leve indício de algo escuro se mexendo dentro do carro escuro. Lucious está feliz, ao ligar a filmadora para ver quanto de memória ainda tem, e a escuridão dentro do Cadillac se mexe de novo; Lucious dá a volta no carro e da traseira filma o número da placa.

Possivelmente um casal transando, e ele fica excitado de pensar nisso. Depois ofendido. Eles viram os faróis e não se mexeram. Desrespeito. Viram quando estacionou o carro fúnebre no escuro, porque não conseguia passar; não poderiam ter sido mais desatenciosos. Mas vão se arrepender. Ele dá uma batidinha no vidro, só para matá-los de susto.

"Tenho o número da sua placa." Ele ergue a voz. "E vou chamar a porra da polícia."

A acha queima e estala. Um relógio de mesa inglês *tiquetaqueia* sobre o console.

"O que está acontecendo com você?", diz Scarpetta, olhando para ele. "O que houve de errado?"

"Foi você que me convidou pra vir aqui. Então eu presumo que haja alguma coisa de errado com você."

"Tem alguma coisa de errado com nós dois. Que tal assim? Você me parece tristonho. E está me deixando tristonha. Nesta última semana as coisas fugiram ao controle.

Quer me dizer o que andou fazendo e por quê?", diz ela. "Ou prefere que eu lhe diga?"

O fogo estala.

"Por favor, Marino. Fale comigo."

Ele olha fixo para o fogo. Por alguns momentos, nenhum dos dois fala.

"Eu sei sobre os e-mails", diz ela. "Por outro lado, você provavelmente já sabe, uma vez que pediu a Lucy para conferir o suposto alarme falso, na outra noite."

"Quer dizer que agora botou sua sobrinha para fuçar no meu computador. Bela confiança."

"Ah, mas eu acho que não é boa ideia você falar sobre confiança."

"Eu digo o que quiser."

"A turnê que fez com a namorada. Tudo foi captado pelas câmeras. E eu vi. Cada minuto da fita."

O rosto de Marino se crispa. Claro que ele sabia que as câmeras e os microfones estavam ali, mas dá para ver que nunca lhe passou pela cabeça que pudessem estar sendo vigiados, ele e Shandy. Com certeza sabia que cada ação e palavra estavam sendo captadas em fita, mas o mais provável é que presumisse que Lucy não teria motivos para rever as gravações. Estava certo sobre isso. Lucy não teria a menor razão. E ele estava certo de que poderia se safar sem ser notado, o que tornou as coisas ainda piores.

"Tem câmera em tudo quanto é lugar", diz ela. "Será que achou mesmo que ninguém iria descobrir o que você fez?"

Ele não responde.

"Achei que você se importava. Achei que se importava com aquele menino assassinado. No entanto você puxou o zíper do saco mortuário e ficou brincando e fazendo gozação. Como pôde fazer uma coisa dessas?"

Ele não olha para ela nem responde.

"Marino, como é que você pôde fazer uma coisa dessas?", pergunta ela de novo.

"Foi ideia dela. A fita devia ter te mostrado isso", diz ele.

"Uma turnê sem a minha permissão já é ruim o bastante. Mas como é que deixou ela olhar os cadáveres? Sobretudo o dele."

"Você viu a fita de quando Lucy estava me espionando." Ele a fuzila com os olhos. "Shandy não quis aceitar um não como resposta. Não quis sair da câmara refrigerada. Eu tentei."

"Não tem desculpa."

"Espionagem. Estou cansado disso."

"Traição e desrespeito. Estou cansada disso", diz Scarpetta.

"Andei pensando em largar tudo", diz ele, num tom desagradável. "Se você mexeu nos e-mails que a doutora Self me mandou, deve ter visto que tenho oportunidades melhores do que ficar pendurado em você para o resto da vida."

"Largar? Ou está esperando ser despedido? Porque é isso que você merece, depois do que fez. Nós não oferecemos excursões pela morgue nem fazemos um show com as pobres criaturas que acabam aqui."

"Meu Deus, eu detesto a maneira como as mulheres exageram suas reações a tudo. Ficam emotivas e irracionais como o diabo. Vá em frente. Pode me despedir", diz ele com a voz pastosa, pronunciando cada sílaba, do jeito como as pessoas fazem quando querem tentar se fazer de sóbrias.

"Isso é justamente o que a doutora Self quer que aconteça."

"Você está com ciúmes porque ela é muito, muito mais importante que você."

"Esse não é o Pete Marino que eu conheço."

"E você não é a doutora Scarpetta que eu conheço. Leu o que mais ela falou de você?"

"Ela falou um bocado sobre mim."

"A mentira que você vive. Por que você não admite? Talvez seja daí que Lucy herdou. De você."

"Minha preferência sexual? É isso que você está desesperado pra saber?"

"Você tem medo de admitir."

"Se o que a doutora Self deu a entender fosse verdade, eu certamente não teria medo de admitir. É gente como ela, como você, que parece ter medo."

Ele recosta na cadeira e, por um instante, parece à beira das lágrimas. Depois seu rosto enrijece de novo e ele olha com firmeza para o fogo.

"O que você fez ontem", diz ela, "não é coisa que o Marino que eu conheci todos esses anos faria."

"Talvez seja e você nunca quis ver."

"Eu sei que não é. O que houve?"

"Não sei como cheguei até aqui", diz ele. "Eu olho para trás e vejo um cara que se saiu muito bem no boxe, por algum tempo, mas que não quis transformar o cérebro num mingau. Cansei de ser um policial fardado em Nova York. Casei com Doris, que se cansou de mim, teve um filho doente, que morreu, e eu continuo atrás de canalhas doentes. Não sei bem por quê. Também nunca consegui decifrar por que você faz o que faz. E é muito provável que você nunca me diga." Taciturno.

"Talvez porque eu tenha crescido numa casa em que ninguém falava comigo de uma forma que me transmitisse algo do que eu desejava ouvir ou que me fizesse compreendida ou importante. Talvez porque eu tenha visto meu pai morrer. Todos os dias, era tudo o que todos nós víamos. Talvez eu esteja passando o que restou da minha vida tentando entender o que me derrotou quando criança. A morte. Não creio que haja motivos simples, ou até mesmo lógicos, que expliquem por que a gente é o que é e faz o que faz." Ela dá uma olhada para ele, que não retribui o olhar. "Talvez não haja uma resposta simples ou lógica que explique o seu comportamento. Mas bem que eu gostaria que houvesse."

"Nos velhos tempos, eu não trabalhava para você. Foi isso que mudou." Ele se levanta. "Vou pegar uma bebida."

"Mais uísque não é exatamente do que você precisa', ela diz, desanimada.

Ele não está escutando e sabe o caminho até o bar. Ela ouve um armário se abrir, ele pega um copo, depois outro armário se abre e ele tira a garrafa. Volta até a sala com um copo de uísque numa das mãos, e a garrafa de bourbon na outra. Ela sente um desconforto na boca do estômago, quer que ele vá embora, mas não pode deixá-lo sair, bêbado como está, no meio da noite.

Marino põe a garrafa sobre a mesinha de centro e diz: "A gente se deu superbem naqueles anos todos em Richmond, quando eu era o detetive sênior e você a chefe". Ele ergue o copo. Marino não dá goles. Toma golaços. "Aí você foi despedida e eu saí. De lá pra cá, nada aconteceu como eu imaginava. Eu gostava pra burro da Flórida. Tínhamos um centro de treinamento poderoso. Eu encarregado das investigações, bom salário, tinha até minha psiquiatra famosa. Não que eu precisasse de uma psiquiatra, mas perdi peso, fiquei em grande forma. Estava indo muito bem, até que parei de vê-la."

"Se tivesse continuado a ver a doutora Self, ela teria destroçado a sua vida. E não consigo acreditar que você não percebe que as comunicações dela com você não são mais que manipulação. Você sabe como ela é. Você viu como ela se comportou no tribunal. Você a escutou falando."

Ele toma mais um belo gole de bourbon. "Uma vez na vida, surge uma mulher mais poderosa que você, e você não suporta isso. Vai ver você não suporta meu relacionamento com ela. Daí começou a falar mal dela, porque o que mais podia fazer? Sempre enfurnada aqui, numa terra de ninguém, e prestes a se tornar dona de casa."

"Não me ofenda. Não quero brigar com você."

Ele bebe, e agora sua índole má está alerta. "Vai ver meu relacionamento com ela foi o motivo de você querer que a gente saísse da Flórida. Agora entendo."

"Acredito que o motivo de termos deixado a Flórida foi o furacão Wilma", diz ela, com aquela sensação ruim no estômago se acentuando. "Isso e a minha necessidade de ter um consultório real, uma clínica de verdade, de novo."

Ele esvazia o copo e põe mais.

"Você já bebeu o bastante."

"Nisso você tem razão." Ergue o copo e dá mais um gole.

"Acho que está na hora de eu chamar um táxi para levá-lo para casa."

"Quem sabe você podia começar a clinicar de verdade em algum outro lugar, sair daqui. Ficaria bem melhor."

"Você não é o juiz que vai me dizer onde eu ficaria melhor", diz ela, observando-o com cuidado, a luz do fogo se movendo pela cara grande dele. "Por favor, não beba mais. Você já bebeu o que basta."

"Basta digo eu."

"Marino, por favor, não deixe a doutora Self erguer uma parede entre nós dois."

"Não preciso dela para fazer isso. Você mesma fez."

"Não vamos começar com isso."

"Vamos sim." Com a voz mole, balançando um pouco na cadeira, com um brilho irritante nos olhos. "Não sei quantos dias eu ainda tenho. Quem é que sabe o que vai acontecer? De modo que não pretendo gastar meu tempo num lugar que eu detesto, trabalhando para alguém que não me trata com o respeito que eu mereço. Como se você fosse melhor que eu. Pois saiba que não é."

"O que quis dizer com 'quantos dias você ainda tem'? Está doente, por acaso?"

"Doente e com o saco cheio. É isso que estou dizendo."

Ela nunca o viu assim tão bêbado. Oscilando de lá para cá, servindo-se de mais bourbon, derrubando o uísque. O impulso de Scarpetta é tirar a garrafa dele, mas a expressão em seu rosto a impede.

"Você mora sozinha e isso não é seguro", diz ele. "Não é seguro, você morar aqui nesta velha casa sozinha."

"Eu sempre morei sozinha, mais ou menos."

"Sei. E que porra isso nos diz sobre Benton? Espero que vocês dois tenham uma vida feliz."

Ela nunca viu Marino assim tão bêbado e tão cheio de ódio, e não sabe o que fazer.

"Estou numa posição em que tenho de fazer escolhas. Portanto agora vou lhe dizer a verdade." Ele cospe, ao falar, o copo de bebida perigosamente inclinado em sua mão. "Estou de saco cheio de trabalhar pra você."

"Se é assim que você se sente, fico feliz que tenha dito." Mas quanto mais ela tenta sossegá-lo, mais inflamado ele se torna.

"Benton, o esnobe cheio da grana. *Doutor* Wesley. Quer dizer que, por eu não ser doutor, advogado ou cacique, não sou bom o suficiente pra você. Mas eu vou lhe contar uma coisa, eu sou bom o bastante pra Shandy, e ela não é nada da porra que você está imaginando. Vem de uma família muito melhor que a sua. Não cresceu em Miami, rodeada de pobreza, com um pai operário, assistente de mercearia e recém-chegado ao país."

"Você está muito bêbado. Pode dormir no quarto de hóspedes."

"Sua família não é melhor que a minha. Apenas italianos recém-chegados, sem mais nada a não ser macarrão barato e molho de tomate pra comer cinco noites por semana", diz ele.

"Deixa eu chamar um táxi."

Ele bate o copo sobre a mesinha de centro. "Acho que é uma ótima ideia eu montar no cavalo e ir embora." Agarra uma cadeira para poder se equilibrar.

"Você não vai chegar nem perto daquela moto", diz ela.

Ele começa a andar e bate na estrutura da porta, enquanto ela o segura pelo braço. Quase arrasta Scarpetta até a porta da frente, enquanto ela tenta impedi-lo, implorando para que não vá. Ele enfia a mão no bolso, atrás da chave da moto, e ela a arranca das mãos dele.

"Me dê a chave, e olhe que estou pedindo com educação."

Ela aperta a chave na mão e põe o punho atrás das costas, no pequeno vestíbulo diante da porta da frente. "Você não vai subir naquela moto. Mal consegue andar. Ou você pega um táxi ou fica aqui esta noite. Não vou deixar que você se mate ou mate outra pessoa. Por favor, me escute."

"Me dá a chave." Ele a olha com um olhar sem expressão e se torna um homem imenso que ela não conhece mais, um estranho que pode até machucá-la fisicamente. "Me dá." Ele estica o braço por trás dela, agarra seu pulso e ela fica paralisada de medo.

"Marino, me solta." Ela luta para libertar o braço, mas bem que poderia estar preso num torninho. "Você está me machucando."

Ele alcança o outro punho e o medo se transforma em terror, à medida que ele se debruça sobre ela, o corpo maciço apertando-a contra a parede. A mente de Scarpetta dispara, com pensamentos desesperados de como fazê-lo parar antes que vá adiante.

"Marino, me larga. Você está me machucando. Vamos voltar para a sala e conversar." Ela tenta fazer com que sua voz não demonstre medo, os braços doloridamente presos atrás dela. Ele a aperta ainda mais. "Marino. Pare. Você não quer isso. Você está muito bêbado."

Ele lhe dá um beijo e a agarra, ela vira a cabeça de lado, tenta empurrar suas mãos para longe, se debate, diz a ele que não. A chave da moto cai no chão com um tinido, enquanto ele a beija e ela resiste, tentando fazê-lo escutar. Ele rasga sua blusa. Ela lhe pede para parar, tenta detê-lo enquanto ele rasga suas roupas. Ela tenta afastar suas mãos, diz que a está machucando, depois não se debate mais porque ele é outra pessoa. Não é mais Marino. É um estranho que a ataca dentro de sua própria casa. Ela vê a pistola nas suas costas, quando ele cai de joelhos, machucando-a com as mãos e a boca.

"Marino? Isso é o que você quer? Me estuprar? Marino?" Ela soa tão calma, tão destemida, a voz parece vir de um lugar fora do corpo. "Marino? É isso que você quer? Me estuprar? Eu sei que você não quer isso. Eu sei que não."

Ele para de repente. E larga Scarpetta. O ar se mexe, refrescando a pele dela, molhada de saliva, irritada e ferida pela violência e pela barba. Ele cobre o rosto com as mãos, se atira de joelhos, abraça a doutora pelas pernas e começa a soluçar feito criança. Enquanto ele chora, ela agarra a pistola da cintura dele.

"Solta." Ela tenta se mover para longe dele. "Me solta."

De joelhos, ele cobre o rosto com as mãos. Ela tira o carregador e puxa o ferrolho, para se certificar de que não há munição na câmara. Enfia a pistola na gaveta de uma mesa perto da porta e apanha a chave da moto. Esconde a chave e o carregador dentro do porta-guarda-chuvas. Ajuda Marino a se levantar e ir até o quarto de hóspedes ao lado da cozinha. A cama é estreita e ele parece preencher cada centímetro dela, quando Scarpetta o faz se deitar. Tira as botas dele e o cobre com um acolchoado.

No banheiro de hóspedes, enche um copo com água e pega quatro comprimidos de Advil do frasco. Cobre-se com um roupão, os pulsos doloridos, a carne ferida e ardendo, a lembrança de suas mãos, da boca, da língua lhe dão engulho. Ela se curva sobre a privada e vomita. Encosta na beira da pia e respira longamente, olha seu rosto vermelho no espelho e parece tão estranha a si mesma quanto ele. Borrifa água fria no rosto, lava a boca, lava tudo o que ele tocou. Lava as lágrimas e leva alguns minutos para se controlar. Volta para o quarto de hóspedes, onde ele ronca.

"Marino. Acorda. Senta." Ela o ajuda, põe alguns travesseiros atrás dele. "Olha aqui, toma isso e bebe toda a água do copo. Você tem que beber muita água. Vai se sentir um trapo, de manhã, mas esses comprimidos vão ajudar."

Ele toma a água, engole os comprimidos, depois se vira para a parede enquanto ela lhe traz mais um copo. "Apaga a luz", diz ele, virado para a parede.

"Preciso que fique acordado."

Ele não responde.

"Não precisa olhar pra mim. Mas tem que ficar acordado."

Ele não olha para ela. Fede a cigarro, uísque e suor, e

o cheiro a faz se recordar e ela sente os machucados, sente os lugares por onde ele passou e sente náuseas de novo.

"Não se preocupe", diz ele, com voz pastosa. "Vou embora e você nunca mais terá de me ver. Vou embora para sempre."

"Você está muito, muito bêbado, e não sabe o que faz", diz ela. "Mas quero que se lembre de tudo. Você tem de ficar acordado tempo suficiente para se lembrar de tudo amanhã. Para que possamos superar isso."

"Não sei o que tem de errado comigo. Quase atirei nele. Eu queria tanto. Não sei o que tem de errado comigo."

"Em quem você quase atirou?", diz ela.

"No bar", diz ele, com sua fala de bêbado. "Não sei o que tem de errado comigo."

"Me conte o que houve no bar."

Silêncio, ele olhando fixo para a parede, a respiração pesada de novo.

"Em quem você quase atirou?", pergunta ela, bem alto.

"Ele disse que tinha sido enviado."

"Enviado?"

"Fez ameaças contra você. Quase que eu atirei nele. Depois venho até aqui e ajo igualzinho a ele. Eu devia meter uma bala em mim mesmo."

"Você não vai se matar."

"Mas devia."

"Seria ainda pior do que o que acabou de fazer. Entendeu o que eu falei?"

Ele não responde. Não olha para ela.

"Se você se matar, eu não vou sentir pena de você e não vou perdoá-lo", diz ela. "O suicídio é um ato de egoísmo e nenhum de nós vai perdoá-lo."

"Não sou bom o suficiente pra você. Nunca serei. Vamos lá, diga isso e vamos acabar de vez com essa história." Ele fala como se tivesse a boca cheia de trapos.

O telefone sobre a mesa de cabeceira toca e ela atende.

"Sou eu", diz Benton. "Viu o que eu mandei? Como vai você?"

"Vi, e você?"

"Kay? Você está bem?"

"Estou. E você?"

"Meu Deus. Tem alguém aí com você?", pergunta ele, alarmado.

"Está tudo bem."

"Kay, tem alguém aí com você?"

"A gente se fala amanhã. Decidi ficar em casa, cuidar do jardim e pedir a Bull que venha me ajudar."

"Tem certeza? Tem certeza de que vai ficar bem com ele?"

"Agora sim", diz ela.

Quatro da manhã, Hilton Head. A rebentação das ondas espalha espuma branca pela praia, como se o mar ondulado estivesse espumejando pela boca.

Will Rambo sobe silenciosamente os degraus de madeira, percorre todo o passeio de tábuas e salta o portão trancado. A mansão de estilo pseudoitaliano é de estuque, com múltiplas chaminés e arcos, e uma cobertura vermelha bem alta de telha de barro. Nos fundos há luminárias de cobre, uma mesa de pedra com um acúmulo de cinzeiros imundos e taças vazias e, não faz tanto tempo assim, as chaves de um carro. De lá para cá, ela usa a chave sobressalente, embora só dirija muito de vez em quando. Na maior parte do tempo, não vai a lugar nenhum, e ele é silencioso quando se mexe; as folhas das palmas e dos pinheiros balançam ao vento.

Árvores oscilando feito varinhas de condão, distribuindo feitiço sobre Roma, e pétalas de flor soprando como neve ao longo da Via D'Monte Tarpeo. As papoulas tinham um tom de vermelho-sangue e as glicínias penduradas em antiquíssimos muros de tijolo eram roxas como hematomas. Pombos voejavam entre os degraus e, entre as ruínas, mulheres alimentavam gatos selvagens com Whiskas e ovos em pratos de plástico.

Estava um ótimo dia para andar, o trânsito de turistas não era pesado e ela se sentia um pouco bêbada, mas à vontade com ele, feliz com ele. Ele sabia que ela ficaria.

"*Eu gostaria que conhecesse meu pai*", disse ele, os dois sentados numa mureta, olhando para os gatos selvagens, e ela comentou várias vezes que eles não eram mais que pobres gatos sem dono, se acasalando entre si e se deformando, e que alguém deveria salvá-los.

"*Eles não são gatos sem dono, são selvagens. Tem uma diferença. Os gatos selvagens querem estar aqui e fariam você em pedacinhos se tentasse resgatá-los. Não são uma coisa que alguém jogou fora ou machucou, sem nada mais para ansiar, a não ser ir de lata em lata de lixo, escondidos debaixo das casas, até que alguém os pegue e os leve para sacrificar.*"

"*E por que alguém iria querer sacrificar esses bichos?*"

"*Porque sim. É isso que acontece quando são removidos de seu paraíso e terminam em lugares perigosos, onde são atropelados pelos carros e perseguidos pelos cachorros, constantemente em perigo e feridos sem possibilidade de remediar o estrago. Ao contrário desses gatos. Olhe só pra eles, todos sozinhos, e ninguém ousa chegar perto, a menos que eles permitam. Eles querem estar exatamente onde estão, ali entre as ruínas.*"

"*Você é estranho*", disse ela, dando-lhe um cutucão. "*Achei isso quando nos conhecemos, mas agora acho você uma graça.*"

"*Qual é?*", disse ele, ajudando a moça a se levantar.

"*Estou sentindo muito calor*", queixou-se ela, porque ele tinha posto seu casacão comprido e preto em volta dela e dito para que usasse um boné e os óculos escuros dele, ainda que o dia não estivesse nem frio nem ensolarado.

"*Você é muito famosa e as pessoas vão ficar olhando*", ele lembrou a ela. "*Você sabe que eles vão, e não podemos ter ninguém olhando.*"

"*Preciso encontrar minhas amigas antes que elas achem que fui sequestrada.*"

"Qual é? Você tem de ver o apartamento. É de fato sensacional. Eu levo você até lá de carro, porque dá pra ver que está cansada, aí você liga pra elas e convida todas para irem pra lá, se quiserem. Temos uns vinhos e queijos ótimos."

Depois escuridão, como se uma luz tivesse se apagado no cérebro, e ele acordou para cenas de fragmentos brilhantes de algo quebrado, como se fossem cacos espatifados de um vitral que, em algum momento, contou uma história ou uma verdade.

A escadaria na ala norte da casa não fora varrida, e a porta da lavanderia não tinha sido aberta desde a última visita da empregada, quase dois meses antes. Dos dois lados da escadaria há arbustos de hibiscos e, atrás deles, por uma vidraça, ele pode ver o painel do alarme e sua luz vermelha. Ele abre a caixa de ferramentas e tira de lá de dentro um cortador de vidro de fácil manejo, com ponta *carbide*. Corta um pedaço do vidro e coloca no chão arenoso, atrás das moitas, enquanto o cachorro dentro da caixa começa a uivar, e Will hesita, bastante calmo. Ele estica a mão e destranca o pino, depois abre a porta, o alarme começa a tocar e ele digita o código para que se cale.

Está dentro de uma casa que vigia há meses. Ele imaginou isso e planejou tudo com tanto detalhe que finalmente o ato de fazer é mais fácil e um tanto decepcionante. Ele se agacha e mexe os dedos areentos pelos espaços de arame da caixa e sussurra para o bassê: "Está tudo bem. Tudo vai dar certo".

O bassê para de uivar e Will deixa que ele lamba o dorso de sua mão, onde não há cola nem areia especial.

"Bom rapaz", cochicha ele. "Não se preocupe."

Seus pés arenosos o levam da lavanderia em direção ao ruído de um filme que passa na sala grande. Sempre que ela sai para fumar, tem o mau hábito de deixar a porta bem aberta, enquanto senta nos degraus e olha para a piscina de fundo negro que é como uma ferida aberta, e parte da fumaça adentra a casa enquanto ela fuma sentada, olhando para a piscina. A fumaça permeou tudo em que ela tocou, e ele sente o fedor de tabaco velho, que confere um ar pedregoso, um matiz fosco, duro e cinzento como a sua aura. É doentio. Uma aura de quase morte.

As paredes e o teto são pintados em tons de ocre e ferrugem, as cores da terra, e o piso de pedra é da cor do mar. Todas as portas são em arco e há vasos imensos de acantos murchos e amarronzados, porque ela se esquece de regá-los direito, e há cabelos castanhos no piso de pedra. Cabelos e pelos, caídos quando ela caminha de um lado a outro, às vezes nua, arrancando cabelos e pelos. Ela dorme no sofá, de costas para ele, o trecho careca no topo da cabeça pálido como uma lua cheia.

Seus pés nus, arenosos, não fazem barulho, e o filme continua. Michael Douglas e Glenn Close tomam vinho e escutam uma ária de *Madame Butterfly* no aparelho de som. Will para sob o arco e assiste *Atração fatal*, sabe tudo sobre o filme, já viu várias e várias vezes, assistiu junto com ela, pela vidraça, sem que ela soubesse. Escuta os diálogos na cabeça antes de as personagens falarem, e de repente Michael Douglas está indo embora e Glenn Close fica brava e rasga sua camisa.

Atacando, rasgando, desesperado para saber o que havia por baixo. Ele tinha tanto sangue nas mãos que não sabia dizer que cor era a pele dele, enquanto tentava enfiar os intestinos de Roger no lugar, enquanto vento e areia sopravam em rajadas fortes sobre os dois, que mal podiam enxergar ou ouvir um ao outro.

Ela dorme no sofá, bêbada e drogada demais para ouvi-lo. Ela não sente o espectro dele flutuando em volta dela, esperando para levá-la embora. Ela vai lhe agradecer.

"*Will! Socorro! Por favor, me ajude! Por favor, meu Deus!*" Gritando. "*Dói tanto! Por favor, não me deixe morrer!*"

"*Você não vai morrer.*" Segurando o companheiro. "*Estou aqui, estou aqui. Estou bem aqui.*"

"*Eu não vou aguentar!*"

"*Deus jamais lhe daria mais do que você pode aguentar.*" O pai dele vivia dizendo isso, desde que Will era garoto.

"*Não é verdade.*"

"*O que não é verdade?*" Seu pai lhe perguntara em Roma, enquanto tomavam vinho na sala de jantar e Will segurava o antigo pé de pedra.

"*Cobria todo meu rosto, e minhas mãos, e eu experimentei, experimentei o gosto dele. Experimentei o quanto pude dele para poder mantê-lo vivo em mim, porque prometi a ele que ele não morreria.*"

"*Devíamos sair um pouco. Vamos tomar um café.*"

Will gira um botão na parede, aumenta o som *surround* até que o filme fique no máximo volume e de repente ela está sentada, depois aos berros, e ele mal consegue ouvi-la gritar por cima do filme, ao se aproximar, pôr um dedo arenoso sobre seus lábios, balançando devagar a cabeça para que ela se cale. Enche o copo de vodca, entrega a ela e faz um gesto de cabeça para que beba. Põe a caixa de ferramentas, a lanterna e a câmera no tapete e senta-se ao lado, no sofá, olhando profundamente em seus olhos remelentos, avermelhados, em pânico. Ela não tem cílios, arrancou tudo. Não tenta se erguer e correr. Ele faz um gesto para que ela beba e ela bebe. Já começou a aceitar o que vai acontecer. Ela vai lhe agradecer.

O filme faz a casa vibrar e ela diz: "Por favor, não me machuque".

Outrora, foi bonita.

"Shhhh." Ele balança a cabeça e faz com que ela se cale, com o dedo arenoso empurrando os lábios dela, apertando firme contra os dentes. Com os dedos arenosos, abre a caixa de ferramentas. Lá dentro há frascos de cola e de removedor de cola, um saco de areia, serra dupla serrilhada para compensado, de cabo preto, lâminas de vaivém e diversos estiletes.

Depois a voz na cabeça. Roger chorando, gritando, espuma sangrenta borbulhando na boca. Só que não é Roger que grita, é a mulher implorando, com lábios sangrentos: "Por favor, não me machuque!".

Enquanto isso, Glenn Close diz a Michael Douglas para ir se foder, e o volume do som faz a grande sala vibrar.

Ela entra em pânico, soluça, tremendo como alguém vítima de uma crise de epilepsia. Ele ergue as pernas até o sofá e senta de pernas cruzadas. Ela olha para as mãos arenosas, para a sola dos pés mutiladas e arenosas, para a caixa de ferramentas, para a câmera no chão, e a percepção do inevitável toma conta de seu rosto manchado, inchado. Ele repara no mau estado das unhas dela e é invadido pela mesma sensação por que passa quando abraça espiritualmente uma pessoa que sofre de forma insuportável e a libera da dor.

Ele consegue sentir o grave das caixas de som nos ossos.

Seus lábios sangrentos, em carne viva, se movem. "Por favor, não me machuque, por favor, por favor não me machuque", e ela chora, seu nariz escorre e ela lambe os lábios sangrentos com a língua. "O que você quer? Dinheiro? Por favor, não me machuque." Seus lábios sangrentos se movem.

Ele tira a camisa e a calça cáqui, dobra tudo muito bem e coloca sobre a mesinha de centro. Despe a cueca e põe em cima das outras roupas. Sente o poder. Poder que trespassa seu cérebro como um choque elétrico, e ele a agarra mais forte em volta da cintura.

11

Amanhece. Parece que vai chover.
Rose olha pela janela do apartamento o mar batendo docemente no quebra-mar do bulevar Murray. Perto de seu prédio — outrora um esplêndido hotel — estão algumas das casas mais caras de Charleston, formidáveis mansões à beira-mar que ela fotografou e dispôs num álbum que de vez em quanto folheia. Para ela, é quase impossível acreditar no que houve, e que ela esteja vivendo tanto um pesadelo quanto um sonho.

Quando se mudou para Charleston, sua única exigência foi morar perto do mar. "Perto o suficiente para saber que ele está lá", foi como descreveu o lugar. "Desconfio que vai ser a última vez que vou atrás de você para alguma parte", disse ela a Scarpetta. "Na minha idade, não quero um jardim para me preocupar, e sempre tive vontade de viver perto do mar, mas não num pântano com aquele cheiro de podre. No oceano. Se ao menos eu pudesse ter o mar perto o suficiente para poder andar até ele."

Elas passaram um bom tempo procurando. Rose terminou em Ashley River, num apartamento arrebentado que Scarpetta, Lucy e Marino reformaram. Rose não gastou um centavo, e depois a doutora lhe deu um aumento. Sem ele, Rose não teria como pagar o arrendamento, mas isso nunca foi mencionado. Tudo o que Scarpetta disse é que Charleston era uma cidade cara, comparada a outros lugares onde tinham morado, mas, mesmo que não fosse, Rose merecia um aumento.

Ela faz o café, vê o noticiário e espera a ligação de Marino. Uma hora depois, se pergunta por onde ele andará. Mais uma hora e nenhuma palavra dele; sua frustração cresce. Ela deixou vários recados para ele, dizendo que não pode ir trabalhar pela manhã e será que ele podia dar uma passada em sua casa para ajudá-la a mover o sofá? Além disso, ela precisa falar com ele. Disse a Scarpetta que faria isso. Agora é uma hora tão boa quanto qualquer outra. Ligou de novo para o celular dele e a ligação caiu direto na caixa de mensagem. Rose olha pela janela e um ar frio sopra por detrás do quebra-mar, o oceano encrespado e macambúzio, da cor de estanho.

Ela sabe perfeitamente bem que não deve empurrar o sofá sozinha, mas está impaciente e aborrecida o bastante para tentar. Ela tosse enquanto pondera a loucura de um feito que, não muito tempo atrás, teria sido exequível. Ela se senta e se perde nas lembranças da noite anterior, de conversar de mãos dadas, e de beijos nesse mesmo sofá. Sentiu coisas que não imaginava que pudesse mais sentir, o tempo todo se perguntando quanto tempo duraria. Ela não pode renunciar, isso não pode durar, e ela sente uma tristeza tão funda e sombria que não há por que tentar ver o que há lá dentro.

O telefone toca e é Lucy

"Como é que foi?", pergunta Rose.

"Nate mandou um oi."

"Estou mais interessada em saber o que ele disse sobre você."

"Nada de novo."

"O que é uma ótima notícia." Rose vai até o balcão da cozinha e pega o controle remoto da televisão. Respira fundo. "Marino tinha combinado de vir até aqui me ajudar a mudar o sofá de lugar, mas como sempre..."

Uma pausa, depois Lucy diz: "Esse foi um dos motivos de eu ter ligado. Eu ia passar para ver tia Kay e contar a ela sobre minha consulta com Nate. Ela não sabe que eu fui. Sempre lhe digo depois, para ela não enlouquecer de preocupação. A moto de Marino está parada na frente da casa dela."

"Ela estava esperando você?"

"Não."

"Que horas foi isso?"

"Lá pelas oito."

"Impossível", diz Rose. "Marino ainda está em coma, por volta das oito. Pelo menos ultimamente."

"Fui a uma Starbucks, depois voltei para a casa dela, por volta das nove, e adivinha o quê? Passei pela namoradinha dele, numa BMW."

"Tem certeza de que era ela?"

"Quer o número das placas? Data de nascimento? Quanto ela tem na conta bancária — não muito, falando nisso. Ao que parece, ela torrou quase todo o dinheiro que tinha. Que aliás não veio do papai rico não. O que nos diz que ele não deixou nada para ela. Mas ela faz um monte de depósitos que não têm muito sentido, e gasta mais rápido do que ganha."

"Isso é mau. Ela viu você saindo da Starbucks?"

"Eu estava na minha Ferrari. Logo, a menos que ela seja cega, além de ser uma piranha sem sal. Desculpe..."

"Não precisa pedir desculpa. Eu sei o que é uma piranha, e sem dúvida ela se encaixa no perfil. Marino tem um sistema especial que o leva direto para as piranhas."

"Você não está com a voz muito boa. Como se mal estivesse conseguindo respirar", diz Lucy. "Que me diz se daqui a pouco eu for até aí, para ajudá-la a mudar o sofá de lugar?"

"Eu vou estar o tempo todo aqui", diz Rose, tossindo ao desligar.

Liga a televisão a tempo de ver uma bola de tênis tirar um tufo de poeira vermelha da linha, o serviço de Drew Martin é tão rápido e fora do alcance, sua adversária nem se digna a tentar. A CNN transmite cenas do Aberto da França do ano anterior e notícias sobre Drew quase ininterruptamente. Repetições de sua vida e morte. Vezes e vezes sem fim. Mais cenas. Roma. A cidade antiquíssima, depois o pequeno canteiro de obras isolado por fita amarela e rodeado de policiais. Luzes de emergência pulsando.

"O que sabemos até o momento? Houve algum novo desdobramento?"

"Os funcionários do governo de Roma continuam de bico calado. Tudo indica que não há indícios nem suspeitos, e esse crime tenebroso permanece um mistério. As pessoas aqui se perguntam por quê. Você pode vê-las depositando flores na beira do canteiro de obras, onde o corpo foi achado."

Mais do mesmo. Ela tenta não assistir. Já viu tudo aquilo tantas vezes, mas continua hipnotizada.

Drew dando uma cortada.

Drew avançando para a rede e rebatendo uma bola alta com tamanha força que ela quica até a arquibancada. A multidão se põe de pé e aplaude freneticamente.

O rosto bonito de Drew no programa da dra. Self. Falando rápido, a mente saltando de um assunto para outro, estimulada por ter acabado de vencer o U.S. Open, sendo chamada de Tiger Woods do tênis. A dra. Self conduzindo a entrevista para o seu lado, fazendo perguntas que não deveria fazer.

"Você é virgem, Drew?"

Rindo, corando, escondendo o rosto com as mãos.

"Vamos lá, responda." A dra. Self sorrindo, tão imensamente cheia de si. "É isso que estou falando, pessoal." Para a plateia. "Vergonha. Por que sentimos vergonha quando falamos sobre sexo?"

"Eu perdi minha virgindade aos dez anos", diz Drew. "Com a bicicleta do meu irmão."

A multidão enlouquece.

"Drew Martin morreu com apenas dezesseis anos", diz o âncora.

Rose consegue puxar o sofá pela sala e empurrá-lo contra a parede. Senta e chora. Levanta-se, anda, chora, geme que a morte foi errada e a violência insuportável, e que ela odeia isso. Odeia tudo isso. No banheiro, pega um frasco de remédio. Na cozinha, serve-se de uma taça de vinho. Pega um comprimido e toma com vinho; momentos mais tarde, tossindo e mal podendo respirar, toma um segundo comprimido. O telefone toca e ela não está se equilibrando bem, quando vai atender, deixa o fone cair, se atrapalha para pegá-lo.

"Alô?"

"Rose?", diz Scarpetta.

"Eu não deveria assistir ao noticiário."

"Você está chorando?"

O aposento gira. Ela vê tudo dobrado. "É só uma gripe."

"Estou indo pra aí", diz Scarpetta.

Marino descansa a cabeça no apoio posterior do banco, os olhos mascarados por óculos escuros, as mãos enormes sobre as coxas.

Está com as mesmas roupas da noite anterior. Dormiu com elas e elas não escondem o fato. O rosto tem um tom de vermelho intenso e ele está com o mau cheiro de quem não toma banho faz tempo. A visão e o cheiro dele trazem de volta lembranças tão horríveis, e ela sente as escoriações, o sofrimento de uma carne que ele jamais deveria ter visto ou tocado. Ela usa camadas de seda e algodão, tecidos suaves para sua pele, a camisa abotoada até o alto, a jaqueta com o zíper fechado. Para esconder seus ferimentos. Para esconder sua humilhação. Junto a ele, ela se sente impotente, nua.

Mais um silêncio pavoroso, enquanto ela dirige. O carro está recendendo a alho e queijo forte, e a janela do lado dele está aberta.

Ele diz: "A luz machuca meu olho. Não acredito no tanto que a luz está ferrando meu olho".

Ele já disse isso várias vezes, oferecendo uma resposta a uma pergunta não feita de por que não tira os óculos escuros, num dia de chuva e céu encoberto. Quando ela fez café e torradas, uma hora antes, e levou para ele, na cama, Marino gemeu ao sentar e segurou a cabeça. Sem a menor convicção, perguntou: "Onde estou?".

"Você bebeu demais, ontem à noite." Ela pôs o café e as torradas na mesinha de cabeceira. "Está lembrado?"

"Se eu comer alguma coisa, vou vomitar."

"Lembra-se de ontem à noite?"

Ele diz que não se lembra de nada depois de ter chegado de moto à casa dela. Seu jeito diz que se lembra de tudo. Continua se queixando de que está se sentindo mal.

"Eu bem que gostaria que você não tivesse comida aí atrás. Agora não é o melhor momento para eu sentir cheiro de comida."

"Tanto pior. Rose está com gripe."

Ela estaciona no terreno vizinho ao prédio de Rose.

"Eu é que não quero pegar uma gripe", diz ele.

"Então fica no carro."

"Eu quero saber o que você fez com a minha arma." Isso ele também já repetiu várias vezes.

"Como eu já lhe disse, ela está num lugar seguro."

Ela estaciona. No banco de trás, há uma caixa cheia de pratos cobertos. Ela passou a noite acordada, cozinhando. Fez *tagliolini* com molho de queijo *fontina*, lasanha à bolonhesa e sopa de legumes em quantidade suficiente para alimentar vinte pessoas.

"Ontem à noite, você não estava em condição de andar com um revólver carregado", acrescenta.

Ele anda um pouco à frente dela, sem se preocupar em perguntar se ela quer que ele leve a caixa.

"Eu vou repetir. Eu tirei de você ontem à noite. Peguei a chave da sua moto. Lembra-se de que eu tirei a chave de você porque você insistia em ir de moto para casa, quando mal parava em pé?"

"Aquele bourbon lá na sua casa", diz ele, enquanto caminham para o prédio branco sob a chuva. "O Booker's." Como se a culpa fosse dela. "Eu não tenho como comprar um uísque assim tão bom. Ele desce tão suave que eu esqueço que tem mais de quarenta por cento de graduação alcoólica."

"Quer dizer que a culpada sou eu?"

"Eu sei lá por que você tem uma coisa tão forte em casa."

"Porque você levou pra lá na véspera do Ano-Novo."

"Alguém bem que podia ter me acertado a cabeça com uma chave de roda", diz ele, subindo as escadas; o porteiro os deixa entrar.

"Bom dia, Ed", diz Scarpetta, ciente do som de uma televisão dentro de sua sala contígua ao saguão. Ele escuta o noticiário, com mais cobertura sobre o assassinato de Drew Martin.

Ed olha para sua sala, abana a cabeça e diz: "Pavoroso, pavoroso. Ela era uma boa moça, uma moça muito boa mesmo. Eu a vi bem aqui, pouco antes de ser morta, ela me dava uma gorjeta de vinte dólares toda vez que vinha aqui. Pavoroso. Uma moça tão boa. Que agia como uma pessoa normal, sabia?".

"Ela esteve hospedada aqui?", diz Scarpetta. "Eu achava que ela sempre ficava no Charleston Place. Ao menos era isso que saía nos jornais, sempre que ela vinha para cá."

"O treinador dela tem um apartamento no prédio, quase não para aqui, mas tem um apartamento no prédio", diz Ed.

Scarpetta se pergunta por que nunca ouviu falar a respeito. Mas agora não é hora de perguntar. Está preocupada com Rose. Ed aperta o botão do elevador e depois o do andar de Rose.

As portas se fecham. Os óculos escuros de Marino olham direto para a frente.

"Acho que estou com enxaqueca", diz ele. "Tem alguma coisa para enxaqueca?"

"Você já tomou oitocentos miligramas de Ibuprofeno. Não vai tomar mais nada pelas próximas cinco horas."

"Isso não ajuda a curar enxaqueca. Eu bem que gostaria que você não tivesse aquele negócio em casa. É como se alguém me tivesse dado alguma coisa, me tivesse drogado."

"A única pessoa que te deu alguma coisa foi você mesmo."

"Não acredito que tenha chamado o Bull. E se ele for perigoso?"

Ela não acredita que ele disse isso, não depois do que houve na noite anterior.

"Eu espero de coração que você não convide o sujeito pra vir trabalhar conosco", diz ele. "Que diabos que ele sabe? Só vai atrapalhar todo mundo."

"Eu não posso pensar nisso no momento. No momento, estou pensando em Rose. E quem sabe essa não é uma boa hora para você se preocupar com alguém mais, além de você mesmo?" A raiva começa a aumentar e Scarpetta anda rápido por um hall de paredes antigas de estuque e um gasto tapete azul.

Toca a campainha do apartamento de Rose. Ninguém responde, não há som nenhum lá dentro, a não ser o da televisão. Ela põe a caixa no chão e tenta a campainha de novo. E mais uma vez. Liga para o celular dela, para o telefone fixo. Ouve os dois tocando lá dentro, depois a secretária eletrônica.

"Rose!" Scarpetta esmurra a porta. "Rose!"

Escuta a televisão. Nada além da televisão.

"Temos de pegar uma chave", diz ela a Marino. "Ed tem uma. Rose!"

"Foda-se." Marino dá um chute na porta, com toda a força, a madeira se espedaça, a corrente antiladrão se quebra, elos de bronze tilintam no chão, a porta se abre de supetão e bate na parede.

Lá dentro, Rose está no sofá, imóvel, os olhos fechados, o rosto cinzento, mechas soltas do longo cabelo branco.

"Liga para a emergência já!" Scarpetta põe almofadas atrás de Rose, para erguê-la, enquanto Marino chama a ambulância.

Ela toma o pulso de Rose. Sessenta e um.

"Eles estão a caminho", diz Marino.

"Vai até o carro. Minha maleta está no porta-malas."

Ele sai correndo do apartamento e ela repara numa taça de vinho e numa receita no chão, quase escondida pela saia do sofá. Ela leva um susto ao ver que Rose esta tomando Roxicodone, nome comercial do hidroclorido de oxidona, um analgésico opiáceo sabidamente viciante. A receita para cem comprimidos fora feita dez dias antes. Ela destampa o frasco e conta os comprimidos verdes de quinze miligramas. Só restam dezessete.

"Rose!" Scarpetta a sacode. Ela está quente e suada. "Rose, acorde! Está me ouvindo? Rose!"

Scarpetta vai até o banheiro, volta com uma toalha molhada e põe na testa de Rose, segura sua mão, fala com ela, tenta acordá-la, Marino volta. Parece nervoso e assustado quando entrega a maleta médica a Scarpetta.

"Ela arrastou o sofá. Eu é que devia ter feito isso", diz ele, os óculos escuros fixos no sofá.

Rose se move quando ouve uma sirene lá longe. Scarpetta tira um medidor de pressão e um estetoscópio da maleta.

"Eu prometi que viria mudar o sofá de lugar", diz Marino. "Ela mudou sozinha. Ele ficava ali." Seus óculos escuros olham para um espaço vazio perto da janela.

Scarpetta empurra a manga de Rose para o alto, põe o estetoscópio em seu braço e amarra bem o manguito acima da dobra interna do cotovelo, para interromper o fluxo de sangue.

A sirene está alta.

Ela aperta o bulbo, insufla o medidor, depois abre a válvula para soltar o ar devagar, enquanto escuta o sangue percorrer seu caminho pela artéria. O ar sibila baixinho enquanto o manguito desinfla.

A sirene para. A ambulância chegou.

A pressão sistólica está em oitenta e seis. A diastólica, em cinquenta e oito. Ela leva o estetoscópio até o peito de Rose e volta. A respiração está fraca e ela, hipotensiva.

Rose se mexe, move a cabeça.

"Rose?", diz Scarpetta, bem alto. "Está me ouvindo?"

As pálpebras se agitam e os olhos se abrem.

"Vou tirar sua temperatura." Ela põe um termômetro digital na boca de Rose e em segundos ele começa a bipar. A temperatura é de trinta e sete vírgula vinte e sete. Ela pega o vidro de comprimidos. "Quantos você tomou?", pergunta. "Quanto vinho você tomou?"

"É só uma gripe."

"Você arrastou o sofá sozinha?", pergunta Marino, como se isso importasse.

Ela faz que sim com a cabeça. "Me excedi. Só isso."

Passos rápidos e o barulho de paramédicos e de uma maca no corredor.

"Não", diz ela. "Mande esse pessoal embora."

Dois técnicos médicos de emergência, de macacão azul, enchem o vão da porta e empurram uma maca para dentro. Em cima da maca há um desfribilador e outros equipamentos.

Rose balança a cabeça. "Não. Eu estou bem. Eu não vou pra hospital nenhum."

Ed aparece na soleira, com ar preocupado, espiando para o interior do cômodo.

"Qual é o problema, minha senhora?" Um dos técnicos, loiro, de pálidos olhos azuis, se aproxima do sofá e olha bem de perto para Rose. Olha bem de perto para Scarpetta.

"Não." Rose é inflexível e acena para que eles partam. "Falo sério! Por favor, vão embora. Eu desmaiei. Só isso."

"Não é só isso", diz Marino para ela, com os óculos escuros fixos no técnico loiro. "Eu tive de arrombar a porta."

"E acho melhor consertar antes de ir embora", resmunga Rose.

Scarpetta se apresenta. Explica que pelo visto Rose misturou álcool com oxidona e estava inconsciente quando eles chegaram.

"Senhora?" O técnico loiro se aproxima mais um pouco de Rose. "Quanto álcool a senhora tomou com oxidona, e há quanto tempo?"

"Um a mais do que o habitual. Três comprimidos. E só um tiquinho de vinho. Meia taça."

"Senhora, é muito importante que seja absolutamente sincera comigo nesse ponto."

Scarpetta entrega a ele o frasco que fora receitado e diz para Rose: "Um comprimido a cada quatro a seis horas. Você tomou dois a mais que isso. E já estava numa dose bem alta. Quero que vá ao hospital só para ver se está tudo bem mesmo".

"Não."

"Você esmigalhou, mastigou ou engoliu os comprimidos inteiros?", pergunta Scarpetta, "porque, quando os comprimidos são esmigalhados, dissolvem mais rápido e a oxidona também é liberada e absorvida mais rapidamente."

"Engoli inteiros, como faço sempre. Meus joelhos estavam me matando de dor." Ela olha para Marino. "Eu não devia ter empurrado o sofá."

"Se não quiser ir com esses moços simpáticos, eu levo você", diz Scarpetta, consciente do olhar fixo do técnico loiro sobre ela.

"Não." Rose balança teimosamente a cabeça.

Marino observa o técnico loiro encarando Scarpetta. E não se aproxima protetoramente dela, como fazia antes. Ela não toca na questão mais perturbadora — por que Rose está tomando Roxicodone.

"Eu não vou para hospital nenhum", diz Rose. "Não vou mesmo. E falo sério."

"Parece que não vamos precisar de vocês", diz Scarpetta aos dois técnicos médicos. "Mas muito obrigada."

"Eu assisti à palestra que a senhora fez há alguns meses", diz o técnico loiro. "Sobre mortalidade infantil, na Academia Nacional Forense. A senhora deu uma palestra lá."

Em seu crachá se lia o nome "T. Turkington". Ela não tem a menor lembrança dele.

"Que diacho você estava fazendo lá?", pergunta Marino. "A ANF é só para policiais."

"Sou investigador do Departamento de Polícia da comarca de Beaufort. Eles me mandaram para a ANF. Sou formado."

"Ora, se isso não é estranho", diz Marino. "Então que diacho está fazendo aqui em Charleston, dando voltas numa ambulância?"

"Nos dias de folga, trabalho como técnico médico."

"Mas aqui não é a comarca de Beaufort."

"Tenho o que fazer com o pagamento extra. E medicina de emergência é um treinamento suplementar para o meu emprego real. Tenho uma namorada aqui. Ou tinha." Turkington fala com serenidade sobre si mesmo. Para Scarpetta, ele diz: "Se tem certeza de que está tudo bem por aqui, a gente vai indo".

"Obrigada. Vou ficar de olho nela", Scarpetta responde.

"Foi muito bom vê-la de novo, por falar nisso." Os olhos azuis se fixam nela, então ele e o parceiro se vão.

Scarpetta diz a Rose: "Vou levar você ao hospital, para verificar se não tem nada errado".

"Você não vai me levar a parte alguma", diz ela. "Quer por favor ir procurar uma porta nova?", diz ela a Marino. "Ou uma nova fechadura, ou o que quer que seja para consertar essa bagunça que você aprontou."

"Pode usar meu carro", diz Scarpetta, jogando as chaves do carro para ele. "Eu volto a pé."

"Eu preciso entrar na sua casa."

"Vai ter que esperar até mais tarde", diz ela.

O sol aparece e some entre nuvens esbranquiçadas e as ondas do mar quebram na praia.

Ashley Dooley, nascido e criado na Carolina do Sul, tirou sua jaqueta Windbreaker e amarrou as mangas em volta do barrigão. Apontou a filmadora *camcorder* novinha em folha para sua mulher, Madelisa, depois parou de filmar, quando um bassê preto e branco apareceu por entre os matinhos na duna. O cachorro trotou até Madelisa, suas orelhas caídas arrastando areia. Ele se aperta contra suas pernas, ofegante.

"Olha só, Ashley!" Ela se agacha e afaga o cachorro. "Coitadinho, está tremendo. O que foi que houve, benzinho? Não fique com medo. Ele ainda é novinho."

Os cachorros adoram Madelisa. Eles procuram por ela. Nunca viu um único cachorro rosnando para ela, ou fazendo qualquer outra coisa a não ser amá-la. No ano anterior, tinham sacrificado Frisbee, que estava com câncer. Madelisa ainda não se recuperara, e não perdoava Ashley por se recusar a tratá-lo por causa das despesas.

"Vai mais pra lá", diz Ashley. "Se quiser, eu ponho o cachorro no filme. E mais todas aquelas casas chiques como fundo. Puta merda, olha aquela ali. Parece coisa que a gente vê na Europa. Quem é que precisa de algo assim tão grande?"

"Bem que eu gostaria de visitar a Europa."

"Vou te dizer uma coisa, essa filmadora é o máximo."

Madelisa não pode nem ouvir falar nesse assunto. De algum modo, ele desembolsou mil e trezentos dólares para comprar uma filmadora, mas não deu para gastar um centavo com Frisbee.

"Olha só. Todas aquelas varandas e um telhado vermelho", diz ele. "Imagine viver em uma casa dessas."

Se nós vivêssemos numa casa dessas, ela pensa, *eu não me importaria que você comprasse filmadoras cheias de nove-horas e televisores de plasma, e poderíamos ter arcado com as contas do veterinário de Frisbee.* "Não dá pra imaginar", diz ela, posando em frente à duna. O bassê senta ao seu pé, arfando.

"Fiquei sabendo que tem uma de trinta milhões de dólares, por aí." Ele foca. "Sorria. Isso não é um sorriso. Um sorrisão. Pense que a casa é de alguém famoso, quem sabe do sujeito que começou o Wal-Mart. Por que esse cachorro está tão ofegante? Nem está assim tão quente, aqui fora. E ele está tremendo também. Quem sabe está doente, vai ver contraiu raiva."

"Não, docinho, ele está tremendo porque está com medo. Pode ser que esteja com sede. Eu disse pra você trazer uma garrafa de água. O sujeito que começou o Wal-Mart morreu", acrescenta, afagando o bassê; examina a praia, mas não vê ninguém por perto, só poucas pessoas ao longe, pescando. "Acho que ele está perdido", diz ela. "Não vejo ninguém que possa ser seu dono, por aqui."

"Vamos procurar, registrar."

"Procurar o quê?", pergunta ela, reparando que o cachorro precisa de um banho e que suas unhas precisam ser aparadas. Depois nota mais uma coisa. "Meu Deus do céu, acho que ele está ferido." Ela toca no topo do pescoço do cachorro, olha o sangue em seu dedo, começa a repartir o pelo à procura de uma ferida, não encontra nenhuma. "Isso é muito estranho. Como é que o sangue veio parar nele? E não é pouco. Mas não me parece que esteja ferido. Está só grudento."

Ela limpa os dedos no short.

"Vai ver que tem alguma carcaça de algum gato estraçalhado por aí." Ashley detesta gatos. "Vamos continuar andando. Temos nossa aula de tênis às duas e eu preciso almoçar primeiro. Ainda temos um pouco daquele presunto assado no mel?"

Ela olha para trás. O bassê, sentado na areia, ofega e olha fixamente para eles.

"Eu sei que você tem uma chave extra dentro daquela caixinha que enterrou no jardim, debaixo daquela pilha de tijolos atrás dos arbustos", diz Rose.

"Ele está com a maior ressaca e eu não quero que ande de moto, com uma maldita pistola de calibre quarenta enfiada no cós do jeans", diz Scarpetta.

"Como é que acabou tudo na sua casa, pra começo de conversa? Como é que ele acabou lá?"

"Eu não quero falar sobre ele. Quero falar sobre você."
"Por que você não sai do sofá e puxa uma cadeira? Fica difícil conversar quando você está praticamente sentada em cima de mim", diz Rose.

Scarpetta pega uma cadeira da sala de jantar, põe perto dela e diz: "Seu remédio".

"Eu não roubei comprimido nenhum da morgue, se é isso que está dando a entender. Todos aqueles coitados que entram com dezenas de remédios receitados, e por quê? Porque eles não tomam nada. Comprimidos não consertam coisa nenhuma. Se consertassem, aquela gente não acabaria na morgue."

"O seu vidro de comprimidos tem o seu nome e o do médico no rótulo. E eu posso muito bem ligar para ele para saber que tipo de médico ele é e por que você está se consultando com ele."

"Um oncologista."

Scarpetta sente como se tivesse levado um chute no peito.

"Por favor. Não torne isso ainda mais difícil para mim", diz Rose. "Eu esperava que você não fosse descobrir até chegar a hora de escolher uma urna aceitável para as minhas cinzas. Sei que fiz algo que não devia." Ela para de respirar por alguns segundos. "Estava me sentindo tão mal, tão irritada, e com o corpo todo doendo."

Scarpetta pega na mão dela. "Engraçado como ficamos emboscadas em nossos próprios sentimentos. Você tem sido estoica. Ou será que ouso utilizar a palavra *teimosa*? Hoje em dia você tem que se adaptar a isso."

"Eu vou morrer", diz Rose. "E detesto fazer isso com vocês."

"Que tipo de câncer?" Segurando a mão de Rose.

"Pulmão. Antes que você comece a pensar que é tudo efeito da fumaça secundária à qual fiquei exposta no começo, quando você fumava sem parar no trabalho...", começa a dizer Rose.

"Como eu gostaria de não ter fumado. Nem dá pra dizer o quanto eu gostaria de não ter fumado."

"O que está me matando agora não tem nada a ver com você", diz Rose. "Eu juro. Obtive de modo honesto."

"De células não pequenas ou de células pequenas?"

"Não pequenas."

"Adenocarcinoma ou esquamous?"

"Adenocarcinoma. Da mesma doença que matou minha tia. Como eu, ela nunca fumou. O avô dela morreu de esquamous. Ele fumava. Jamais, em nenhum momento da vida, imaginei que iria ter câncer de pulmão. Por outro lado, jamais me ocorreu que eu fosse morrer. Não é ridículo?" Ela suspira, a cor voltando devagar ao rosto, a luz em seus olhos. "A gente olha a morte de frente todos os dias, mas isso não muda a nossa negação diante dela. Tem razão, doutora Scarpetta. Acho que hoje ela me atacou pelas costas. Não a vi chegar."

"Quem sabe não esteja na hora de você me chamar de Kay."

Ela balança a cabeça.

"Por que não? Nós não somos amigas?"

Rose diz: "Sempre acreditamos em limites e eles nos foram úteis. Eu trabalho para alguém de quem tenho a honra de ser amiga. O nome dela é doutora Scarpetta. Ou Chefe". Rose sorri. "Eu jamais poderia chamá-la de Kay".

"Quer dizer que agora você está me despersonalizando. A menos que esteja falando de outra pessoa."

"Ela é outra pessoa. Alguém que você na verdade não conhece. Acho que tem uma opinião muito mais baixa dela do que eu. Sobretudo nos últimos tempos."

"Desculpe, eu não sou essa mulher heroica que acabou de descrever, mas deixe-me ajudá-la o pouco que posso — levá-la ao melhor centro de combate ao câncer do país. O Centro Stanford para o Câncer. Ao que a Lucy vai. Eu levo você lá. Vamos conseguir o melhor tratamento que você..."

"Não, não, não." Rose balança a cabeça de novo, lentamente, de um lado para o outro. "Agora fica quieta e me escuta. Já consultei tudo quanto é tipo de especialista. Lembra do verão passado, quando fui fazer um cruzeiro de três semanas? Mentira. O único cruzeiro que eu fiz foi de um especialista para outro, e depois Lucy me levou para o Stanford, onde eu consegui meu médico. O prognóstico é o mesmo de todos. Minha única chance era quimioterapia e radioterapia, e eu recusei."

"Temos de tentar tudo o que for possível."

"Eu já estou no estágio três-B."

"Ele se espalhou pelos nódulos linfáticos?"

"Nódulos linfáticos. Ossos. Já a meio caminho de se tornar estágio quatro. A cirurgia é impossível."

"Quimioterapia e radioterapia, ou até mesmo terapia de radiação sozinha. Temos de tentar. Nós não podemos apenas desistir desse jeito."

"Primeiro, não existe um *nós*. Apenas *eu*. E não. Eu não vou me submeter a isso. Eu é que não vou me sujeitar a isso tudo. Eu é que não vou ver meu cabelo caindo, assim como também não vou ficar mareada e triste quando sei que a doença vai me matar. Mais cedo do que eu esperava. Lucy até falou que iria conseguir maconha para mim, para a quimio não me deixar tão enjoada. Imagine eu fumando um baseado."

"É óbvio que ela sabe disso desde o começo", diz Scarpetta.

Rose faz que sim com a cabeça.

"Você devia ter me contado."

"Contei para a Lucy e ela é uma mestra dos segredos, tem tantos que eu não sei ao certo se uma de nós sabe o que é realmente verdade. O que eu não queria era justamente isso. Você se sentindo mal."

"Só me diga o que eu posso fazer." Enquanto a dor vai apertando o cerco.

"Mude o que puder. Nunca pense que não vai dar."

"Me diga. Eu faço tudo o que você quiser", diz Scarpetta.

"É só quando se está morrendo que a gente começa a perceber as coisas que poderia ter mudado na vida. Isto eu não posso mudar." Rose bate no peito. "Você tem o poder de mudar tudo o que quiser."

Imagens da noite anterior, e, por um instante, Scarpetta imagina que sente o cheiro dele, que sente a pele dele, e luta para não mostrar quão arrasada está.

"O que foi?" Rose aperta sua mão.

"Como é que eu posso não me sentir arrasada?"

"Você acabou de pensar em algo, e não foi em mim", diz Rose. "Marino. Ele está com uma cara horrível e agindo esquisito."

"Porque tomou um puta porre", diz Scarpetta, com raiva na voz.

"'Puta porre.' Eis aí uma expressão que nunca ouvi de você. Por outro lado, eu também estou ficando bem vulgar, nos últimos tempos. Cheguei a usar a palavra 'piranha' hoje de manhã, conversando com Lucy ao telefone — me referindo à namorada mais recente de Marino. Com quem por sinal Lucy cruzou lá para os seus lados, por volta das oito. Quando a moto dele ainda estava parada na frente da sua casa."

"Eu trouxe comida para você. Ainda está tudo lá no corredor. Deixa eu ir pegar e guardar."

Um acesso de tosse e, quando Rose tira o lenço da boca, está salpicado de vermelho vivo.

"Por favor, me deixa eu levar você de volta ao Stanford", diz Scarpetta.

"Me conta o que houve ontem à noite."

"Nós conversamos." Scarpetta sente o rosto avermelhar. "Até ele ficar bêbado demais."

"Acho que é a primeira vez que vejo você enrubescer."

"Uma onda de calor."

"Sei, e eu estou com gripe."

"Me diga o que posso fazer por você."

"Deixa eu continuar fazendo o que sempre fiz. Não quero ser ressuscitada. E não quero morrer no hospital."

"Por que não vem morar comigo?"

"Isso não é continuar fazendo o que sempre fiz", diz Rose.

"Ao menos você me dá permissão de falar com seu médico?"

"Não tem mais nada para saber. Você me perguntou o que eu queria e eu respondi. Nenhum tratamento curativo. Eu só quero cuidados paliativos."

"Tenho um quarto extra em casa. Pequeno, é verdade. Quem sabe eu devia arranjar uma casa maior", diz Scarpetta.

"Não seja tão altruísta a ponto de ficar egoísta. E será egoísmo seu se me fizer sentir culpada e absolutamente pavorosa por estar magoando todos à minha volta."

Scarpetta hesita, depois diz: "Posso contar a Benton?".

"Pra ele, pode. Mas não diga nada a Marino. Não quero que lhe diga nada." Rose senta-se no sofá, põe os pés no chão. Pega as duas mãos de Scarpetta. "Eu não sou médica-legista", diz ela. "Mas por que esses hematomas frescos nos seus punhos?"

O bassê continua onde o deixaram, sentado na areia, perto da placa de ENTRADA PROIBIDA.

"Está vendo só, isso não é normal", Madelisa exclama. "Sentado ali há mais de uma hora, esperando a gente voltar. Vem cá, Caidinho. Coisinha mais doce."

"Querida, o nome dele não é esse. Por favor, não comece a botar nome no cachorro. Olhe na plaquinha da coleira", diz. "Veja se consegue descobrir como ele se chama e onde mora."

Ela se curva e o bassê se aproxima devagar, se encosta nela, lambe suas mãos. Ela franze os olhos para a plaquinha, está sem os óculos de leitura. Ashley também não levou os dele.

"Não dá pra ver", diz ela. "O pouco que dá pra enxergar. Não, não me parece que haja um número de telefone. Aliás, eu também não trouxe o celular."

"Eu também não trouxe."

"Agora, isso é que é bobagem. E se por acaso eu tivesse torcido o pé por aqui ou alguma coisa parecida? Tem alguém fazendo churrasco", diz ela, farejando o ar, olhando em volta, reparando num fiapo de fumaça saindo dos fundos da imensa casa branca com sacadas e telhado vermelho — uma das poucas casas que ela viu com a placa de ENTRADA PROIBIDA. "Agora me diga, por que você não está correndo para ver o que estão assando?", diz ela para o bassê, afagando suas orelhas caídas. "Quem sabe a gente sai e compra uma daquelas churrasqueiras pequenas e janta fora, esta noite?"

Ela tenta de novo ler a plaquinha do cachorro, mas é impossível sem os óculos de leitura, e ela imagina gente rica, imagina algum milionário ao lado da churrasqueira, no pátio daquela imensa casa branca atrás da duna, parcialmente oculta por altos pinheiros.

"Diz 'oi' pra sua irmã solteirona", diz Ashley, filmando. "Diz pra ela como é luxuosa nossa casa aqui na Travessa dos Milionários, em Hilton Head. Diz pra ela que da próxima vez a gente vai ficar numa mansão como essa aí, onde estão fazendo churrasco."

Madelisa olha para a praia, na direção da casa, mas não consegue ver nada por causa da copa densa das árvores. Volta sua atenção para o cachorro e diz: "Aposto como ele mora naquela casa ali". Apontando para a mansão branca de ar europeu, onde alguém faz churrasco. "Eu vou dar um pulinho ali e perguntar."

"Então vai. Vou zanzar um pouco por aí, filmando. Vi umas toninhas faz pouco."

"Vamos lá, Caidinho. Vamos encontrar sua família", Madelisa diz ao cachorro.

Ele senta na areia e não se mexe. Ela puxa pela coleira, mas ele não sai do lugar. "Tá bem, então", diz ela. "Você fica aí e eu vou descobrir se é dessa casona que você vem. Quem sabe saiu e ninguém reparou. Mas uma coisa é certa. Tem alguém morrendo de saudade de você!"

Ela abraça e beija o cachorro. Sai da areia dura, entra na areia mole, atravessa a vegetação rasteira, ainda que tenha ouvido que é ilegal andar nas dunas. Hesita diante da placa de ENTRADA PROIBIDA, corajosamente pisa no passeio de tábuas e toma o caminho da imensa casa branca onde algum rico, quem sabe alguém famoso, está cozinhando na churrasqueira. Almoço, ela imagina, enquanto olha a todo instante para trás, esperando que o cachorro não se afaste correndo. Não dá para vê-lo do outro lado da duna. Também não vê nada na praia, a não ser Ashley, uma figurinha pequena, filmando vários golfinhos nadando, barbatanas cortando as ondas, depois se escondendo de novo. No fim do passeio de tábuas há um portão de madeira, e ela se surpreende ao ver que não está trancado. Nem completamente fechado.

Ela anda pelo jardim, olha para todos os lados, diz: "Olá!". Nunca tinha visto uma piscina tão grande, o que eles chamam de piscina de fundo negro, ao fim da qual há ladrilhos ornamentais que parecem ter sido importados da Itália ou da Espanha, ou de algum outro lugar exótico e distante. Ela olha em volta, diz "olá", para curiosa perto da churrasqueira a gás, defumando um pedaço de carne malcortada, torrada de um lado, ainda sangrenta no topo. Chega a lhe ocorrer que a carne é meio estranha, não parece nem com porco nem com vaca, com certeza galinha não é.

"Olá!", grita ela de novo. "Tem alguém em casa?"

Bate na porta do solário. Ninguém responde. Dá a volta na casa, supondo que quem quer que esteja cozinhando possa estar por ali, mas o quintal está vazio e cheio de mato. Espia por um espaço entre a veneziana e a ponta de uma grande janela, e vê uma cozinha deserta, toda de pedra e aço inoxidável. Nunca viu uma cozinha igual, a não ser em revista. Repara em duas grandes tigelas para cachorro sobre um tapetinho perto da tábua de cortar carne.

"Olá!", berra ela. "Acho que estou com o cachorro de vocês! Olá!" Ela segue a lateral da casa, chamando. Sobe os degraus até uma porta perto de uma vidraça onde falta um painel de vidro. Outro painel está quebrado. Ela pensa em voltar o mais rápido possível para a praia, mas vê dentro da lavanderia uma casinha de cachorro grande e vazia.

"Olá!" Seu coração bate forte. O que está fazendo não é certo, mas ela encontrou a casa do bassê e tem de ajudá-lo. Como é que iria se sentir se fosse Frisbee e alguém não o trouxesse de volta?

"Olá!" Ela experimenta a porta e vê que está aberta.

12

Água pingando dos carvalhos.

No sombreado profundo de teixos e oliveiras-da-china, Scarpetta espalha cacos de cerâmica no fundo de vasos para ajudar na drenagem e as plantas não apodrecerem. O ar morno está embaciado depois da forte chuva que começou de repente e que, tão veloz quanto veio, parou.

Bull leva uma escada até um carvalho cuja copa se espalha por quase todo o quintal de Scarpetta. Ela começa a encher os vasos com terra adubada e a plantar petúnias, depois salsinha, endro e erva-doce, porque são plantas que atraem as borboletas. Replanta orelhas-de-cordeiro prateadas e artemísias em lugares melhores, onde poderão tomar sol. O aroma da terra molhada, margosa, se mistura à pungência de tijolo velho e musgo, enquanto ela vai, um tanto rigidamente — dos muitos anos andando pela cerâmica inexorável dos chãos das morgues —, até uma viga de tijolo cheia de fetos crescidos. Ela começa a diagnosticar o problema.

"Se eu arrancar esse broto de feto, Bull, posso danificar o tijolo. O que você acha?"

"Isso é tijolo de Charleston, provavelmente com uns duzentos anos de idade, eu acho." Do topo da escada. "Eu arrancaria um pouco, pra ver o que acontece."

Os fetos se desgrudam sem se queixar. Ela enche uma lata de água e tenta não pensar em Marino. Sente-se mal quando pensa em Rose.

Bull diz: "Veio um homem aqui, pela viela, numa moto, pouco antes da senhora chegar".

Scarpetta interrompe o que está fazendo e ergue o rosto para ele. "Era Marino?"

Quando chegou em casa, vinda do apartamento de Rose, a motocicleta tinha sumido. Marino devia ter ido até lá no carro dela para pegar uma chave sobressalente.

"Não senhora, não era ele, não. Eu estava no alto da escada, desbastando a nespereira, deu pra ver o sujeito na moto, por cima da cerca. Ele não me viu. Quem sabe não era nada." A tesoura de podar continua funcionando e os galhos laterais, chamados de ladrão, caem ao chão. "Se alguém a estiver incomodando, é só me dizer."

"O que ele fez?"

"Virou e passou bem devagarzinho mesmo, pela metade do caminho, depois fez a volta e passou de novo. Parecia que estava usando um *do-rag*, acho que laranja e amarelo. Difícil dizer, de onde eu estava. A moto tinha um escapamento podre, chacoalhando e cuspindo como alguém pronto pra bater as botas. A senhora devia me dizer se tem alguma coisa que eu devia saber. Que eu procuro."

"Já tinha visto o sujeito por aqui, antes?"

"Eu teria reconhecido aquela moto."

Ela pensa no que Marino dissera na noite anterior. Um motoqueiro o havia ameaçado no estacionamento, dito que aconteceria algo ruim com ela, se não saísse da cidade. Quem é que poderia querer tanto que ela fosse embora para transmitir um recado desses? O magistrado encarregado de investigar mortes suspeitas não lhe sai da cabeça.

Ela pergunta a Bull: "Você sabe alguma coisa a respeito do magistrado daqui? Henry Hollings?".

"Só que a funerária está na família deles desde a guerra, aquela agência imensa atrás de um muro alto na Calhoun, não fica muito longe daqui. A sua vizinha com certeza é muito curiosa."

A sra. Grimball está olhando pela janela de novo.

"Ela me vigia feito um falcão", diz Bull. "Se me permite dizer, ela tem uma maldade embutida e não se importa em magoar as pessoas."

Scarpetta volta ao trabalho. Tem alguma coisa comendo o amor-perfeito. Ela conta a Bull.

"Tem um problema sério de rato, por aqui", ele responde. Parece profético.

Ela examina mais pés de amor-perfeito danificados. "Lesmas", decide.

"A senhora podia tentar com cerveja", diz Bull, sem interromper seu trabalho pesado de desbaste. "Põe pra fora em pires, depois que escurecer. Elas rastejam pra dentro do pires, ficam bêbadas e se afogam."

"E a cerveja atrai ainda mais lesmas do que antes. E eu não conseguiria afogar bicho nenhum."

Mais galhos ladrões chovem do carvalho. "Vi sujeira de guaxinim por aí, depois de escurecer." Ele aponta com o extremo da ferramenta de desbaste. "Podem ser eles que estão comendo o amor-perfeito."

"Guaxinins, esquilos. Nada que eu possa fazer contra isso."

"Ter, tem, mas a senhora não quer. A verdade é que a senhora não gosta de matar nada. Meio que uma surpresa, quando a gente pensa no que a senhora faz. É de se presumir que não tem muita coisa que possa abalar sua cabeça." Ele fala do topo da árvore.

"Parece que o que eu faço leva todo mundo a me incomodar."

"Hã-hã. É isso que acontece, quando a pessoa sabe demais. Essas hortênsias aí perto da senhora. Se botar alguns parafusos enferrujados em volta delas, elas vão ter um tom mais bonito de azul."

"Os sais de Epsom também funcionam."

"Essa eu não sabia."

Scarpetta olha com uma lente de joalheiro para uma folha de camélia e repara em escamas brancas. "Vamos cortar essas aqui, e como são feridas patogênicas, teremos de desinfetar tudo, antes de usar as ferramentas em qualquer outra coisa. Preciso que um patologista de plantas venha até aqui."

230

"Hã-hã. As plantas têm doenças, assim como nós."
Os corvos começam a se agitar na copa do carvalho que ele desbasta. De repente, vários saem voando juntos.

Madelisa para, imobilizada como aquela senhora da Bíblia que não fez o que Deus mandou e foi transformada num pilar de sal por Ele. Madelisa está fazendo uma coisa errada, violando a lei.
"Olá?", ela chama de novo.
Munida de coragem, sai da lavanderia e entra na grande cozinha da maior casa que já viu na vida, ainda falando "Olá!" e sem certeza do que fazer. Sente um medo que jamais sentiu antes; deveria sair dali o mais rápido possível. Começa a zanzar, boquiaberta com tudo, se sentindo uma ladra, preocupada em ser pega — agora ou mais tarde — e acabar na cadeia.
Ela devia sair, dar o fora. Agora. Os cabelos da nuca se eriçam, enquanto ela continua dizendo "Olá!" e "Tem alguém em casa?", se perguntando por que raios a casa está destrancada, com carne na churrasqueira, se não há ninguém por ali. Começa a imaginar que está sendo vigiada enquanto anda desnorteada, alguma coisa avisando que ela deveria escapar o mais rápido possível daquela casa e voltar para Ashley. Ela não tem o direito de zanzar pela casa, xeretando, mas não consegue evitar, já que está ali. Nunca viu uma casa como aquela, não consegue imaginar por que ninguém responde a seus chamados e está curiosa demais para virar as costas, ou sente que não consegue.
Passa por sob um arco que dá numa tremenda sala de estar. O chão é de pedra azul, parece pedra preciosa, e sobre ele tapetes orientais maravilhosos, no teto imensas vigas de madeira exposta e uma lareira grande o bastante para assar um porco. Uma tela de cinema está baixada por cima de parte de uma vidraça que dá frente para o mar. A poeira se move no raio de luz que vem do projetor suspenso, a tela está acesa, mas vazia, e não há som. Ela olha

para o sofá de couro preto, espantada com as roupas bem dobradas depositadas sobre a capa de couro: uma camiseta escura, calça escura, cuecas tipo *jockey*. A grande mesa de vidro de centro está atulhada de maços de cigarro, vidros de remédio e uma garrafinha quase vazia de vodca Grey Goose.

Madelisa imagina alguém — provavelmente um homem — bêbado e deprimido, ou doente, quem sabe explicando por que o cachorro fugiu. Alguém esteve ali não faz muito tempo, bebendo, pensa ela, e seja quem for, tinha começado a cozinhar na churrasqueira e parece ter sumido. O coração bate forte. Ela não consegue se desvencilhar da sensação de estar sendo vigiada e pensa *Meu Deus do céu, está frio aqui.*

"Olá? Tem alguém em casa?", ela pergunta com voz rouca.

Os pés parecem se mover por vontade própria, ela explora o que há em volta e o medo zumbe dentro dela como se fosse eletricidade. Vai se meter em encrenca. Sente algo olhando para ela. A polícia com certeza vai ficar de olho nela, se e quando descobrir, e ela entra em pânico, mas seus pés não escutam. Eles continuam levando Madelisa de um lugar a outro.

"Olá?", diz ela, com voz engasgada.

Ao lado da sala, à esquerda do saguão, há outro aposento e ela escuta água correndo.

"Olá!"

Hesitantemente, segue o barulho da água correndo, não parece capaz de deter os pés. Eles continuam em frente e ela se vê num enorme quarto, com mobiliário chique e formal, as cortinas fechadas e retratos por todas as paredes. Uma linda menininha com uma mulher muito bonita e feliz, que deve ser sua mãe. A menina feliz da vida numa piscina rasa com um filhote — o bassê. A mesma mulher bonita chorando, sentada num sofá, conversando com a famosa psiquiatra, a dra. Self, num programa de entrevistas, as câmeras fazendo um *close*. A mesma mulher bonita com

Drew Martin e um homem bonito, de pele cor de oliva e cabelos bem escuros. Drew e o homem estão vestidos com roupa de tênis, segurando raquetes numa quadra em algum lugar.

Drew Martin está morta. Assassinada.

O acolchoado azul-claro sobre a cama está desarranjado. Sobre o chão de mármore preto, perto da cabeceira da cama, há roupas que parecem ter sido jogadas no chão. Um moletom cor-de-rosa, um par de meias, um sutiã. O som de água correndo fica mais alto à medida que seus pés a levam até lá, e Madelisa diz a eles que corram na outra direção, mas os pés não obedecem. *Corram*, ela diz, enquanto eles a levam até o banheiro de ônix negro e latão. CORRAM! Devagar, ela vai incorporando as toalhas molhadas e sanguinolentas na pia de latão, a faca de serrinha ensanguentada e a caixa de cortadores ensanguentados atrás da privada negra, e uma pilha limpa de toalhas de linho rosa na tampa do cesto.

Por trás de cortinas com listras de tigre, fechadas em volta da banheira de cobre, a água jorra, batendo em algo que não parece ser metal.

13

Já está escuro. Scarpetta ilumina com sua lanterna um Colt de aço inoxidável, largado no meio da viela, atrás da casa.

Ela não chamou a polícia. Se o magistrado está envolvido nesse último lance de desdobramentos sinistros, chamar a polícia poderia piorar ainda mais as coisas. Não há como dizer quem está na folha de pagamentos dele. Bull tem uma história e tanto para contar e ela não sabe o que pensar. Ele disse que quando os corvos saíram voando dos galhos do carvalho, sabia que a revoada tinha um significado, e então resolveu contar uma inverdade, disse que precisava ir para casa, quando o que pretendia — para usar suas próprias palavras — era bisbilhotar um pouco. Enfiou-se no meio dos arbustos entre os dois portões e esperou. Esperou quase cinco horas. Scarpetta não fazia ideia disso.

E continuou com seus afazeres. Terminou o que tinha de fazer no quintal. Tomou banho. Trabalhou no escritório do andar de cima. Deu alguns telefonemas. Conferiu como estava Rose. Conferiu como estava Lucy. Conferiu com estava Benton. Nesse tempo todo, não sabia que Bull se escondera entre os dois portões, atrás da casa. Ele diz que é como pescar. Ninguém pega nada a não ser que engane o peixe e o faça pensar que desistiu da pescaria naquele dia. Depois que o sol baixou, com as sombras mais compridas e ele sentado havia horas entre os dois portões, sobre tijolos frios e escuros, Bull viu um homem na viela. O sujeito foi direto para o portão da frente da casa de Scarpetta e tentou enfiar a mão pelas grades, para destrancá-lo. Quando isso não funcionou, começou a galgar as grades e foi aí que Bull abriu de chofre o portão e avançou contra ele. Ele acha que é o mesmo sujeito que estava na moto, mas, seja quem for, tinha sérias intenções e, quando os dois partiram para a briga, o homem deixou cair a arma.

"Fique onde está", diz ela a Bull, na viela escura. "Se chegar algum vizinho, ou aparecer alguém por qualquer motivo, não deixe que se aproxime de nada. Ninguém toca em nada. Felizmente, acho que não tem ninguém vendo o que estamos fazendo."

O facho de luz da lanterna de Bull investiga os tijolos desiguais, enquanto ela retorna para casa. Sobe até o andar de cima e em poucos minutos está de volta a sua cena do crime com a câmera fotográfica. Tira fotos. Põe luvas de látex. Apanha o revólver, abre o cilindro, tira seis balas calibre trinta e oito, coloca todas num envelope de papel e a arma noutro. Fecha os dois com fita adesiva própria para provas criminais, na cor amarelo-vivo, etiqueta e põe suas iniciais com um mostrador Sharpie.

Bull continua a investigação, a luz da lanterna dançando quando caminha, depois ele para, se agacha, em seguida anda mais um pouco, tudo bem devagar. Passam-se alguns minutos mais e ele diz: "Tem alguma coisa aqui. Acho melhor vir olhar".

Ela vai até ele, observando onde pisa, e a cerca de trinta metros dos portões, sobre o asfalto coberto de folhas, há uma pequena moeda de ouro presa a uma corrente quebrada também de ouro. Elas reluzem sob o facho de luz da lanterna, o ouro tão brilhante quanto a luz.

"Estava assim tão longe dos portões quando lutou com ele?", ela pergunta, em dúvida. "Então por que a arma dele foi parar ali?" Ela aponta na direção dos formatos obscuros dos portões e do muro do jardim.

"Difícil dizer onde eu estava", diz ele. "Essas coisas acontecem muito rápido. Não achei que tivesse chegado até aqui, mas não sei ao certo."

Ela olha de novo para sua casa. "Daqui até lá tem uma boa distância", diz ela. "Tem certeza de que não saiu atrás dele, depois que ele deixou cair o revólver?"

"Tudo o que eu sei dizer", fala Bull, "é que uma corrente de ouro com uma moeda de ouro não iriam ficar muito tempo largadas aqui. Então pode ser que eu tenha vindo atrás dele e a corrente se rompeu enquanto lutávamos. Eu não achava que tinha ido atrás dele, mas quando é uma questão de vida ou morte, tempo e distância nem sempre são fáceis de medir."

"De fato não são", concorda ela.

Ela põe um novo par de luvas e apanha por um aro a corrente quebrada. Sem lente, não dá para dizer que tipo de moeda é, só dá para ver uma cabeça coroada de um lado, uma coroa de flores e um número do outro.

"Provavelmente quebrou enquanto eu lutava com ele", decide Bull, como se tivesse convencendo a si próprio. "Eu torço pra que eles não façam a senhora me devolver pra eles. Quer dizer, a polícia."

"Não há nada para devolver", diz ela. "Até agora, não houve crime nenhum. Apenas uma briga entre você e um estranho. Que eu não pretendo contar a ninguém. A não ser para Lucy. Vamos ver o que podemos fazer no laboratório, amanhã."

Ele já se envolveu em encrencas. Não vai se meter em encrenca de novo, sobretudo por causa dela.

"Quando alguém acha uma arma jogada, tem de ligar para a polícia", diz Bull.

"Bom, mas eu não vou." E pega de volta tudo o que levou para fora.

"A senhora está aflita porque acha que eles vão achar que estou envolvido em alguma coisa e me levar. Mas não entre numa encrenca por minha causa, doutora Kay."

"Ninguém vai levar você a parte alguma", diz ela.

O Porsche preto 911 Carrera de Gianni Lupano fica o

tempo todo em Charleston, não importa quão pouco ele permaneça na cidade.

"Onde ele está?", Lucy pergunta a Ed.

"Não vejo ele faz tempo."

"Mas ele ainda está na cidade."

"Falei com ele ontem. Ele me ligou e pediu pra chamar a manutenção, por causa do ar-condicionado que não estava funcionando direito. Quando ele saiu, e eu não sei pra onde, eles trocaram o filtro. Ele é uma pessoa bem fechada. Sei das idas e vindas dele porque me pediu para ligar seu carro uma vez por semana, assim a bateria não descarrega." Ed abre uma embalagem de isopor e seu pequeno escritório cheira a batatas fritas. "Não se importa, certo? Não quero que esfriem. Quem lhe contou sobre o carro dele?"

"Rose não sabia que ele tem um apartamento no prédio", diz Lucy, da soleira da porta, observando o saguão de entrada, vendo quem chega. "Quando descobriu, percebeu quem ele era e me contou que tinha visto o sujeito dirigindo um dispendioso carro esporte que ela achava ser um Porsche."

"Mas ela dirige um Volvo mais velho que meu gato."

"Eu sempre gostei de carros, por isso Rose conhece um bocado sobre eles, goste ou não de carros", diz Lucy. "Pergunte a ela sobre Porsches, Ferraris, Lamborghinis, e ela lhe conta tudo. Por aqui, as pessoas não alugam Porsches. Talvez um Mercedes, mas nunca um Porsche como o que ele tem. Então imaginei que ele o deixasse guardado aqui."

"E como vai ela?" Ed está sentado à escrivaninha, comendo um x-búrguer da lanchonete Sweetwater. "Foi mau, o que aconteceu."

"Bom", diz Lucy. "Ela não está se sentindo cem por cento."

"Eu tomei vacina contra a gripe, este ano. Fiquei gripado duas vezes e tive um resfriado. É o mesmo que dar doce pra evitar cárie. Foi a última vez que tomei."

"Gianni Lupano estava aqui, quando Drew foi assassinada em Roma?", pergunta Lucy. "Me disseram que ele estava em Nova York, mas isso não quer dizer que seja verdade."

"Ela ganhou o torneio aqui num domingo, na metade do mês." Ele limpa a boca com um guardanapo de papel, pega um copo bem grande de refrigerante e suga pelo canudinho. "Sei que foi naquela noite que Gianni saiu de Charleston, porque me pediu para olhar o carro. Disse que não sabia quando voltaria, mas depois, de repente, ele está aqui de novo."

"Mas você não o viu."

"Quase nunca vejo."

"Mas fala com ele pelo telefone."

"Em geral sim."

"É difícil de entender", diz Lucy. "Exceto pela participação de Drew na copa Family Circle, por que motivo ele ficaria em Charleston? O torneio dura quanto? Uma semana por ano?"

"Ficaria surpresa com as pessoas que têm casa por aqui. Até estrelas de cinema."

"O carro dele tem GPS?"

"Tem tudo. Aquilo é que é carro."

"Preciso da chave emprestada."

"Ah." Ed põe o sanduíche de volta na caixinha. "Não posso fazer isso."

"Não se preocupe. Não vou sair com o carro, só preciso conferir uma coisa, e sei que você não vai sair por aí comentando."

"Não posso lhe dar a chave." Ele parou de comer. "Se por acaso ele descobrir..."

"Preciso da chave por dez minutos, quinze no máximo. Ele nunca vai descobrir, eu prometo."

"Quem sabe você dá uma ligadinha no motor, já que vai até lá. Não tem mal nenhum." Ele abre um envelopinho de ketchup.

"Pode deixar que eu ligo."

Ela sai pela porta traseira e encontra o Porsche num

canto isolado do estacionamento. Liga o motor e abre o porta-luvas para ver o registro. O Carrera é de 2006, registrado no nome de Lupano. Ela liga o GPS, investiga o histórico dos destinos guardados no aparelho e anota.

Rápidas batidas do magneto para se manter frio.
Dentro da cabine da imagem de ressonância magnética, Benton olha pelo vidro para os pés da dra. Self cobertos por um lençol. Ela está numa mesa móvel, dentro do tubo de um magneto de catorze toneladas, o queixo preso por um adesivo para lembrá-la de que não deve mexer a cabeça e de que está junto a uma espiral que vai receber as ondas de radiofrequência necessárias para produzir uma imagem de seu cérebro. Sobre as orelhas, há um par de fones de ouvido. Por eles, um pouco mais tarde, quando começar a produção de imagens, ela ouvirá uma fita com a voz da mãe.
"Até aqui, tudo bem", diz ele à dra. Susan Lane. "Exceto pelos joguinhos que ela gosta de fazer. Eu peço imensas desculpas por ela ter deixado todo mundo esperando." Para o técnico: "Josh? E você, como está? Acordado?".
"Nem posso lhe dizer o quanto esperei por esse momento", diz Josh de seu console. "Minha filha menor vomitou o dia inteiro. Pergunte a minha mulher o quanto ela gostaria de me matar neste momento."
"Nunca vi ninguém trazer tanta felicidade ao mundo." Benton se refere à dra. Self, o olho da tempestade. Pelo vidro ele olha para os pés dela, vê de relance as meias de náilon. "Ela está de meia-calça?"
"Está com sorte de ela estar usando alguma coisa. Quando eu a trouxe para cá, ela insistiu em tirar a roupa toda", diz a dra. Lane.
"Já era de esperar." Ele toma cuidado. Mesmo sem ter como escutá-los, a menos que usem o interfone, a dra. Self pode vê-los. "Maníaca feito o diabo. Desde o momento em que pisou aqui. Foi uma estada produtiva. Pergunte a ela. Está tão sã quanto um juiz."

"Perguntei a ela se estava com alguma coisa metálica, perguntei se o sutiã dela era com arame", diz a dra. Lane. "Disse que a máquina tem uma força magnética sessenta mil vez maior que a da Terra, e que nada ferroso pode ficar perto dela, e que um sutiã incendiado teria um significado diferente se houvesse arame por dentro e ela não nos dissesse. A doutora contou que estava usando um desses, que tinha orgulho do fato, e continuou falando, falando, sobre o — ah-hum — fardo de ter seios grandes. Claro que eu disse a ela para tirar o sutiã, e ela disse que preferia tirar tudo e pediu um jaleco."

"Caso encerrado."

"Portanto, ela está com o jaleco, mas consegui convencê-la a ficar com a calcinha. E as meias."

"Bom trabalho, Susan. Vamos terminar logo com isso."

A dra. Lane aperta o botão do interfone e diz: "O que nós vamos fazer agora é começar com algumas imagens localizantes — imagens estruturais, em outras palavras. Essa primeira parte dura cerca de seis minutos, e a senhora vai ouvir barulhos bem altos, um tanto estranhos, que a máquina faz. Como está se sentindo?"

"Será que podemos começar?" É a voz da dra. Self.

Desligado o interfone, a doutora diz a Benton: "Está preparado para o teste PANAS, a escala de efeitos positivos e negativos?".

Benton aperta o botão do interfone de novo e diz: "Doutora Self, eu vou começar uma série de perguntas sobre como está se sentindo. E vou fazer essas mesmas perguntas várias vezes durante a sessão, certo?".

"Eu sei o que PANAS é." A voz é dela.

Benton e a dra. Lane se entreolham, a expressão facial deles relaxada, sem revelar nada, e a dra. Lane fala, com sarcasmo: "Que ótimo".

Benton diz: "Ignore. Vamos ao que interessa".

Josh olha para Benton, pronto para começar. Benton pensa na conversa que teve com o dr. Maroni e na acusação implícita que ele fez de que Josh teria contado a Lucy sobre a paciente VIP e que Lucy por sua vez teria contado a Scarpetta. Isso ainda intriga Benton. O que estaria o dr. Maroni querendo dizer? Enquanto olha para a dra. Self pelo vidro, lembra-se de algo. Da pasta que não está em Roma. Da pasta do Homem de Areia. Quem sabe esteja ali, no McLean.

Um monitor transmite remotamente os sinais vitais captados por um anel no dedo da dra. Self e por um esfignomanômetro. Benton diz: "Pressão arterial a cento e vinte por setenta e oito". Anota os dados. "Pulsação a setenta e dois."

"Qual é a oximetria de pulso?", pergunta a dra. Lane.

Ele diz que a saturação arterial oxi-hemoglobínica da dra. Self — ou a medida da saturação de oxigênio em seu sangue — é de noventa e nove. Normal. Ele pressiona o botão do interfone para começar o teste PANAS.

"Doutora Self, está pronta para responder a algumas perguntas?"

"Até que enfim." A voz dela pelo interfone.

"Vou lhe fazer perguntas e quero que classifique o que está sentindo numa escala de um a cinco. Um significa que não sente nada. Dois, que sente um pouco. Três, moderadamente; quatro, muito, e cinco, muitíssimo. Faz sentido?"

"Conheço o teste PANAS muito bem. Sou psiquiatra."

"Pelo visto ela também é neurocientista", comenta a dra Lane. "Ela vai nos enganar nessa parte."

"Pra mim, tanto faz." Benton aperta o botão do interfone e faz as perguntas, as mesmas que perguntará várias vezes durante o teste. Será que está se sentindo indisposta, envergonhada, angustiada, irritada, culpada? Ou interessada, orgulhosa, decidida, ativa, forte, inspirada, animada, entusiástica, alerta? Ela dá 1 para todas as perguntas, alegando que não sente nada.

Ele confere seus sinais vitais e anota. São normais, e continuam os mesmos do início.

"Josh?" A dra. Lane indica que chegou a hora.

O teste estrutural começa. Seguem-se marteladas muito altas, e as imagens do cérebro da dra. Self aparecem no computador de Josh. Não revelam grande coisa. A menos que haja alguma patologia séria, como um tumor, por exemplo, eles não verão nada por enquanto, até que os milhares de imagens capturadas pelo aparelho de ressonância sejam analisados.

"Estamos prontos para começar", diz a dra. Lane pelo interfone. "A senhora está bem aí?"

"Estou." Impaciente.

"Nos primeiros trinta segundos, não vai ouvir nada", explica a dra. Lane. "Então fique calada e relaxe. Depois vai ouvir uma fita em áudio da sua mãe, e quero que apenas ouça. Fique absolutamente imóvel e ouça."

Os sinais vitais da dra. Self permanecem os mesmos.

Um som estranho de sonar, que traz à mente um submarino, quando Benton olha para os pés cobertos da dra. Self, do outro lado do vidro.

"O tempo aqui tem estado absolutamente espetacular, Marilyn." A voz gravada de Gladys Self. *"Nem me preocupei com o ar-condicionado — não que esteja funcionando. Zumbe como um inseto gigante. Apenas mantenho as janelas e portas abertas, porque a temperatura agora não está tão alta."*

Embora essa seja a parte neutra, a mais inócua de todas, os sinais vitais da dra. Self mudaram.

"Pulso entre setenta e três e setenta e quatro", diz Benton, anotando.

"Eu diria que isso não é neutro para ela", diz a dra. Lane.

"Eu estava pensando naquelas esplêndidas árvores frutíferas que você costumava ter aqui, Marilyn, aquelas que o Ministério da Agricultura a obrigou a cortar, por causa do cancro cítrico. Eu amo um quintal bonito. E acho que vai gostar de saber que aquele programa imbecil de erradicação já quase não é mais empregado, porque não funcionou. Uma pena. A vida gira toda ela em torno do timing, *não é mesmo?"*

"Pulso entre setenta e cinco e setenta e seis. Oximetria de pulso, noventa e oito", diz Benton.

"... *a coisa mais irritante, Marilyn. Aquele submarino indo e vindo o dia inteiro, a menos de dois quilômetros da costa. Tem uma bandeirinha norte-americana hasteada no, como é que é mesmo o nome? A torre onde fica o periscópio? Deve ser a guerra. Indo e voltando, indo e voltando, algum tipo de exercício, a bandeirinha oscilando. Eu digo às amigas, exercício para quê? Será que alguém contou pra eles que não precisam de submarinos no Iraque...?*"

A primeira parte neutra termina e, durante um período de trinta segundos para recuperação, a pressão arterial da dra. Self é medida de novo. Subiu para cento e dezesseis máxima, oitenta e dois mínima. Em seguida, a voz da mãe de novo. Gladys Self fala sobre onde gosta de fazer suas compras, hoje em dia, no sul da Flórida, e sobre a interminável onda de construções, prédios surgindo por toda parte, diz ela. Muitos deles vazios, porque o mercado imobiliário foi para o espaço. Sobretudo por causa da guerra no Iraque. O que a guerra fez com todo mundo.

A dra. Self reage da mesma forma.

"Uau", exclama a dra. Lane. "Alguma coisa a fez prestar atenção. Olha só a oximetria de pulso."

Caiu para noventa e sete,

A voz da mãe de novo. Comentários positivos. Depois as críticas.

"... *Você era uma mentirosa patológica, Marilyn. Desde o dia em que aprendeu a falar, nunca consegui arrancar a verdade de você. Depois, mais tarde? O que foi que houve? Onde é que você arranjou essa sua moral? Não foi de ninguém da família. E seus segredinhos sujos? É repugnante e repreensível. O que foi que houve com seu coração, Marilyn? Se ao menos seus fãs soubessem! Que vergonha, Marilyn...*"

A oxigenação do sangue da dra. Self caiu noventa e seis por cento, sua respiração é mais rápida, rasa e audível através do interfone.

"*... As pessoas que você jogou fora. E você sabe do que e de quem eu falo. Você mente como se fosse a verdade. Foi isso que mais me preocupou durante toda a sua vida, e que vai alcançá-la, qualquer dia desses...*"

"O pulso está a cento e vinte e três", diz a dra. Lane.

"Ela acabou de mexer a cabeça", diz Josh.

"O programa de movimento não pode corrigir isso?", pergunta a dra. Lane.

"Eu não sei."

"*... E você acha que o dinheiro resolve tudo. Manda seus centavinhos e acha que isso a absolve da responsabilidade. Você suborna as pessoas. Bom, veremos. Qualquer dia desses, você vai colher o que plantou. Eu não quero o seu dinheiro. Tomo uns drinques num barzinho tropical com amigos e eles nem sequer sabem quem você é para mim...*"

Pulso em cento e trinta e quatro. A oximetria de pulso caiu para noventa e cinco. Seus pés estão inquietos. Faltam nove segundos. A mãe fala, ativando neurônios no cérebro da filha. O sangue jorra nesses neurônios e, com o aumento do sangue, há um aumento no sangue desoxigenado que a máquina detecta. Imagens funcionais são capturadas. A dra. Self está sofrendo física e emocionalmente. Não é fingimento.

"Não estou gostando da maneira como seus sinais vitais estão reagindo. Vamos parar. Agora", diz Benton para a dra. Lane.

"Concordo."

Ele pega o interfone. "Doutora Self. Nós vamos parar."

De dentro de um armário trancado a chave no laboratório de computadores, Lucy pega uma caixa de ferramentas, um pen drive e uma pequena caixa preta, enquanto fala com Benton ao telefone.

"Não faça perguntas", diz ele. "Acabamos de fazer uma ressonância. Ou, melhor dizendo, tivemos de abortar o processo. Não posso lhe dizer nada a respeito, mas preciso de um favor."

"Certo." Ela se senta diante do computador.

"Preciso que converse com o Josh. Preciso que entre na rede."

"Pra fazer o quê?"

"Uma paciente está tendo seus e-mails enviados para o servidor do Pavilion."

"E?"

"E nesse mesmo servidor existem pastas eletrônicas. Uma delas de um indivíduo que se encontrou com o diretor clínico do Pavilion. Você sabe de quem eu falo."

"E?"

"E ele viu uma pessoa interessante em Roma, em novembro último", diz Benton, ao telefone. "Tudo o que posso lhe dizer é que esse paciente interessante serviu no Iraque e pelo visto foi enviado pela dra. Self."

"E?" Lucy entra na internet.

"Josh acabou de fazer a imagem. A que nós abortamos. Numa pessoa que vai embora hoje, o que significa que não haverá mais e-mails encaminhados. O fator tempo é da maior importância."

"Ela ainda está aí? A pessoa que vai embora?"

"Nesse momento, sim. Josh já foi, está com uma filhinha doente, em casa. E com muita pressa."

"Se me der sua senha, eu posso acessar a rede", diz Lucy. "Isso facilita bem as coisas. Mas você vai ficar sem contato por cerca de uma hora."

Ela liga para o celular de Josh. Ele está no carro, se afastando do hospital. Isso é ainda melhor. Ela lhe diz que Benton não pode entrar no e-mail dele, tem alguma coisa com o servidor, ela precisa consertar o sistema imediatamente e parece que vai levar algum tempo. Dá para fazer à distância, mas precisa da senha do administrador do sistema, a menos que ele queira dar meia-volta e lidar ele mesmo com o problema. Ele certamente não quer fazer nada disso, começa a falar sobre a mulher, sobre o bebê. Certo, seria uma mão na roda se Lucy pudesse se encarregar do caso. Eles resolvem juntos os problemas técnicos o tempo inteiro, e jamais lhe ocorreria que a intenção dela era acessar a conta de e-mail de um paciente e as pastas privadas do dr. Maroni. Mesmo que Josh suspeitasse o pior, sabe que ela entraria com ou sem autorização. Ele conhece suas habilidades, sabe como ela ganha dinheiro, tenha a santa paciência.

Ela não quer entrar no sistema do hospital de Benton. E levaria muito tempo. Uma hora depois, liga de volta para ele. "Não tenho tempo para investigar", diz ela. "Deixo isso a seu cargo. Mandei tudo. E seu e-mail já está funcionando."

Sai do laboratório e monta na sua Agusta Brutale sentindo-se cheia de raiva e ansiedade. A dra. Self está internada no McLean. Está lá há quase duas semanas. *Maldição.* Benton sabia disso.

Lucy pisa fundo e o vento morno bate no capacete como se tentasse fazê-la recobrar o juízo.

Ela entende por que Benton não pode dizer nada sobre o assunto, mas não é certo. A dra. Self e Marino trocando e-mails e nesse tempo todo ela ali, debaixo do nariz de Benton, internada no McLean. Benton não avisa nem Marino nem Scarpetta. Não avisa Lucy, enquanto ambos acompanham pelas câmaras da morgue a turnê que Marino faz com Shandy. Lucy comenta a respeito de Marino, de seus e-mails para a dra. Self, e Benton só ouve. Agora Lucy se sente uma tola. Traída. Ele não se importa em pedir a ela para entrar em pastas eletrônicas confidenciais, mas não pode lhe dizer que a dra. Self é uma paciente e que está sentada em seu quarto particular, no muitíssimo privado Pavilion, pagando três mil dólares por dia para foder com todo mundo.

Sexta marcha engatada, ultrapassa os carros na ponte Arthur Ravenel Jr., com seus picos elevados e seus cabos verticais que a fazem lembrar do Centro de Câncer de Stanford e da senhora incongruente tocando sua harpa. Marino talvez já tivesse a vida meio atrapalhada, mas em momento algum planejou o caos que a dra. Self provocou em sua vida. Ele é simples demais para compreender uma bomba de nêutron. Comparado com a dra. Self, ele é um garoto grande e burro, com um estilingue no bolso de trás. Vai ver que foi ele quem começou e mandou um e-mail para ela, mas a dra. Self sabe como pôr um ponto final nas coisas. Sabe como acabar com ele.

Lucy passa a toda por camaroeiros atracados em Shem Creek e atravessa a ponte Ben Sawyer até a ilha Sullivan, onde Marino vive no que uma vez ele disse ser a casa de seus sonhos — uma pequena cabana avariada, sobre palafitas, com um telhado de metal vermelho. As janelas estão escuras, não há sequer uma luz acesa na frente. Por trás da cabana, um molhe bem comprido corta o mangue e termina num riacho estreito que serpenteia até o canal intracosteiro. Assim que se mudou, ele comprou um bote e curtia explorar os riachos pescando ou apenas navegando e tomando cerveja. Ela não sabe direito o que houve. *Para onde ele foi? Quem mora em seu corpo?*

O terreno da frente é arenoso e salpicado de mato espinhento. Debaixo da cabana, ela tenta caminhar entre os montes de lixo. Velhos caixotes de gelo, uma churrasqueira enferrujada, cestos para pegar caranguejo, redes apodrecidas de pesca e latas de lixo que cheiram a manguezal. Sobe os degraus de madeira empenada e tenta abrir a porta com pintura descascada. A tranca é frágil, mas ela não quer arrombá-la. Melhor tirar as dobradiças e entrar dessa forma. Uma chave de fenda e ela está dentro da casa dos sonhos de Marino. Ele não tem sistema de alarme, sempre fala que suas armas são alarmantes o suficiente.

Puxa o cordão de uma lâmpada no teto e, sob a luz nua e as sombras desiguais, olha em volta para ver o que havia mudado desde que estivera ali pela última vez. Quando foi? Seis meses atrás? Ele não acrescentou nada, era como se, após um tempo, tivesse parado de morar ali. A sala de estar tem chão de madeira sem tapete, um sofá xadrez barato e duas cadeiras de encosto reto, uma televisão de tela grande, computador e impressora. Num dos lados, há uma quitinete, algumas latas vazias de cerveja e uma garrafa de Jack Daniel's no balcão, mais embutidos e cervejas dentro da geladeira.

Ela se senta à escrivaninha de Marino e, da porta USB do computador, retira um pen drive de duzentos e cinquenta e seis megabytes atrelado a um cordão. Abre a caixa de ferramentas e pega vários alicates, uma chave de fenda pequena e uma broca movida a pilha — tão pequena quanto a de um joalheiro. Dentro da caixinha preta há quatro microfones não direcionados, cada um deles com no máximo oito milímetros, ou do tamanho de uma aspirina de bebê. Tirando a tampa do pen drive, puxa a haste e o cordão e embute um microfone, com o topo de tela reticulada bem disfarçado dentro do buraquinho onde o cordão originalmente estava preso. A broca fura um segundo buraco na base do estojo, onde ela insere o anel do cordão para reatá-lo.

Em seguida enfia a mão num dos bolsos da calça de trabalho e puxa outro pen drive — que pegou no laboratório — e o insere na porta USB. Baixa sua própria versão de um aplicativo espião que mandará cada toque que Marino digitar para uma de suas contas de e-mail. Pesquisa no disco rígido dele, à procura de documentos. Quase nada, a não ser os e-mails da dra. Self que ele copiou para o computador que usa no escritório. Nenhuma grande surpresa. Ela não o imagina sentado, escrevendo artigos para jornais, ou um romance. Marino não consegue preencher nem a papelada de praxe. Ela põe o pen drive dele de volta na porta USB e começa uma olhada rápida pelas gavetas. Cigarros, duas revistas *Playboy*, um revólver Magnum, 357 Smith & Wesson, alguns dólares e moedas, recibos, correspondências sem importância.

Ela nunca entendeu como é que ele cabe dentro do quarto, onde o armário é uma trave atrelada às paredes, ao pé da cama, abarrotada de roupas mal penduradas, outras peças no chão, inclusive cuecas gigantes e meias. Lucy enxerga um sutiã e calcinha de renda vermelha, um cinto de couro cravado de tachas, outro de crocodilo, muito pequenos para serem dele, uma manteigueira de plástico cheia de camisinhas e de anéis penianos. A cama por fazer. Deus sabe quando teria sido a última vez em que os lençóis foram trocados.

Bem ao lado há um banheiro do tamanho de uma cabine telefônica. Uma privada, um chuveiro, uma pia. Lucy confere o armarinho do banheiro, encontra os objetos esperados de toalete e remédios para ressaca. Ela pega um vidro de Fiorinal com codeína receitado para Shandy Snook. Está quase vazio. Numa outra prateleira há um tubo de Testroderm, receitado por alguém de quem nunca ouviu falar, e inclui essa informação no seu iPhone. Torna a atarraxar a porta nas dobradiças e desce a escada escura e mambembe. O vento aumentou e ela escuta um ruído vago vindo do molhe. Pega sua Glock, apura os ouvidos e vira a lanterna para a direção do ruído, mas o facho de luz é fraco e a extensão do molhe se dissolve na sólida escuridão.

Ela sobe a escada que leva ao molhe, velha, de tábuas tortas, algumas faltando. O cheiro do manguezal é forte e ela começa a espantar mosquitos, lembrando-se do que um antropólogo lhe disse certa vez. É tudo uma questão de tipo de sangue. Pragas como os mosquitos preferem sangue tipo O. O seu tipo, mas ela nunca soube como é que um mosquitinho desses pode sentir cheiro de sangue, se ela não estiver sangrando. Os mosquitos fazem nuvens em volta dela, atacam e picam até mesmo seu couro cabeludo.

Seus passos são silenciosos enquanto anda e escuta, ouvindo um som de coisa batendo. O facho de luz se move por sobre a madeira velha e pregos enferrujados, tortos, e um ventinho toca o capim do mangue, sussurrando por entre ele. As luzes de Charleston parecem distantes no ar úmido, sulforoso, a lua fugidia por trás de nuvens gordas, e no fim do molhe, ao olhar para baixo, ela descobre a razão do som desconcertante. A lancha de Marino se foi, e os amortecedores cor de laranja oscilam contra as estacas com um ruído surdo.

14

Karen e a dra. Self na escadaria da frente do Pavilion, ao escurecer.

Uma luz mortiça na varanda; a dra. Self tira uma folha de papel dobrada do bolso da capa. Abre e pega uma caneta. No bosque, atrás delas, a estática dos insetos ressoa em tons altos. Coiotes uivam à distância.

"O que é isso?", pergunta Karen à dra. Self.

"Sempre que recebo algum convidado em meu programa, ele assina um desses acordos. É simplesmente uma permissão para colocar a pessoa no ar. Para falar sobre ela. Ninguém pode ajudá-la, Karen. Isso ficou bem claro, certo?"

"Me sinto um pouco melhor."

"Você sempre se sente. Porque eles programaram você. Assim como tentaram me programar. É um complô. Foi por isso que me fizeram escutar minha mãe falando."

Karen pega o acordo da mão dela, tenta lê-lo. Não há luz suficiente.

"Eu gostaria de partilhar nossas conversas maravilhosas e a compreensão que me deram com os milhões de telespectadores espalhados pelo mundo. Para isso, preciso da sua autorização. A menos que prefira que eu use um pseudônimo."

"Não, não! Eu ficaria muito grata se você falasse de mim e usasse meu nome real. Inclusive adoraria ir ao seu programa, Marilyn! Que complô? Você acha que estou incluída?"

"Você precisa assinar isso." Ela dá uma caneta a Karen.

Karen assina. "Se puder fazer o favor de me avisar se

vai falar de mim, para eu poder assistir. Quer dizer, se for falar. Acha que vai mesmo?"

"Se você continuar aqui."

"Como?"

"Não vai poder ser no primeiro programa, Karen. Meu primeiro programa é sobre Frankenstein e experimentos chocantes. Ser drogada contra minha vontade. Sujeita a tormentos e humilhação em um tubo de magneto. E, me permita enfatizar, um tubo enorme, escutando minha mãe falando, eles me forçaram a escutar a voz dela falando mentiras sobre mim, me culpando. Pode demorar algumas semanas, até você ir ao meu programa, entende? Eu espero que ainda esteja aqui."

"Quer dizer, no hospital? Eu vou sair amanhã de manhã."

"Quero dizer aqui."

"Onde?"

"Você ainda tem vontade de pertencer a este mundo, Karen? Ou alguma vez quis estar aqui? Essa é realmente a pergunta."

Karen acende um cigarro com mãos trêmulas.

"Você viu minha série sobre Drew Martin?", diz a dra. Self.

"Tão triste."

"Eu devia ter contado a todos a verdade sobre o treinador dela. Sem dúvida eu tentei avisá-la."

"O que ele fez?"

"Alguma vez já deu uma espiada no meu site na internet?"

"Não. Mas deveria." Karen está cabisbaixa, sentada no degrau de pedra fria, fumando.

"E será que gostaria de entrar nele? Até podermos colocar você no meu programa?"

"Como assim, entrar nele? Quer dizer, você contaria minha história no site?"

"Por alto. Temos uma seção chamada 'Conversa Consigo'. As pessoas entram, contam sua história e se correspondem. Claro que algumas não sabem escrever direito, e eu tenho uma equipe que edita, reescreve, toma ditado, entrevista. Lembra-se de quando nós nos conhecemos? De quando eu lhe dei meu cartão?"

"Ainda tenho o cartão."

"Quero que mande sua história para o endereço de e-mail que está no cartão, e a gente envia. Você pode ser uma inspiração e tanto. Ao contrário da coitada da sobrinha do doutor Wesley."

"Quem?"

"Na verdade, ela não é sobrinha dele. E tem um tumor no cérebro. Nem mesmo as minhas ferramentas conseguem curar alguém disso."

"Minha nossa. Isso é péssimo. Desconfio que um tumor no cérebro pode até enlouquecer alguém, e não há cura para eles."

"Você vai poder ler tudo a respeito dela quando entrar no site. Vai ver a história dela e todos os outros blogs. Vai se espantar", diz a dra. Self de um degrau acima, com a brisa a seu favor e a fumaça indo para o outro lado. "Sua história? Vai ser uma mensagem e tanto para todos. Quantas vezes foi hospitalizada? No mínimo umas dez. Por que o fracasso?"

A dra. Self se imagina perguntando isso a sua plateia, enquanto as câmeras se aproximam mais de seu rosto — um dos rostos mais conhecidos do planeta. Ela adora seu nome. Seu nome faz parte de seu incrível destino. Dra. Self, dra. Ego. Sempre se recusou a mudá-lo. Jamais mudaria seu nome por causa de alguém, nunca o dividiria, e os que não quisessem estariam condenados, porque o pecado imperdoável não é o sexo. É o fracasso.

"Eu vou ao seu programa a qualquer hora. Por favor, me ligue. Vou na hora", Karen continua dizendo. "Contanto que eu não tenha de falar sobre... não consigo nem dizer."

Mas mesmo naquela época, quando as fantasias da dra. Self eram mais vibrantes, quando seu pensamento se tornou mágico e seus presságios começaram, ela nunca imaginou o que aconteceria.

Eu sou a dra. Marilyn Self. Bem-vindo ao programa Self on Self. *SOS. Você precisa de ajuda?* No início de cada programa, sob aplausos frenéticos de uma plateia ao vivo e com milhões de telespectadores assistindo no mundo todo.

"Você não vai me fazer contar, vai? Minha família nunca me perdoaria. É por isso que não consigo parar de beber. Eu conto, se você não me fizer falar ao vivo ou no site." Karen se perdeu nas próprias sandices.

Obrigada, obrigada. Às vezes, a dra. Self não consegue fazer com que a plateia pare de aplaudir. *Eu também adoro todos vocês.*

"Minha Boston *terrier*, chamada Bandit. Um dia eu deixei ela sair tarde da noite e esqueci de botá-la para dentro, porque estava completamente embriagada. Era inverno."

Palmas que soam como chuva forte, como se mil mãos estivessem aplaudindo.

"E na manhã seguinte eu encontro a cachorra morta na porta dos fundos, a madeira toda arranhada pelas unhas dela. Pobrezinha da minha cachorrinha, com seu pelo curto. Tremendo, chorando e latindo, tenho certeza. Arranhando a porta pra entrar de volta, por causa do frio que fazia." Karen chora. "E assim é que eu matei meu cérebro, pra não precisar pensar mais. Eles disseram que eu tenho todas aquelas áreas brancas e um alargamento do... bom, e a atrofia. É bem assim que você tem de partir, Karen, digo a mim mesma. Você matando o próprio cérebro. Dá pra ver. Tão nítido quanto o dia, dá pra ver que não sou normal." Ela toca a têmpora. "Estava bem ali, na caixa de luz da sala do neurologista, tão grande quanto um cartaz de rua, meu cérebro anormal. Nunca vou ser normal. Estou com quase sessenta anos, e o que está feito está feito."

"As pessoas são inflexíveis quando o assunto é cachorro", diz a dra. Self, perdida em si mesma.

"Eu sei que eu sou. O que posso fazer para superar isso? Por favor, me diga."

"As pessoas com doenças mentais têm peculiaridades

no formato do crânio. Os loucos têm cabeças muito contraídas ou deformadas", diz a dra. Self. "Os maníacos têm o cérebro mole. Esses *insights* científicos foram revelados num estudo feito em Paris, em 1824, que concluiu que, dos cem idiotas e imbecis examinados, apenas catorze tinham uma cabeça normal."

"Está dizendo que sou imbecil?"

"Soa assim tão diferente do que os médicos daqui têm dito a você? Que a sua cabeça é um tanto diferente, o que significa dizer que você é um tanto diferente?"

"Eu sou imbecil? Eu matei meu cachorro."

"Essas superstições e manipulações existem há séculos. Medir o crânio de gente trancafiada em asilos de loucos e dissecação do cérebro de idiotas e imbecis."

"Eu sou imbecil?"

"Hoje em dia, eles põem você num tubo mágico — um magneto — e lhe dizem que seu cérebro é deformado, e fazem você escutar sua mãe." A dra. Self para de falar quando uma figura alta se aproxima propositalmente delas, no escuro.

"Karen, se não se importa, eu preciso falar com a doutora Self", diz Benton Wesley.

"Quer dizer que sou imbecil?", diz Karen, levantando-se do degrau.

"Você não é imbecil", diz Benton, com bondade.

Karen se despede dele. "O senhor sempre foi bom para mim", diz a ele. "Vou pegar um avião para ir pra casa e não vou mais voltar."

A dra. Self convida Benton a se acomodar ao lado dela, nos degraus, mas ele não aceita. Ela pressente sua raiva e isso é um triunfo, mais um triunfo.

"Estou me sentindo bem melhor", diz ela.

Ele se transforma sob as sombras da iluminação.

É a primeira vez que ela o vê no escuro, e isso é fascinante.

"Eu me pergunto o que o doutor Maroni diria agora. Eu me pergunto o que Kay diria. Me faz lembrar de um feriado de primavera na praia. Uma jovem repara num rapaz magnífico e depois? Ele repara nela. Eles se sentam na areia, andam na beirada da água, jogam água um no outro, fazem tudo o que querem até o sol nascer. Não se importam de estarem molhados e grudentos de sal e deles mesmos. Onde foi parar a magia, Benton? Envelhecer é quando nada basta e você sabe que nunca mais vai sentir a magia de novo. Eu sei o que é a morte, e você também. Senta aqui do meu lado, Benton. Fico feliz que queira conversar, antes de eu ir embora."

"Falei com a sua mãe", diz Benton. "De novo."

"Deve gostar dela."

"Ela me contou uma coisa muito interessante que me leva a retirar algo que eu lhe disse, doutora Self."

"Um pedido de desculpa é sempre muito bem-vindo. De você, então, é um prazer inesperado."

"Você tem razão a respeito do doutor Maroni", diz Benton. "Sobre ter feito sexo com ele."

"Eu nunca disse que fiz sexo com ele." A dra. Self esfria por dentro. "E quando é que isso teria acontecido? Em meu maldito quarto com a maldita vista? Eu estava drogada. Não podia ter feito sexo com ninguém, a menos que fosse contra minha vontade. Ele me drogou."

"Não estou falando de agora."

"Enquanto eu estava inconsciente, ele abriu minha camisola e me acariciou. Disse que amava meu corpo."

"Porque se lembrava dele."

"Quem falou que eu fiz sexo com ele? Foi aquela maldita vaca que disse isso? O que ela pode saber sobre o que houve quando eu me internei? Você deve ter lhe contado que eu sou paciente aqui. E eu vou processar você. Eu falei que ele não conseguiu evitar, não conseguiu resistir, depois fugiu. Falei que ele sabia que o que tinha feito era errado, por isso tinha fugido para a Itália. Nunca disse que fiz sexo com ele. Nunca disse isso a você. Ele me drogou e abusou de mim, e eu deveria saber que isso iria acontecer. Por que não?"

Isso a excita. Já era assim antes e ainda é; ela não faz ideia do porquê. Na época, ela o censurou, mas não lhe disse para parar. Ela disse: "Por que é preciso me examinar com tamanho entusiasmo?". E ele respondeu: "Porque é importante que eu saiba". E ela disse: "Certo, você deve saber o que não é seu". E ele disse, enquanto a explorava: "É como um lugar especial que você conheceu e que não vê faz muitos anos. Você quer descobrir o que mudou e o que não mudou, e se poderia viver aquilo de novo". E ela perguntou: "Poderia?". E ele disse: "Não". Depois fugiu, e foi a pior coisa que poderia ter feito, porque já fizera isso antes.

"Estou falando de muito, muito tempo atrás."

A água marulha calmamente.

Will Rambo está cercado por água e noite, enquanto rema para longe da ilha de Sullivan, onde deixou seu Cadillac num lugar seguro, a pouca distância de onde tomou emprestada a lancha. Não era a primeira vez que fazia isso. Ele usa o motor de popa, quando precisa. Quando quer silêncio, rema. A água marulha. No escuro.

Na Grotta Bianca, no lugar em que pegou a primeira. A sensação, a familiaridade, enquanto os cacos se juntam numa caverna profunda da mente, entre calhas de calcário e musgo onde bateu a luz do dia. Ele foi com ela para além da Coluna de Hércules, para dentro de um mundo subterrâneo de corredores de pedra com prismas de minerais e o som constante de água pingando.

Aquele dia onírico, em que ficaram sozinhos, exceto por alguns momentos, quando ele deixou crianças passarem, com suas jaquetas e chapéus, e disse a ela: "Barulhentos como um bando de morcegos". E ela riu e falou que estava se divertindo com ele, agarrou seu braço, apertou e ele sentiu a maciez dela contra ele. Através do silêncio, apenas o ruído de água pingando. Ele a levou pelo Túnel das Serpentes, debaixo de candelabros de pedra. Passaram por translúcidas cortinas de pedra no Corredor do Deserto.

"Se você me deixasse aqui, eu nunca mais encontraria a saída", disse ela.
"E por que eu a deixaria aqui? Sou seu guia. No deserto, ninguém sobrevive sem um guia, a menos que saiba o caminho."
E a tempestade de areia se transformou em muro prodigioso, e ele esfregou os olhos, tentando não enxergar aquele dia em sua mente.
"Como é que você sabe o caminho? Deve vir muito aqui", disse ela, e de repente ele deixara a tempestade de areia e estava de volta à caverna, e ela era tão linda, pálida, bem definida, como se esculpida em quartzo, mas triste, porque seu namorado a tinha abandonado por outra mulher.
"O que há de tão especial com você que conhece um lugar como este?", disse ela a Will. "A três quilômetros de profundidade, um labirinto interminável de pedras úmidas. Que horror, se perder por aqui. Será que alguém algum dia se perdeu? Mais tarde, quando eles apagarem as luzes, deve ficar escuro feito breu, e tão frio quanto uma adega."
Não dava para ver a mão na frente do rosto. Tudo o que via era vermelho vivo, enquanto a areia os lixava até ele pensar que não sobraria pele nenhuma.
"Will! Deus do céu! Me ajuda, Will!" Os gritos de Roger se tornaram os gritos da criançada a um corredor de distância, e o rugido da tempestade cessou.
A água pingava e seus passos pareciam molhados. "Por que você não para de esfregar o olho?", perguntou ela.
"Eu podia me achar até no escuro. Consigo ver muito bem no escuro e já vim várias vezes aqui, quando era criança. Sou seu guia." Ele foi muito bonzinho, muito gentil com ela porque compreendia que a perda que enfrentara era mais do que poderia suportar. "Vê como as pedras ficam translúcidas com a luz? Chatas e fortes como tendões e nervos, e os cristais são o amarelo ceroso do osso. E por esse corredor estreito vamos dar no Domo de Milão, cin-

zento, úmido e frio como os tecidos e vasos de um corpo muito velho."

"Meus sapatos e a barra da calça estão salpicados de calcário, parece cal. Você arruinou minha roupa."

A queixa dela o deixou irritado. Ele lhe mostrou um lago natural, com moedas esverdeadas no fundo, e se perguntou em voz alta se alguma vez o desejo de alguém tinha se concretizado, e ela atirou uma moeda lá dentro, que espirrou água e afundou.

"Faça todos os pedidos que quiser", diz ele. "Mas eles nunca se realizam, e, se por acaso derem certo, pior pra você."

"Isso é uma coisa horrível de dizer", falou ela. "Como é que pode dizer que seria ruim um pedido ser atendido? Você não sabe o que eu pedi. E se meu desejo fosse fazer amor com você? Você é ruim de cama?"

Ele não respondeu e ficou mais bravo ainda porque, se fizessem amor, ela veria seus pés nus. A última vez em que fez amor foi no Iraque, uma menina de doze anos que gritava, chorava e o esmurrava com seus punhos minúsculos. Depois ela parou e adormeceu, e ele nunca sentiu nada a respeito porque a menina não tinha mais vida, nada para ansiar, a não ser a interminável destruição de seu país, e as mortes intermináveis. O rosto dela some de sua mente, enquanto a água pinga. Segura a pistola na mão enquanto Roger berra, porque a dor é demais.

Na Caverna da Cúpula, as pedras eram redondas como crânios, e a água pingava, pingava, pingava, como se tivesse chovido; havia formações de gelo duro como pedra, de pingentes e de agulhas que reluziam feito luz de vela. Ele lhe disse para não tocar em nada.

"Se tocar nelas, elas ficam pretas como fuligem", avisou.

"É a história da minha vida", disse ela. "Qualquer coisa que eu toco vira bosta."

"Você vai me agradecer."

"Pelo quê?", perguntou ela.

No Corredor do Regresso, estava quente e úmido, e a água corria pelas paredes como sangue. Ele segurou a pistola e estava a um dedo de acabar com tudo que sabia sobre si mesmo. Se Roger pudesse agradecê-lo, ele o faria. Um simples obrigado, e fazer de novo não seria mais necessário. As pessoas são ingratas e levam embora tudo o que faz sentido. Aí a gente não se importa mais. Não dá mais para se importar.

Um farol vermelho e branco, construído logo depois da guerra, acha-se isolado a uns noventa metros da margem e não tem mais luz.

Os ombros de Will queimam do esforço de remar, e as nádegas doem no banco de fibra de vidro. É trabalho duro porque sua carga pesa quase tanto quanto o barco de fundo chato e, agora que está perto de casa, não vai usar o motor de popa da lancha. Nunca usa. O motor faz barulho e ele não quer barulho nenhum, mesmo que não tenha ninguém para ouvir. Não há ninguém morando ali. Ninguém vai até ali, a não ser durante o dia, e se o tempo estiver bom. Mesmo assim, ninguém sabe que o lugar é dele. O amor por um farol e um balde de areia. Quantos meninos têm uma ilha só sua? Uma luva e uma bola, piqueniques e acampamentos. Tudo se foi. Morto. Uma travessia desesperançada até o outro lado.

Na margem oposta há as luzes de Mount Pleasant e as luzes da ilha James e de Charleston. A sudoeste, fica Folly Beach. Amanhã vai ser um dia nublado e quente e, lá pelo fim da tarde, a maré vai estar baixa. O barco arranha a casca das ostras quando ele o arrasta até a praia.

15

Dentro do laboratório de fotografia, no começo da manhã seguinte. Já é quarta-feira.

Scarpetta separa tudo aquilo de que pode precisar, e a ciência dessa vez é simples. De armários e gavetas, tira potes de cerâmica, papel, copos de poliuretano, papel toalha, cotonetes esterilizados, envelopes, massa de modelagem, água destilada, um vidro de reagente para oxidação a frio (uma solução de dióxido de selênio que torna azul-escura/preta a superfície dos metais), um vidro de RTX (tetróxido de rutênio), tubos de supercola e uma panelinha de alumínio. Instala uma lente macro e um cabo disparador remoto numa bancada para cópia e forra com papel pardo resistente.

Embora tenha uma ampla variedade de materiais para que as impressões latentes se mostrem em superfícies não porosas, tais como metal, o procedimento normal é a fumigação. Não tem mágica, só química. A supercola é composta quase que inteiramente de cianocrilato, uma resina acrílica que reage a aminoácidos, glicose, sódio, ácido láctico e outros agentes químicos excretados pelos poros da pele. Quando os vapores da supercola entram em contato com uma impressão latente (que não está visível a olho nu), uma reação química forma um novo composto — espera-se — de uma impressão branca, visível e muito durável.

Scarpetta pondera as abordagens que tem. Tirar uma amostra do DNA, mas não neste laboratório, e nem precisa ser já, não precisa ser o primeiro teste porque nem o RTX nem a supercola destroem o DNA. Supercola, ela decide, tirando o revólver do saco de papel e anotando o número de série. Em seguida abre o tambor vazio e tampa as duas extremidades do cano com chumaços de papel toalha. De outro saco, tira as balas especiais calibre 38 e coloca todas de pé dentro de uma câmara de fumigação, que nada mais é que uma fonte de calor dentro de uma câmara de vidro. De um arame estendido através de seu comprimento, Scarpetta suspende o revólver pela guarda do gatilho. Coloca um copo de água morna no interior, para umidificar, espreme um pouco de supercola numa panelinha de alumínio e cobre a câmara de fumigação com a tampa. Liga um exaustor.

Põe as luvas e pega o saco plástico em que está acondicionada a corrente com a moeda de ouro. A corrente é uma fonte muito provável de DNA e ela a põe num outro saco e etiqueta. A moeda é uma fonte possível de DNA, mas também de impressões digitais; então, segurando de leve pelas beiradas, examina a moeda com as lentes, enquanto ouve o cadeado biométrico da porta da frente do laboratório. Em seguida aparece Lucy. Scarpetta pode sentir seu mau humor.

"Eu gostaria de ter um programa que fizesse reconhecimento de fotos", diz Scarpetta, sabendo quando não fazer perguntas sobre como Lucy se sente e por quê.

"Nós temos", diz Lucy, evitando olhar para ela. "Mas tem que ter alguma coisa para fazer a comparação. Pouquíssimos departamentos policiais dispõem de um banco de imagens com sistema de busca, e aqueles que têm? Não importa. Eles não estão integrados. Quem quer que seja esse cretino, provavelmente vamos ter de identificá-lo de alguma outra forma. E não estou necessariamente falando do cretino na moto que supostamente apareceu na sua viela."

"Então de quem está falando?"

"Estou falando de seja lá quem for que tinha o colar e o revólver. E o que quero dizer é que você não sabe que não era o Bull."

"Não faria o menor sentido."

"Claro que faria, se ele quisesse se passar por herói. Ou esconder alguma outra coisa que andou aprontando. Você não sabe quem estava com a arma ou o colar, porque nunca viu quem foi que os perdeu."

"A menos que as evidências apontem para outra direção", diz Scarpetta, "eu vou continuar acreditando na palavra dele e me sentindo grata por ele ter enfrentado o perigo para me proteger."

"Acredite no que quiser."

Scarpetta olha para o rosto de Lucy. "Desconfio que tem alguma coisa que não vai bem."

"Estou apenas salientando o fato de que a suposta altercação entre ele e o cara que estava na moto não teve testemunhas. Mais nada."

Scarpetta olha o relógio. E se aproxima da câmara de fumigação. "Cinco minutos. Acho que isso basta." Ela tira a tampa para interromper o processo. "Precisamos procurar o número de série do revólver."

Lucy se aproxima e olha para o interior da câmara de vidro. Põe luvas, enfia as mãos lá dentro, desprende o arame e recupera o revólver. "Impressões digitais. De leve. Aqui no cano." Ela gira a arma de um lado e de outro, depois coloca sobre o papel que forra a bancada para cópia. Volta a enfiar a mão dentro da câmara e tira as balas. "Algumas impressões parciais. Acho que já há minúcias suficientes." Coloca tudo na bancada.

"Vou fotografar e você escaneia, assim a gente tem as características e põe pra rodar no Iafis."

Scarpetta apanha o telefone, liga para o laboratório de impressões digitais e explica o que estão fazendo.

"Vou trabalhar com ele primeiro para economizar tempo", diz Lucy, com uma voz pouco amigável. "O negócio é perder os canais de cor para que o branco se converta em preto e eles rolem mais depressa."

"Tem algo perturbando você. Desconfio que vai me contar quando estiver pronta."

Lucy não escuta. Com raiva, diz: "Lixo entra, lixo sai". Sua ideia predileta quando se sente cínica. Uma imagem é escaneada para o Iafis, e o computador não sabe se está olhando para uma pedra ou um peixe. Sistemas automatizados não pensam. Não sabem nada. O que fazem é sobrepor imagens de características semelhantes, o que significa que, se houver características faltando, ou obscuras, ou que não tenham sido codificadas corretamente por um técnico forense competente, há uma boa chance de a busca não dar em nada. O Iafis não é o problema. As pessoas são. O mesmo se aplica ao DNA. Os resultados são tão bons quanto o material colhido, a maneira como foi processado e por quem.

"Você sabe como é raro uma digital ser examinada direito?" Lucy não para de falar. Seu tom é rascante. "Você pega um vice-diretorzinho qualquer de presídio fazendo todas aquelas fichas dos dez dedos com o mesmo método de séculos atrás, usando tinta, e quando elas entram no Iafis, não prestam pra nada, quando poderiam servir, se usássemos escaneamento biométrico óptico ao vivo. Mas prisão nenhuma tem esse dinheiro. Não tem dinheiro pra nada nessa merda de país."

Scarpetta deixa a moeda de ouro dentro do envelope de plástico transparente e examina com uma lente. "Não quer me dizer por que está com esse humor de cão?" Ela tem medo da resposta.

"Cadê o número de série pra eu poder entrar no Centro Nacional de Informações sobre Crimes?"

"Está naquele papel ali no balcão. Andou falando com Rose?"

Lucy pega o papel e senta-se diante do terminal. As teclas começam a clicar. "Liguei para saber como está. Ela disse que você precisa de alguém que cuide de você."

"Uma moeda de um dólar dos Estados Unidos da América", diz Scarpetta sobre a ampliação da moeda, para não ter de falar mais nada. "De mil oitocentos e setenta e três."

E então repara numa coisa que nunca tinha visto antes em provas não processadas.

Lucy diz: "Eu queria fazer um teste de fogo no tanque de água e checar os projéteis na Nibin".

A Rede Nacional Integrada de Identificação Balística.

"Ver se o revólver já foi usado em algum outro crime", diz. "Embora você não esteja considerando o que houve um crime, não ainda, e não queira envolver a polícia."

"Como já expliquei" — Scarpetta não quer parecer que está na defensiva —, "Bull lutou com o sujeito e derrubou o revólver da mão dele." Ela examina a moeda, ajustando a lente. "Não posso provar que o sujeito em questão, o da moto, esteve lá pra me fazer algum mal. Ele não invadiu nada, só tentou."

"Isso é o que diz Bull."

"Se eu não soubesse, diria que essa moeda já teve as impressões tiradas com supercola." Pelas lentes, Scarpetta examina o que parece ser um pálido detalhe de impressão na frente e atrás da moeda.

"O que quer dizer com 'se você não soubesse'? Você não sabe. Não sabe nada sobre ela, nem onde esteve, nada, a não ser o fato de que Bull encontrou a corrente jogada atrás da sua casa. Quem a perdeu é uma outra história."

"Mas não resta dúvida de que parece resíduo de polímero. Do tipo supercola. Não entendo", diz Scarpetta, levando a moeda protegida pelo plástico até a bancada para cópia. "Tem um monte de coisas que eu não entendo." Dá uma olhada em Lucy. "Suponho que quando estiver preparada para me contar, vai me dizer." Tira as luvas, calça um novo par e põe uma máscara no rosto.

"Parece que tudo o que precisamos fazer é fotografar. Não precisa de reagente para oxidação a frio nem de RTX." Lucy se refere ao detalhe de impressão na moeda.

"No máximo, quem sabe, pólvora preta. Mas desconfio que não vamos precisar fazer nem esse teste." Scarpetta ajusta a máquina montada na coluna da bancada de cópia. Mexe nos braços das quatro luzes. "Vou fotografar. Depois tudo pode ir para o teste de DNA."

Rasga uma parte do papel pardo que forra a base da bancada, tira a moeda do envelope e a coloca com a cara para cima. Recorta um copo de poliuretano pela metade e põe metade desse funil por cima da moeda. Iluminação caseira para minimizar o brilho, e o detalhe da impressão fica muito mais visível. Aciona o disparador remoto e começa a fotografar.

"Supercola", diz Lucy. "Quer dizer então que isso pode ser prova de outro crime que, de alguma maneira, acabou entrando em circulação de novo, por assim dizer."

"Isso certamente explicaria o fato. Não sei se está correto, mas explicaria."

As teclas clicam rapidamente. "Moeda de ouro de um dólar", diz Lucy. "Americana, 1873. Vamos ver o que consigo saber sobre ela." Digita mais teclas. "Por que alguém iria tomar Fiorinal com codeína? E o que vem a ser isso, exatamente?"

"Bultabital mais fosfato de codeína, aspirina e cafeína", diz Scarpetta, girando cuidadosamente a moeda, para fotografar o outro lado. "Um forte analgésico. Muitas vezes receitado para graves dores de cabeça provocadas por tensão." O obturador da máquina se fecha. "Por quê?"

"E o Testroderm?"

"Um gel de testosterona para esfregar na pele."

"Alguma vez ouviu falar de Stephen Siegel?"

Scarpetta pensa durante alguns momentos, não consegue se lembrar de ninguém, o nome é totalmente desconhecido. "Não que eu me lembre."

"O Testroderm foi receitado por esse sujeito, e a verdade é que ele é um proctologista asqueroso de Charlotte, onde Shandy Snook mora. E é verdade também que o pai dela foi paciente desse proctologista, o que sugere que Shandy conhece o sujeito e pode pedir receitas sempre que quiser."

"Onde foi aviada?"

"Numa farmácia em Sullivan, onde por acaso Shandy tem uma mansão de dois milhões de dólares, em nome de

LLC", diz Lucy, digitando de novo. "Quem sabe não seria boa ideia você perguntar a Marino que diabos está acontecendo. Acho que todas nós devíamos ficar preocupadas."

"O que mais me preocupa é ver o quanto você está enraivecida."

"Acho que você não sabe direito como eu fico, quando estou realmente com raiva." Lucy bate nas teclas com força, rápido, raivosa. "Quer dizer que Marino anda todo simpático e completamente dopado. Ilegalmente. E é provável que esteja espalhando gel de testosterona como se fosse loção bronzeadora e engolindo comprimidos para ressaca feito um louco, porque de repente se transformou num King Kong ensandecido e bêbado." Bate com força nas teclas. "Provavelmente está sofrendo de priapismo e às vésperas de um ataque cardíaco. Ou de se tornar tão agressivo que vai perder o controle quando já estiver fora de controle por causa da bebida. Surpreendente o efeito que uma pessoa pode ter sobre outra no espaço de uma só semana."

"Obviamente essa nova namorada é uma péssima notícia."

"Não falo dela. Você tinha que contar pra ele."

"Já contei. Tive de contar. E pra você e pra Rose", diz Scarpetta, baixinho.

"Sua moeda de ouro vale cerca de seiscentos dólares", diz Lucy, fechando um arquivo no computador. "Sem incluir a corrente."

O dr. Maroni está sentado diante da lareira, em seu apartamento ao sul da San Marco, com os domos da basílica parecendo lúgubres sob a chuva. As pessoas, quase todas moradores locais, estão com botas verdes de borracha, enquanto os turistas usam versões baratas, amarelas. Em dois tempos, a água sobe acima das ruas de Veneza.

"Eu simplesmente ouvi falar do corpo." Ele fala ao telefone com Benton.

"Como? De início não era um caso importante. Por que você ouviria falar nisso?"

"Otto me contou."

"Quer dizer, o capitão Poma."

Benton está decidido a se distanciar do capitão, não consegue nem mesmo usar seu nome de batismo.

"Otto me ligou para falar de outra coisa e acabou mencionando."

"Por que ele estaria sabendo? No começo nem chegou a ocupar os noticiários."

"Ele sabia porque é um *carabiniere*."

"E isso o torna onisciente?", diz Benton.

"Você está ressentido com ele."

"O que eu estou é atônito", diz Benton. "Ele é médico-legista da polícia de Roma. E quem tinha jurisdição sobre o caso era a polícia nacional, não os *carabinieri*. Como sempre, porque a polícia nacional sempre chega primeiro à cena do crime. Quando eu era garoto, isso chamava *estar com as cartas*. No sistema policial eles falam que é *inaudito*."

"Dizer o quê? Essa é a maneira como são feitas as coisas na Itália. A jurisdição depende de quem chega primeiro à cena do crime, ou de quem for chamado. Mas não foi isso que o deixou assim tão irritado."

"Eu não estou irritado."

"Está dizendo a um psiquiatra que não está irritado?" O dr. Maroni acende o cachimbo. "Não estou nem aí para sua aparência física ou mental, e nem é preciso. Você está irritado. Me conte por que se interessa em saber como é que eu descobri sobre a morte ocorrida perto de Bari."

"Agora você está dando a entender que eu não sou objetivo."

"O que estou dizendo é que você se sente ameaçado por Otto. Deixa eu tentar explicar melhor a sequência de eventos. O corpo foi encontrado ao lado da autoestrada que sai de Bari, e não pensei muito a respeito, quando soube. Ninguém sabia quem ela era e todos diziam que se tratava de uma prostituta. A polícia começou a trabalhar com a hipótese de que o assassinato estivesse relacionado com a Sacra Corona Unita — a máfia de Puglia. Otto disse que estava muito satisfeito que os *carabinieri* não estivessem envolvidos, porque não gostava muito de lidar com gângsteres. Para usar suas palavras, não há nada de redentor sobre vítimas que são tão corruptas quanto seus assassinos. Acredito que tenha me informado no dia seguinte que havia falado com o legista da Sezione di Medicina Legale de Bari. Tudo indicava que a vítima era uma turista canadense desaparecida e vista pela última vez numa discoteca em Ostuni. Estava bem bêbada. Saiu com um homem. Uma jovem que se encaixava na mesma descrição foi vista no dia seguinte, na Grotta Bianca, em Puglia. A Gruta Branca."

"De novo, o capitão Poma é onisciente e parece que o mundo todo submete seus relatórios a ele."

"De novo, você parece ressentido com ele."

"Vamos falar da Gruta Branca. Temos de assumir que esse assassino faz associações simbólicas", diz Benton.

"Nos níveis mais profundos da consciência", diz o dr. Maroni. "Memórias da infância que ficaram enterradas. Memórias suprimidas de traumas e dores. Podemos interpretar a exploração da caverna como uma jornada mitológica aos segredos das próprias neuroses e psicoses, aos seus medos. Algo tenebroso aconteceu com ele e é muito provável que seja anterior ao que ele acha que foi a coisa terrível que lhe aconteceu."

"Você lembra alguma coisa a respeito da descrição física dele? As pessoas que disseram tê-lo visto com a vítima na discoteca, na gruta ou em algum outro lugar forneceram uma descrição física dele?"

"Jovem, de boné", diz o dr. Maroni. "Mais nada."

"Mais nada? Raça?"

"Tanto na discoteca como na gruta estava muito escuro."

"Nas anotações do seu paciente — bem aqui na minha frente, estou olhando para elas — seu paciente diz ter conhecido uma canadense numa discoteca. Disse isso um dia após o corpo dela ter sido encontrado. Depois, você não teve mais notícias dele. De que raça era?"

"Ele é branco."

"Você diz em suas notas que ele deu a entender que tinha, e eu cito, 'deixado a moça ao lado da estrada, em Bari'."

"À época, ninguém sabia que ela era canadense. Ainda não tinha sido identificada. Presumiu-se, como eu já disse, que fosse uma prostituta."

"Quando descobriram que ela era uma turista canadense, você não fez conexão nenhuma com seu paciente?"

"Claro que sim, eu estava preocupado. Mas não tinha provas."

"Certo, Paulo, proteja o paciente. Ninguém deu bola para a proteção da turista canadense, cujo único crime foi ter se divertido um pouco demais numa discoteca e encontrado com alguém de quem obviamente gostava e em quem achava que podia confiar. Suas férias no sul da Itália terminam com uma autópsia num cemitério. Ela teve sorte de não ter sido enterrada numa cova rasa."

"Você está muito impaciente e transtornado", diz o dr. Maroni.

"Quem sabe agora que você está com as anotações todas aí na sua frente, Paulo, sua memória se estimule."

"Eu não dei minhas anotações para você. Não consigo imaginar como é que conseguiu pegá-las." Ele tem de dizer isso várias vezes e Benton tem de aceitar o jogo.

"Se você guarda as anotações sobre seus pacientes em formato eletrônico no servidor de um hospital, devia ao menos deixar a função partilhar arquivos desligada", diz Benton, do outro lado da linha. "Porque, se alguém descobrir em que disco rígido esses arquivos superconfidenciais estão, eles podem ser acessados."

"A internet é um lugar traiçoeiro."

"A turista canadense foi assassinada há quase um ano", diz Benton. "Com o mesmo tipo de mutilação. Me diga como é que não pensou naquele caso — como é que não lhe ocorreu pensar no seu paciente — depois do que fizeram com Drew Martin? Pedaços de carne cortados dos mesmos lugares do corpo. Nuas, jogadas numa área onde seriam rápida e chocantemente descobertas. E prova nenhuma."

"Não me parece que ele tenha estuprado nem uma nem outra."

"Não sabemos o que ele faz. Sobretudo se ele obriga as meninas a ficar sentadas numa banheira cheia de água fria por sabe Deus quanto tempo. Gostaria de pôr Kay na linha. Liguei para ela pouco antes de ligar pra você. Tomara que ela tenha ao menos dado uma espiada no que eu lhe mandei."

O dr. Maroni espera. Olha fixamente para a imagem na tela enquanto a chuva cai forte lá fora e a água do canal sobe. Abre a veneziana só o suficiente para ver que já tem uns trinta centímetros de água na calçada. Agradece por não ter de sair nesse dia. Alagamento não é para ele a aventura que parece ser para os turistas.

"Paulo?" Benton está de volta. "Kay?"

"Estou aqui."

"Ela está com as pastas", Benton diz ao dr. Maroni. "Está vendo as duas fotos?", pergunta a Scarpetta. "E as outras pastas?"

"O que ele fez com os olhos de Drew Martin", diz ela na hora. "Não há provas disso na mulher morta perto de Bari. Estou examinando o relatório da autópsia dela. Em italiano. Estou decifrando o que posso. E me perguntando por que você incluiu esse relatório na pasta do paciente, que eu imagino ser o Homem de Areia."

"Claramente, esse é o nome que ele se dá", diz o dr. Maroni. "Baseado nos e-mails da doutora Self. Você viu algum?"

"Estou vendo agora."

"Por que o relatório da autópsia consta da pasta do seu paciente?", Benton insiste. "O Homem de Areia?"

"Porque eu estava preocupado. Mas não tinha provas."

"Asfixia?", questiona Scarpetta. "Com base nas petéquias e ausência de outras evidências."

"É possível que tenha sido afogamento?", pergunta o dr. Maroni, com as pastas enviadas por Benton impressas e no seu colo. "É possível que Drew também tenha morrido afogada?"

"Não, de jeito nenhum. Drew foi estrangulada com uma ligadura."

"A razão de eu estar pensando em afogamento é a banheira, no caso de Drew", diz o dr. Maroni. "E agora esta última foto da mulher na banheira de cobre. Mas entendo, se estiver errado."

"Está errado quanto a Drew. Porém quanto a vítimas em banheiras, antes da morte — ou o que nós infelizmente presumimos seja a morte —, eu concordo. Temos de considerar a possibilidade de afogamento, se não temos nenhuma outra evidência. Mas eu lhe digo com absoluta certeza", Scarpetta repete, "que Drew não morreu afogada. O que não significa dizer que a vítima de Bari não tenha morrido dessa maneira. E não sabemos o que aconteceu com a mulher na banheira de cobre. Não podemos nem dizer que esteja morta, embora eu receie que sim."

"Ela parece drogada", diz Benton.

"Tenho uma forte desconfiança de que as três mulheres têm isso em comum", diz Scarpetta. "A vítima de Bari estava pra lá de comprometida, tendo por base seu nível alcoólico, três vezes acima do limite legal. O de Drew estava mais de duas vezes acima do limite legal."

"Ele dá bebidas alcoólicas para poder controlá-las", diz Benton. "Quer dizer que não há nada que sugira a você que a vítima de Bari foi afogada? Nada no relatório? E quanto às diátomas?"

"Diátomas?", pergunta o dr. Maroni.

"Algas microscópicas", diz Scarpetta. "Primeiro, alguém teria de ter checado, o que não é muito provável, já que ninguém suspeitou de afogamento."

"E por que haveriam de suspeitar? Ela foi encontrada ao lado de uma estrada", diz o dr. Maroni.

"Em segundo lugar, diátomas estão em toda parte. Estão na água. Estão no ar. O único exame que pode transmitir alguma informação significativa é o da medula, ou então o dos órgãos internos. E tem razão, doutor Maroni. Por que eles haveriam de suspeitar? Quando à vítima de Bari, desconfio que ela foi vítima da oportunidade. Talvez o Homem de Areia — daqui em diante vou me referir a ele com esse nome..."

"Não sabemos como ele se referia a si mesmo, na época", diz o dr. Maroni. "Meu paciente com certeza nunca mencionou esse nome."

"Eu o chamo de Homem de Areia em nome da clareza", diz Scarpetta. "Talvez estivesse pulando de bar em bar, discotecas, atrações turísticas, e foi uma trágica falta de sorte ela estar no lugar errado na hora errada. Já no caso de Drew Martin, não me parece que tenha sido um encontro ao acaso."

"Tampouco sabemos se foi." O dr. Maroni fuma seu cachimbo.

"Acho que isso eu sei", diz ela. "Ele começou a escrever e-mails para a doutora Self sobre Drew Martin no outono passado."

"Presumindo que ele seja o assassino."

"Ele mandou à doutora Self uma foto de Drew na banheira, que ele tinha tirado poucas horas depois do assassinato", diz Scarpetta. "Nos meus anais, isso o torna o assassino."

"Por favor, me conte mais sobre os olhos dela", diz o dr. Maroni para ela.

"Com base nesse relatório, o assassino não removeu os olhos da vítima canadense. Os olhos de Drew foram retirados, as órbitas vazias foram recheadas de areia, as pálpebras grudadas com cola. Ainda bem que, baseada no que eu sei, parece que isso foi feito após a morte."

"Não foi sadismo e sim simbolismo", diz Benton.

"O Homem de Areia joga um pouco de areia nos seus olhos e faz você dormir", diz Scarpetta.

"Essa é a mitologia que eu ressaltei", diz o dr. Maroni.

"Freudiana, junguiana, mas relevante. Ignoramos a *psicologia profunda* desse caso por nossa própria conta e risco."

"Eu não estou ignorando nada. E gostaria que você não tivesse ignorado o que sabia sobre seu paciente. Você ficou preocupado com a possibilidade de ele ter alguma coisa a ver com a morte da turista e não disse nada", diz Benton.

Debatendo. Sugerindo erros e culpas. A conversa a três continua, enquanto a cidade de Veneza se alaga. De repente Scarpetta diz que está no meio de um trabalho de laboratório e que, se não precisarem mais dela, vai desligar. Ela o faz e o dr. Maroni retoma sua defesa.

"Isso teria sido uma violação. Eu não tinha provas, evidência nenhuma de nada", ele diz a Benton. "Você conhece as regras. E se saíssemos correndo para a polícia toda vez que um paciente faz alusões violentas ou referências a atos violentos que não temos motivo para acreditar tenham sido realizados? Faríamos queixa de pacientes todos os dias à polícia."

"Eu acho que você deveria ter prestado queixa do seu paciente e feito mais perguntas à doutora Self sobre ele."

"E eu acho que você não é mais um agente do FBI que pode prender quem quiser, Benton. Você é um psicólogo forense num hospital psiquiátrico. Você é da Faculdade de Medicina de Harvard. Sua lealdade é para com o paciente."

"Quem sabe eu não seja mais capaz disso. Depois de duas semanas com a doutora Self, todos os meus sentimentos mudaram. Inclusive sobre você, Paulo. Você protegeu seu paciente e agora pelo menos mais duas mulheres estão mortas.!

"Se é que foi ele."

"Foi."

"Me diga o que a doutora Self fez quando confrontada com essas imagens. A de Drew na banheira. A sala parece italiana e antiga", diz o dr. Maroni.

"Teria de ser em Roma ou perto de Roma. Teria de ser", diz Benton. "Podemos presumir que ela foi morta em Roma."

"E essa segunda imagem?" Ele clica numa segunda pasta que constava do e-mail da dra. Self. Uma mulher numa banheira, desta vez de cobre. Ela parece estar na casa dos trinta, com cabelos longos e escuros. Os lábios estão inchados e sangrando, o olho direito inchado e fechado. "O que a doutora Self disse quando você mostrou essa imagem mais recente que foi enviada para ela pelo Homem de Areia?"

"Na hora em que foi mandada, ela estava na máquina de ressonância. Quando mostrei a ela, depois, foi a primeira vez que ela viu a foto. Sua principal preocupação foi a de que nós tínhamos invadido — palavras dela — seu e-mail e violado seus direitos, e tínhamos violando o HIPAA porque Lucy era uma ciberpirata — a acusação foi da dra. Self —, o que significa que gente de fora sabia que ela era paciente do McLean. Como é que a culpa foi parar em Lucy, falando nisso? É o que me pergunto."

"Curioso, mas ela acabaria levando a culpa. Concordo."

"Você viu o que a doutora Self colocou no seu site? Supostamente, uma confissão feita por Lucy, falando abertamente sobre seu tumor no cérebro. Está em toda parte."

"Lucy fez isso?" O dr. Maroni está surpreso. Isso, ele não sabia.

"Claro que não foi ela. Só posso presumir que a doutora Self de alguma forma descobriu que Lucy vem regularmente ao McLean para fazer exames de ressonância e, como parte de seu insaciável apetite para importunar, deu um jeito de enfiar a confissão no site."

"Como ela está?"

"Como acha que está?"

"O que mais a doutora Self falou da segunda imagem? Da mulher na banheira de cobre. Não temos ideia de quem ela seja?"

"Alguém deve ter plantado na cabeça da doutora Self que Lucy invadiu seu e-mail. Muito estranho."

"A mulher na banheira de cobre", diz de novo o dr. Maroni. "O que a doutora Self falou quando você a confrontou na escada, no escuro? Deve ter sido uma cena e tanto." Ele aguarda. Acende de novo o cachimbo.

"Eu nunca falei que ela estava na escada."

O dr. Maroni sorri, dando baforadas, e o tabaco reluz na chaminé do cachimbo. "Mas quando você mostrou a foto para ela, o que ela disse?"

"Perguntou se era real. Eu disse que não podíamos saber sem olhar nas pastas do computador de quem tinha enviado. Mas elas me parecem autênticas. Não vejo nenhum sinal revelador de que tenham mexido na foto. Uma sombra faltando. Um erro na perspectiva. Raios ou tempo que não faz sentido."

"Não, não parece que tenham mexido", diz o dr. Maroni, examinando a foto na sua tela, enquanto a chuva cai por trás das venezianas e a água do canal espirra no estuque. "Pelo tanto que eu conheço sobre isso."

"Ela insistiu que poderia ser uma artimanha doentia de alguém. Uma brincadeira de mau gosto. Eu disse que a foto de Drew Martin era real, e era bem mais que uma brincadeira de mau gosto. Ela está morta. Falei que me sentia preocupado porque a mulher da segunda foto também podia estar morta. Tudo indica que alguém está falando indiscriminadamente com a doutora Self, e não apenas desse caso. Eu me pergunto quem."

"E ela disse?"

"Ela disse que a culpa não era dela", diz Benton.

"E agora que Lucy obteve essa informação, talvez saiba..." O dr. Maroni começa a dizer, mas Benton se precipita.

"De onde foram enviados. Lucy explicou. Ter acesso aos e-mails da doutora Self torna possível rastrear o endereço IP do Homem de Areia. Apenas mais uma prova que ela deixou passar. Ela poderia ter rastreado o IP ela mesma, ou pedido para alguém fazer. Mas não. Provavelmente isso nunca lhe passou pela cabeça. E vai dar num domínio em Charleston, mais especificamente no porto."

"Isso é muito interessante."

"Você é tão aberto e efusivo, Paulo."

"Não tenho bem certeza do que quer dizer com isso. 'Aberto e efusivo'?"

"Lucy falou com o cara que administra todos os computadores, a rede sem fio e coisas do gênero do porto todo", diz Benton. "O importante, segundo ela, é que o IP do Homem de Areia não corresponde a nenhum endereço MAC do porto. Essa é a sigla para máquina de código de endereçamento. Seja qual for o computador que o Homem de Areia está usando em seus e-mails, não me parece que seja um dos que podem ser encontrados no porto, o que significa que é improvável que seja empregado de lá. Lucy apontou diversas hipóteses possíveis. Ele pode ser alguém que entra e sai do porto — num barco de cruzeiro ou de carga — e, quando atraca, toma conta da rede. Nesse caso, ele deve trabalhar para um navio de cruzeiro ou cargueiro que passou pelo porto de Charleston todas as vezes em que enviou um e-mail para a doutora Self. Todos os e-mails dele — os vinte e sete que Lucy encontrou na caixa de correio da doutora Self — foram mandados da rede sem fio do porto. Inclusive o último que ela acabou de receber. Da mulher na banheira de cobre."

"Então ele ainda deve estar em Charleston", diz o dr. Maroni. "Espero que tenham o porto sob vigilância. Talvez seja essa a forma de pegá-lo."

"Temos de ter cuidado, seja o que for que fizermos. Não podemos envolver a polícia já. Ele fugiria assustado."

"Tem de haver um calendário para as viagens de cruzeiro e para os cargueiros também. Será que houve uma sobreposição dessas datas e de quando ele mandou e-mails para a doutora Self?"

"Sim e não. Algumas datas de um determinado cruzeiro — estou falando de horários para embarcar e desembarcar — de fato correspondem às datas dos e-mails que ele enviou. Mas outras não. O que me faz ter quase certeza de que ele tem algum motivo para estar em Charleston, possivelmente até more na cidade, e tenha acesso à rede do porto quem sabe estacionando bem perto e pegando uma carona."

"Agora você está me deixando perdido", diz o dr. Maroni. "Eu vivo num mundo muito antigo." Ele acende o cachimbo de novo, aliás um dos motivos de gostar tanto de cachimbo é o prazer que sente em acendê-lo.

"Semelhante a andar por aí com um escaneador, monitorando as pessoas ao celular", Benton explica.

"Imagino que isso não seja culpa da doutora Self, tampouco", lamenta o dr. Maroni. "Esse assassino tem mandado e-mails para ela de Charleston desde o outono passado, e ela podia saber disso e ter dito a alguém."

"Ela pode ter dito a você, Paulo, quando se referiu ao Homem de Areia."

"E ela sabe dessa conexão com Charleston?"

"Eu disse a ela. Esperava que isso a levasse a se lembrar de alguma coisa ou a divulgar outras informações que nos ajudassem."

"E o que ela disse quando você lhe contou que o Homem de Areia tem enviado e-mails o tempo todo de Charleston?"

"Disse que a culpa não é dela", retruca Benton. "Depois pegou uma limusine até o aeroporto e embarcou em seu avião particular."

16

Aplausos, música e a voz da dra. Self. O site é dela.

Scarpetta não consegue esconder a angústia extrema que sente ao ler o falso artigo com a confissão de Lucy sobre as ressonâncias de cérebro que fez no McLean, por que fez e como é viver com isso. Scarpetta lê o blog até onde consegue e a Lucy só resta pensar que a aflição da tia é menor do que aquilo que ela própria deveria sentir.

"Não há nada que eu possa fazer. O que está feito, está feito", diz Lucy, enquanto escaneia impressões digitais parciais num sistema digital de imagem. "Nem mesmo eu sei como desenviar coisas, despostar coisas, des-qualquer coisa. Uma das formas de olhar para a questão é ver que, estando feito, eu não tenho mais que me apavorar de ser expulsa por causa disso."

"Expulsa? Jeito eficaz de descrever."

"Segundo a minha definição, ter uma desvantagem física é pior do que qualquer outra coisa que tenha me deixado de fora. De modo que é melhor contar tudo a todo mundo e acabar com isso. A verdade é um alívio. Melhor não esconder nada, você não acha? O engraçado, quando as pessoas ficam sabendo, é que isso abre a possibilidade de presentes inesperados. Gente estendendo a mão que você nem imaginava que se importava. Vozes do passado falando com você de novo. Outras vozes finalmente se calando. Algumas pessoas finalmente saindo da sua vida."

"De quem você está falando?"

"Digamos apenas que não fiquei surpresa."

"Presente ou não. A doutora Self não tinha o direito", diz Scarpetta.

"Devia escutar o que está dizendo."

Scarpetta não responde nada.

"Você tem de considerar que pode ter sido culpa sua. Você sabe, se eu não fosse sobrinha da infame doutora Scarpetta, não haveria tanto interesse. Você tem essa inexorável necessidade de fazer com que tudo seja culpa sua, e de tentar consertar", diz Lucy.

"Não consigo mais olhar pra isso." Scarpetta fecha a página.

"Essa é uma falha sua", diz Lucy. "Uma que me dá o maior trabalho, se quer saber."

"Precisamos encontrar um advogado especializado nisso. Difamação via internet. Difamação de caráter pela internet, essa internet tão desregulada que é quase uma sociedade sem leis."

"Tente provar que não fui eu que escrevi isso. Tente abrir um processo por alguma coisa que está aí. Não fique concentrada em mim porque não vai querer se concentrar em algo de si própria. Deixei você sozinha remoendo isso a manhã toda, e agora basta. Não dá mais."

Scarpetta começa a limpar sua mesa, guardando coisas.

"Fico aqui sentada, ouvindo você conversar na maior calma com Benton. Com o doutor Maroni. Como é que consegue fazer isso sem ser sufocada por negativas e abstinências?"

Scarpetta abre a torneira de uma pia de aço perto da estação de lavagem de olhos. Esfrega as mãos como se tivesse acabado de fazer uma autópsia, em vez de ter trabalhado dentro de um laboratório impecavelmente limpo onde nada demais acontece, a não ser fotografias. Lucy vê os hematomas nos pulsos da tia. Ela pode tentar o quanto quiser, mas não vai conseguir esconder.

"Você vai continuar protegendo aquele miserável pelo resto da vida?" Lucy se refere a Marino. "Tudo bem. Não precisa responder. Talvez a maior diferença entre mim e ele não seja o que é óbvio. Eu não vou deixar que a doutora Self me faça alguma coisa fatal."

"Fatal? Espero que não. Não gosto quando você usa essa palavra." Scarpetta se ocupa em reempacotar a moeda de ouro e a corrente. "Do que é que está falando? Algo fatal."

Lucy tira o avental de laboratório, pendura-o atrás da porta fechada. "Não vou dar a ela o prazer de me incitar a algo que não terá conserto. Eu não sou o Marino."

"Precisamos mandar isto para o teste de DNA imediatamente." Scarpetta rasga fita adesiva de provas para selar os envelopes. "Eu mesma vou entregar para manter a cadeia de provas intacta. E, quem sabe, em trinta e seis horas? Talvez menos? Se não houver nenhuma complicação inesperada. Eu não quero que a análise espere. Tenho certeza de que você entende por quê. Se alguém veio me visitar com uma arma."

"Lembro de uma vez em Richmond. Era Natal e eu fui passar as festas com você, estava fazendo a UVA e tinha levado uma amiga junto. Ele deu em cima dela bem na minha cara."

"Quando, isso? Ele já fez igual mais de uma vez." Scarpetta está com uma expressão no rosto que Lucy nunca tinha visto. A tia preenche papéis, se ocupa de diversas coisas, uma atrás da outra, qualquer atividade para não ter que olhar para ela, porque não consegue. Lucy não se lembra de nenhuma outra época em que sua tia se mostrasse brava e envergonhada. Talvez brava, mas não envergonhada, e a sensação ruim de Lucy piora ainda mais.

"Porque ele não conseguia ficar junto das mulheres que tanto queria impressionar e que, pior do que não se deixar impressionar, pelo menos não do jeito que ele sempre quis, não tinham interesse nele, a não ser de um jeito que ele nunca conseguiu lidar", diz Lucy. "Nós queríamos nos relacionar com ele como pessoas e o que ele faz? Tenta agarrar minha namorada bem na minha cara. Óbvio que estava bêbado."

Ela se levanta da mesa e vai até o balcão, onde sua tia se preocupa em remover marcadores de texto de uma gaveta e tirar as tampas das canetas para testar uma por uma e ter certeza de que a tinta não acabou nem secou.

"Eu não aguentei aquilo", diz Lucy. "Eu rebati. Eu tinha apenas dezoito anos e o chamei pra briga. Ele teve sorte de eu não ter feito nada pior. Você vai continuar se fazendo de ocupada como se isso pudesse fazer tudo sumir?"

Lucy pega as mãos da tia e com cuidado empurra as mangas. Os pulsos de Scarpetta estão bem vermelhos. Dano na camada profunda da pele, como se tivesse sido algemada com grilhões de ferro.

"Não vamos entrar nesse assunto", diz Scarpetta. "Sei que você se importa." Retira as mãos das dela e desce as mangas. "Mas, por favor, não toque mais nesse assunto, Lucy."

"O que ele fez com você?"

Scarpetta se senta.

"Acho melhor você me contar tudo", diz Lucy. "Pouco me importa o que a doutora Self fez pra provocá-lo, e nós duas sabemos que não precisa muito. Ele já foi longe demais, não há como voltar e não há exceções à regra. Eu vou puni-lo."

"Por favor. Deixe que eu cuido do assunto."

"Você não vai e não quer. Sempre arranja uma desculpa pra ele."

"Não é verdade. Mas castigá-lo não é a resposta. Que bem faria isso?"

"O que aconteceu realmente?" Lucy está calma e fala baixo. Mas por dentro se sente anestesiada, do jeito que fica quando é capaz de qualquer coisa. "Ele passou a noite toda na sua casa. O que ele fez? Nada que você quisesse, isso é certo, de outra forma você não estaria machucada. Você não queria nada com ele, e ele a forçou, não foi isso? Agarrou você pelos pulsos. O que ele fez? Seu pescoço também está machucado. Onde mais? O que foi que aquele filho da puta fez? Com aquele lixo com quem ele transa, não há como saber que doenças..."

"Ele não foi assim tão longe."

"E quão longe é *assim tão* longe? O que ele fez." Lucy diz isso não como se fosse uma pergunta, e sim como um fato que exige maiores explicações.

"Ele estava bêbado", diz Scarpetta. "Agora sabemos que provavelmente ele está tomando um suplemento de testosterona que pode deixar a pessoa muito agressiva, dependendo da quantidade que esteja usando, e Marino não conhece o significado de moderação. Ele se excede. Demais. Demais. Você tem razão, o tanto que ele bebeu nesta última semana, o tanto que fumou. Ele nunca foi muito bom com limites, mas agora não existe nenhum. Bom, eu desconfio que tudo vinha levando a esse ponto."

"Tudo vinha levando a esse ponto? Depois de todos esses anos, o relacionamento de vocês estava levando a um ataque sexual?"

"Nunca vi Marino daquele jeito. Era alguém que eu não conhecia. Superagressivo, raivoso, completamente fora de controle. Talvez devêssemos ficar mais preocupadas com ele do que comigo."

"Não começa."

"Por favor, tente entender."

"Vou entender melhor quando me disser o que ele fez." A voz de Lucy é monótona e sempre sai assim quando se sente capaz de qualquer coisa. "O que ele fez? Quanto mais você usar de evasivas, mais eu vou querer castigá-lo, e pior será quando eu fizer. E você me conhece o suficiente para me levar a sério, tia Kay."

"Ele só foi até certo ponto, depois parou e começou a chorar", diz Scarpetta.

"E até onde vai 'certo ponto'?"

"Não posso falar a respeito disso."

"É mesmo? E se tivesse chamado a polícia? Eles exigiriam pormenores. Você sabe como eles fazem. Violada uma vez. Depois violada de novo, quando conta tudo a eles e alguns policiais começam a imaginar como foi e a se masturbar secretamente. Aqueles pervertidos que vão de tribunal em tribunal à procura de casos de estupro, para poder sentar lá no fundinho e ouvir todas as minúcias."

"Por que está pegando essa tangente? Não tem nada a ver comigo."

"O que você acha que teria acontecido se tivesse chamado a polícia e Marino fosse acusado de ameaça sexual? No mínimo? Você terminaria no tribunal, e só Deus sabe o espetáculo que isso não seria. Gente escutando todos os detalhes, imaginando tudo aquilo, como se, num certo sentido, você fosse despida em público, vista como objeto sexual, degradada. A grande doutora Kay Scarpetta nua e algemada, para o mundo inteiro ver."

"Não foi assim tão longe."

"Verdade? Abra a blusa. O que está escondendo? Estou vendo escoriações no seu pescoço." Lucy estende a mão para a blusa de Scarpetta e começa a desabotoar o botão de cima.

Scarpetta afasta as mãos da sobrinha. "Você não é uma enfermeira forense e já ouvi o suficiente. Não me faça ficar brava com você."

A raiva de Lucy começa a subir para a pele. Ela sente no coração, nos pés, nas mãos. "Eu vou cuidar disso", diz ela.

"Eu não quero que você cuide de nada. Obviamente, você já invadiu a casa dele e deu busca. Eu sei como você cuida das coisas e eu sei como cuidar de mim mesma. O que eu não preciso é de um confronto entre vocês dois."

"O que ele fez? O que exatamente aquele filho da puta bêbado fez com você?"

Scarpetta não diz nada.

"Ele traz aquela vaca daquela namorada dele pra fazer uma turnê pelo prédio. Benton e eu acompanhamos cada segundo do passeio, e dá pra ver, claro como o dia, que ele está de pau duro na morgue. Também não é pra menos. Ele é um pau-duro ambulante, dopado com algum tipo de gel hormonal para poder satisfazer aquela piranha que tem menos que metade da idade dele. E aí ele faz isso com você."

"Para."

"Não vou parar não. O que ele fez com você? Rasgou suas roupas? Onde elas estão? Elas são prova. Onde estão suas roupas?"

"Para, Lucy."

"Onde estão elas? Eu quero as suas roupas. Quero as roupas que você estava vestindo. O que fez com elas?"

"Você está piorando tudo."

"Você jogou fora, é isso?"

"Deixe isso pra lá."

"Assalto sexual. Um crime. E você não vai contar a Benton, caso contrário já teria contado. E não ia contar pra mim. Rose teve de me dizer, ao menos me dizer que tinha uma suspeita. Qual é o problema com você? Pensei que você fosse uma mulher forte. Pensei que fosse poderosa. A vida toda acreditei nisso. Aí está. O defeito. Alguém que deixa um sujeito fazer isso e não conta. Por que deixou que ele fizesse isso?"

"Então é essa a questão."

"Por que deixou?"

"É essa a questão, então", diz Scarpetta. "Vamos falar sobre o seu defeito."

"Não vire isso pro meu lado."

"Eu poderia ter chamado a polícia. Eu estava muito próxima da arma dele e poderia ter acabado com ele, o que seria perfeitamente justificável. Há um bocado de coisas que eu poderia ter feito", diz Scarpetta.

"Então por que não fez?"

"Escolhi o menor dos males. E vai dar certo. Todas as outras escolhas não dariam", diz Scarpetta. "Você sabe por que está fazendo isso."

"Não é o que eu estou fazendo. É o que você fez."

"Por causa da sua mãe — minha patética irmã. Levando um homem atrás do outro pra casa. Pior que dependente de homem. Ela é viciada em macho", diz Scarpetta.

"Lembra do que me perguntou um dia? Perguntou por que os homens eram sempre mais importantes que você."

Lucy fecha os punhos.

"Você disse que qualquer homem na vida da sua mãe era mais importante que você. E tinha razão. Lembra-se de quando eu lhe disse por quê? Porque Dorothy é um invólucro vazio. Não tem nada a ver com você. Tem a ver com ela. Você sempre se sentiu violada por causa do que acontecia na sua casa..." A voz vai sumindo aos poucos e uma sombra torna seus olhos mais azuis ainda. "Aconteceu alguma coisa? Alguma coisa a mais? Por acaso um dos namorados dela agiu de forma inapropriada com você?"

"Eu provavelmente só queria atenção."

"O que houve?"

"Esquece."

"O que aconteceu, Lucy?", diz Scarpetta.

"Esquece. Não estamos falando de mim, agora. E eu era muito menina. Você não é uma menina pequena."

"Eu podia muito bem ter sido. Como é que eu iria lutar com ele?"

Elas ficaram quietas por alguns momentos. De repente a tensão entra as duas afrouxou. Lucy não quer mais brigar com Kay e se ressente contra Marino tanto quanto se ressente contra qualquer pessoa na vida, porque, por instantes, ele a fez ser cruel com a tia. Ela não mostrou a menor compaixão pela tia, que não fez nada além de sofrer. Marino lhe infligiu uma ferida que nunca mais vai sarar, não de fato, e Lucy só fez piorar tudo.

"Isso não é justo", diz Lucy. "Eu queria ter estado lá."

"Você não pode achar que vai consertar tudo sempre", diz Scarpetta. "Você e eu somos mais parecidas que diferentes."

"O treinador de Drew Martin esteve na funerária de Henry Hollings", diz Lucy, porque era melhor não falar mais de Marino. "O endereço ficou guardado no GPS do Porsche dele. Eu posso ir até lá, se você preferir ficar longe do caminho do nosso magistrado."

"Não", diz ela. "Acho que já é hora de a gente se encontrar."

Um gabinete muito bem decorado com belas antiguidades e cortinas de damasco abertas para deixar entrar o exterior. Pendurados nos painéis de mogno, retratos a óleo dos ancestrais de Henry Hollings, uma multidão de homens soturnos vigiando o passado.

Sua cadeira está virada para a janela. Do outro lado, mais um daqueles jardins perfeitamente gloriosos de Charleston. Ele não parece saber que Scarpetta está parada na soleira da porta.

"Tenho uma recomendação que talvez lhe agrade." Ele fala ao telefone com voz confortante e forte sotaque sulista. "Temos urnas feitas justamente para isso, uma inovação excelente que a maior parte das pessoas desconhece. Biodegradável, dissolve na água, sem adornos, não é cara... Sim, se está pensando em jogar na água. Exato... Espalhar as cinzas no mar... De fato. Você evita que elas se espalhem por toda a parte simplesmente imergindo a urna. Compreendo que pode não parecer a mesma coisa. Claro, pode escolher o que tenha o maior significado para você, e eu ajudo de todas formas que puder... Sim, sim, é o que eu recomendo... Não, claro que não quer as cinzas voando para todos os lados. Como falar sobre isso de forma delicada? Soprando ao léu. Isso seria desastroso."

Ele acrescenta vários comentários simpáticos e desliga. Quando vira a cadeira, não parece surpreso de ver Scarpetta. Já estava esperando por ela. Scarpetta ligou antes. Mesmo que lhe passe pela cabeça que ela ouviu a conversa, não parece preocupado, muito menos ofendido. Ela fica desconcertada ao perceber que ele parece sinceramente atencioso e bom. Há certo conforto nas presunções, e as delas tinham sido sempre a de que ele era um sujeito ganancioso, bajulador e pedante.

"Doutora Scarpetta." Ele sorri ao se levantar da cadeira e dar a volta na escrivaninha perfeitamente organizada para lhe apertar a mão.

"Agradeço que tenha podido me receber, sobretudo assim tão de última hora", diz ela, escolhendo a cadeira de braços enquanto ele se instala no sofá, e a escolha do lugar onde se senta é significativa. Se quisesse dominá-la ou subestimá-la, continuaria entronizado atrás da escrivaninha de rádica do sócio.

Henry Hollings é um homem distinto, dentro de um belo terno de corte impecável, com calça de vinco e paletó de um só botão forrado de seda preta, camisa azul-clara. O cabelo é do mesmo tom da gravata, prateado, o rosto, marcado, mas não de forma penosa — as rugas indicam que ele mais sorri do que se zanga. Os olhos são bondosos. Continua a incomodá-la o fato de ele não se encaixar na imagem do político esperto que ela esperava, e ela lembra a si mesma que esse é o problema dos políticos espertos. Enganam as pessoas antes de tirar partido delas.

"Permita-me ser direta", diz Scarpetta. "O senhor teve ampla oportunidade para perceber que eu moro aqui. Há quase dois anos. Eu só queria dizer isso, e agora podemos ir em frente."

"Para mim, procurá-la seria ousadia", diz ele.

"Acho que seria cortês. Quem é nova na cidade sou eu. Temos a mesma agenda. Ou deveríamos ter."

"Obrigado pela sinceridade. Porque me dá uma oportunidade de explicar. Temos a tendência de ser etnocêntricos, em Charleston, muito habilidosos na hora de nos demorarmos, à espera de ver o que é o quê. Desconfio que já deve ter notado, a esta altura, que as coisas aqui não acontecem muito rápido. Pois se nem as pessoas andam depressa." Ele sorri. "De modo que estava esperando que você tomasse a iniciativa, se algum dia fizesse essa opção. Porém não achei que faria. Se me permite explicar um pouco mais. A senhora é uma patologista forense. De reputação considerável, eu acrescentaria, e gente como a senhora em geral tem uma opinião muito reles dos magistrados eleitos. Nós não somos médicos nem especialistas forenses, como regra geral. Eu esperava que a senhora teria sentimentos defensivos sobre a minha pessoa, quando estabeleceu sua clínica aqui."

"Então me parece que nós dois fizemos suposições." Ela vai lhe dar o benefício da dúvida, ou pelo menos fingir que sim.

"Charleston pode ser uma cidade muito fofoqueira." Ele a faz pensar numa foto de Matthew Brady — sentado em posição ereta, pernas cruzadas, mãos dobradas no colo. "Tem muita gente invejosa e mesquinha", diz ele.

"Estou certa de que o senhor e eu poderemos nos dar bem como profissionais." Ela não tem a mínima certeza de que isso vai ser possível.

"A senhora conhece sua vizinha, a senhora Grimball?"

"Eu a vejo sobretudo quando está na janela, me observando."

"Pelo visto, ela deu queixa de um carro fúnebre parado na viela atrás de sua casa. Duas vezes."

"Sei de uma." Não consegue se lembrar de uma segunda. "Lucious Meddick. E um misterioso e errado registro do meu endereço, que espero já ter sido consertado."

"Ela reclamou para pessoas que poderiam ter lhe causado muitos problemas. Recebi uma ligação a respeito e intercedi. Disse que sabia, com toda a certeza, que você não recebia corpos em sua casa e que deveria ter havido um mal-entendido."

"Eu me pergunto se teria me dito isso se eu não tivesse ligado."

"Se eu estivesse a fim de pegá-la, por que iria protegê-la nesse caso?", diz ele.

"Eu não sei."

"Acontece que eu acho que já temos muita morte e tragédia por aí. Só que nem todos acham a mesma coisa", diz ele. "Não há uma funerária da Carolina do Sul que não esteja de olho no meu negócio. Inclusive a de Lucious Meddick. Não acredito nem por um segundo que ele tenha de fato pensado que sua casa era a morgue. Mesmo que tivesse lido o endereço errado em algum lugar."

"E qual o interesse dele em me prejudicar? Eu nem sequer o conheço."

"Essa é a sua resposta. Ele não a enxerga como fonte de renda porque, e isso é apenas uma opinião minha, a senhora não faz nada para ajudá-lo", diz Hollings.

"Eu não faço marketing."

"Se me permite, vou mandar um e-mail para todos os magistrados, casas funerárias e serviços de remoção com quem a senhora tenha a possibilidade de trabalhar, a fim de me certificar de que tenham seu endereço correto."

"Isso não é necessário. Posso fazer eu mesma." Quanto mais simpático ele se mostra, menos ela confia nele.

"Para ser sincero, acho melhor que eu mesmo envie os e-mails. Isso vai mandar o recado de que a senhora e eu estamos trabalhando juntos. Não é por isso que veio até aqui?"

"Gianni Lupano", diz ela.

Ele não expressa nada no rosto.

"O treinador de tênis de Drew Martin."

"Estou certo de que a senhora sabe que não tenho jurisdição nenhuma no caso dela. Nenhuma informação, a não ser a que foi divulgada pelos noticiários", diz Hollings.

"Ele já visitou sua funerária. Pelo menos uma vez."

"Se ele tivesse vindo até aqui para fazer perguntas sobre ela, claro que eu saberia."

"Ele esteve aqui por algum motivo", diz ela.

"E eu poderia lhe perguntar como é que sabe que isso ocorreu de fato? Talvez esteja mais a par das fofocas de Charleston que eu."

"Se me permite, eu diria que ao menos no seu estacionamento ele esteve", diz ela.

"Entendo." Ele balança a cabeça. "Imagino que a polícia, ou alguém, deu uma olhada no GPS do carro dele e meu endereço estava gravado lá. O que me leva a perguntar se ele seria suspeito do crime."

"Imagino que todo mundo que se relacionou com ela está sendo questionado. Ou será. E o senhor disse 'carro dele'. Como é que sabe que ele tinha um carro em Charleston?"

"Porque por acaso eu sei que ele tem um apartamento aqui", diz ele.

"A maior parte das pessoas — inclusive gente que mora no mesmo prédio — não sabe que ele tem um apartamento aqui. Eu me pergunto por que o senhor sabe."

"Nós temos um caderno de registros bem na entrada da capela, onde todos que compareçam a um velório ou culto podem assinar o nome. Talvez tenha vindo a um serviço fúnebre. A senhora pode olhar o caderno a hora que quiser. Ou os cadernos. Pode retroceder quantos anos quiser."

"Os últimos dois anos bastam", diz ela.

Algemas presas a uma cadeira de madeira dentro de uma sala de interrogatório

Madelisa Dooley se pergunta se vai terminar indo para essa sala. Por mentir.

"Um monte de drogas, mas nós pegamos tudo", diz o investigador Turkington, enquanto ela e Ashley o seguem, passando por uma sala perturbadora atrás da outra, dentro da delegacia do xerife da comarca de Beaufort, região sul. "Arrombamentos, assaltos, homicídios."

É maior do que ela imaginava, porque nunca lhe ocorreu pensar que pudesse haver crime em Hilton Head. Mas, segundo Turkington, há o suficiente, ao sul do rio Broad, para manter sessenta oficiais contratados, inclusive oito investigadores, ocupados o tempo inteiro.

"O ano passado", diz ele, "lidamos com mais de seiscentos crimes sérios."

Madelisa se pergunta quantos desses seriam invasão de domicílio e mentira.

"Não sei lhe dizer o quanto fiquei chocada", diz ela,

nervosa. "Achamos que aqui fosse seguro, nem sequer nos preocupamos em trancar a porta do quarto."

Ele os leva até uma sala de reunião e diz: "Ficariam espantados se soubessem quanta gente, só porque é rica, se acha imune a qualquer coisa ruim que possa acontecer".

Madelisa se sente lisonjeada com o fato de ele imaginar que ela e Ashley são ricos. Não consegue se lembrar de uma pessoa sequer que algum dia tenha pensado neles como gente rica, e se sente feliz por alguns instantes, até se lembrar de quem são. A qualquer minuto, esse rapaz com seu terno e sua gravata alinhados vai atinar com a verdade sobre a situação financeira do sr. e sra. Ashley Dooley. Ele vai somar dois mais dois quando descobrir onde ficam o obscuro endereço na zona norte de Charleston e a casinha barata que eles alugam lá, tão enfiada entre os pinheiros que não dá para ver nem um resquício de mar.

"Por favor, sente-se." Ele puxa uma cadeira para ela.

"O senhor tem toda a razão", diz ela. "O dinheiro com certeza não nos faz feliz, nem leva as pessoas a se darem bem." Como se ela soubesse.

"Essa é uma filmadora e tanto, a que tem aí", diz ele para Ashley. "Quando custou a brincadeira? No mínimo uns mil dólares." Ele faz um gesto para que Ashley lhe entregue a filmadora.

"Não sei por que você quer ficar com ela", diz ele. "Por que não dá uma olhada no que eu filmei bem rapidinho?"

"O que ainda não ficou muito claro" — os pálidos olhos de Turkington olham com firmeza para ela — "é por que a senhora foi direto para aquela casa, pra começo de conversa. Por que entrou naquela propriedade, quando há uma placa de ENTRADA PROIBIDA bem na frente?"

"Ela estava procurando o dono", responde Ashley, como se estivesse falando com sua filmadora sobre a mesa.

"Senhor Dooley, por favor, não responda por sua mulher. Segundo me disse ela, o senhor não testemunhou nada, estava na praia quando ela achou o que achou dentro da casa."

"Não vejo por que o senhor quer ficar com ela." Ashley está obcecado com a filmadora enquanto Madelisa está obcecada com o bassê sozinho, fechado no carro.

Ela deixou uma fresta aberta nas janelas, para poder entrar ar, e ainda bem que não está muito quente, lá fora. Ah, por favor, que ele não comece a latir. Ela já se apaixonou pelo cachorro. *Pobrezinho.* O que ele já passou, e lembra-se de ter tocado no sangue grudento em seu pelo. Não pode mencionar o cachorro, mesmo que isso a ajudasse a explicar que o único motivo de ela ter entrado na casa foi para encontrar o dono do bassê. Se a polícia descobrir que ela está com aquele pobre e doce cachorrinho, vai levá-lo embora, o cãozinho vai acabar na carrocinha e será sacrificado. Como aconteceu com Frisbee.

"Procurando o dono da casa. A senhora já disse isso várias vezes. Mas ainda não ficou claro por que estava procurando o dono." Os pálidos olhos de Turkington estão fixos nela de novo, a caneta descansando sobre o bloco de anotações em que continua a registrar as mentiras dela.

"É uma casa tão linda", diz ela. "Queria que Ashley a filmasse, mas não sabia se era possível, sem ter permissão. De modo que fui atrás das pessoas, à beira da piscina, procurando por alguém que estivesse em casa."

"Não tem muita gente por aqui, nesta época do ano, não ali onde vocês estavam. Muitas daquelas mansões são a segunda ou terceira casa de pessoas muito ricas, que não alugam, e estamos fora da temporada."

"Isso é verdade", concorda ela.

"Mas a senhora presumiu que havia alguém em casa porque disse que viu alguma coisa assando na churrasqueira?"

"Justamente."

"Como é que viu isso lá da praia?"

"Eu vi a fumaça."

"Viu a fumaça saindo da churrasqueira e quem sabe sentiu o cheiro do que estava sendo assado." Ele anota.

"Justamente."

"E o que era?"

"O que era o quê?"

"O que estava sendo assado na churrasqueira."

"Carne. Porco, talvez. Um pedaço de carne grelhada, imagino."

"E a senhora se achou no direito de entrar direto na casa." Ele anota mais coisas, depois a caneta para de trabalhar e ele ergue os olhos para ela. "A senhora sabe, essa é a parte que eu ainda não consegui decifrar."

É a parte que ela também teve enorme dificuldade de decifrar, não obstante o quanto pensasse no assunto. Que mentira poderia contar que tivesse uma aura de verdade?

"Como eu lhe disse por telefone", diz ela, "eu estava à procura do dono e de repente comecei a ficar preocupada. Comecei a imaginar uma pessoa de idade, rica, fazendo um churrasco sozinha e de repente tendo um ataque cardíaco. Por que outro motivo alguém poria um pedaço de carne na churrasqueira e desapareceria? Por isso continuei perguntando 'Tem alguém em casa?'. Depois encontrei a porta da lavanderia aberta."

"Quer dizer, destrancada."

"Exato."

"A porta junto à janela onde a senhora disse que havia um vidro faltando e o outro quebrado", diz o investigador Turkington, anotando tudo.

"E então eu entrei, sabendo que não deveria entrar. Mas, cá comigo, eu pensava *e se aquele velho milionário estiver caído no chão, depois de um ataque?*"

"Esse é o ponto — quando você faz as escolhas difíceis da vida", diz Ashley, os olhos saltando do investigador para a filmadora e vice-versa. "Não entrar? Ou nunca se perdoar ao ler no jornal que alguém precisou da sua ajuda."

"O senhor filmou a casa?"

"Filmei algumas toninhas enquanto esperava Madelisa sair de novo."

"Eu perguntei se o senhor filmou a casa?"

"Deixa eu ver. Creio que sim, um pouquinho. Mais cedo,

com Madelisa na frente da fachada. Mas não ia mostrar a ninguém, a menos que ela conseguisse uma permissão."

"Entendo. O senhor queria permissão para filmar a casa, mas filmou de todo modo, mesmo sem permissão."

"E quando não obtivemos permissão, eu apaguei", diz Ashley.

"É mesmo, é?", diz Turkington, olhando para ele durante bons momentos. "Sua mulher sai correndo da casa, com receio de que alguém tenha sido assassinado lá dentro e passa pela sua cabeça apagar tudo o que filmou porque não obtém permissão de seja quem for que foi assassinado?"

"Eu sei que soa estranho", diz Madelisa. "Mas o que interessa é que eu não quis fazer nenhum mal."

Ashley acrescenta: "Quando Madelisa saiu correndo, preocupada com o que tinha visto lá dentro, fiquei desesperado, queria chamar a polícia, mas estava sem o celular. Ela também não tinha trazido o dela".

"E não passou pela cabeça de nenhum dos dois usar o telefone da casa?"

"Não depois do que eu vi lá dentro!", exclama Madelisa. "Senti como se ele ainda estivesse lá!"

"Ele?"

"Foi só uma sensação pavorosa. Nunca senti tanto medo. O senhor acha que, depois do que vi, dava para voltar e usar o telefone? Eu senti alguma coisa estranha me vigiando." Ela remexe a bolsa, atrás de um lenço de papel.

"Então voltamos às pressas para o nosso condomínio, e ela ficou tão histérica que tive de acalmá-la", diz Ashley. "Ela chorava feito um bebê e perdemos até nossa aula de tênis. Ela chorou e chorou, até altas horas. Por fim, eu disse 'Benzinho, por que você não dorme um pouco agora, e amanhã a gente fala sobre isso'. A verdade é que eu não tinha certeza se devia acreditar nela ou não. Essa minha mulher tem uma imaginação e tanto. Lê tudo quanto é livro de mistério, vê tudo quanto é programa de crime, o senhor sabe como é. Mas quando não houve meios de ela parar de chorar, comecei a ficar preocupado, talvez fosse verdade. Aí, chamei vocês."

"Não antes do fim da aula de tênis", salienta Turkington. "Ela ainda estava perturbadíssima, mas o senhor foi à aula de tênis pela manhã, voltou para casa, tomou uma ducha, trocou de roupa e arrumou as coisas para voltar a Charleston. Só então é que resolveu chamar a polícia? Desculpe, mas como é que eu vou acreditar nisso?"

"Se não fosse verdade, por que nós iríamos cortar dois dias das nossas férias? Planejamos isso durante o ano todo", diz Ashley. "Seria de pensar que você tem um reembolso quando acontece uma emergência. Quem sabe o senhor pode interceder pela gente, junto à imobiliária que nos alugou a casa."

"Se é por esse motivo que procurou a polícia", diz Turkington, "só desperdiçou tempo."

"Eu gostaria que não ficasse com a minha filmadora. Já apaguei o pouco que filmei na frente da casa. Não há nada pra ver. Só Madelisa na frente dela, conversando com a irmã por uns dez segundos."

"Quer dizer que sua cunhada estava junto?"

"Ela estava gravando a conversa na filmadora. Não sei o que teria para ver que pudesse ser útil a vocês, porque apaguei tudo."

A mulher o fez apagar tudo por causa do cachorro. Ele havia filmado Madelisa afagando o cachorro.

"Quem sabe se eu visse o que há na filmadora", diz Turkington para Ashley, "daria para eu ver a fumaça do churrasco. Vocês disseram que foi isso que viram da praia, certo? De modo que, se o senhor filmou a casa, a fumaça deve estar na fita, certo?"

Essa última frase pega Ashley de surpresa. "Bom, eu não sei se peguei essa parte, não foquei a filmadora naquela direção. Será que não pode apenas ver o que há aí dentro e me devolver? Quer dizer, quase tudo o que há na máquina é Madelisa, umas poucas toninhas e outras coisas que filmei em casa. Não vejo por que o senhor tem de ficar com a minha filmadora."

"Temos de ter certeza de que não há nada em meio ao que o senhor filmou que possa nos dar informações sobre o que houve, pormenores em que o senhor talvez não tenha reparado."

"Como o quê?", diz Ashley, alarmado.

"Como, por exemplo, ver se o senhor está falando a verdade quando diz que não entrou na casa depois de ouvir o relato de sua mulher." O investigador Turkington está cada vez menos amistoso. "Acho meio inusitado que não tenha entrado para conferir por si mesmo a história."

"Se o que ela disse é verdade, nada neste mundo me faria entrar lá dentro", diz Ashley. "E se por acaso o tal assassino estivesse escondido lá?"

Madelisa se lembra do som da água correndo, do sangue, das roupas, da fotografia da jogadora de tênis morta. Enxerga a bagunça na sala de estar enorme, todas aquelas receitas de remédios e a vodca. E o projetor rodando sem nada na tela de cinema. O detetive não acredita nela. Ela está enrascada até o pescoço. Invasão de domicílio. Roubo de um cachorro. Mentiras. Ele não pode saber nada a respeito do cachorro. A polícia não pode ficar com ele e sacrificá-lo. Ela ama aquele cachorro. Que se danem as mentiras. Ela vai mentir até o inferno, por aquele cachorro.

"Sei que não é da minha alçada", diz Madelisa, e ela precisa de toda a coragem para perguntar, "mas o senhor saberia de quem é aquela casa e se aconteceu alguma coisa ruim, por lá?"

"Nós sabemos quem mora lá, uma mulher cujo nome não vou divulgar. E acontece que ela não está em casa, e o cachorro e o carro se foram."

"O carro dela sumiu?" O lábio de baixo de Madelisa começa a tremer.

"Me parece então que ela foi a algum lugar e levou o cachorro, não lhe parece? E sabem o que mais eu imagino? Vocês queriam fazer uma turnê de graça pela mansão e depois ficaram preocupados que alguém pudesse ter visto os dois entrando na casa. Por isso criaram essa história maluca para encobrir os rastros. Foi um lance quase esperto."

"Se vocês se incomodarem em dar uma espiada dentro da casa, vão saber a verdade." A voz de Madelisa está trêmula.

"Nós nos incomodamos, minha senhora. Enviei alguns homens até lá para conferir, e eles não viram nada do que a senhora supõe que viu. Nenhum vidro faltando na vidraça da janela ao lado da porta da lavanderia. Nenhum vidro quebrado. Nenhum sangue. Nenhuma faca. A churrasqueira a gás estava desligada, imaculadamente limpa. Nenhum sinal de que alguma coisa foi grelhada ali recentemente. E o projetor não estava ligado", diz ele.

Na saleta onde Hollings e seus funcionários se encontram com as famílias, Scarpetta se acomoda num sofá de tecido listrado, ouro pálido e creme, e repassa o segundo caderno de convidados.

Com base em tudo o que viu até o momento, Hollings é um homem de bom gosto, amável. Os grandes e grossos livros são encadernados com couro preto, têm páginas pautadas na cor creme e, devido à magnitude de seu negócio, são necessários de três a quatro livros por ano. Uma busca tediosa pelos primeiros quatro meses do ano anterior não produziu nenhuma prova de que Gianni Lupano tivesse comparecido a um funeral ali.

Ela apanha outro caderno de registros e recomeça a pesquisa, correndo o dedo por cada página, identificando sobrenomes de conhecidas famílias de Charleston. Nenhum Gianni Lupano de janeiro até março. Nenhum sinal dele em abril, e o desapontamento de Scarpetta cresce. Nada em maio ou junho. Seu dedo para numa assinatura generosa, cheia de voltas e fácil de decifrar. No dia 12 de julho do ano anterior, pelo visto ele tinha comparecido aos funerais de alguém chamado Holly Webster. Tudo indicava que tinham sido poucas as pessoas presentes — apenas onze assinaram o livro. Scarpetta anota cada nome e se levanta do sofá. Passa pela capela, onde duas senhoras dispõem flores sobre uma urna de bronze polido. Sobe um lance de escada de mogno e volta ao gabinete de Henry Hollings. Uma vez mais, ele está de costas para a porta e ao telefone.

"Tem quem prefira dobrar a bandeira em três e colocar por trás da cabeça da pessoa", diz ele, em sua voz suave, melódica. "Bom, é claro. Podemos colocá-la sobre a urna. O que eu recomendo?" Ele levanta uma folha de papel. "A senhora parece estar inclinada a ficar com a de nogueira, forrada de cetim champanhe. Por outro lado a urna de aço... Eu sem dúvida sei disso. Todo mundo diz a mesma coisa... É difícil. Tão difícil quanto pode ser, tomar uma decisão como essa. Se quer que eu seja sincero, eu ficaria com a de aço."

Fala mais alguns minutos, vira-se e vê Scarpetta de novo na soleira da porta. "Algumas vezes é tão difícil", diz ele. "Um veterano de setenta e dois anos, recentemente viúvo, muito deprimido. Vai e põe uma espingarda na boca. Fizemos o máximo que conseguimos, mas nenhum cosmético ou procedimento de restauração poderiam fazer com que ele ficasse à mostra, e eu sei que a senhora sabe do que estou falando. Não se pode fazer um enterro de urna aberta, porém a família não aceita isso."

"Quem foi Holly Webster?", pergunta Scarpetta.

"Uma tragédia tão grande." Ele não hesita. "Um daqueles casos que a gente nunca mais esquece."

"Lembra-se de Gianni Lupano presente ao enterro?"

"Eu não o conhecia, naquela época", diz ele, estranhamente.

"Será que era amigo da família?"

Ele se levanta da escrivaninha e abre uma gaveta do armário de cerejeira. Olha as pastas e puxa uma para fora.

"O que eu tenho aqui são particularidades do enterro, cópias de recibos, essas coisas, que não posso deixar que veja por respeito à privacidade da família. Mas posso deixar que veja as notícias que saíram no jornal." Ele entrega os recortes a ela. "Guardo tudo de qualquer enterro feito por nós. Como deve saber, a única fonte de registros legais sobre esse caso está com a polícia e com o legista que trabalhou nele, e com o magistrado que me mandou o cadáver para a autópsia, já que a comarca de Beaufort não tem um gabinete de legista. Por outro lado, a senhora já sabe de tudo isso, uma vez que agora ele manda todos os casos para a senhora. Quando Hollly morreu, eles ainda não estavam usando seus serviços. Caso contrário, tenho a impressão de que essa triste situação teria aterrissado no seu colo, em vez de no meu."

Ela não detecta nenhum sinal de ressentimento. Ele não liga.

E diz: "A morte ocorreu em Hilton Head, numa família riquíssima".

Ela abre a pasta. Existem apenas uns poucos recortes, o mais longo deles publicado no *Island Packet* de Hilton Head. Segundo o relato desse jornal, no final da manhã do dia 10 de julho de 2006 Holly Webster estava brincando no pátio com seu cachorro, um filhote de bassê. A piscina olímpica era terreno proibido para a criança, a menos que estivesse sob a supervisão de um adulto, e nessa manhã não havia ninguém. Segundo o jornal, seus pais estavam fora e havia amigos hospedados na casa. Menção nenhuma do paradeiro dos pais ou de nomes dos amigos. Por volta do meio-dia, alguém saiu para dizer a Holly que estava na hora de almoçar. Ela não estava à vista e o filhote de bassê andava de lá para cá na beira da piscina, dando patadas na água. A menina foi encontrada no fundo, com os longos cabelos castanhos presos no dreno. Perto, havia um osso de borracha que a polícia acredita que ela estava tentando recuperar para o cachorro.

Outro recorte, desta vez bem curto. Nem dois meses depois, a mãe, Lydia Webster, foi convidada para o programa de entrevistas da dra. Self.

"Lembro de ter ouvido alguma coisa desse caso", diz Scarpetta. "Acho que eu estava em Massachusetts quando isso aconteceu."

"Notícia ruim, mas não grande notícia. A polícia tentou abafar ao máximo. Um dos motivos foi que essas regiões de veraneio não são especialmente adeptas de publicar, digamos, eventos negativos." Hollings alcança o telefone. "Acho que ele não vai lhe contar nada, o legista que fez a autópsia. Mas vejamos." Ele fica em silêncio e depois: "Henry Hollings falando... Ótimo, ótimo... até as orelhas. Eu sei, eu sei... Eles realmente precisam arrumar um ajudante para você pôr aí... Não, não tenho saído no meu barco, ultimamente... Certo... eu lhe devo uma pescaria. E você me deve uma, por eu ter feito uma palestra para todos aqueles garotos que acham que uma investigação de homicídio é entretenimento... O caso Holly Webster. Estou com a doutora Scarpetta aqui. Queria saber se você se importaria de falar com ela um instante?"

Hollings lhe estende o telefone. Ela explica ao assistente-chefe dos legistas da Faculdade de Medicina de Charleston que foi chamada para dar sua opinião num caso que talvez tenha conexão com o afogamento de Holly Webster.

"Que caso?", pergunta o assistente-chefe.

"Desculpe-me, mas não posso falar sobre isso", ela retruca. "É um homicídio ainda sob investigação."

"Que bom que a senhora entende como as coisas funcionam. Eu não posso falar sobre o caso Webster."

O que ele quis dizer é que não vai falar.

"Não é minha intenção ser difícil", diz Scarpetta. "Vou me colocar na posição o mais desvantajosa possível. Estou aqui ao lado do magistrado Hollings porque pelo visto o treinador de Drew Martin, Gianni Lupano, compareceu aos funerais de Holly Webster. Estou tentando entender por que e não posso dizer mais que isso."

"Não conheço. Nunca ouvi falar dele."

"Essa era uma das minhas perguntas — se o senhor teria alguma ideia das conexões que ele pode ou poderia ter com a família Webster."

"Não faço ideia."

"O que pode me dizer sobre a morte de Holly?"

"Afogamento. Morte acidental, e não há nada que aponte o contrário."

"O que significa que não ouve nenhum achado patognomônico. Diagnóstico com base nas circunstâncias", diz Scarpetta. "Baseado quase que apenas na maneira como ela foi encontrada."

"Correto."

"Será que poderia me fornecer o nome do policial que investigou o caso?"

"Sem problema. Espere um pouco." Ouve o som do teclado do computador. "Deixa eu ver aqui. Certo, bem que eu achava. Turkington, da delegacia da comarca de Beaufort. Se precisar saber mais alguma coisa, é melhor ligar para ele."

Scarpetta agradece de novo, desliga e vira-se para Hollings. "O senhor sabia que a mãe dela, Lydia Webster, compareceu ao programa de entrevistas da doutora Self nem dois meses depois da morte da filha?"

"Não vi o programa, nunca vejo os programas dela. Aquela mulher devia ser fuzilada", diz ele.

"Tem alguma ideia de como Lydia Webster foi parar num programa da doutora Self?"

"Eu diria que ela tem uma equipe muito boa de pesquisadores que passam um pente fino nas notícias, atrás de material. Os convidados vão se enfileirando, desse jeito. Na minha opinião, deve ter sido psicologicamente destrutivo para Lydia Webster se expor na frente do mundo quando ainda não tinha lidado com o ocorrido. Pelo que sei, foi a mesma coisa no caso de Drew Martin", diz ele.

"Está se referindo à presença dela no programa da doutora Self, no outono passado?"

"Querendo ou não, eu fico sabendo de muita coisa que acontece por aqui. Quando ela vinha à cidade, sempre se hospedava no Charleston Place. Só que da última vez, isso não faz nem três semanas, ela ficou muito pouco no quarto e com certeza nunca dormiu lá. A camareira chegava e encontrava a cama feita, sinal nenhum de que ela tinha estado por lá, a não ser por suas coisas, ou pelo menos uma parte delas."

"E como é que o senhor ficou sabendo disso tudo?", diz Scarpetta.

"Uma excelente amiga minha é chefe da segurança. Quando parentes e amigos da pessoa falecida vêm à cidade, sempre recomendo o Charleston Place. Desde que tenham dinheiro sobrando."

Scarpetta lembra-se do que Ed, o porteiro lhe disse. Drew entrava e saía do prédio e sempre lhe dava vinte dólares. Quem sabe fosse mais que generosidade. Talvez ela o estivesse lembrando de manter sempre a boca fechada.

17

Sea Pines, uma antiga fazenda transformada no condomínio residencial mais exclusivo de Hilton Head. Por cinco dólares, qualquer um pode comprar um passe de um dia, na entrada, e os guardas, em seus uniformes azuis e cinza, não exigem identificação nenhuma. Scarpetta costumava se queixar disso, quando ela e Benton tinham uma casa ali, e as lembranças desse tempo ainda são doloridas.

"Ela comprou o Cadillac em Savannah", diz o investigador Turkington, enquanto leva Scarpetta e Lucy em seu carro sem identificação para passear por ali. "Branco. O que não ajuda muito. Vocês têm ideia de quantos Cadillacs e Lincolns brancos nós temos por aqui? Provavelmente dois entre três carros alugados são brancos."

"E os guardas no portão não se lembram de ter visto o carro, quem sabe num horário inusitado? As câmeras pegaram alguma coisa?", pergunta Lucy, no banco da frente.

"Nada de útil. Vocês sabem como é. Alguém diz que talvez tenha visto o carro. Outro diz que não. Eu acho que ele saiu com o carro, mas não entrou com ele, por isso que os vigias não notaram nada."

"Isso depende de quando ele pegou o carro", diz Lucy. "Ela mantinha o carro na garagem?"

"Como regra geral, o carro era sempre visto na entrada. Então me parece improvável que ele tenha pegado o carro. O quê?" Ele dá uma espiada nela, enquanto dirige. "De alguma forma ele pegou as chaves dela, levou o carro e ela não percebeu?"

"Não há como dizer o que ela percebia. Ou não."

"Você ainda acha que aconteceu o pior", Turkington começa a dizer.

"Sim. Baseada em fatos e no senso comum." Lucy vem caçoando do policial desde que ele foi apanhá-las no aeroporto e aproveitou para fazer um comentário engraçadinho sobre o helicóptero.

Ele chamou o helicóptero de batedeira de ovos. Ela o chamou de luddista. Ele não sabia o que era um luddista, e continua não sabendo. Ela não explicou para ele.

"Mas isso não exclui a possibilidade de ela ter sido sequestrada para resgate", diz Lucy. "Não estou dizendo que isso é impossível. Não acredito, mas, claro, é possível, e nós devíamos fazer exatamente o que estamos fazendo. Colocar todos os departamentos investigativos na busca."

"Bem que eu gostaria de ter conseguido manter isso fora dos noticiários. Becky me disse que tiveram de espantar o pessoal para longe da casa dela a manhã inteira."

"Quem é Becky?", pergunta Lucy.

"Ela chefia as investigações da cena do crime. Como eu, ela tem um segundo emprego como técnica médica de emergência."

Scarpetta se pergunta o que isso interessa. Talvez ele sinta vergonha de precisar de um segundo emprego.

"Por outro lado, acho que vocês não têm de se preocupar com quem paga o aluguel", diz ele.

"Claro que sim. Só que o meu é um pouquinho maior que o seu."

"É, só um pouquinho. Nem posso imaginar quanto aqueles laboratórios estão lhe custando. Ou as cinquenta casas e Ferraris."

"Não são bem cinquenta, e como é que sabe o que eu tenho?"

"Tem muito departamento usando seu laboratório, já?", pergunta ele.

"Alguns. Ainda em construção, mas já temos o básico. E somos credenciados. Você pode escolher. Nós ou a SLED."

A divisão encarregada do cumprimento da lei na Carolina do Sul. "Nós somos mais rápidos", acrescenta ela. "Se precisar de alguma coisa que não esteja no cardápio, temos amigos trabalhando em alta tecnologia. Complexo Nacional de Segurança Y-12."

"E eu aqui achando que eles faziam armas nucleares."

"Não é só o que eles fazem."

"Está brincando. Eles fazem exames forenses? Quais?", pergunta ele.

"É segredo."

"Também não importa. Não temos dinheiro para pagar o que cobram."

"Não têm mesmo. O que não quer dizer que a gente não possa ajudar."

Os óculos escuros aparecem no espelho retrovisor. E ele diz a Scarpetta, provavelmente porque já teve o bastante de Lucy: "Continua do nosso lado, lá?".

Ele usa um terno cor de creme e Scarpetta se pergunta como é que pode continuar limpo depois de visitar a cena do crime. A doutora capta os pontos mais importantes que ele e Lucy estiveram discutindo e lembra-os de que ninguém deve presumir coisa alguma, inclusive a data em que o Cadillac de Lydia Webster sumiu, porque pelo visto ela dirigia muito raramente, apenas numa ocasião ou outra, para comprar cigarros, bebida, alguma comida. Infelizmente, dirigir não era uma boa ideia. Ela estava muito comprometida. O carro podia ter sumido há dias, e o desaparecimento dele podia não ter nenhuma relação com o sumiço do cachorro. Depois há as imagens que o Homem de Areia enviou por e-mail à dra. Self. Tanto Drew Martin como Lydia Webster foram fotografadas em banheiras pelo visto cheias de água fria. Ambas pareciam drogadas, e o que dizer do que a sra. Dooley vira? Eles tinham de lidar com o caso como se fosse homicídio, qualquer que fosse a verdade. Porque — e Scarpetta repete isso há mais de vinte anos — não se pode retroceder.

Depois ela volta para seu lugar privado. Não consegue evitar. Seus pensamentos regressam à última vez em que esteve em Hilton Head, indo embora da casa de Benton. Nunca lhe passou pela cabeça, durante a época mais sombria dos tempos sombrios, que seu assassinato poderia ter sido um disfarce para escondê-lo daqueles que certamente iriam matá-lo, se a oportunidade se apresentasse. Onde estariam esses assassinos em potencial, agora? Será que tinham perdido o interesse, resolvido que ele não significava mais uma ameaça, que não era digno de uma retribuição? Ela perguntou a Benton. Ele não fala sobre o assunto, diz que não pode. Ela abre o vidro da janela do carro de Turkington e seu anel pisca ao sol, mas isso não a tranquiliza e o bom tempo não vai durar. Mais tarde, nesse mesmo dia, haverá nova tempestade.

A estrada serpenteia por campos de golfe e pequenas pontes que atravessam rapidamente canais estreitos e pequenos lagos. Numa das margens coberta de relva, um jacaré lembra um tronco, as tartarugas parecem tranquilas na lama e uma garça-branca alva como a neve está parada nas águas rasas. A conversa no banco da frente se concentra na dra. Self, por um tempo, e a luz se transforma em sombra debaixo dos carvalhos enormes. A barba-de-velho parece cabelo morto, grisalho. Pouca coisa mudou. Poucas casas novas haviam sido construídas aqui e ali, e ela se lembra de longas caminhadas, ar salgado, vento, crepúsculos na varanda e o momento em que tudo isso chegou ao fim. Ela enxerga o que tinha acreditado ser Benton, nas ruínas carbonizadas da casa onde ele supostamente morrera. Enxerga o cabelo prateado e a carne incinerada entre as madeiras enegrecidas e a imundície de um incêndio que continuava ardendo, quando ela chegou. Seu rosto tinha sumido, não restava mais nada a não ser osso queimado, e os registros da autópsia foram falsos. Ela fora enganada. Devastada. Destruída, e dali em diante ficou diferente por causa do que Benton tinha feito — muito mais do que por causa de Marino.

Estacionam na entrada da mansão esparramada de Lydia Webster. Scarpetta se lembrava de já ter visto o casarão da praia, e lhe parece surrealista o motivo de estarem ali, agora. As radiopatrulhas se enfileiram na rua.

"Eles compraram a casa cerca de um ano atrás. De algum milionário de Dubai", informa Turkington, abrindo a porta. "Foi muito triste. Eles tinham acabado de fazer uma reforma total na casa e se mudado, quando a menininha morreu afogada. Eu não sei como Lydia Webster suportava ficar aqui, depois do que houve."

"Às vezes as pessoas não conseguem se libertar", diz Scarpetta, enquanto percorrem o calçamento da entrada, a caminho da porta dupla de teca, no alto dos degraus de pedra. "E então ficam encalacradas no local e nas suas memórias."

"Ela fica com a casa, no acordo final?", pergunta Lucy.

"Provavelmente teria ficado." Como se na verdade não houvesse dúvida de que está morta. "O processo de divórcio ainda não terminou. O marido dela lida com *hedge funds*, investimentos, algo do tipo. Quase tão rico quanto você."

"Que tal pararmos de falar sobre isso?", diz Lucy, irritada.

Turkington abre a porta da frente. Há investigadores lá dentro. Encostada contra uma parede de estuque, no saguão, há uma janela com um dos vidros quebrados.

"A senhora que estava de férias", Turkington diz a Scarpetta. "Madelisa Dooley. Segundo declarações dela, o vidro já tinha sido removido da janela, quando ela entrou pela porta da lavanderia. Este aqui." Ele se agacha e aponta para um vidro da vidraça do lado direito, mais em baixo. "Esse é o que ele removeu e pôs de volta. Se olhar bem, dá para ver um resquício de cola. Eu fiz Madelisa pensar que não tínhamos achado nenhum vidro quebrado, na primeira investigação. Queria ver se ela mudava sua história, por isso que disse a ela que o vidro não estava quebrado."

"Imagino que não tenham usado espuma de poliuretano", diz Scarpetta.

"Já ouvi falar sobre isso", diz Turkington. "Precisamos começar a usá-la. Minha teoria é que Madelisa Dooley contou a história certa, mas alguma coisa aconteceu na casa, depois que ela se foi."

"Vamos pôr a espuma antes que sejam embrulhados e transportados", diz Scarpetta, "assim podemos estabilizar o vidro quebrado."

"Como quiser." Ele se afasta, em direção à sala de estar, onde um investigador tira fotos da bagunça sobre a mesinha de centro e outro ergue as almofadas do sofá.

Scarpetta e Lucy abrem suas malas pretas. Põem as sapatilhas e as luvas descartáveis, e uma mulher de calça rancheiro e camisa polo com a palavra FORENSE em letras maiúsculas escrita nas costas sai da sala de estar. Ela deve estar com uns quarenta anos, tem olhos castanhos e cabelos curtos, escuros. É do tipo *mignon* e é difícil para Scarpetta imaginar por que aquela mulher tão baixinha e frágil iria querer entrar para a polícia.

"Você deve ser a Becky", diz Scarpetta, fazendo as apresentações dela e da sobrinha.

Becky indica a janela encostada na parede e diz: "O vidro de baixo, à direita. Tommy deve ter explicado". Ela está falando de Turkington, e aponta com o dedo enluvado. "Usaram um cortador de vidro, depois o vidro foi colado de volta. Como é que eu reparei?" Ela está orgulhosa de si. "Areia grudada na cola. Estão vendo?"

Elas olham. E dá para ver.

"Tudo indica que, quando Madelisa Dooley entrou, procurando o proprietário", diz Becky, "o vidro poderia perfeitamente estar fora da vidraça, no chão. Acho crível que ela fez o que disse ter feito. Saiu chispando daqui e só depois, antes de partir, é que o assassino pôs ordem nas coisas."

Lucy insere duas vasilhas pressurizadas no coldre de um revólver misturador.

"É horripilante pensar a respeito", diz Becky. "A pobre senhora provavelmente estava aqui enquanto o assassino também estava. Ela disse que sentiu como se alguém estivesse observando tudo. Isso é aquele aerossol de cola? Já ouvi falar. Segura os cacos de vidro no lugar. Do que é feito?"

"Em grande parte de poliuretano e gás comprimido", diz Scarpetta. "Fotografou o local? Tirou impressões digitais? Pegou amostras de DNA?"

Lucy fotografa a janela com e sem as escalas.

"Fotografei e peguei as amostras. Sem impressões. Vamos ver o DNA, mas eu ficaria espantada, tendo em vista a limpeza do serviço", diz Becky. "Não há dúvida de que ele limpou a janela, a janela inteira. Não sei como quebrou. Dá a impressão de que um pássaro grande colidiu com ela. Como um pelicano ou um busardo."

Scarpetta começa a fazer anotações, documentando e medindo as áreas de vidro danificado.

Lucy põe adesivo na beirada do caixilho da janela e pergunta: "De que lado acha que foi?".

"Eu estava pensando que o vidro foi quebrado por dentro", diz Scarpetta. "Será que podemos virar isso? Precisamos borrifar do outro lado."

Ela e Lucy erguem cuidadosamente a estrutura da janela e a viram. Encostam-na na parede, tiram mais fotos e fazem mais anotações, enquanto Becky se afasta do caminho e olha.

Scarpetta diz a ela: "Preciso de uma mãozinha aqui. Pode ficar aqui ao meu lado?".

Becky vai para perto dela.

"Me mostre na parede onde o vidro quebrado estaria, se a janela estivesse no lugar. Daqui a pouco examino o lugar de onde você o tirou, mas, por enquanto, vamos ter uma ideia geral."

"Claro que eu sou baixinha", diz Becky.

"Mais ou menos no nível da minha cabeça", diz Scarpetta, estudando os cacos. "É muito parecido com o que vejo em acidentes de carro. Quando a pessoa está com o cinto e a cabeça se choca com o para-brisa. Essa área não tem um contorno nítido." Ela aponta para o buraco no vidro. "O vidro simplesmente recebeu o grosso do golpe, e aposto como deve haver fragmentos de vidro no chão. Dentro da lavanderia. Quem sabe até no parapeito."

"Recolhi tudo. Está achando que alguém bateu a cabeça no vidro?", pergunta Becky. "Nesse caso, não teria de haver sangue?"

"Não necessariamente."

Lucy gruda papel pardo num dos lados da janela. Abre a porta da frente e pede a Scarpetta e Becky que esperem do lado de fora, enquanto borrifa.

"Uma vez conversei com Lydia Webster." Becky continua falando e elas já estão na varanda. "Quando a filhinha se afogou e eu tive de vir tirar fotos. Nem posso lhe dizer o quanto aquilo mexeu comigo, já que também tenho uma filha pequena. Ainda vejo Holly em seu maiozinho lilás flutuando embaixo da água, de bruços, com o cabelo preso no dreno. Nós temos a carteira de habilitação de Lydia, por falar nisso, e informações sobre um alerta policial, mas não contaria muito com isso, se fosse você. Ela tem mais ou menos a sua altura. O que seria mais ou menos o correto, se tivesse corrido até a vidraça e quebrado o vidro. Não sei se Tommy contou, mas a carteira dela estava bem ali, na cozinha. Não me parece que tenham tocado nela. Não acho que quem fez isso, seja quem for, quisesse roubar."

Mesmo do lado de fora, Scarpetta sente o cheiro do poliuretano. Olha para os grandes carvalhos drapeados de barba-de-velho e para um trecho de águas azuis que aparece por cima dos pinheiros. Duas pessoas de bicicleta passam devagar, olhando fixo.

"Já podem entrar de novo." Lucy está na soleira da porta, tirando os óculos e a máscara.

O vidro quebrado está coberto de uma espuma densa, amarelada.

"E o que pretendemos fazer com isso?", pergunta Becky, os olhos se demorando em Lucy.

"Eu gostaria de embrulhar e levar comigo", diz Scarpetta.

"Para examinar o quê?"

"A cola. Qualquer coisa microscópica que esteja grudada. A composição elementar ou química dela. Às vezes a gente não sabe o que está procurando até encontrar."

"Boa sorte para encaixar uma janela debaixo do microscópio", brinca Becky.

"E eu queria também os cacos de vidro que você recolheu", diz Scarpetta.

"E as amostras de DNA?"

"Tudo o que quiser que seja testado em nossos laboratórios. Podemos dar uma olhada na lavanderia?", diz Scarpetta.

Fica ao lado da cozinha e à direita da porta; papel pardo foi grudado no espaço vazio de onde a janela foi removida. Scarpetta se aproxima com cuidado do que se acredita ter sido o ponto de entrada do criminoso. Ela faz o que sempre faz — fica do outro lado e olha, examinando cada centímetro. Pergunta se a lavanderia foi fotografada. Foi, e examinada; eles buscaram pegadas, digitais e marcas de sapato. Contra uma das paredes, há quatro ótimas máquinas e secadoras de roupa e, na parede oposta, uma casinha vazia de cachorro. Além de vários armários e uma mesa grande. Num canto, um cesto de vime cheio de roupa suja.

"Esta porta aqui estava trancada quando você chegou?", pergunta Scarpetta a respeito da porta de teca entalhada que dá para fora.

"Não, e Madelisa Dooley disse que estava destrancada, o que explica como ela conseguiu entrar na casa. O que eu acho é que ele tirou o vidro para introduzir a mão. Como pode ver" — Becky vai até o espaço onde fica a janela, tampado com papel —, "se você tira o vidro daqui, fica fácil alcançar a tranca por dentro. É por isso que sempre recomendamos que as pessoas não tenham trancas sem chave perto de vidraças. Claro que se o alarme contra ladrões estivesse ligado..."

"E nós sabemos que não estava?"

"Não quando Madelisa Dooley entrou."

"Mas não sabemos se estava ligado ou não quando ele entrou?"

"Pensei nisso. Ao que tudo indica, se estivesse ligado, a pessoa que quebrou o vidro", Becky começa a dizer, depois pensa de novo. "Bom, eu não creio que cortar o vidro teria feito com que disparasse. Esses alarmes são sensíveis a ruídos."

"O que sugere que o alarme não estava ligado quando o outro vidro foi quebrado. O que indica que ele já estava dentro da casa, naquele momento. A menos que o vidro tenha sido quebrado anteriormente, o que eu duvido."

"Eu também", concorda Becky. "Claro que alguém iria mandar consertar, para manter a chuva e os insetos longe. Ou ao menos recolheria os cacos. Sobretudo porque ela mantinha o cachorro ali. Eu me pergunto se ela não teria lutado com ele. Tentado correr até a porta para fugir. Anteontem, o alarme disparou. Não sei se você sabe disso. Era uma ocorrência bastante regular, porque ela ficava bêbada, esquecia que o alarme estava ligado, abria a porta corrediça e o alarme disparava. Depois não conseguia lembrar da senha, quando o serviço de segurança ligava pra ela. Então éramos despachados até aqui."

"E não há registro de o alarme ter disparado desde então?", diz Scarpetta. "Teve a chance de obter a versão do histórico com o sistema de segurança? Por exemplo, quando foi a última vez em que o alarme disparou? Quando foi ligado e desligado pela última vez?"

"A última vez em que disparou foi durante aquele alarme falso."

"Quando a polícia respondeu", diz Scarpetta, "eles por acaso viram se o Cadillac branco dela estava por aqui?"

Becky diz que não. Os policiais não se lembram de ter visto o carro. Mas poderia estar na garagem. E ela acrescenta: "Tudo indica que Lydia armou o alarme mais ou menos ao escurecer, na segunda-feira, aí mais tarde, lá pelas nove, o aparelho foi desligado, depois ligado de novo. Depois desligado de novo às quatro e quinze da manhã. Ou seja, ontem".

"E depois disso não foi religado?", diz Scarpetta.

"Não. É só uma opinião minha, mas quando as pessoas bebem e se drogam, elas não mantêm um horário normal. Dormem durante o dia, acordam e dormem de novo. Levantam em horários estranhos. Talvez ela tenha desligado o alarme às quatro e quinze, para levar o cachorro passear, quem sabe fumar, e o cara estava de olho nela, talvez já estivesse à espreita há muito tempo. Vigiando seus movimentos, quero dizer. Pelo que sabemos, ele podia até já ter cortado o vidro e estava só à espera dela, aqui no escuro. Há bambus e arbustos desse lado da casa e vizinho nenhum, de modo que, mesmo com os holofotes ligados, ele pode ter se escondido aqui, ninguém iria vê-lo. O esquisito é o cachorro. Onde foi parar?"

"Tenho uma pessoa vendo isso", diz Scarpetta.

"Quem sabe o cachorro fala e resolve o caso." Brincadeira.

"Precisamos encontrá-lo. Nunca se sabe o que pode resolver um caso."

"Se ele tivesse fugido, alguém o teria encontrado", diz Becky. "Bassê não é uma raça muito comum e por aqui as pessoas reparam num cão perdido. A outra coisa é que, se Madelisa Dooley estiver falando a verdade, ele deve ter ficado com Lydia Webster por certo tempo, quem sabe ele a manteve viva durante horas. O alarme foi desligado às quatro e quinze de ontem, e Madelisa achou o sangue e tudo o mais lá pela hora do almoço — quase oito horas depois, e ele muito provavelmente ainda estava dentro da casa."

Scarpetta examina as roupas sujas dentro do cesto. Por cima há uma camiseta mal dobrada e, com a mão enluvada, ela a pega e deixa que caia aberta. Está úmida e suja de terra. Levanta-se e olha dentro da pia. A pia de aço inoxidável está respingada com a água que jorrou da torneira e há uma pequena quantidade empoçada em volta do ralo.

"Eu me pergunto se ele usou isso para limpar a janela", diz Scarpetta. "Ainda está úmida, e suja, como se alguém tivesse usado como pano de limpeza. Gostaria de fechá-la num envelope e submetê-la a exames de laboratório."

"Para procurar o quê?", é a pergunta que Becky repete.

"Se ele segurou isso, quem sabe possamos obter o DNA. Pode ser uma prova de traço. Acho melhor decidirmos em qual laboratório."

"O da SLED é muito bom e sofisticado, mas levaria semanas. Se pudesse nos ajudar com o seu laboratório?"

"Foi para isso que nós o montamos." Scarpetta olha para o teclado do alarme, perto da porta que leva ao hall de entrada. "Talvez ele tenha desligado o alarme na hora em que entrou. Acho que não devemos presumir que não tenha desligado. Um painel de cristal líquido, em vez de botões. Uma excelente superfície para impressões digitais. E quem sabe DNA."

"Isso significa que ele conhecia Lydia, se desligou o alarme. Faz sentido, quando se pensa no tempo que ficou na casa."

"Isso quer dizer que ele conhece o lugar. Mas não que conhecia Lydia", acrescenta Scarpetta. "Qual é o código?"

"O que nós chamamos de código 'um, dois, três, quatro, vá direto para minha casa'. Provavelmente o alarme veio com essa senha e ela nunca se preocupou em mudar. Deixa eu ter certeza sobre a questão dos laboratórios, antes de passar pra vocês. Preciso perguntar ao Tommy."

Ele está no saguão de entrada com Lucy. Becky lhe pergunta sobre o laboratório e ele diz que é espantosa a quantidade de coisas sendo privatizadas, hoje em dia. Tem departamento que está contratando até policiais privados.

"E nós também", diz Lucy, entregando a Scarpetta um par de óculos de lentes amarelas. "Já temos um, na Flórida."

Becky se interessa pelos dois estojos rígidos abertos no chão. Olha as cinco fontes de luz forense de alta intensidade, no formato de lanternas, as baterias de níquel de nove volts, os óculos e o carregador de porta múltipla. "Eu não me canso de pedir para o xerife arrumar um desses Crime-lites portáteis. Cada um deles tem um comprimento de onda diferente, certo?"

"Espectros violeta, azul, azul-esverdeado e verde", diz Lucy. "E essa utilíssima luz branca de banda larga" — ela pega a lanterna branca — "com filtros intercambiáveis em azul, verde e vermelho, para contraste."

"Funciona bem?"

"Fluidos corporais, impressões digitais, resíduos de drogas ou provas de traço. É. Funciona bem sim."

Lucy seleciona uma luz violeta na escala de quatrocentos a quatrocentos e trinta nanômetros e vai, junto com Becky e Scarpetta, para a sala de estar. Todas as venezianas estão abertas e, atrás delas, há a piscina de fundo preto onde Holly Webster se afogou e, mais adiante, as dunas, a vegetação rasteira, a praia. O mar está calmo e a luz do sol cintila na arrebentação como se fosse um cardume de peixinhos prateados.

"Tem muita pegada por aqui, também", diz Becky, enquanto olham em volta. "Pegadas de pés descalços, pegadas de sapatos, todas elas pequenas, provavelmente dela. É estranho, porque não há evidência de que ele tenha limpado o chão antes de ir embora — como certamente fez com a janela. De modo que seria de esperar que houvesse pegadas de sapato. Essa pedra brilhante, o que é? Nunca vi azulejos tão azuis. Parece que vieram do mar."

"Muito provavelmente é assim que se espera que seja", diz Scarpetta. "Sodalita azul, quem sabe lápis."

"Não brinca. Uma vez eu tive um anel com uma pedra de lápis-lazúli. Não acredito que alguém tenha mandado fazer um assoalho inteiro com isso. Esconde a sujeira muito bem", diz ela, "mas, gente, isso aqui não vê limpeza há muito, muito tempo. Uma poeira só, a casa toda é assim.

Ponha um facho de luz na diagonal e vai ver do que estou falando. Eu só não entendo como é que ele não deixou uma única pegada, nem mesmo na lavanderia por onde entrou."

"Eu vou dar uma volta por aí", diz Lucy. "E no andar de cima?"

"Acho que ela não usava o andar de cima. Duvido que ele tenha subido até lá. Nada foi alterado. Apenas quartos de hóspedes, uma galeria de arte e um salão de jogos, lá em cima. Nunca vi uma casa como essa. É legal."

"Não para ela", diz Scarpetta, olhando para os longos fios de cabelo castanho espalhados pelo chão, para os copos e garrafas de vodca vazios na mesa diante do sofá. "Não acho que este lugar tenha lhe dado um só momento de felicidade."

Madelisa não havia chegado em casa há menos de uma hora quando a campainha toca.

No passado, não teria nem perguntado quem era.

"Quem é?", diz ela por trás da porta fechada.

"Investigador Pete Marino, do Instituto Médico Legal", diz uma voz, uma voz grave com um sotaque que a faz se lembrar do Norte, dos ianques.

Madelisa suspeita que é o que temia. A senhora de Hilton Head está morta. Por que outro motivo alguém do gabinete do médico-legista iria aparecer em sua casa? Bem que gostaria que Ashley não tivesse saído para cuidar das suas coisas assim que chegaram em casa, deixando a mulher sozinha, depois de tudo pelo que tinha passado. Ela apura o ouvido para ver se escuta o bassê. Ainda bem que ele está sossegado no quarto de hóspede. Abre a porta da frente e fica aterrorizada. O homem imenso está vestido como um bandido motoqueiro. Ele é o monstro que matou aquela pobre mulher e seguiu Madelisa até em casa para matá-la também.

"Eu não sei de nada", diz ela, tentando fechar a porta.

O bandido impede com o pé que ela feche a porta e entra direto na casa. "Vamos com calma", diz ele, abrindo a carteira e mostrando seu distintivo. "Como eu disse, sou Pete Marino, do Departamento de Medicina Legal."

Ela não sabe o que fazer. Se tentar chamar a polícia, ele vai matá-la ali mesmo. Qualquer um pode comprar um distintivo.

"Vamos sentar e conversar um pouquinho", diz ele. "Acabei de ficar sabendo de sua visita ao departamento do xerife da comarca de Beaufort, em Hilton Head."

"Quem lhe disse isso?" Ela se sente um pouco melhor. "Foi aquele investigador que procurou o senhor? E por quê? Eu já contei tudo o que sabia para ele. Mas ele não acreditou em mim. Quem lhe disse onde eu moro? Isso me deixa preocupada. Eu cooperei com as autoridades e eles dão meu endereço ao senhor."

"Temos um pequeno problema com a sua história", diz Marino.

Os óculos amarelos de Lucy olham para Scarpetta.

Elas estão no dormitório do casal e as venezianas estão fechadas. Sobre a colcha de seda marrom, várias manchas e nódoas fluorescem em verde neon sob a luz violeta de alta intensidade.

"Pode ser fluido seminal", diz Lucy. "Também pode ser outra coisa qualquer." Ela escaneia a cama com a luz.

"Saliva, urina, óleos sebáceos, suor", diz Scarpetta. Ela se debruça bem junto a uma grande mancha fluorescente. "Não sinto cheiro de nada", acrescenta. "Segura a luz bem aqui. O problema é que não temos como dizer quando essa colcha foi lavada pela última vez. Não creio que a casa fosse uma prioridade, aqui. Típico de quem está deprimido. A colcha vai para o laboratório. O que precisamos agora é da escova de dente dela, do pente. E, claro, dos copos na mesinha de centro."

"Na escada dos fundos tem um cinzeiro cheio de bitucas de cigarro", diz Lucy. "Acho que o DNA dela não vai ser problema. Nem as pegadas ou as digitais. O problema é ele. Ele sabe o que está fazendo. Hoje em dia todo mundo é um especialista."

"Não", diz Scarpetta. "Eles só acham que são."

Ela tira os óculos e a fluorescência verde da colcha some. Lucy desliga o Crime-lite e tira os óculos também.

"O que estamos fazendo?", diz ela.

Scarpetta está examinando uma foto que já tinha visto quando entraram no quarto. A dra. Self sentada numa sala de estar e, diante dela, uma mulher bonita com longos cabelos escuros. As câmaras da televisão estão bem próximas das duas. As pessoas na plateia aplaudem e sorriem.

"De quando ela esteve no programa da doutora Self", diz Scarpetta para Lucy. "Mas o que eu não esperava era isso."

Lydia com Drew Martin e um homem moreno, de cabelos castanhos, que Scarpetta presume ser o treinador de Drew, Gianni Lupano. Os três sorriem e franzem os olhos sob o sol da quadra central da copa de tênis Family Circle, na ilha Daniel, a poucos quilômetros de Charleston.

"E aí, qual o denominador comum?", pergunta Lucy. "Deixa ver se eu adivinho. A doutora Self."

"As fotos não são da mesma época", diz Scarpetta. "Olha a diferença." Ela aponta para uma fotografia de Lydia com Drew. Depois para uma de Lydia com a dra. Self. "Houve uma deterioração patente. Veja os olhos."

Lucy acende a luz do quarto.

"Quando esta foto foi tirada, nas quadras da copa Family Circle, Lydia certamente não parecia alguém que abusava cronicamente de álcool e remédios", diz ela.

"E arrancava os cabelos", diz Lucy. "Nunca entendi por que alguém faz isso. Cabelos, pelos. Tudo. Aquele retrato dela na banheira? Parece que perdeu metade do cabelo. Das sobrancelhas, dos cílios."

"Tricotilomania", diz Scarpetta. "Uma doença obsessivo-compulsiva. Ansiedade. Depressão. Sua vida era o próprio inferno."

"Se a doutora Self é o denominador comum, então como é que fica aquela mulher assassinada em Bari? A turista canadense. Não há a menor indicação de que ela tenha ido ao programa ou conhecesse a doutora."

"Talvez tenha sido a primeira vez que ele sentiu o sabor."

"Sabor do quê?", pergunta Lucy.

"O sabor de matar civis", diz Scarpetta.

"O que não explica a conexão com a doutora Self."

"O envio das fotos para a doutora Self indica a criação de uma paisagem psicológica e de um ritual para seus crimes. Também se torna um jogo, serve a um propósito. Isso o afasta do horror do que está fazendo, porque enfrentar o fato de que está sadicamente infligindo dor e morte pode ser mais do que ele conseguiria enfrentar. Por isso ele precisa dar-lhe um significado. Tem de fazer com que seja um ato astucioso." Ela retira um bloquinho bem pouco científico mas muito prático de Post-its da maleta. "Muito parecido com religião. Se você faz alguma coisa em nome de Deus, tudo bem. Apedrejar alguém até a morte. Queimar alguém na fogueira. A Inquisição. As Cruzadas. Oprimir quem não é exatamente como você. Ele achou um significado para o que faz. Bom, isso é o que eu acho."

Scarpetta examina a cama com uma forte luz branca e usa o lado da cola dos Post-its para recolher tudo o que vê, fibras, fios de cabelo, terra e areia.

"Quer dizer que, para você, a doutora Self não tem um significado especial para esse cara? Que ela é só acessório cênico em seu drama? Que ele simplesmente se apegou a ela porque ela estava ali. No ar. Um nome conhecido."

Scarpetta põe os Post-its num envelope de plástico, sela com a fita adesiva própria, etiqueta e data com um mostrador Sharpie. Ela e Lucy começam a dobrar a colcha.

"Acho que é algo extremamente pessoal", responde Scarpetta. "Você não coloca alguém na matriz do seu jogo ou drama psicológico se não for pessoal. Não posso responder por quê."

320

Um barulho alto de rasgão quando Lucy destaca uma grande folha de papel pardo do rolo.

"Por exemplo, ele pode nunca ter se encontrado com ela. Feito um caçador furtivo. Ou pode ter se encontrado", diz Scarpetta. "Por tudo o que sabemos, ele esteve no programa dela ou passou um tempo com ela."

Elas colocam a colcha no meio do papel.

"Você tem razão. De um jeito ou de outro, é pessoal", Lucy decide. "Quem sabe ele matou a mulher em Bari e fez de tudo para confessar ao doutor Maroni, achando talvez que a doutora Self iria descobrir. Mas ela não descobriu. E agora?"

"Ele se sente ainda mais ignorado."

"E então?"

"A escalada."

"O que acontece quando a mãe não presta atenção na sua filha profundamente perturbada e comprometida?", Scarpetta pergunta, enquanto embrulha a colcha.

"Deixa eu pensar", diz Lucy. "A criança cresce e se torna eu?"

Scarpetta corta um pedaço de fita amarela e diz: "Que coisa mais terrível. Torturar e matar mulheres que foram convidadas para o seu programa. Ou fazer isso para chamar a atenção".

A televisão de sessenta polegadas, tela plana, fala com Marino. Conta a ele algo de Madelisa que poderá ser usado contra ela.

"Essa aí é uma televisão de plasma?", pergunta. "Deve ser a maior que eu já vi em toda a minha vida."

Ela é gorda, tem as pálpebras dos olhos inchadas e poderia bem passar por uma dentista. Seus dentes lembram-no de uma cerca branca serrilhada e seu cabeleireiro devia ser enforcado. Está sentada num sofá de padronagem florida, as mãos inquietas.

Ela diz: "Meu marido e seus brinquedinhos. Eu não sei o que é, a não ser que é grande e cara".

"Deve ser qualquer coisa ver um jogo numa tela dessas. Eu? Provavelmente ficaria sentado na frente dela e nunca mais faria nada."

O que provavelmente é o que ela faz. Ficar sentada na frente da televisão feito um zumbi.

"O que gosta de assistir?", pergunta ele.

"Gosto de programas de crime e mistério, porque em geral consigo entender o que está se passando. Mas depois do que aconteceu comigo, não sei se vou conseguir assistir a coisas violentas de novo."

"Quer dizer então que sabe um bocado sobre medicina forense", diz Marino. "Considerando que assiste a todos esses seriados policiais."

"Fui jurada há cerca de um ano e sabia mais sobre medicina legal do que o juiz. O que não torna o juiz muito recomendável. Mas sei algumas coisas."

"E quanto à recuperação de imagem?"

"Ouvi falar."

"Como em fotos, gravações digitais, vídeos que foram apagados?"

"Aceita um chá gelado? Posso fazer um."

"Agora não."

"Acho que Ashley vai trazer alguma coisa do Jimmy Dengate's. Alguma vez experimentou o frango frito de lá? Ele vai chegar a qualquer momento e quem sabe o senhor gostaria de experimentar."

"O que eu gostaria é que a senhora parasse de mudar de assunto. Olha só, com a recuperação das imagens, é praticamente impossível se livrar de uma imagem digital que esteja num disco, num pen drive, no que quer que seja. A senhora pode ficar apagando as coisas o dia todo, que nós conseguimos recuperá-las." Isso não era exatamente verdade, mas Marino não sente remorso em mentir.

Madelisa parece um ratinho acuado.

"A senhora sabe aonde eu quero chegar, não sabe?", diz Marino, e ele a tem onde queria, mas não se sente bem a respeito disso e também não sabe aonde quer chegar.

Quando Scarpetta ligou, um pouco antes, e disse que Turkington suspeitava daquilo que o marido tinha apagado porque ele não parava de mencionar o fato, durante a entrevista, Marino disse que obteria uma resposta. Mais do que qualquer outra coisa, o que ele quer no momento é agradar Scarpetta, fazê-la pensar que ainda há algo que vale a pena nele. Ficou espantado que ela tivesse ligado.

"Por que está me perguntando isso?", diz Madelisa, começando a chorar. "Eu já disse que não sei nada a respeito, a não ser o que já contei na delegacia."

Ela continua lançando olhares para além de Marino, para os fundos de sua casinha amarela. Papel de parede amarelo, carpete amarelo. Marino nunca tinha visto tanto amarelo. Parecia que um decorador de interiores tinha urinado em tudo o que os Dooley possuíam.

"O motivo de eu estar trazendo o assunto da recuperação de imagens é que, pelo que entendi, o seu marido apagou parte do que filmou lá na praia", diz Marino, sem se deixar comover pelas lágrimas dela.

"Era só eu parada na frente da casa, antes de pedir permissão. Foi a única coisa que ele apagou. Claro que eu nunca obtive a permissão, porque como é que eu iria conseguir? Não é que eu não tentei. Tenho bons modos."

"Eu realmente estou me lixando pras suas boas maneiras. O que eu quero saber é o que a senhora está escondendo de mim e de todo mundo." Ele se inclina para a frente, na cadeira de balanço. "Sei perfeitamente bem que a senhora não foi totalmente sincera comigo. Como sei disso? Por causa da ciência."

Ele não sabe de nada, claro. Recuperar imagens deletadas de um gravador digital não é brincadeira. E, se puder ser feito, o que nem sempre acontece, o processo é penoso e longo.

"Por favor, não", ela implora a ele. "Desculpe, mas por favor não o leve. Eu o amo tanto."

Marino não faz ideia do que ela está falando. Passa por sua cabeça que seja a respeito do marido, mas não tem certeza.

Ele diz: "Se eu não levá-lo embora, o que acontece? Como é que eu explico quando me perguntarem?".

"Finja que não sabe de nada." Ela chora ainda mais. "Que diferença faz? Ele não fez nada. Ah, coitadinho dele. Quem é que sabe o que ele passou. Estava tremendo, e tinha sangue no pelo. Ele não fez nada a não ser se assustar e fugir, e, se o levar, sabe muito bem o que vão fazer com ele. Vão sacrificá-lo. Por favor, por favor, deixe ele ficar comigo. Por favor! Por favor! Por favor!"

"Por que ele estava com sangue no pelo?", pergunta Marino.

No quarto de casal, Scarpetta ilumina obliquamente com uma lanterna o chão de ônix castanho-amarelado.

"Pegadas sem sapato", diz ela, da soleira. "Pequenas. Talvez dela de novo. E mais cabelo."

"Se acreditarmos no que disse Madelisa Dooley, ele tem de ter andado por aqui. Isso é muito estranho", diz Becky enquanto Lucy aparece com uma caixa pequena azul e amarela e um frasco de água estéril.

Scarpetta entra no banheiro. Abre a cortina de listras de tigre e ilumina o interior da banheira de cobre. Nada, até que alguma coisa chama a sua atenção, e ela apanha um pedacinho do que parece um caco de uma vasilha branca de cerâmica que por algum motivo foi parar entre o sabonete branco e um porta-sabonete preso na lateral da banheira. Examina cuidadosamente. Pega suas lentes de joalheiro.

"Parte de uma coroa de dente", diz ela. "Não é de porcelana. Uma provisória que de alguma forma se quebrou."

"Eu me pergunto onde estará o resto dela", diz Becky, agachando-se na soleira e olhando para o chão, mirando sua lanterna para todos os lados. "A menos que não seja recente."

"Pode ter descido pelo ralo. Temos que examinar o sifão. Pode estar em qualquer lugar." Scarpetta acha que vê um resquício de sangue seco no que calcula ser quase metade da coroa de um dente da frente. "Temos alguma forma de saber se Lydia Webster esteve no dentista recentemente?"

"Eu posso averiguar. Não há assim tantos dentistas na ilha. A menos que ela tenha ido a outro lugar, não deve ser muito difícil de saber."

"Teria de ser algo recente, muito recente", diz Scarpetta. "Não importa quanto você negligencie a higiene, ninguém ignora uma coroa quebrada, sobretudo num dente da frente."

"Pode ser dele", diz Lucy.

"O que seria melhor ainda", diz Scarpetta. "Precisamos de um envelope pequeno de papel."

"Eu pego", diz Lucy.

"Não estou vendo nada. Se quebrou aqui, não estou vendo o resto. Imagino que ainda pode estar grudado no dente. Uma vez quebrei uma coroa e parte dela continuou grudada no pedacinho que restava do meu dente." Becky olha para além de Scarpetta, para a banheira de cobre. "Me falem do maior falso positivo do planeta", acrescenta. "Esse aqui vai entrar para a história. Numa das poucas chances que eu tenho de usar luminol, a maldita banheira e a pia são de cobre. Bom, podemos esquecer."

"Eu não uso mais luminol", diz Scarpetta, como se o agente oxidante fosse um amigo desleal.

Até recentemente, essa era uma das bases forenses e ela nunca questionou o fato de usar a substância para achar sangue que não está mais visível. Se o sangue tivesse sido limpo com água, ou mesmo se passassem uma tinta por cima dele, a maneira de descobri-lo era espirrar luminol na área e ver o que ficava fosforescente. Os problemas sempre foram vários. Como um cachorro que abana o rabo para todos os vizinhos, o luminol se excita com mais do que a hemoglobina no sangue e, infelizmente, responde muito bem a uma série de outras coisas: tinta, verniz, desentupidor de pia, cândida, dente-de-leão, cardo, murta trepadeira, milho. E, claro, cobre.

Lucy pega as tiras Hemastix para um provável teste, à procura de resíduos do que poderia ser sangue esfregado, enquanto Scarpetta abre a caixa do reagente Bluestar Magnum, pega o vidro marrom, um rolo de papel alumínio e um aerossol.

"É mais forte, dura mais, e não precisa ser usado na escuridão total", ela explica a Becky. "Não contém perborato de sódio tetraidratado, portanto não é tóxico. Pode ser usado em cobre porque a reação terá uma intensidade diferente, um espectro de cor diferente, e uma duração diferente da do sangue."

Ela ainda terá de ver o sangue no quarto de casal. Apesar do que disse Madelisa, a luz branca mais intensa não revelou a menor mancha. Só que isso não surpreende mais. Por todas as indicações que têm até agora, depois que Madelisa fugiu da casa, o assassino limpou meticulosamente tudo. Scarpetta seleciona a menor abertura do aerossol e despeja cento e dez mililitros de água estéril. A isso, acrescenta dois tabletes. Mexe delicadamente com uma pipeta por vários minutos, em seguida destampa o vidro marrom e despeja uma solução de hidróxido de sódio no aerossol.

Começa a borrifar e manchas, listras, formas e salpicos reluzem em azul-cobalto vivo por toda a sala. Becky tira fotografias. Um pouco mais tarde, depois que Scarpetta terminou de limpar o que sujou e está arrumando suas coisas na maleta, seu celular toca. É o especialista em digitais do laboratório de Lucy.

"Você não vai acreditar nisso", diz ele.

"Nunca comece uma conversa comigo desse jeito, a menos que esteja falando sério." Scarpetta não está brincando.

"A impressão na moeda de ouro." Ele está emocionado, fala rápido. "Nós descobrimos — é do menino não identificado encontrado semana passada. O garoto de Hilton Head."

"Tem certeza? Não pode ser. Não faz sentido."

"Pode não fazer sentido, mas não tenho a menor dúvida que é."

"Também nunca diga isso, a menos que esteja falando sério. Minha primeira reação é dizer que houve um erro", diz Scarpetta.

"Não houve. Eu peguei as impressões que Marino tirou na morgue. Verifiquei visualmente. Não há a menor dúvida de que o detalhe da impressão na moeda é do polegar direito do garoto. Não há erro nenhum."

"Uma impressão digital numa moeda que foi fumegada com cola? Não vejo como."

"Acredite, também concordo com você. Todos nós sabemos que as impressões digitais de um pré-adolescente não duram tempo suficiente para que sejam fumegadas. São quase que só água. Só suor, em vez de óleos, aminoácidos e tudo o mais que vem com a puberdade. Eu nunca fiz o teste com supercola numa digital de criança e não acho que dê para fazer. Mas essa impressão veio de uma criança e essa criança é o garoto que está na morgue."

"Talvez então tenha acontecido assim", diz Scarpetta. "Talvez a moeda nunca tenha passado pelo teste."

"Mas passou. Tem um detalhe de impressão no que sem dúvida se parece com supercola, ou seja, ela foi fumegada."

"Talvez ele tivesse cola no dedo quando pegou na moeda", diz ela. "E deixou a impressão dessa forma."

18

Nove da noite. Uma chuva forte batuca na rua, diante da cabana de pescador de Marino.

Lucy está molhada até os ossos quando liga o microgravador sem fio disfarçado de iPod. Em exatamente seis minutos, Scarpetta vai ligar para Marino. Nesse momento, ele está discutindo com Shandy e cada palavra que trocam é captada pelo microfone multidirecional embutido no pen drive do computador.

Passos pesados, barulho de uma porta de geladeira, o chiado de uma lata sendo aberta, provavelmente uma cerveja.

A voz raivosa de Shandy ecoa pelo fone de ouvido de Lucy. "...Não minta pra mim. Estou avisando. Assim de repente? De repente você resolve que não quer se comprometer? E por falar nisso, quem foi que disse que estou comprometida com você? A única merda comprometida aqui é você — com a porra do hospício. Quem sabe o noivo da Grande Chefe te dá um quarto com desconto lá."

Ele contou a ela sobre o noivado de Scarpetta e Benton. E Shandy bate onde dói, o que significa que ela sabe onde dói. Lucy se pergunta o quanto ela não teria usado isso contra ele, o quanto ela não o teria torturado com isso.

"Você não é minha dona. Você não tem que ficar por cima até não ser mais conveniente, então acho que eu é que vou me livrar de você antes", berra ele. "Você me faz mal. Me obriga a tomar aquelas merdas de hormônios — eu nem sei como ainda não tive um derrame ou algo parecido.

Depois de pouco mais de uma semana. E o que acontece depois de um mês, hein? Você escolhe a porra do cemitério? Ou quem sabe eu termino na porra de uma penitenciária porque perco a cabeça e apronto com você."

"Quem sabe você já aprontou."

"Vai pro inferno."

"Por que eu iria me comprometer com um fodido velho e gordo que nem consegue mais ficar de pau duro, a não ser com aquelas *merdas de hormônios*?"

"Corta essa, Shandy. Estou cheio de você ficar me espezinhando, tá entendendo? Se eu sou tão imprestável assim, o que você está fazendo aqui? Eu preciso de um pouco de espaço, tempo pra pensar. Está tudo muito arrebentado, no momento. O trabalho virou uma bosta. Voltei a fumar, não estou indo à academia, bebo demais, vivo dopado. Foi tudo pro espaço e tudo o que você faz é me meter em encrencas."

Seu celular toca. Ele não atende. O celular toca e toca.

"Responda!" Lucy fala em voz alta, sob a chuva forte e contínua.

"Sim?", a voz dele ressoa em seu fone.

Ainda bem. Marino se cala por alguns instantes, ouve, depois diz a Scarpetta, do outro lado da linha: "Isso não pode estar certo".

Lucy não pode ouvir o que diz Scarpetta, do outro lado, mas sabe o que está sendo dito. Ela está contando a Marino que não acharam nenhuma informação na Nibin ou no Iafis quanto ao número de série do Colt, 38, nem quanto às digitais e parciais de impressão recuperadas da arma e do cartucho que Bull encontrou na viela.

"E ele?", pergunta Marino.

Está falando de Bull. Scarpetta não pode responder a isso. As impressões de Bull não estariam no Iafis porque ele nunca foi condenado por crime nenhum, e o fato de ter sido preso várias semanas antes não conta. Se o Colt for dele, mas não tiver sido roubado nem usado em algum crime, para depois voltar às ruas, também não vai estar na Nibin. Ela já falou para Bull que seria útil se ele tivesse uma ficha para fins excludentes, mas ele não quer nem saber. E ela não pode lembrá-lo disso de novo porque não consegue falar com ele; tanto ela como Lucy tentaram várias vezes, depois que deixaram a casa de Lydia Webster. A mãe de Bull disse que ele tinha saído de barco para pegar ostras. Por que ele faria isso num tempo desses não dá para entender.

"Hã-hã, hã-hã." A voz de Marino enche os ouvidos de Lucy, ele voltou a passear de um lado para o outro, obviamente cuidadoso com o que diz na frente de Shandy.

Scarpetta também vai contar a Marino a respeito da impressão parcial na moeda de ouro. Talvez seja isso que ela está relatando agora mesmo, porque ele faz um som de surpresa.

Depois diz: "Bom saber".

Depois se cala de novo. Lucy o escuta andando de lá para cá. Ele se aproxima do pen drive no computador e uma cadeira arranha o assoalho quando senta. Shandy está quieta, provavelmente tentando entender o que ele está falando e com quem.

"Certo", diz ele finalmente. "Será que podemos cuidar disso mais tarde? Estou no meio de uma coisa aqui."

Não. Lucy tem certeza de que sua tia vai forçá-lo a falar sobre o quer que seja, ou ao menos a ouvir. Ela não vai desligar o telefone sem antes lembrá-lo de que, na última semana, ele começou a usar um antigo dólar de prata, conhecido como *Morgan dollar*, numa corrente. Pode ser que não tenha nenhuma conexão com a corrente de ouro que, ao menos por algum tempo, foi do garotinho morto que está no freezer de Scarpetta. Mas onde foi que Marino conseguiu sua espalhafatosa corrente? Se ela estiver perguntando isso a ele, Marino não está respondendo. Não pode. Shandy está ao lado, escutando. E ali parada, no escuro, sob a chuva, a água ensopando seu boné e entrando pelo colarinho do seu capote impermeável, ela pensa no que Marino fez com a tia, e aquela sensação volta. Uma sensação de puro destemor.

"Sei, sei, não tem problema", diz Marino. "Feito uma maçã madura caindo da árvore."

Lucy deduz que a tia está agradecendo. Que ironia, ela lhe agradecer. Como é que pode dizer obrigada por seja lá o que for? Lucy sabe o porquê, mas ainda assim é revoltante. Scarpetta agradece por ele ter ido falar com Madelisa, que acabou confessando que estava com o bassê, depois lhe mostrou um short manchado de sangue. O sangue estava no cachorro. Madelisa enxugou o sangue no short, o que indica que deve ter chegado ao local pouco depois de alguém ter sido ferido ou assassinado, porque o cachorro ainda estava molhado. Marino pegou o short. Deixou que ela ficasse com o cachorro. A história dele, segundo ele próprio, seria a de que o assassino roubou e provavelmente matou e enterrou o bassê em algum lugar. Surpreendente como Marino pode ser bom e decente com mulheres desconhecidas.

A chuva é um incansável tamborilar sobre a cabeça de Lucy. Ela caminha e fica fora da vista, caso Marino ou Shandy se aproximem da janela. Pode estar escuro, mas Lucy não quer correr riscos. Marino larga o telefone.

"Você me considera tão burra a ponto de achar que não sei com quem você estava falando, porra, e que estava fazendo um puta dum esforço pra eu não ter ideia do que estavam conversando? Falando por enigmas, pra resumir." Shandy esgoela. "Como se eu fosse burra pra cair nessa. Com a Grande Chefe, claro!"

"Não é da sua maldita conta. Quantas vezes vou ter que lhe dizer isso? Eu falo com quem eu bem entender."

"Tudo é do meu interesse! Você passou a noite com ela, seu babaca mentiroso! Vi sua maldita moto na porta dela, bem cedo de manhã! Acha que sou burra? E foi bom? Eu sei que passou metade da vida querendo isso. Foi bom, seu gordalhão?"

"Não sei quem enfiou nessa cabeça de mocinha mimada e rica que tudo é do seu interesse. Mas escute só. *Não é.*"

Depois da mais alguns *foda-se* e outras heresias e ameaças, Shandy sai furiosa e bate a porta. De onde está escondida, Lucy observa a moça caminhar com raiva pela lasca de areia que Marino tem na frente de casa, e em seguida partir com muito barulho para a ponte Ben Sawyer. Lucy espera mais alguns minutos, para ter certeza de que Shandy não está voltando. Nada. Apenas o ruído distante do trânsito e o barulho incessante da chuva. Na varanda de Marino, ela bate na porta. Ele abre imediatamente, a fisionomia raivosa de repente vazia, depois pouco à vontade, as expressões transitando pelas emoções como uma máquina caça-níquel.

"O que você está fazendo aqui?", pergunta ele, olhando por cima dela, como se estivesse preocupado com uma possível volta de Shandy.

Lucy entra no esquálido santuário que ela conhece melhor do que ele pensa. Repara num computador com o pen drive ainda atrelado. O falso iPod e os fones estão enfiados num bolso da capa. Ele fecha a porta, permanece parado na frente dela, parecendo mais desconfortável a cada segundo que passa, enquanto ela senta no sofá xadrez que cheira a mofo.

"Me disseram que você ficou espionando Shandy e eu quando estávamos na morgue, como se fosse uma maldita Lei Patriótica de duas pernas." Ele sai na dianteira, talvez presumindo que é por isso que ela está ali. "Já não aprendeu a não tentar fazer essas merdas comigo?"

Tolamente, tenta intimidá-la, quando sabe muito bem que nunca conseguiu intimidá-la, nem mesmo quando ela era criança. Nem mesmo quando era adolescente e ele a ridicularizava — às vezes zombava e evitava sua companhia — por quem e pelo que ela era.

"Já falei sobre isso com a doutora", Marino continua. "Não há mais nada para falar, portanto não me venha com sermões."

"E isso foi tudo o que você fez com ela? Falar com ela?" Lucy se inclina para a frente, tira a Glock de um coldre de tornozelo e aponta a arma para ele. "Me dê um bom motivo pra eu não te matar", diz ela, sem emoção.

Ele não responde.

"Um motivo só", diz Lucy de novo. "Você e a Shandy estavam brigando feito gato e rato. Deu pra ouvir ela gritando da rua."

Ela se levanta do sofá, vai até a mesa e abre uma gaveta. Pega um revólver Smith & Wesson. 357 que tinha visto na noite anterior, senta-se de novo, põe sua Glock no coldre de tornozelo. Aponta o revólver de Marino para ele.

"As impressões digitais de Shandy estão por toda parte. Imagino que haja um bocado de DNA dela por aqui. Vocês dois brigam, ela atira em você e depois sai a toda na moto. Uma vaca patologicamente ciumenta."

Ela destrava o cão do revólver. Marino nem pisca. Não parece se importar.

"Uma boa razão", diz ela.

"Eu não tenho razão nenhuma", diz ele. "Vá em frente. Eu queria que ela fizesse, mas ela não quis." Fala de Scarpetta. "Mas devia. Ela não atirou, então você pode ir em frente. Não dou a mínima se Shandy levar a culpa. Até ajudo você. Tem umas calcinhas dela embaixo da cama. Pode se servir do DNA dela. Se acharem DNA dela na arma, é tudo de que eles precisam. Todo mundo no bar sabe como ela é. Pergunte a Jess. Ninguém vai ficar espantado."

Depois Marino se fecha. Durante alguns momentos, ficam ambos imóveis. Ele parado diante da porta, os braços esticados dos lados. Lucy no sofá, o revólver apontado para a cabeça dele. Ela não precisa do alvo mais amplo do peito. E ele sabe muito bem disso.

Ela baixa a arma. "Sente-se", diz.

Ele senta na cadeira perto do computador. "Acho que eu já devia saber que ela ia contar para você", diz ele.

"Acho que você já devia saber o tanto que ela não contou. Nem uma única palavra a ninguém. Tia Kay continua protegendo você. Não é fantástico, isso?", diz Lucy. "Você viu o que fez nos pulsos dela?"

333

A resposta dele é um súbito brilho nos olhos congestionados. É a primeira vez que Lucy o vê chorar.

Mas continua: "Rose reparou. Foi ela que me disse. De manhã, quando estávamos no laboratório, eu vi por mim mesma — os hematomas nos pulsos. Como eu falei. O que vai fazer a respeito?".

Lucy tenta expulsar as imagens do que acredita que ele fez com a tia. A ideia de ele tê-la visto, de tê-la tocado, faz Lucy se sentir muito mais violada do que se tivesse sido ela a vítima. Olha para as manzorras, os braços enormes, a boca, e tenta afastar de si o que imagina que ele fez.

"O que está feito, está feito", diz ele. "É assim simples. Prometi que ela nunca mais vai me ter por perto de novo. Nem você. Caso contrário, pode me acertar como disse que faria e se safar, como sempre faz. Como já fez antes. Você se safa de tudo. Vá em frente. Se alguém fizesse com ela o que eu fiz, eu matava. O cara já teria batido as botas."

"Covarde patético. Ao menos diga a ela que sente muito, em vez de fugir ou forçar um policial a matá-lo."

"E que vantagem traria, dizer a ela que eu sinto muito? Acabou. É por isso que só sei das coisas depois que elas ocorrem. Ninguém me chamou para ir a Hilton Head."

"Não seja criança. Tia Kay pediu que você fosse ver Madelisa Dooley. Eu nem quis acreditar. Até agora me deixa enojada."

"Ela não vai me pedir mais nada. Não depois de você ter vindo aqui. E eu não quero que nenhuma das duas me peça nada", diz Marino. "Acabou."

"Lembra do que você fez?"

Ele não responde. Ele se lembra.

"Diga que você sente muito", diz Lucy. "Diga que não estava assim tão bêbado para não se lembrar do que fez. Diga a ela que se lembra e que sente muito, que não pode desfazer o que houve, mas que sente muito. Veja como ela reage. Ela não vai disparar contra você. Não vai nem mesmo mandar você embora. Ela é uma pessoa muito melhor que eu." Lucy segura mais firme o revólver. "Por quê? Apenas me diga por quê. Você já se embebedou com ela por perto. Já esteve com ela um milhão de vezes, até mesmo em quartos de hotel. Por quê? Como pôde?"

Ele acende um cigarro, as mãos tremendo muito. "Foi um pouco de tudo. Sei que não tem desculpa. Eu estava meio doido. Foi um pouco de tudo e sei que não importa, isso. Ela voltou com o anel de noivado, e eu não sei."

"Sabe sim."

"Eu nunca devia ter enviado o e-mail para a doutora Self. Ela fodeu com a minha cabeça. Aí veio a Shandy. Remédios. Bebidas. É como se um monstro tivesse se mudado para dentro de mim", diz Marino. "E não sei de onde ele saiu."

Repugnada, Lucy se levanta e joga o revólver no sofá. Passa por ele rumo à porta.

"Presta atenção", diz ele. "A Shandy é que arrumou esse treco pra mim. Eu não sou o primeiro cara pra quem ela deu. O último ficou de pau duro durante três dias. Ela achou engraçado."

"Que treco?" Apesar de saber.

"Gel hormonal. Está me deixando louco, como se eu quisesse transar com o mundo inteiro, matar todo mundo. Nada é suficiente para ela. Nunca tinha estado com uma mulher que não se satisfaz com nada."

Lucy se encosta na porta e cruza os braços. "Testosterona receitada por um safado de um proctologista em Charlotte."

Marino parece espantado. "Como é que você..." Sua expressão se anuvia. "Ah, entendi. Você já esteve aqui. Claro, porra."

"Quem é o imbecil na motocicleta, Marino? Quem é o mané que você quase matou no estacionamento do Kick'N Horse? O que supostamente quer tia Kay morta ou fora da cidade?"

"Bem que eu queria saber."

"Acho que sabe."

"Estou falando a verdade, juro. A Shandy deve saber quem é. Deve ser ela que está tentando expulsar a doutora da cidade. Aquela porra daquela vaca ciumenta."

"Ou talvez seja a doutora Self."

"E eu lá sei?"

"Talvez você devesse ter checado com a porra da sua vaca ciumenta", diz Lucy. "Quem sabe mandar um e-mail para a doutora Self para deixar a tia Kay com ciúmes tenha sido o mesmo que cutucar uma onça com vara curta. Mas eu desconfio que você estava ocupado demais fazendo sexo a poder de testosterona e estuprando minha tia."

"Eu não estuprei ninguém."

"Que nome você dá para o que você fez?"

"A pior coisa que já fiz na vida."

Lucy está de olhos fixos nele, o tempo todo. "E o que me diz daquele dólar de prata pendurado na corrente? Onde foi que arrumou?"

"Você sabe onde."

"Alguma vez Shandy lhe contou que a casa do papai foi assaltada pouco antes de ela ter se mudado para cá? Assaltada logo depois que ele morreu, aliás. Tinha uma coleção de moedas, algum dinheiro. Sumiu tudo. A polícia suspeita do envolvimento de algum empregado, mas nunca conseguiu provar nada."

"A moeda de ouro que Bull encontrou", diz Marino. "Ela nunca me disse nada sobre uma moeda de ouro. A única moeda que eu vi foi esse dólar de prata. Como é que sabe que não foi o Bull que perdeu? Foi ele que encontrou o menino, e a moeda tem a digital dele, certo?"

"E se a moeda foi roubada do pai de Shandy, depois que ele morreu?", diz Lucy. "O que isso lhe diz?"

"Ela não matou o garoto", diz Marino, com uma ponta de dúvida. "Quer dizer, ela nunca disse nada sobre ter tido filhos. Se a moeda tem algo a ver com ela, provavelmente foi porque deu pra alguém. Quando me deu esta, ela riu, disse que era uma coleira de cachorro pra eu nunca me esquecer de que era um de seus soldados. Que eu pertencia a ela. Não sabia que o significado disso era literal."

"Ter o DNA dela é uma ótima ideia", diz Lucy.

Marino se levanta e se afasta. Volta com uma calcinha vermelha. Coloca num saco de plástico para sanduíche. Entrega a Lucy.

"Meio esquisito você não saber onde ela mora", diz Lucy.

"Eu não sei nada sobre ela. Essa é que é a maldita verdade", diz Marino.

"Eu lhe digo exatamente onde ela mora. Nessa mesma ilha. Num lugarzinho acolhedor na água. Parece romântico. Ah. Esqueci de dizer, quando eu fui conferir, reparei numa moto parada na frente. Uma moto antiga, do tipo *chopper*, com placas de papelão, sob uma cobertura no abrigo. Não tinha ninguém em casa."

"Eu não percebi o que estava acontecendo. Eu não costumava ser assim."

"Ele não vai chegar nem a um milhão de quilômetros da tia Kay de novo. Eu vou dar um jeito nele porque não confio que você consiga. A moto dele é velha. Um pedaço de ferro velho com guidão 'seca-sovaco'. Não acho que seja muito seguro."

Marino não olha mais para ela. E diz: "Eu não era assim".

Ela abre a porta da frente.

"Por que você não se manda pra sempre das nossas vidas?", diz ela, da varanda, sob a chuva. "Eu não dou mais a mínima pra você."

O velho edifício de tijolos vigia Benton com olhos vazios, as janelas quase todas quebradas. A fábrica de charutos abandonada não tem luz e o estacionamento está totalmente às escuras.

Com seu laptop equilibrado nas coxas, ele entra — na verdade sequestra a rede sem fio do porto e espera no Subaru esporte de Lucy, um carro que normalmente não está associado a atividades policiais. Periodicamente, dá uma olhada pelo para-brisa. A chuva escorre devagar pelo vidro, como se a noite estivesse chorando. Ele enxerga a cerca alambrada à volta toda do estaleiro, do outro lado da rua, e vê a forma dos contêineres abandonados como vagões estragados de trem.

"Sem atividade nenhuma", diz ele.

A voz de Lucy soa em seu fone de ouvido. "Vamos aguentar o máximo que pudermos."

A frequência de rádio é segura. As habilidades tecnológicas de Lucy estão muito acima das de Benton e ele não é ingênuo. Tudo o que sabe é que ela tem formas de fazer qualquer coisa ser segura, e acha formidável poder espionar os outros que não podem espioná-la. Ele espera que ela tenha razão. Sobre isso e uma porção de outras coisas, inclusive sobre a tia. Quando pediu a Lucy para lhe mandar o avião, disse que não queria que Scarpetta soubesse.

"Por quê?", perguntou Lucy.

"Porque provavelmente vou ter de ficar a noite inteira dentro de um carro parado, vigiando o maldito porto", disse ele.

Pioraria ainda mais as coisas se ela soubesse que ele estava ali, a poucos quilômetros da sua casa. Ela poderia insistir em ficar sentada ao lado dele. Ao que Lucy respondeu que era loucura. Não havia como Scarpetta ficar vigiando o porto com ele. Nas palavras de Lucy, essa não era tarefa da tia. Ela não é um agente secreto. Não gosta de armas, ainda que saiba muito bem como usá-las, e prefere cuidar das vítimas e deixar que Lucy e Benton cuidem de tudo o mais. O que ela quis dizer de fato é que ficar sentada ali no carro, no porto, poderia ser perigoso, e Lucy não queria que Scarpetta corresse esse risco.

Engraçado Lucy não ter mencionado Marino. Isso poderia ter ajudado.

Benton continua sentado dentro do Subaru. Cheira a carro novo — cheiro de couro. Ele observa a chuva e olha para o outro lado da rua, sempre monitorando o laptop a fim de verificar se o Homem de Areia não sequestrou o sistema sem fio do porto e entrou. Mas de onde ele faria isso? Não desse estacionamento. Tampouco da rua, porque não ousaria parar o carro ali no meio do asfalto para enviar mais um e-mail infernal à infernal dra. Self, que provavelmente já deve estar de volta a Nova York, aconchegada em seu apartamento de cobertura no Central Park West. É exasperante. É de uma injustiça inacreditável. Mesmo que, no fim, o Homem de Areia não se safe, é quase certo que a dra. Self irá se safar, e ela é tão culpada dos assassinatos quanto o Homem de Areia, porque ficou sentada sobre as informações, não as examinou com cuidado, não se importou. Benton odeia a dra. Self. Gostaria que não fosse assim. Mas ele a odeia mais do que jamais odiou alguém na vida.

A chuva castiga o teto do carro, a neblina encobre as luzes de ruas distantes e ele não sabe distinguir o horizonte do céu, o porto do firmamento. Não sabe distinguir nada de nada nessa chuva, até que algo se move. Ele continua bem quieto e o coração bate mais rápido quando uma silhueta escura se move ao longo da cerca, do outro lado da rua.

"Tenho atividade." Ele transmite a Lucy. "Alguém entrou no sistema? Porque não estou vendo nada."

"Ninguém entrou." A voz dela soa de novo em seu fone de ouvido e ela confirma que o Homem de Areia não entrou no sistema sem fio do porto. "Que tipo de atividade?", pergunta ela.

"Junto à cerca. No sentido das quinze horas, e não está se mexendo agora. Continua nas quinze horas."

"Eu estou a dez minutos de distância. Nem isso."

"Eu vou sair", diz Benton, abrindo devagar a porta do carro, com a luz de dentro apagada. Escuridão total, e a chuva ressoando mais alto.

Ele põe a mão sob a jaqueta e tira a arma, mas não fecha por completo a porta do carro. Não faz o menor barulho. Sabe como proceder, já teve de fazer isso mais vezes do que gostaria de lembrar. Move-se como um fantasma, oculto e calado, pelas poças, pela chuva. A cada dois passos, se detém para ter certeza de que a pessoa do outro lado da rua não o vê. *O que está fazendo?* Só ali parado junto à cerca, sem se mexer. Benton se aproxima mais, e a figura não se mexe. Benton mal pode ver a silhueta através da cortina de água impelida pelo vento, e também não escuta nada por causa do barulho da chuva.

"Tudo bem com você?" A voz de Lucy em sua cabeça.

Ele não responde. Para atrás de um poste telefônico e sente o cheiro de creosoto. A figura na cerca se move para a esquerda, para a posição de treze horas, depois começa a atravessar a rua.

Lucy diz: "Você está recebendo?".

Benton não responde e a figura está tão perto que ele consegue ver a sombra escura de um rosto e o contorno de um chapéu, depois braços e pernas se movendo. Benton sai do escuro e aponta a arma para ele.

"Não se mexa." Ele diz isso em tom baixo, que exige atenção. "Estou com uma nove milímetros apontada para a sua cabeça, portanto não se mexa."

O homem, e Benton tem certeza de que é um homem, transformou-se em uma estátua. Não faz um barulhinho.

"Venha para a rua, mas não na minha direção. Vá para a esquerda. Bem devagar. Agora ajoelhe-se e ponha as mãos na cabeça." Depois, para Lucy, ele diz: "Peguei. Agora pode se aproximar".

Como se ela estivesse a um passo de distância.

"Espera." A voz dela está tensa. "Espera um pouco. Eu já vou."

Ele sabe que ela está longe — longe demais para ajudá-lo se houver algum problema.

O homem está com as mãos no topo da cabeça, ajoelhado sobre a superfície rachada do asfalto, e diz: "Por favor, não atire".

"Quem é você?", diz Benton. "Me diga quem é."
"Não atire."
"Quem é você?" Benton eleva a voz para ficar acima

do ruído da chuva. "O que está fazendo aqui? Diga quem você é."

"Não atire."

"Porra. Me diga quem você é. O que está fazendo aqui no porto? Não me faça perguntar isso de novo."

"Eu sei quem você é. Reconheci você. Minhas mãos estão sobre a cabeça, logo não há necessidade de atirar", diz a voz, enquanto cai a chuva, e Benton detecta um sotaque. "Estou aqui para apanhar um assassino, assim como você. Estou certo, Benton Wesley? Por favor, afaste essa arma. Eu sou Otto Poma. Estou aqui pela mesma razão que você. Sou o capitão Otto Poma. Por favor, guarde essa arma."

A Taverna do Poe fica a alguns minutos de distância da cabana de pescador de Marino. Seria muito bom tomar uma ou duas cervejas.

A rua está escura, de um negro brilhante, e o vento carrega o perfume da chuva e o aroma do mar e dos charcos. Ele parece mais manso, com sua Roadmaster pela noite escura e chuvosa, sabendo que não devia beber, mas não sabe como parar — e, de qualquer forma, a quem isso interessaria? Desde que aconteceu, sente um mal-estar na alma, uma sensação de terror. A besta que havia lá dentro veio à superfície, o monstro mostrou sua cara e aquilo que ele sempre temeu está bem a sua frente.

Peter Rocco Marino não é um sujeito decente. Assim como acontecia com quase todos os criminosos que pegou, sempre acreditou que muito pouca coisa na sua vida era culpa dele, que ele era um sujeito inerentemente bom, corajoso e bem-intencionado, quando a verdade é bem diferente. Ele é egoísta, doente e mau. Mau, mau, mau. Foi por isso que sua esposa o deixou. Por isso que sua carreira foi para o brejo. É por isso que Lucy o detesta. É por isso que arruinou a melhor coisa que já teve na vida. Seu relacionamento com Scarpetta morreu. E quem matou foi ele. Quem o brutalizou. Quem a traiu inúmeras vezes, por causa de algo que ela não pode evitar. Ela nunca o quis e por que haveria de querer? Ela nunca se sentiu atraída por ele. Como poderia se sentir? Por isso ele a puniu.

Marino muda para uma marcha mais alta e acelera mais ainda. Anda depressa demais, a chuva pinica dolorosamente sua pele e ele vai a toda pela zona do agito, como diz ele, onde ficam os botecos da ilha Sullivan. Os carros estão estacionados onde quer que haja espaço. Nenhuma moto, a não ser a dele, por causa do tempo. Ele se sente gelado, as mãos rígidas, com uma dor e uma vergonha insuportáveis, entremeadas de uma raiva venenosa. Solta a tira do seu inútil capacete aberto, pendura no guidão e tranca o garfo da frente da moto. Seus trajes de chuva rangem quando entra no restaurante de madeira crua e gasta, com ventiladores de teto e cartazes emoldurados de corvos e de provavelmente todos os filmes baseados em Edgar Allan Poe. O bar está lotado e seu coração bate forte e se agita feito um pássaro assustado quando repara em Shandy entre dois homens, um deles com um lenço *do-rag* na cabeça — o homem que Marino quase matou na outra noite. Ela conversa com ele, esfregando o corpo no braço dele.

Marino para perto da porta, escorrendo água no chão gasto, observando, se perguntando o que fazer, enquanto as feridas lá dentro incham, o coração dispara e ele tem a sensação de que cavalos galopam em seu pescoço. Shandy e o sujeito de *do-rag* estão tomando cerveja com doses de tequila, e petiscando *chips* de milho com pimenta e queijo, a mesma coisa que ela e Marino sempre pediam, quando iam lá. Ou costumavam pedir. No passado. Tudo acabou. Ele não usou o gel hormonal hoje de manhã. Jogou fora com muita relutância enquanto a criatura vil dentro de sua escuridão sussurrava zombarias. Ele não pode acreditar que Shandy seja tão ousada a ponto de ir até o bar com aquele homem, e o significado disso é óbvio. Ela o pôs na parede, quer que ele ameace a doutora. Por pior que seja

Shandy, por pior que ele seja, por piores que sejam juntos, Marino é ainda pior.

O que eles tentaram fazer com a doutora não é nada comparado ao que ele fez.

Marino se aproxima do bar sem olhar na direção deles, finge não tê-los visto, se perguntando por que não viu o BMW de Shandy. Ela provavelmente estacionou numa lateral, sempre preocupada com a eventualidade de alguém ralar uma porta. Ele se pergunta onde está a *chopper* do sujeito com *do-rag* e se lembra do que Lucy disse a respeito. A respeito de parecer perigoso. Ela fez alguma coisa. Provavelmente vai aprontar alguma com a moto de Marino, da próxima vez.

"O que vai tomar, querido? Onde esteve, falando nisso?" A atendente do bar parece ter uns quinze anos, assim como todo jovem parece aos olhos de Marino atualmente.

Está tão deprimido e exausto que não se lembra do nome da moça, acha que é Shelly, mas fica com medo de dizer. Pode ser Kelly. "Bud Lite", pede. Aproxima-se mais dela. "Não olhe agora. Mas aquele cara ali, com a Shandy?"

"Pois é, eles já estiveram aqui antes."

"Desde quando?" Marino pergunta, enquanto ela arrasta um chope para ele e ele uma nota de cinco para ela.

"Dois pelo preço de um. O que quer dizer que você tem direito a mais um, querido. O ano passado, acho eu. Não vou com a cara de nenhum dos dois, mas isso fica aqui entre nós. Não me pergunte o nome dele. Eu não sei. Ele não é o único que vem aqui com ela. Acho que ela é casada."

"Não brinca."

"Espero que você e ela estejam dando um tempo. Pra sempre, querido."

"Eu terminei com ela", diz Marino, tomando sua cerveja. "Não foi nada."

"Nada a não ser problema, é o que eu acho", diz Shelly ou Kelly.

Ele sente o olhar de Shandy. Ela parou de falar com

o sujeito de *do-rag* e agora Marino tem de se perguntar se ela fez sexo com ele o tempo todo. Marino se pergunta sobre as moedas roubadas e onde ela arranja dinheiro. Talvez o pai dela não tenha lhe deixado nada e ela achou que tinha de roubar. Marino se pergunta um monte de coisas e gostaria de ter se perguntado todas antes. Ela o vê na hora em que ergue a caneca gelada e dá um gole. Seus olhos brilhantes parecem meio loucos. Ele pensa em ir até onde ela está sentada, mas não consegue se levantar.

Sabe que eles não lhe dirão nada. Tem certeza de que vão rir dele. Shandy cutuca o sujeito de *do-rag*. Ele olha para Marino e lhe dá um sorrisinho besta, deve achar que é muito engraçado, ficar ali sentado, bolinando Shandy e sabendo que durante esse tempo todo ela nunca foi de fato a mulher de Marino. Com quem mais será que ela transa, porra?

Marino arranca sua corrente com o dólar de prata, joga no copo de cerveja e ela faz chape, antes de afundar. Empurra a caneca pelo balcão e ela para a pouca distância deles; ele sai, esperando ser seguido. A chuva cessou, a calçada fumega sob a iluminação pública e ele senta no banco molhado de sua moto e espera, torcendo para que o sigam. Vigia a porta da frente da Taverna do Poe, esperando e torcendo. Talvez possa puxar uma briga. Talvez possa terminá-la. Ele gostaria que as batidas de seu coração dessem uma desacelerada e que o peito parasse de doer. Talvez ele vá sofrer um ataque cardíaco. Seu coração deveria atacá-lo por suas maldades. Ele espera, olhando para a porta, olhando para as pessoas do outro lado das janelas iluminadas, todos felizes, exceto ele. Espera, acende um cigarro e fica sentado na sua moto molhada, em seus trajes de chuva ensopados, fumando e esperando.

Ele é tamanho nada que nem consegue mais enraivecer as pessoas. Não consegue fazer ninguém brigar com ele. É tamanho nada, ele, sentado lá fora, na escuridão chuvosa, fumando e olhando para a porta, torcendo para que Shandy ou o homem de *do-rag*, ou ambos, saiam e façam-no sentir que ainda tem algo que vale a pena dentro dele. Mas a porta não se abre. Eles não ligam. Não sentem medo. Acham que Marino é uma piada. Ele espera e fuma. Destranca o garfo da frente da moto e liga o motor.

Acelera, a borracha guincha e ele sai a toda. Deixa a moto debaixo da cabana e a chave na ignição porque não vai mais precisar dela. Para onde está indo, não vai precisar andar de moto. Anda rápido, mas não tão rápido quanto o batimento de seu coração, e, no escuro, sobe os degraus do cais lembrando de Shandy fazendo gozação com seu velho e mambembe cais, dizendo que ele era longo, magricela e torto como um *bicho-pau*. Ele a achava engraçada e inteligente com as palavras, quando dizia que, na primeira vez em que ele a levou lá, eles transaram a noite toda. Dez dias atrás. Era tudo o que havia. É preciso pensar que ela tinha armado uma com ele, que não fora coincidência ter flertado com ele na mesma noite do mesmo dia em que o cadáver do menino foi encontrado. Talvez ela quisesse usar Marino para obter informações. E ele deixou. Tudo por causa de um anel. A doutora ganhou um anel e Marino perdeu a cabeça. Suas botas enormes fazem um ruído surdo no píer e a madeira gasta sacode sob seu peso, enquanto pernilongos enxameiam a sua volta, como num desenho animado.

No fim do píer ele para, respirando pesado, comido vivo por um milhão de dentes invisíveis, enquanto as lágrimas escorrem pelo rosto e seu peito arfa rapidamente, do jeito como ele já viu o peito de um homem arfar logo depois de ter recebido uma injeção letal, pouco antes de sua expressão assumir um tom azul esfumaçado e ele morrer. Está tão escuro e nublado, a água e o céu parecem um só; abaixo dele os amortecedores fazem um ruído surdo e a água bate com suavidade nas estacas.

Ele grita alguma coisa que não parece vir dele, quando joga o celular e o fone de ouvido o mais longe que consegue. Atira tão longe que nem escuta quando eles caem.

19

Complexo Nacional de Segurança Y-12. Scarpetta para seu carro alugado num ponto de controle em meio a barreiras de concreto contra explosivos e arame-navalha nas cercas.

Ela baixa o vidro pela segunda vez nos últimos cinco minutos e entrega seu distintivo de identificação. O guarda entra na guarita para fazer um telefonema enquanto outro guarda vistoria o porta-malas do Dodge Stratus vermelho que Scarpetta teve a infelicidade de encontrar à sua espera na Hertz, quando aterrissou em Knoxville, uma hora antes. Tinha pedido um utilitário esportivo. Ela não dirige nada vermelho. Ela nem sequer usa vermelho. Os guardas parecem mais vigilantes do que em ocasiões anteriores, como se o carro os deixasse ainda mais desconfiados, e eles já são suficientemente desconfiados. O Y-12 tem o maior estoque de urânio do país. A segurança é inflexível e Scarpetta nunca perturba os cientistas de lá, a menos que haja uma necessidade especial que, como ela diz, atingiu massa crítica.

Na traseira do carro estão a janela embrulhada em papel pardo que foi retirada da área de serviço de Lydia Webster e uma caixinha contendo a moeda de ouro com a digital do menino assassinado e não identificado. Lá bem longe, no interior do complexo, há um laboratório de tijolos parecido com todos os outros, mas que guarda o maior microscópio eletrônico de varredura do planeta.

"Pode parar bem ali." Um guarda aponta. "Ele virá até aqui. Pode entrar com ele."

Ela avança, estaciona e espera o Tahoe preto dirigido pelo dr. Franz, o diretor do laboratório de materiais. Ela sempre vai atrás dele. Não importa quantas vezes já tenha estado ali, não só não consegue encontrar o caminho como nem tentaria. Perder-se dentro de uma fábrica que produz armas nucleares não é uma opção viável. O Tahoe avança, faz a volta, e o braço do dr. Franz acena pela janela, fazendo sinal para que ela o siga. Ela vai atrás dele, passando por edifícios indefinidos com nomes igualmente indefinidos, até que de repente o terreno dramaticamente se transforma em bosques e áreas abertas e chega a um prédio de um andar, chamado de Technology 2020. O cenário é enganosamente bucólico. Scarpetta e o dr. Franz saem dos veículos. Do banco de trás, a doutora retira o embrulho de papel pardo que contém a janela e que viajou em segurança, preso pelo cinto.

"Que coisas divertidas você traz pra nós", diz ele. "Na última, foi uma porta inteira."

"E nós encontramos a impressão de uma bota — que ninguém sabia que estava ali."

"Sempre tem um sempre tem." Era o mote do dr. Franz.

Mais ou menos da mesma idade que ela, vestido com camiseta polo e jeans largos, ele não era o que se tem em mente quando se pensa na imagem de um engenheiro metalúrgico nuclear que acha fascinante passar a vida ampliando partes de uma ferramenta pulverizada, de um fio de seda ou de peças e partes de um submarino ou ônibus espacial. Ela o segue até um laboratório sob todos os aspectos normal, não fosse a maciça câmara de metal, apoiada por quatro pilares com diâmetro de uma árvore. O microscópio de varredura de câmara grande Visi'Tech — LC-SEM — pesa dez toneladas e exige um guindaste de quarenta toneladas para instalá-lo. Resumindo, é o maior microscópio do planeta e a intenção original não era usá-lo em medicina forense, e sim em análises de falhas de materiais, como os de metais usados em armas. Mas tecnologia é tecnologia, até onde Scarpetta entende, e o Y-12 já se acostumou com sua mendigagem descarada.

O dr. Franz desembrulha o pacote. Coloca a janela e a moeda de ouro sobre uma mesa giratória de aço de quase oito centímetros de espessura e começa a posicionar uma pistola de elétrons do tamanho de um pequeno míssil, mais os detetores por trás, baixando-os tanto quanto possível até as regiões suspeitas, com areia, cola e vidro estilhaçado. Por meio de um controle remoto do eixo, ele vai consertando e ajustando a posição. Zumbe e clica. Para nos sinais de parada — ou botões — que impedem que partes preciosas batam nas amostras, ou umas nas outras, ou saiam pelas beiradas. Fecha a porta para poder aspirar a câmera até atingir dez elevado à potência menos seis, explica ele. Depois vai preencher o restante a dez elevado à potência menos dois, acrescenta, e então ninguém conseguiria abrir a porta, mesmo se tentasse, diz. Ele lhe mostra. Basicamente, o que têm são condições do espaço sideral, explica. Sem umidade, sem oxigênio, apenas as moléculas de um crime.

O ruído das bombas de aspiração, um cheiro elétrico, e a câmara começa a esquentar. Scarpetta e o dr. Franz saem, fecham a porta exterior e estão de volta ao laboratório; uma coluna de luzes nas cores vermelho, amarelo, verde e branco os lembra de que não há nenhum ser humano dentro da câmara, porque isso causaria morte instantânea. Seria o mesmo que um passeio espacial sem os trajes certos, diz o dr. Franz.

Ele se senta na frente de um console de computador, com múltiplos e enormes monitores planos, e diz a Scarpetta: "Vamos ver. Que magnificação você acha? Nós podemos ir até 200 mil X". Poder eles podem, mas é brincadeira.

"Aí um grão de areia pareceria um planeta, e talvez até encontrássemos pessoas morando lá", diz ela.

"Exatamente o que eu estava pensando." Ele clica por uma série de menus.

Scarpetta está sentada ao lado dele e as bombas para aspirar a pressão atmosférica a fazem se lembrar de uma máquina de ressonância magnética; a turbina da bomba dá um estalo, seguido de silêncio que só é quebrado a intervalos, quando o secador de ar dá um suspiro imenso que vem lá do fundo e soa como uma baleia. Eles esperam um pouco e, quando veem a luz verde, começam a olhar para o que o instrumento vê quando o feixe de elétrons bate numa área da vidraça.

"Areia", diz o dr. Franz. "E que diabos é isso?"

Misturadas aos diferentes formatos e tamanhos de grãos de areia, que parecem lascas e fragmentos de pedra, há esferas com crateras semelhantes a meteoritos e luas microscópicas. Uma análise preliminar confirma a presença de bário, antimônio e chumbo, além da sílica da areia.

"O caso envolveu tiroteio?", diz o dr. Franz.

"Não que eu saiba", responde Scarpetta, acrescentando: "É idêntico ao que houve em Roma".

"Podem ser partículas do ambiente ou da ocupação", supõe ele. "O pico, claro, é o silício. Mais traços de potássio, sódio, cálcio e, não entendo por quê, traços de alumínio. Vou subtrair o pano de fundo, que é o vidro." Agora ele fala consigo mesmo.

"Isso é parecido — muito parecido — com o que eles acharam em Roma", diz ela de novo. "A areia nas órbitas de Drew Martin. A mesmíssima coisa, e eu me repito porque quase não consigo acreditar. Certamente não entendo isso. O que parece um resíduo de tiro. E essas áreas escuras, sombreadas, aqui?" Ela aponta. "São camadas?"

"A cola", diz ele. "Eu me atreveria a dizer que a areia não é local — nem de Roma nem de adjacências. O que me diz da areia no caso Drew Martin? Já que não havia basalto, nada que indicasse atividade vulcânica, como seria de esperar, naquela região. Quer dizer então que ele levou a própria areia com ele, até Roma?"

"O que eu sei é que nunca se supôs que a areia fosse daquela região. Pelo menos não das praias vizinhas de Óstia. Eu não sei o que ele fez. Talvez a areia seja simbólica, tenha um significado. Mas eu já vi areia magnificada.

Já vi terra magnificada. E nunca tinha visto nada parecido com isso."

O dr. Franz manipula o contraste e a ampliação um pouco mais. E diz: "E agora fica mais estranho ainda".

"Quem sabe células epiteliais. Pele?" Ela examina o que o monitor mostra. "Não há menção disso no caso Drew Martin. Preciso ligar para o capitão Poma. Tudo depende do que foi considerado importante. Ou no que eles repararam. E não importa o quão sofisticado seja o laboratório da polícia italiana, não vai ter instrumentos de pesquisa e desenvolvimento com essa qualidade. Não vai ter uma máquina como essa." Ela quer dizer o microscópio LC-SEM.

"Bem, eu só espero que eles não tenham usado espectrometria de massa e digerido toda a amostra em ácido. Porque aí não haverá mais nada para novos testes."

"Não usaram", diz ela. "Fizeram uma análise radiológica em fase sólida. Raman. Qualquer célula de pele deve ter permanecido na areia recolhida, mas, como eu disse, não fui informada sobre isso. Não há nada no relatório. Ninguém mencionou nada. Preciso ligar para o capitão Poma."

"Já são mais de sete da noite lá."

"Ele está aqui. Quer dizer, em Charleston."

"Agora estou mais confuso ainda. Pensei que tivesse me dito que ele é um policial italiano. Não da polícia de Charleston."

"Ele apareceu meio que de improviso. Em Charleston, ontem à noite. Não me pergunte. Estou mais confusa que você."

Ela ainda está emburrada. Não foi uma surpresa muito agradável ver Benton aparecer na sua casa, na noite anterior, com o capitão Poma a tiracolo. Por um instante, ficou sem fala, tamanha a surpresa, e depois de um café e uma sopa, eles se foram tão subitamente quanto tinham chegado. Ela não viu mais Benton, e se sente infeliz e magoada, sem saber ao certo o que dizer a ele quando o vir — quando quer que isso aconteça. Antes de pegar o avião, pela manhã, tinha até pensado em tirar o anel.

"DNA", diz o dr. Franz. "Quer dizer que não queremos estragar isso com água sanitária. Mas o sinal seria melhor se pudéssemos nos livrar dos detritos e óleos da pele. Se é que são isso mesmo."

É como olhar para uma constelação de estrelas. Será que elas se parecem com animais, ou mesmo com uma cuia? Será que a lua tem uma cara? O que ela está realmente vendo? E afasta Benton da cabeça, para poder se concentrar.

"Sem água sanitária e, para ficarmos seguros, deveríamos de fato ir atrás do DNA", diz ela. "E mesmo que as células epiteliais sejam comuns nos resíduos de disparo em arma de fogo, isso só acontece quando as mãos do suspeito são comprimidas em papel carbono-adesivo de duas faces. De modo que não faz sentido, a menos que as células da pele tenham sido transferidas pelas mãos do assassino. Ou então as células já estavam no vidro. Mas o peculiar, nessa segunda hipótese, é que o vidro foi limpo, lavado, dá para ver as fibras do pano. Consistentes com algodão branco, e a camiseta suja que eu encontrei no cesto da lavanderia é de algodão branco, mas o que significa isso? Não muita coisa, na verdade. A lavanderia seria um grande aterro de fibras microscópicas."

"Nesse nível de magnificação, tudo se transforma num grande aterro." O dr. Franz dá um clique no mouse, manipula, reposiciona, e o feixe de elétrons bate numa área de vidro quebrado.

Por baixo da espuma de poliuretano, seca e transparente, as fendas parecem cânions. Formas brancas borradas podem ser mais células epiteliais, e as linhas e os poros são impressões da pele de alguma parte do corpo que atingiu o vidro. Há fragmentos de cabelo.

"Alguém bateu no vidro, ou lhe deu um soco?", pergunta o dr. Franz. "Talvez tenha se quebrado dessa forma, quem sabe?"

"Não com a mão ou a sola do pé", salienta Scarpetta. "Não há detalhe de fricção nas ranhuras." Ela não consegue parar de pensar em Roma. E diz: "Talvez os resíduos de disparo de arma de fogo estejam na areia, em vez de terem sido transferidos das mãos de alguém".

"Quer dizer, antes de ele ter tocado na areia?"

"Talvez. Drew Martin não foi baleada. Sabemos disso. No entanto, há traços de bário, antimônio e chumbo na areia encontrada na órbita dos olhos dela." Scarpetta repassa tudo, tentando pôr ordem nas coisas. "Ele põe a cola nas órbitas e depois gruda as pálpebras. Portanto, o que parece resíduo de arma de fogo já podia estar nas mãos dele e foi transferido para a areia, porque sem dúvida ele tocou na areia. Mas e se os resíduos de arma de fogo estavam ali porque sempre estiveram?"

"Primeira vez que eu fico sabendo de alguém que faz uma coisa dessas. Em que tipo de mundo estamos vivendo?"

"Espero que esta seja a última vez em que alguém faz uma coisa dessas, e olhe que eu venho me fazendo essa mesma pergunta o tempo todo", diz ela.

"Nada que diga que já não estava aí", diz o dr. Franz. "Em outras palavras, nesse caso" — ele indica as imagens no monitor — "a areia está na cola ou é a cola que está na areia? A areia estava nas mãos dele ou as mãos dele estavam na areia? A cola em Roma. Você disse que eles não usaram espectrometria de massa. Eles chegaram a analisar com FTIR?"

"Acho que não. É cianoacrilato. É tudo o que eu sei", diz ela. "Podemos tentar o FTIR, para ver que impressão molecular conseguimos."

"Ótimo."

"Na cola da janela e também na cola da moeda?"

"Com certeza."

A FTIR, ou espectrometria de infravermelho por transformada de Fourier, é um conceito bem mais simples do que o nome indica. Os elos químicos de uma molécula absorvem ondas de luz e produzem um espectro anotado que é tão singular quanto uma impressão digital. À primeira vista, as descobertas não surpreendem. Os espectros são os mesmos para a cola usada na janela e para a cola encontrada na moeda: ambas são cianoacrilato, mas não um que Scarpetta ou o dr. Franz reconheçam. A estrutura molecular não é o etilcianoacrialato da cola comum. É algo bem diferente.

"Dois-octilcianoacrilato", diz o dr. Franz, e o dia está passando rápido para eles. Já são duas e meia. "Não tenho ideia do que seja isso, a não ser, claro, que é um adesivo. E a cola em Roma? A estrutura molecular dela?"

"Não tenho muita certeza se alguém perguntou isso", diz ela.

Prédios históricos suavemente iluminados e a torre branca da igreja Saint Michael apontando direto para a lua.

De seu esplêndido quarto, a dra. Self não pode diferenciar o céu do porto e do mar porque não há estrelas. Parou de chover, mas não faz muito tempo.

"Eu adoro a fonte do abacaxi, não que dê para ver daqui." Ela fala com as luzes da cidade lá fora porque é mais agradável do que falar com Shandy. "Bem lá em baixo, na água, abaixo do mercado. E as crianças pequenas, tantas delas desfavorecidas, fazendo folia ali, no verão. Uma coisa eu digo, se você é dos que compraram um casarão num condomínio, vá se preparando para o barulho, que pode infernizar seu estado de espírito. Escute, estou ouvindo um helicóptero. Está ouvindo?", diz a dra. Self. "É a Guarda Costeira. E aqueles imensos jatos que a Força Aérea tem. Eles parecem navios de guerra voadores, sobrevoando tudo a cada minuto, mas você sabe como são esses aviões enormes. Jogando fora mais dinheiro do contribuinte, e para quê?"

"Eu não teria lhe contado se soubesse que iria parar de me pagar", diz Shandy de sua cadeira perto da janela, não obstante a total falta de interesse dela pela paisagem.

"Para mais desperdício, mais mortes", diz a dra. Self.

"Nós sabemos o que acontece quando esses rapazes e moças voltam para casa. Sabemos bem demais, não é mesmo, Shandy?"

"Me paga o que combinamos e aí pode ser que eu deixe você em paz. Eu só quero o que todo mundo quer. Não tem nada de errado nisso. Estou me lixando pro Iraque", diz Shandy. "E não estou a fim de ficar sentada aqui horas e horas discutindo política. Se quer saber da política real, vá a um bar." Ela ri, de maneira não muito agradável. "Eis aí uma ideia, você num bar. Você montada numa enorme Harley Davidson antigona." Ela agita o gelo da sua bebida. "Bate uma pro Bush em território bushista."

"Ou quem sabe o buxo é você."

"Porque a gente odeia árabes e veados e não acredita em jogar o bebê na privada ou vender pedaços e partes para a ciência médica. A gente ama torta de maçã, asinha frita de frango, Budweiser e Jesus Cristo. Ah, sim, e transar. Me dá o que eu vim buscar que eu calo a boca e vou embora."

"Como psiquiatra, eu sempre digo *conhece a si mesmo*. Mas não para você, minha cara. Eu recomendo que faça o possível para nunca, jamais conhecer a si mesma."

"Uma coisa é certa", diz Shandy, zombando. "Marino sem dúvida curou-se de você quando despencou pra cima de mim."

"Ele fez exatamente o que eu previa. Pensou com a cabeça errada", diz a dra. Self.

"Você pode ser tão rica e famosa quanto a Oprah, mas não há poder nem glória no mundo que consiga excitar um homem como eu consigo. Sou jovem, doce e sei o que eles querem, fico o tempo que eles quiserem e faço com que durem muito mais tempo do que jamais sonharam que podiam", diz Shandy.

"Está falando de sexo ou do derby de Kentucky?"

"Estou falando de você estar velha", diz Shandy.

"Talvez eu devesse levá-la ao meu programa. São tantas as perguntas fascinantes que eu poderia lhe fazer. O que os homens veem em você. Que almíscar mágico você exala para fazer com que eles a sigam como faz a sua bunda redonda. Vamos exibi-la do jeito como está agora, de calça de couro preto tão justa quanto a casca de uma ameixa e um paletó de denim sem nada por baixo. Claro, as botas. E a *pièce de résistance* — um *do-rag* que parece estar pegando fogo. Um tanto gasto, e eu não quero ser desagradável, mas que é do seu pobre amigo que acabou de sofrer uma acidente dramático? Minha plateia acharia comovente ver você usando o *do-rag* dele em volta do pescoço, e ouvir você falar que não vai tirá-lo enquanto ele não melhorar. Reluto em lhe dizer que, quando uma cabeça é rachada ao meio, feito um ovo, e o cérebro fica exposto ao ambiente, o que inclui os pavimentos, a coisa é meio séria."

Shandy bebe.

"Desconfio que, ao fim de uma hora — e não consigo enxergar uma série de programas, apenas um pequeno segmento de um único programa —, vamos concluir que você é atraente e bonita, com uma flexibilidade e um vem-cá-benzinho que ninguém nega", diz a dra. Self. "É bem provável que consiga se safar com suas predileções básicas, por enquanto, mas, quando tiver a idade que acha que eu tenho, a lei da gravidade vai fazer de você uma mulher honesta. O que eu vou dizer no meu programa? Que a gravidade vai alcançar você. A vida tende para a queda. Não de pé, ou em voo, nem sequer sentado. Uma queda tão feia quanto a de Marino. Quando eu incentivei você a ir procurá-lo, depois que ele foi imbecil o suficiente para me procurar primeiro, o mergulho em potencial parecia mínimo. Quaisquer que fossem os problemas que você causasse, minha cara. E até onde Marino poderia cair, afinal de contas, se ele nunca se ergueu muito de coisa nenhuma, pra começo de conversa?"

"Me dá a grana", diz Shandy. "Ou quem sabe eu pago a você e não tenho que escutar mais sua voz. Não admira que..."

"Não diga nada", retrucou a dra. Self, com aspereza mas

sorrindo. "Nós concordamos que há coisas que não devemos discutir e nomes que nunca deverão ser mencionados. Para o seu próprio bem. Não deve se esquecer dessa parte. Você tem muito mais com o que se preocupar que eu."

"Devia estar feliz", diz Shandy. "A verdade verdadeira? Eu lhe fiz um favor, porque agora você não vai ter mais que lidar comigo, e provavelmente você gosta de mim tanto quanto gosta do dr. Phil."

"Ele já esteve no meu programa."

"Bom, então me consiga um autógrafo dele."

"Eu não me sinto feliz", diz a dra. Self. "Bem que eu gostaria que você nunca tivesse aparecido com suas notícias nojentas, que você me relatou só para que eu lhe pagasse e a ajudasse a manter-se fora das grades. Você é uma garota esperta. Não é proveitoso para mim tê-la na prisão."

"Eu gostaria de nunca ter aparecido. Eu não sabia que iria parar com os cheques por causa..."

"Do quê? O que eu estaria pagando? O que eu pagava não precisa mais de apoio."

"Eu nunca devia ter te contado. Mas você sempre disse que eu tinha de ser honesta."

"Se eu disse, desperdicei saliva."

"E alguma vez se perguntou por quê...?"

"Eu gostaria de saber por que você quer me irritar, quebrando as regras. Há assuntos em que nós não tocamos."

"Eu posso trazer Marino à baila. E com certeza trouxe." Shandy dá um risinho sardônico. "Será que eu te contei? Ele ainda quer transar com a Grande Chefe. Isso vai incomodar um pouco, já que vocês duas têm quase a mesma idade."

Shandy avança nos *hors-d'oeuvres* como se fossem pedaços de frango do Kentucky Fried Chicken.

"Quem sabe ele transa com você, se pedir bem direitinho. O negócio é que ele transaria com ela mesmo antes de transar comigo, se tivesse essa opção. Já pensou?", diz ela.

Se bourbon fosse ar, não haveria mais nada para respirar naquela sala. Shandy pegou tanta bebida na sala de estar do Club Level que teve de pedir uma bandeja, enquanto a dra. Self fazia um chá de camomila para si e olhava para o outro lado.

"Ela deve ser realmente muito especial", diz Shandy. "Não é à toa que você odeia tanto ela."

Era metafórico. Tudo o que Shandy representa levava a dra. Self a olhar para o outro lado, e ela ficou tanto tempo olhando para o outro lado que não viu a colisão chegando.

"Eis aqui o que nós vamos fazer", disse ela. "Você vai sair desta linda cidadezinha para nunca mais voltar. Sei que vai sentir falta da sua casa de praia, mas já que é apenas uma formalidade educada chamá-la de sua, prevejo que vai sair bem rapidinho de lá. Antes de fazer as malas, por favor, livre-se de tudo. Lembra-se das histórias sobre o apartamento da princesa Diana? O que aconteceu depois que ela morreu? Carpete e papel de parede rasgados, até mesmo as lâmpadas arrancadas, o carro dela todinho amassado."

"Ninguém bota um dedo na minha BMW e na minha moto."

"Tem de começar esta noite mesmo. Esfregue, pinte, use cândida. Queime as coisas — pra mim tanto faz. Mas nem uma gota de sangue, de sêmen, de cuspe, nem uma peça de roupa, nem um único fio de cabelo, uma fibra, um pedaço de comida. Você vai voltar pra Charlotte, que é o seu lugar. Afilie-se à Igreja dos Bares Esportivos e adore o deus dinheiro. Seu falecido pai foi mais inteligente que eu. Não lhe deixou nada e certamente eu vou ter que lhe deixar algo. Está aqui, no bolso. E depois me vejo livre de você."

"Mas foi você que disse que eu devia morar aqui em Charleston, assim eu podia ser..."

"E agora eu tenho o privilégio de mudar de ideia."

"Você não pode me obrigar a fazer porra nenhuma. Não estou nem aqui com quem você é, e estou de saco cheio de ver você me dizendo o que falar. Ou o que não falar."

"Eu sou quem eu sou e posso fazer o que quer que me dê na telha", diz a dra. Self. "Agora é um bom momento para ser legal comigo. Você me pediu ajuda e cá estou. Acabei de lhe dizer o que fazer para que possa ir embora com seus pecados. Você devia dizer 'Muito obrigada' e 'O seu desejo é uma ordem pra mim' e 'Nunca mais farei qualquer coisa que possa incomodá-la ou que venha a lhe causar inconvenientes de novo'."

"Então me pague. Estou sem uísque e sem cabeça. Você me deixa mais louca que um rato de bueiro."

"Mais devagar. Ainda não terminamos nossa conversinha ao pé do fogo. O que você fez com Marino?"

"Ele é um salafrário."

"Salafrário. Quer dizer então que você lê, afinal. A ficção é realmente o melhor fato, e o jornalismo salafrário é mais verdadeiro que a verdade. A exceção é a guerra, uma vez que foi a ficção que nos levou até lá. E isso a levou a fazer o que fez, aquela coisa atroz, horrorosa, que você fez. Espantosa de contemplar", diz a dra. Self. "Você está sentada bem aqui, neste exato minuto, e nessa poltrona por causa de George W. Bush. Eu estou sentada aqui por causa dele também. Dar ouvidos a você está além das minhas forças, e esta é de fato a última vez que venho ao seu socorro."

"Vou precisar de outra casa. Não posso simplesmente me mudar e não ter uma casa", diz Shandy.

"Não estou bem certa de que algum dia vou conseguir me recobrar da ironia. Eu pedi a você que se divertisse um pouco com Marino porque eu queria me divertir um pouco com a Grande Chefe, como diz você. Mas não lhe pedi nada além disso. Eu não sabia do resto. Só que agora sei. Pouquíssimas pessoas são melhores que eu, e ninguém que eu conheça é pior que você. Porém, antes que faça as malas, limpe tudo e vá para onde gente como você vai, uma última pergunta. Houve, em algum momento, um instante em que você se sentiu incomodada? Não estamos falando de controle dos impulsos, minha cara. Não quando algo assim tão nojento ocorreu por tanto tempo. Como é que você encarava aquilo, dia após dia? Eu não posso ver nem um cachorro sendo maltratado."

"Só me dê o que eu vim aqui buscar, certo?", diz Shandy. "Marino se foi." Ela se abstém de dizer *salafrário* dessa vez. "Eu fiz o que você me disse pra fazer..."

"Eu não lhe disse para fazer aquilo que me forçou a vir até Charleston, quando tenho infinitas outras coisas pra fazer. E não vou embora até ter certeza de que você também vai."

"Você me deve."

"Quer fazer a soma de quanto você me custou, ao longo desses anos todos?"

"Pois é, você me deve porque eu não quis ficar com aquilo e você me obrigou. Estou cansada de viver seu passado. De fazer besteira porque isso a deixa se sentindo melhor a respeito das suas próprias besteiras. Você podia ter tirado das minhas mãos a qualquer momento, mas também não quis. Foi isso que eu tive que descobrir sozinha. Você também não queria. Então por que eu hei de sofrer?"

"Você percebe que este hotel adorável fica na rua Meeting, e que, se minha suíte estivesse na face norte, em vez de estar na face leste, nós quase que poderíamos ver a morgue?"

"A nazista é ela e tenho certeza absoluta de que ele transou com ela, não ficou só na vontade, quer dizer, ele fez com ela pra valer. Mentiu pra mim pra poder passar a noite na casa dela. E aí, como é que isso deixa você se sentindo? Ela deve ser qualquer coisa, não tem dúvida. Ele tem essa paixão tão grande por ela; Marino sairia latindo feito cachorro, ou usaria uma caixinha pra mijar, se ela lhe pedisse. Você me deve por eu ter aguentado isso tudo. Não teria acontecido se você não tivesse se saído com mais um dos seus truques e não tivesse me dito 'Shandy? Tem esse policial grandão e burro, e eu queria um favor seu.'"

"Você fez um favor a si mesma. Ficou com informações que eu não sabia que você precisava", diz a dra. Self. "De modo que eu fiz uma sugestão, mas claro que você não aceitou pelos meus belos olhos. Era uma oportunidade. Você sempre foi tão habilidosa para tirar vantagem das oportunidades. Na verdade, eu diria que você é brilhante nisso. Agora, a revelação magnífica. Talvez seja minha recompensa por tudo o que você me custou. Ela traiu? A doutora Kay Scarpetta traiu? Será que o noivo sabe disso?"

"E eu, onde fico? Aquele bunda-mole me traiu. Ninguém faz isso comigo. Todos os caras que eu podia ter tido, e aquele monstro fodido me trai?"

"Eis o que você pode fazer a respeito." A dra. Self tira um envelope do bolso do roupão de seda vermelha. "Você vai contar a Benton Wesley."

"Você é qualquer coisa mesmo."

"Eu acho justo que ele saiba. Aqui está seu cheque. Antes que eu me esqueça." Ela estende o envelope.

"E agora você vai jogar mais um joguinho comigo."

"Não é joguinho não, minha cara. Acontece que eu tenho o endereço do e-mail de Benton bem aqui", diz a dra. Self. "Meu laptop está na mesa."

Sala de reunião de Scarpetta.
"Nada incomum", diz Lucy. "Parecia a mesma coisa."
"A mesma coisa?", pergunta Benton. "A mesma coisa que o quê?"

Os quatro estão reunidos em volta de uma pequena mesa no que antes era um aposento de criados, muito possivelmente ocupado por uma jovem chamada Maria, uma escrava liberta que não quis deixar a família depois da guerra. Scarpetta deu-se ao trabalho de aprender a história da sua casa. Neste exato momento, gostaria de não tê-la comprado.

"Vou perguntar de novo", diz o capitão Poma. "Houve alguma dificuldade com ele? Quem sabe um problema no trabalho?"

Lucy diz: "E quando foi que ele não teve dificuldade no trabalho?".

Ninguém sabe de Marino. Scarpetta ligou para ele uma dezena de vezes, até mais, e ele não ligou de volta. A caminho da reunião, Lucy parou na cabana. A moto estava estacionada embaixo da casa, mas a caminhonete sumira. Ele não atendeu a porta. Não estava. Ela diz que olhou pela janela, mas Scarpetta conhece a sobrinha que tem.

"Sim, eu diria que sim", diz Scarpetta. "Eu diria que ele estava infeliz. Com saudade da Flórida e ressentido por ter se mudado para cá. Provavelmente não gosta de trabalhar para mim. Este não é um bom momento para tratarmos dos percalços e problemas de Marino."

Ela sente os olhos de Benton nela. Faz anotações num bloco e confere com outras anotações já feitas. Verificar os resultados preliminares do laboratório, ainda que saiba exatamente o que eles dizem.

"Ele não se mudou", diz Lucy. "Ou, se se mudou, largou suas coisas pra trás."

"E você viu tudo isso por uma janela?", diz o capitão Poma, curioso a respeito de Lucy.

Ele está de olho nela desde que se reuniram na sala. Parece se divertir de leve com ela, e a resposta de Lucy é ignorá-lo. A forma como olha para Scarpetta é igual ao jeito como olhava para ela em Roma.

"Parece um bocado para ver de uma janela", diz ele a Scarpetta, ainda que esteja falando com Lucy.

"Ele também não acessou o e-mail", continua Lucy. "Talvez suspeite que estou monitorando tudo. Nada entre ele e a doutora Self."

"Resumindo", diz Scarpetta, "ele está fora da tela do radar. Completamente."

Levanta-se e abaixa as persianas, já está escuro. Chove de novo e está chovendo desde o momento em que Lucy a pegou em Knoxville, onde as montanhas não pareciam existir, de tão nublado que estava. Lucy teve de desviar sempre que possível, voando bem devagar, seguindo os rios e encontrando elevações mais baixas. Foi sorte, ou talvez a bondade de Deus que impediu que se perdessem. Os esforços de busca tinham sido suspensos, exceto os conduzidos em terra. Lydia Webster não fora encontrada, viva ou morta. Seu Cadillac sumira.

"Vamos organizar nossas ideias", diz Scarpetta, porque não quer falar sobre Marino. Tem medo de que Benton pressinta como ela se sente.

Culpada e com raiva, e cada vez mais temerosa. Pelo visto Marino deu o golpe do desaparecido, entrou na caminhonete e foi embora, sem avisar, sem tentar reparar o estrago que causou. Ele nunca se deu muito bem com palavras, nunca fez muito esforço para compreender as suas complicadas emoções, e, desta vez, o que ele precisa consertar ultrapassa de longe sua capacidade de lidar com a situação. Ela tentou descartá-lo, não lhe dar atenção, mas ele é como um nevoeiro insistente. A lembrança dele nubla tudo à sua volta, e uma mentira se transforma em outra. Disse a Benton que os hematomas foram causados pelo porta-malas, que se fechou de repente em cima dos pulsos. Não se despiu na frente dele.

"Vamos tentar dar algum sentido ao que sabemos", diz ela para todos. "Eu gostaria de falar sobre a areia. Sílica — ou quartzo e calcário — e, depois de ampliada, fragmentos de conchas e corais, típicos da areia das regiões subtropicais como esta em que estamos. E, o mais interessante e espantoso de tudo, componentes de resíduos de disparo. Na verdade, vou chamá-los de resíduos de disparo porque não temos nenhuma outra explicação para o fato de haver bário, antimônio e chumbo presentes em areia de praia."

"Se é que é areia de praia", diz o capitão Poma. "Talvez não seja. O doutor Maroni contou que o paciente que foi vê-lo dizia ter acabado de voltar do Iraque. É de esperar que haja resíduos de disparo espalhados por lá. Talvez ele tenha trazido areia do Iraque porque perdeu o juízo por lá e a areia serve de lembrete."

"Não encontramos gipsita, e gipsita é comum nas areias

dos desertos", diz Scarpetta. "Mas eu realmente acredito que depende da região do Iraque, e não creio que o doutor Maroni saiba a resposta para isso."

"Ele não me falou exatamente onde", diz Benton.

"E quanto às anotações dele?", pergunta Lucy.

"Não tem nada lá."

"A areia das diferentes regiões do Iraque possuem diferentes composições e morfologia", diz Scarpetta. "Tudo depende de como o sedimento foi depositado, e, ainda que um alto teor salino não seja prova de que a areia é de uma praia, as duas amostras de que dispomos — do corpo de Drew Martin e da casa de Lydia Webster — apresentam alto teor salino. Em outras palavras, sal."

"Acho que o que vale, aqui, é saber por que a areia é tão importante para ele", diz Benton. "O que a areia diz sobre ele? Ele se autodenomina Homem de Areia. Simbologia para sacrificar as pessoas? Quem sabe. Um tipo de eutanásia que pode estar relacionada com cola, com algum componente médico? Talvez."

A cola. Dois-octilcianoacrilato. Cola cirúrgica, usada sobretudo por cirurgiões plásticos e médicos de outras áreas para fechar pequenas incisões ou cortes e, entre os militares, para tratar bolhas ocasionadas por fricção.

Scarpetta diz: "Talvez ele estivesse com essa cola cirúrgica por causa de seja lá o que for que ele faz e de quem ele é. Não se trata apenas de simbolismo".

"E há alguma vantagem nisso?", pergunta o capitão Poma. "Cola cirúrgica em vez da cola comum? Não tenho muita familiaridade com o que fazem os cirurgiões plásticos."

"Cola cirúrgica é biodegradável", diz ela. "Não é carcinogênica."

"Uma cola saudável." Ele sorri para ela.

"Pode-se dizer que sim."

"Será que ele acredita que está aliviando o sofrimento das vítimas? Talvez." Benton recomeça a falar como se estivesse ignorando os dois.

"Você disse que é sexual", o capitão Poma enfatiza.

O capitão está vestindo um terno azul-escuro, camisa preta, gravata preta, e parece ter acabado de sair de uma *première* de Hollywood ou de uma propaganda de roupas Armani. O que ele não parece é alguém de Charleston, e pelo visto Benton não gosta mais dele agora do que gostou em Roma.

"Eu não falei que foi apenas sexual", responde Benton. "Eu disse que há um componente sexual. Também digo que talvez ele não esteja consciente disso, e não sabemos se ele ataca sexualmente as vítimas, só que as tortura."

"Não estou nem certo de que sabemos isso."

"Você viu as fotos que ele mandou para a doutora Self. Como é que você chama isso, quando alguém força uma mulher a ficar sentada, nua, numa banheira de água fria? Provavelmente empurrando a cabeça dela na água várias vezes?"

"Eu não sei que nome daria porque não estava lá quando aconteceu", diz o capitão Poma.

"Se estivesse, desconfio que não estaríamos aqui, porque o caso já teria sido resolvido." Os olhos de Benton são como aço.

"Acho fantástico demais pensar que ele está aliviando o sofrimento de alguém", diz o capitão. "Sobretudo se sua teoria estiver correta e ele de fato torture as vítimas. A mim me parece que ele provoca sofrimento. Não que o alivia."

"É óbvio que ele provoca. Mas aqui não estamos lidando com uma mente racional, e sim com uma mente organizada. Ele é calculista e deliberado. Inteligente e sofisticado. Ele sabe como violar um domicílio e como não deixar provas. É bem possível que pratique o canibalismo e também que se considere unido com as vítimas, que faça delas uma parte dele. Que tenha um relacionamento significativo com elas e seja misericordioso."

"A prova." Lucy está mais interessada nisso. "Vocês acham que ele sabe que há resíduos de arma de fogo na areia?"

"Pode ser", diz Benton.

"Eu tenho sérias dúvidas", diz Scarpetta. "Seriíssimas. Mesmo que a areia venha de algum campo de batalha, digamos assim, de algum lugar significativo para ele, isso não quer dizer que ele sabe a composição da areia. Por que saberia?"

"Ponto para você. Eu diria que é muito provável que ele leve a areia com ele", diz Benton. "Também é muito provável que leve as ferramentas e os instrumentos de corte. Seja o que for que ele carrega, não é só por motivos utilitários. O mundo desse sujeito está cheio de símbolos, e ele age com impulsos que só farão sentido quando nós entendermos o que são esses símbolos."

"Eu não estou nem aí com os símbolos dele", diz Lucy. "O que mais me preocupa é saber o porquê dos e-mails para a doutora Self. Essa é a alavanca que controla o resto, a meu ver. E por que ela? Por que sequestrar a rede sem fio do porto? Por que saltar a cerca — vamos supor. E usar um contêiner abandonado? Como se ele fosse carga?"

Lucy era a mesma de sempre. Tinha saltado a cerca do estaleiro um pouco antes e dado uma olhada por causa de um palpite. Onde é que uma pessoa poderia sequestrar a rede do porto sem ser vista? Ela obteve as respostas dentro de um contêiner todo amassado, onde encontrou uma mesa, uma cadeira e um roteador sem fio. Scarpetta pensou um bocado a respeito de Bull, sobre a noite em que ele resolveu fumar um baseado perto de contêineres abandonados e se viu isolado. Será que o Homem de Areia estava lá? Será que Bull chegou perto demais? Ela quer lhe perguntar, mas não o vê desde que revistaram a viela juntos e encontraram o revólver e a moeda de ouro.

"Deixei tudo no lugar", diz Lucy. "Espero que ele não repare que estive lá. Mas pode notar. Não sei dizer. Ele não mandou nenhum e-mail do porto, esta noite, mas não tem mandado, nos últimos dias."

"E quanto ao tempo?", pergunta Scarpetta, de olho no céu.

"Deve clarear lá pela meia-noite. Vou dar uma passada no laboratório, depois vou ao aeroporto", diz Lucy.

Ela se levanta e é seguida pelo capitão Poma. Benton continua sentado e Scarpetta cruza com seu olhar; as fobias retornam.

Ele diz a ela: "Preciso falar um instante com você".

Lucy e o capitão Poma saem e Scarpetta tranca a porta.

"Deixe que eu começo. Você apareceu em Charleston sem avisar", diz ela. "Não me telefonou. Fiquei sem notícias suas por vários dias, e aí, de repente, você aparece ontem à noite, sem ser esperado, e com o capitão..."

"Kay", diz ele, pegando sua pasta e colocando no colo. "Não devíamos falar sobre isso agora."

"Você mal falou comigo."

"Será que a gente...?", ele começa a dizer.

"Não, não podemos adiar essa conversa para depois. Eu nem consigo me concentrar. Tenho de ir ao prédio da Rose, tenho tanta coisa para fazer, tanta coisa, e está tudo se desmanchando em volta e eu sei sobre o que você quer conversar. Não dá para dizer como eu me sinto. Talvez nunca dê. Não o culpo se tiver tomado alguma decisão. Eu certamente entendo."

"Eu não ia sugerir adiar isso para depois", diz Benton. "Eu ia sugerir que a gente parasse de se interromper."

Isso a confunde. Aquela luz em seus olhos. Ela sempre quis crer que o que há nos olhos dele é para ela, e agora tem medo de que não seja e nunca tenha sido. Ele olha para ela e ela desvia o olhar.

"Sobre o que você quer falar comigo, Benton?"

"Sobre ele."

"Otto?"

"Eu não confio nele. Esperando o Homem de Areia aparecer para mandar mais e-mails? A pé? Debaixo de chuva? No escuro? Ele avisou que estava vindo para cá?"

"Eu imagino que alguém disse a ele o que está acontecendo. Uma conexão entre o caso de Drew Martin com Charleston, com Hilton Head."

"Quem sabe o doutor Maroni tenha falado com ele", considerou Benton. "Eu não sei. Parece um fantasma." Ele está falando de Poma. "Está por toda parte, o maldito. Não confio nele."

"Vai ver que é em mim que você não confia", diz ela. "Por que você não desembucha logo isso?"

"Eu não confio nem um pouco nele."

"Então não devia passar tanto tempo com ele."

"Não passei. Não sei o que ele faz nem onde. Só sei que ele veio a Charleston, acho eu, por causa de você. É óbvio o que ele quer. Ser o herói. Impressionar você. Fazer amor com você. Não vou pôr a culpa em você. Ele é bonitão e charmoso, sem dúvida."

"Por que está com ciúme dele? Ele é tão pequeno, comparado a você. Eu não fiz nada que justifique esse ciúme. Você é que foi morar longe e me deixou sozinha. Entendo que você não queira mais esse nosso relacionamento. Então me diga e acabe logo com isso." Scarpetta olha para sua mão esquerda, para o anel. "Quer que eu tire do dedo?" Ela começa a tirar o anel.

"Não", diz Benton. "Por favor, não. Não acredito que você queira isso."

"Não é uma questão do que eu quero. É o que eu mereço."

"Não culpo os homens por se apaixonarem por você. Ou quererem você na cama. Sabe o que aconteceu?"

"Eu vou lhe devolver o anel."

"Deixe eu lhe dizer o que aconteceu", diz Benton. "Já é hora de você saber. Quando seu pai morreu, ele levou um pouco de você com ele."

"Por favor, não seja cruel."

"Porque ele adorava você", diz Benton. "Como não poderia adorá-la? A sua linda menininha. A sua menininha brilhante. A sua menininha boazinha."

"Não me machuque desse jeito."

"Estou lhe dizendo a verdade, Kay. Uma verdade importantíssima." A luz nos olhos dele de novo.

Ela não consegue olhar para ele.

"Daquele dia em diante, uma parte de você resolveu

que era perigoso demais reparar na maneira como alguém olha pra você quando te adora ou quer transar com você. E se ele morrer depois de ter me adorado? Você acha que não vai conseguir suportar isso de novo. E se ele te desejar sexualmente? Como é que você vai trabalhar com a polícia e a promotoria, se achar que eles estão imaginando o que tem debaixo de suas roupas e o que fariam com isso?"

"Pare. Eu não mereço isso."

"Nunca mereceu."

"Só porque eu optei por não notar não significa que mereço o que ele fez."

"Jamais, num milhão de anos."

"Não quero mais morar aqui", diz ela. "Eu devia lhe devolver o anel. Era da sua bisavó."

"E fugir de casa? Como fez quando não tinha mais ninguém a não ser sua mãe e Dorothy? Você saiu correndo e não foi a lugar nenhum. Perdeu-se em aprendizados e feitos. Correu muito, ocupada demais para sentir. Agora quer fugir, como Marino acaba de fazer."

"Eu nunca deveria ter deixado ele entrar."

"Deixou por vinte anos. Por que não deixaria naquela noite? Sobretudo vendo que ele estava embriagado e que era um perigo para si mesmo. Bom coração, isso você sempre teve."

"Rose contou. Ou Lucy."

"Foi um e-mail da doutora Self, indiretamente. Você e Marino tendo um caso. Descobri o resto com a Lucy. A verdade. Olhe para mim, Kay. Eu estou olhando para você."

"Prometa que não vai fazer nada contra ele. E piorar tudo, porque aí então você vai ser igual a ele. É por isso que vem me evitando, não me contou que viria para Charleston. Mal me ligou."

"Eu não evitei você. Por onde eu começo? Tem tanta coisa."

"O que mais?"

"Nós tínhamos uma paciente", diz ele. "A doutora Self fez amizade com ela — palavra que eu emprego de forma liberal. Basicamente, ela chamou essa nossa paciente de imbecil, e, vindo da doutora Self, não era nem xingamento nem piada. Era um julgamento, um diagnóstico. Era pior ainda porque foi a doutora Self que disse e a paciente ia voltar para casa, onde não estaria segura. Ela foi até a primeira loja de bebidas que encontrou. Pelo visto tomou uma garrafinha de vodca e se enforcou. É disso que estou tratando. E de tantas outras coisas que você não sabe. É por isso que estive meio distante. Que não conversei muito com você, nos últimos dias."

Ele abre com um estalo o fecho de sua pasta e tira um laptop.

"Ando muito relutante em usar os telefones do hospital, a internet sem fio de lá, estou tomando o maior cuidado em todas as frentes. Até em casa. Esse é um dos motivos de eu querer sair de lá. E você está prestes a me perguntar o que está havendo e eu prestes a lhe dizer que não sei. Mas tem alguma coisa a ver com as pastas eletrônicas de Paulo. As que Lucy invadiu porque ele as deixou surpreendentemente vulneráveis a quem quisesse acessá-las."

"Vulneráveis se você sabe onde procurar. Lucy não é exatamente um zero à esquerda."

"Mas estava limitada porque teve de entrar remotamente no computador dele, sem acesso físico à máquina." Ele se vira para o laptop. Insere um CD no drive. "Chega mais perto."

Ela puxa a cadeira até ficar ao lado da dele e olha o que Benton está fazendo. Por alguns instantes, ele tem um documento na tela.

"As anotações que nós já vimos", diz ela, reconhecendo a pasta eletrônica que Lucy achou.

"Não exatamente", diz Benton. "Com o devido respeito a Lucy, eu também tenho acesso a algumas pessoas extraordinárias. Não tão extraordinárias quanto ela, mas que quebram o galho, num aperto. O que você está vendo é uma pasta que foi deletada e depois recuperada. Não é a mesma que você viu, aquela que Lucy encontrou depois de ter arrancado de Josh a senha do sistema administrativo. Aquela determinada pasta estava a várias cópias de distância desta. Muitas depois."

Ela vai até a seta decrescente e lê. "Parece a mesma."

"Não é o texto que está diferente. É isso." Ele toca o nome da pasta no topo da tela. "Será que você reparou na mesma coisa que eu, quando Josh me mostrou isso?"

"Josh? Espero que confie nele."

"Confio, e por um bom motivo. Ele fez a mesma coisa que Lucy fez. Se meteu no que não devia, são farinha do mesmo saco. Ainda bem que são aliados e que ele a perdoou por tê-lo passado pra trás. Na verdade, ficou impressionado."

"O nome da pasta é MSNotas-vinte-um-dez-zero-seis", diz Scarpetta. "Presumo que MSNotas são as iniciais do paciente com as anotações que o doutor Maroni fez. E que vinte-e-um-dez-zero-seis é vinte e um de outubro de dois mil e seis."

"Você mesma disse. Disse MSNotas e o nome da pasta é MSNota." Ele toca na tela de novo. "Uma pasta que é copiada ao menos uma vez e, inadvertidamente, o nome muda. Um pastel. Não sei bem como isso ocorreu. Ou quem sabe foi deliberado, para não ficar copiando sempre a mesma pasta. Eu faço isso, de vez em quando, se não quero perder a primeira versão. O importante é que, quando Josh recuperou a pasta deletada pertencente ao paciente em questão, descobrimos que a versão mais antiga foi escrita duas semanas antes."

"Não pode ser apenas a versão mais antiga que ele guardou no disco rígido?", sugere Scarpetta. "Ou talvez ele tenha aberto a pasta duas semanas atrás e depois salvou de novo, o que teria mudado a data? Mas desconfio que isso implicaria uma pergunta: por que ele teria olhado as anotações antes mesmo de a gente saber que o Homem de Areia tinha sido paciente dele? Até o doutor Maroni ir para Roma, nunca tínhamos ouvido falar do Homem de Areia."

"Tem isso", diz Benton. "E tem também a fabricação de uma pasta. Porque é uma fabricação. Exato, Paulo escreveu suas anotações pouco antes de ir para Roma. Escreveu-as no mesmo dia em que a doutora Self foi admitida no McLean, em vinte e sete de abril. Na verdade, várias horas antes de ela chegar ao hospital. E o motivo de eu estar dizendo isso com um grau razoável de certeza é que Paulo, por mais que tenha esvaziado a lixeira, não conseguiu se livrar da pasta. Josh recuperou tudo."

Ele abre uma nova pasta, uma versão crua das anotações com as quais Scarpetta se familiarizou, mas nessa versão as iniciais do paciente não são MS e sim WR.

"O que a meu ver indica que a doutora Self deve ter ligado para Paulo. Nós já presumimos isso, de todo modo, porque ela não poderia simplesmente aparecer no hospital. O que quer que ela tenha lhe dito ao telefone o inspirou a começar a escrever as anotações", diz Scarpetta.

"Outro sinal de fabricação', diz Benton. "Usar as iniciais de um paciente para dar nome a uma pasta. Não é uma prática adotada em clínicas. Mesmo quando você deixa o protocolo meio de lado ou faz um julgamento não muito correto, não faz sentido mudar as iniciais do paciente. Por quê? Dar-lhe um novo nome? Por quê? Dar-lhe um pseudônimo? Paulo sabe perfeitamente que isso não se faz."

"Quem sabe o paciente não existe", diz Scarpetta.

"Agora você está vendo aonde eu quero chegar", diz Benton. "Acho que o Homem de Areia nunca foi paciente de Paulo."

20

Ed, o porteiro, não está à vista quando Scarpetta entra no prédio de Rose, quase às dez horas da noite. Chuvisca e o denso nevoeiro está se levantando, com as nuvens correndo pelo céu enquanto a frente se move para o mar.

Entra no escritório e olha em volta. Não tem muita coisa na escrivaninha: um fichário Rolodex, um caderno escrito MORADORES na capa, uma pilha de correspondências fechadas e mais as coisas de Ed e de dois outros porteiros — canetas, grampeador, itens pessoais como uma placa com um relógio em cima, um prêmio de um clube de pesca, um celular, um molho de chaves, uma carteira. Ela confere a carteira. A de Ed. Ele está de plantão esta noite, com três dólares para chamar de seus.

Scarpetta sai, olha em volta, e nem sinal de Ed. Ela volta ao escritório e folheia o caderno de registro dos moradores até encontrar o apartamento de Gianni Lupano no último andar. Sobe de elevador e se põe a escutar atrás da porta. Há música tocando, mas não muito alto; ela toca a campainha e escuta alguém se mexendo lá dentro. Toca a campainha de novo e bate na porta. Passos, a porta se abre e Scarpetta dá de cara com Ed.

"Cadê Gianni Lupano?" Ela passa por Ed, rumo ao som de Santana.

O vento sopra por uma janela aberta de par em par na sala de estar.

Os olhos de Ed estão em pânico e ele fala freneticamente. "Eu não sabia o que fazer. Isso é tão horrível. Eu não sabia o que fazer."

Scarpetta olha pela janela aberta. Olha para baixo e não consegue distinguir nada no escuro, apenas arbustos densos, uma calçada e a rua. Recua um passo e olha em volta do luxuoso apartamento de mármore, gesso em tons pastéis, ornamentações moldadas, móveis de couro italiano e arte audaciosa. As prateleiras estão forradas de livros antigos muito bem encadernados que algum decorador de interiores provavelmente comprou por metro, e há uma parede inteira ocupada por uma central de jogos elaborada demais para um espaço tão pequeno.

"O que aconteceu?", pergunta ela a Ed.

"Recebi um chamado faz uns vinte minutos." Com emoção. "Primeiro ele diz: 'Oi, Ed, você ligou o carro?', e eu digo: 'Claro, por que está perguntando?'. E fiquei meio nervoso, na hora."

Scarpetta repara no que parece ser meia dúzia de raquetes de tênis em estojos apoiados na parede atrás do sofá, uma pilha de sapatos de tênis ainda nas caixas. Sobre uma mesinha de centro, com uma base de vidro italiano, há uma pilha de revistas de tênis. Na capa da que está por cima, a foto de Drew Martin, prestes a lançar uma bola arqueada.

"Nervoso por quê?", pergunta ela.

"Por causa daquela moça, a Lucy. Foi ela que ligou o carro, queria olhar alguma coisa, e eu fiquei com receio de que ele tivesse descoberto tudo de algum jeito. Mas acho que não foi isso, porque aí ele me disse: 'Bom, você sempre teve tamanho cuidado com o carro que quero que fique com ele'. E eu disse: 'Quê? Do que o senhor está falando, senhor Lupano? Eu não posso ficar com o seu carro. Por que está tentando doar aquele carro tão lindo?'. E ele então falou: 'Ed, vou escrever isso num papel, para que todo mundo saiba que eu lhe dei o carro'. E foi aí que vim correndo pra cá, o mais rápido que pude, e encontrei a porta destrancada, como se quisesse facilitar a entrada das pessoas. E aí encontrei a janela aberta."

Anda e aponta, como se Scarpetta não pudesse ver por si mesma.

Ela chama o socorro enquanto correm pelo hall. Diz à operadora que talvez alguém tenha saltado de uma janela e dá o endereço. No elevador, Ed continua a falar desconjuntadamente sobre a busca que deu no apartamento de Lupano, só para ter certeza, e de ter encontrado o papel, que deixou onde estava, sobre a cama, e de ter continuado a chamá-lo; estava prestes a chamar a polícia quando Scarpetta apareceu.

No saguão de entrada, uma velha senhora vai tenteando o caminho com sua bengala. Scarpetta e Ed passam voando por ela e saem do edifício. Correm pelo escuro, contornam a esquina e param bem embaixo da janela aberta de Lupano. Toda cheia de luz, no topo do prédio. Scarpetta avança através de uma moita alta, os galhos estalando e fazendo a pele coçar, até descobrir o que temia. O corpo está nu e retorcido, membros e pescoço num ângulo artificial contra o muro de tijolos na lateral do prédio, o sangue rebrilhando no escuro. Ela pressiona dois dedos sobre a carótida e não sente pulsação nenhuma. Retorna o corpo ao chão e começa a ressuscitação cardiopulmonar. Quando ergue o rosto, limpa o sangue do rosto e da boca. As sirenes uivam, com as luzes azuis e vermelhas piscando a quarteirões de distância, na East Bay. Ela se levanta e volta pela moita até onde está Ed.

"Vem até aqui", diz ela. "Dê uma olhada e me diga se é ele."

"Ele está...?"

"Apenas olhe."

Ed abre caminho entre os galhos da moita e volta aos trambolhões por ela.

"Meu Deus do céu", diz ele. "Não, não. Senhor do céu."

"É ele?", pergunta ela, e Ed faz que sim com a cabeça. No fundo da mente, sente-se incomodada de ter feito uma respiração boca a boca sem proteção. "Pouco antes de ele ligar para você, para falar do Porsche, onde você estava?"

"Sentado na minha escrivaninha." Ed está com medo, os olhos inquietos. Está suando, umedece os lábios com frequência e limpa a garganta.

"Por acaso alguém entrou no prédio nesse mesmo horário, ou um pouco antes de ele ter ligado?"

As sirenes gemem e viaturas da polícia e uma ambulância param na rua, as luzes vermelho e azul do giroflex pulsando na cara de Ed. "Não", diz ele. Fora uns poucos moradores, diz ele, não viu ninguém.

Portas batendo, rádios resmungando, motores a diesel roncando. Policiais e técnicos da emergência médica saem dos seus veículos.

Scarpetta diz a Ed: "Sua carteira está sobre a mesa. Será que você tirou a carteira e aí recebeu a ligação? Estou certa?". Depois ela diz a um policial à paisana: "Ali". E aponta para uma sebe. "Veio de lá de cima." Aponta para a janela iluminada do último andar.

"Você é aquela nova legista." O detetive olha para ela, não parece totalmente seguro.

"Sou."

"Você certificou?"

"Isso cabe ao promotor."

O detetive começa a andar em direção aos arbustos enquanto ela confirma que o homem — pelo visto é Lupano — está morto. "Vou precisar de uma declaração sua, portanto não se afaste daqui", ele diz a ela, já a caminho. Os galhos se quebram e ciciam enquanto o detetive avança por eles.

"Não estou entendendo o que significa tudo isso. Minha carteira", diz Ed.

Scarpetta sai da frente para que os técnicos possam avançar com a maca e os equipamentos. Eles vão para a esquina mais distante do prédio, para poder manobrar por trás da sebe, em vez de entrar por ela.

"Sua carteira está na sua mesa. Bem ali, com a porta aberta. Esse é um hábito seu?", Scarpetta pergunta a Ed.

"Podemos conversar lá dentro?"

"Antes, vamos dar nossas declarações ao investigador ali", diz ela. "Depois conversamos lá dentro."

Scarpetta repara em alguém andando na direção deles, na calçada, uma mulher de roupão. Ela parece conhecida, depois se transforma em Rose. A doutora a intercepta bem rápido.

"Não venha até aqui", diz.

"Como se houvesse alguma coisa que eu já não tenha visto." Rose olha para a janela aberta e iluminada. "É ali que ele morava, não é?"

"Quem?"

"Esperar o quê, depois do que houve?", diz ela, tossindo e respirando fundo. "O que mais ele tinha?"

"A questão é o *timing*."

"Quem sabe foi o que houve com Lydia Webster. Está em tudo quando é noticiário. Você e eu sabemos que ela está morta", diz Rose.

Scarpetta só ouve, perguntando-se o óbvio. Por que Rose presumiria que Lupano talvez fosse afetado pelo que aconteceu com Lydia Webster? Por que Rose sabia que ele estava morto?

"Ele era bem cheio de si, quando nos conhecemos", diz Rose, olhando fixamente para as moitas escuras sob a janela.

"Eu nem sabia que vocês se conheciam."

"Foi só uma vez. Eu nem sabia quem ele era até Ed dizer alguma coisa. Ele estava conversando com Ed no escritório quando eu o vi, faz muito tempo isso. Meio abrutalhado. Achei que ele era da manutenção, não fazia ideia de que era o treinador de Drew Martin."

Scarpetta olha para a calçada e repara em Ed conversando com o detetive. Os paramédicos estão pondo a maca dentro da ambulância, as luzes de emergência piscam e os policiais exploram os arredores com lanternas.

"Alguém como Drew Martin só aparece uma vez na vida. O que sobrou para ele na vida?", diz Rose. "Possivelmente nada. As pessoas morrem, quando não sobra mais nada para elas. E eu não as culpo."

"Vamos entrar. Você não devia estar aqui fora, nesse ar úmido. Vou entrar com você", diz Scarpetta.

Elas contornaram o prédio na hora em que Henry Hollings descia as escadas. Ele não olhou para elas e caminhou depressa, com um propósito. Scarpetta o viu se dissolver no escuro, ao longo do quebra-mar, na direção da rua East Bay.

"Ele chegou aqui antes da polícia?", diz Scarpetta.

"Ele mora a cinco minutos daqui", diz Rose. "Ele tem um senhor apartamento no Battery."

Scarpetta olha atentamente para onde Hollings vai. No horizonte, dois navios iluminados no porto parecem brinquedos amarelos da Lego. O tempo está clareando. Ela vê algumas estrelas. E não menciona a Rose que o magistrado do distrito de Charleston acabou de passar por um morto e nem se deu ao trabalho de olhar. Ele não certificou o morto. Não fez coisa alguma. Dentro do prédio, ela entra no elevador com Rose, que não se sai muito bem na hora de disfarçar que não quer a companhia de Scarpetta.

"Estou bem", diz ela, segurando as portas abertas, impedindo o elevador de ir a qualquer andar. "Vou voltar pra cama. Tenho certeza de que tem gente querendo conversar com você aí fora."

"O caso não é meu."

"As pessoas sempre querem conversar com você."

"Depois que eu estiver certa de que você está segura, dentro do apartamento."

"Como você está aqui, talvez ele tenha presumido que você vai cuidar do caso", diz Rose, enquanto as portas se fecham e Scarpetta aperta o botão para o andar dela.

"Você fala do magistrado." Mesmo que Scarpetta não o tenha mencionado, nem salientado que, inexplicavelmente, ele fora embora sem fazer seu trabalho.

Rose está arfando demais para falar, enquanto caminham pelo corredor até seu apartamento. Ela para na soleira da porta e dá um tapinha no braço de Scarpetta.

"Abra a porta e eu vou embora", diz Scarpetta.

Rose pega sua chave. Ela não quer abrir a porta com Scarpetta parada ali.

"Entra", diz Scarpetta.

Rose não entra. Quanto mais relutante ela se mostra, mais teimosa fica Scarpetta. Por fim, Scarpetta pega as chaves dela e abre a porta. Há duas poltronas puxadas para perto da janela que dá para o porto e, entre elas, sobre uma mesinha, dois copos de vinho e um pratinho de castanhas de caju.

"A pessoa que você anda vendo", diz Scarpetta, convidando-se a entrar. "Henry Hollings." Ela fecha a porta e olha bem nos olhos de Rose. "Foi por isso que ele saiu esbaforido daqui. A polícia ligou para ele para comunicar sobre Lupano, ele lhe contou e depois saiu, para poder voltar sem ninguém saber que ele já estava aqui."

Ela se aproxima da janela, como se pudesse vê-lo na rua. Olha para baixo. O apartamento de Rose não é muito distante do de Lupano.

"Ele é uma figura pública e tem que tomar cuidado", diz Rose, sentando-se no sofá, exausta e pálida. "Não estamos tendo um caso. A mulher dele morreu."

"E é por isso que ele se esgueira até aqui?" Scarpetta senta ao lado de Rose. "Desculpe. Mas isso não faz sentido."

"Para me proteger." Uma respirada funda.

"Do quê?"

"Se alguém soubesse que o magistrado está vendo uma secretária, a história já teria vindo à tona. E com certeza acabaria nos noticiários."

"Entendo."

"Não entende não", diz Rose.

"Seja o que for que a faça feliz, me deixa feliz também."

"Até ir visitá-lo, você presumia que odiava o sujeito. Isso também não ajudou", diz Rose.

"Quer dizer que a culpa é minha por não ter lhe dado uma chance", diz Scarpetta.

"Eu não podia lhe garantir outra coisa, podia? Você presumiu o pior, a respeito dele, assim como ele presumiu o pior a seu respeito." Rose faz esforço para respirar, e está cada vez pior. O câncer a está destruindo bem diante dos olhos de Scarpetta.

"Agora vai ser diferente", ela diz a Rose.

"Ele ficou tão feliz de você ter ido procurá-lo", diz Rose, estendendo o braço para pegar um lenço, tossindo. "Foi por isso que ele veio, esta noite. Para me contar sobre a visita. Não falou de mais nada. Ele gostou de você. Quer que trabalhem juntos. E não um contra o outro." Ela tosse um pouco mais, o lenço de papel respingado de sangue.

"Ele sabe?"

"Claro. Desde o começo." Sua expressão adquire um ar sofrido. "Naquela lojinha de vinhos da East Bay. Foi instantâneo. Assim que nos conhecemos. Começamos a falar sobre borgonha e *bordeaux*. Como se eu soubesse. Assim do nada, ele sugeriu que experimentássemos alguns. Ele não sabia onde eu trabalhava, de modo que não foi isso. Ele só ficou sabendo que eu trabalhava para você muito tempo depois."

"Não importa o que ele sabe ou não. Eu não ligo."

"Ele me ama. Eu lhe digo para não fazer isso. Ele diz que quando se ama alguém, é assim que é. E quem é que sabe quanto tempo mais vamos estar aqui. É assim que Henry explica a vida."

"Então sou amiga dele", diz Scarpetta.

Ela deixa Rose e encontra Hollings falando com o detetive, ambos perto da moita onde o corpo foi encontrado. A ambulância e o carro de bombeiros já se foram, não há nada estacionado por ali, a não ser um carro sem identificação e uma viatura policial.

"Eu achei que você tinha se esquivado de nós", diz o detetive, enquanto Scarpetta anda na direção deles.

Ela diz a Hollings: "Quis ter certeza de que Rose está segura em casa".

"Deixe-me colocá-la a par dos lances mais recentes", diz Hollings. "O corpo está a caminho da Faculdade de Medicina da Carolina do Sul e vai para a autópsia amanhã de manhã. Será muito bem-vinda se quiser participar dos trabalhos na condição que achar melhor. Ou não."

"Não há nada até agora que indique que tenha sido qualquer outra coisa que não suicídio", diz o detetive. "O que me incomoda é o fato de ele não estar vestido. Se pulou, por que tirou toda a roupa?"

"Talvez a resposta venha da toxicologia", diz Scarpetta. "O porteiro disse que Lupano parecia intoxicado, quando ligou, pouco antes de ter morrido. Acho que todos nós já vimos o suficiente para saber que, quando alguém decide cometer suicídio, faz coisas que nos parecem ilógicas, até mesmo suspeitas. Por acaso acharam roupas lá dentro que poderiam ser as que ele tirou?"

"Estou com alguns caras lá em cima, verificando isso. Roupas na cama. Calça jeans, camisa. Nada de inusitado nessa parte. Também não há sinais de que houvesse mais alguém com ele, quando saiu pela janela."

"Por acaso Ed disse alguma coisa sobre ter visto um estranho dentro do prédio, esta noite?", pergunta Hollings a ela. "Ou talvez alguém que tenha aparecido para ver Lupano? E uma coisa eu vou dizer, Ed é um verdadeiro maníaco quando se trata de deixar as pessoas entrarem."

"Não cheguei até esse ponto com ele", diz Scarpetta. "Eu perguntei por que ele estava com a carteira fora do bolso, à vista de todos. Ele disse que estava sobre a escrivaninha quando recebeu o chamado de Lupano e correu lá para cima."

"Ele pediu uma pizza", fala o detetive. "Foi isso que ele me disse, que tinha acabado de tirar uma nota de cem dólares da carteira quando Lupano chamou. Ed de fato pediu uma pizza. Da Mama Mia. Ele não atendeu e o entregador foi embora. Estou tendo problemas com a parte de ele ter uma nota de cem dólares com ele. Será que achou que o entregador ia ter troco?"

"Talvez fosse o caso de lhe perguntar quem ligou primeiro."

"Boa ideia", diz Hollings. "Lupano é conhecido por

sua vida espalhafatosa, por ter preferências caras e levar consigo grandes quantidades de dinheiro vivo. Se ele tivesse voltado para o prédio durante o turno de Ed, Ed saberia que ele estava em casa. Ele faz o pedido da pizza, depois percebe que tudo o que tem são três dólares e uma nota de cem."

Scarpetta não vai contar que no dia anterior Lucy esteve olhando o carro de Lupano, vendo seu GPS.

"Talvez tenha acontecido desse jeito — Ed ligou para Lupano, para pedir um trocado. E, a essa altura, Lupano já está bêbado, talvez drogado, irracional. Ed fica preocupado e vai até lá."

"Ou quem sabe tenha subido para pegar o dinheiro trocado", diz Hollings.

"O que ainda implica Ed ter ligado primeiro."

O detetive se afasta, dizendo: "Vou perguntar para ele".

"Tenho a sensação de que você e eu ainda temos algumas questões para esclarecer", diz Hollings para ela.

Scarpetta olha para o céu e pensa em voar.

"E se a gente achasse um lugar sossegado para conversar?", diz ele.

Do outro lado da rua estão os jardins de White Point, vários acres de monumentos à Guerra Civil, carvalhos e canhões armados e voltados para Fort Sumter. Scarpetta e Hollings sentam-se num banco.

"Eu já sei de Rose", diz ela.

"Imaginei que soubesse."

"Contanto que você cuide dela."

"Me parece que você trabalha muito bem nesse setor. Eu comi um pouco do seu cozido, algumas horas atrás."

"Antes de partir e voltar. Para que ninguém desconfiasse que você já estava no prédio", diz Scarpetta.

"Quer dizer que não se importa", diz ele, como se precisasse da aprovação dela.

"Contanto que você seja bom com ela. Estou me perguntando se você teria entrado em contato com ele, depois que saí da sua agência, mais cedo."

"Posso lhe perguntar por que quer saber isso?"

"Porque você e eu falamos sobre ele. Perguntei por que ele teria comparecido ao enterro de Holly Webster. Acho que sabe o que me ficou na cabeça."

"Que eu iria perguntar a ele."

"E você perguntou?"

"Perguntei."

"Está nos noticiários que Lydia Webster desapareceu e o que se acredita é que esteja morta", diz Scarpetta.

"Ele conhecia Lydia. Certo. Falamos por um bom tempo. Ele estava muito perturbado."

"Foi por causa de Lydia que ele manteve um apartamento aqui?"

"Kay — espero que não se incomode de eu chamá-la assim —, eu estava bem consciente da presença de Gianni no enterro de Holly, no verão passado. Mas não poderia demonstrar que estava. Seria trair a confiança que ele depositou em mim."

"Estou até aqui com as pessoas e suas confianças."

"Não tentei criar empecilhos. Se por acaso você descobrisse por si só..."

"Também estou cheia disso. Descobrir por mim mesma."

"Se tivesse descoberto por si mesma que ele esteve no enterro de Holly, tudo bem. Por isso disponibilizei o livro de presença para você. Entendo sua frustração. Mas você teria feito a mesma coisa. Você não trairia a confiança de alguém, certo?"

"Depende. Isso é o que eu vou decidir."

Hollings olha para as janelas iluminadas do prédio. E diz: "Agora tenho de me preocupar em saber se fui de alguma forma responsável".

"Confiança de quem?", pergunta Scarpetta. "Uma vez que estamos falando sobre eles e você parece ter um segredo."

"Ele conheceu Lydia muitos anos atrás, quando a copa Family Circle ainda era disputada em Hilton Head.

Eles tiveram um caso, um longo caso, e foi por isso que ele manteve um apartamento aqui. Depois veio aquele dia de julho, a punição. Ele e Lydia estavam no quarto dela e você pode preencher as lacunas. Ninguém se preocupou em ver como estava Holly e a menina se afogou. Eles romperam. O marido dela foi embora. Ela desmoronou completamente."

"E ele começou a dormir com Drew?"

"Só Deus sabe com quantas mulheres ele dormiu, Kay."

"Por que ele manteve esse apartamento? Se o caso com Lydia estava acabado."

"Talvez para ter um lugar clandestino onde pudesse se encontrar com Drew. Sob o disfarce de treinos. Talvez porque dissesse que as folhagens de cores vibrantes, o tempo, o ferro batido e as antigas casas de tijolos lhe traziam de volta a Itália. Continuou sendo amigo de Lydia — isso segundo a versão dele. Ia vê-la de vez em quando."

"Quando foi a última vez? Ele lhe disse?"

"Várias semanas atrás. Ele saiu de Charleston depois que Drew ganhou o torneio aqui, mas acabou voltando."

"Talvez eu não esteja encaixando as peças muito bem no tabuleiro." O telefone dela toca. "Por que ele voltaria para cá? Por que não foi com Drew para Roma? Ou será que foi? Ela tinha o Aberto da Itália e o torneio de Wimbledon pela frente. Nunca entendi por que ela de repente resolveu sair com as amigas, em vez de treinar para o que teria sido a maior vitória de sua carreira. Em vez disso, vai para Roma? Não para treinar para o Aberto da Itália. Mas para se divertir? Eu não compreendo."

Scarpetta não atende o telefone. Ela nem sequer olha para ver quem é.

"Ele me contou que foi para Nova York depois que ela venceu o campeonato aqui. Isso não faz nem um mês. Quase impossível de acreditar."

O celular para de tocar.

E Hollings diz: "Gianni não foi com Drew porque ela tinha acabado de despedi-lo".

"Foi ela que o despediu?", diz Scarpetta. "Isso é do conhecimento geral?"

"Não, não é."

"Por que ela o demitiu?" O telefone dela começa a tocar de novo.

"Por que a doutora Self mandou", diz Hollings. "Foi por isso que ele foi a Nova York. Para confrontá-la. Para tentar fazer Drew mudar de ideia."

"Acho melhor ver quem é." Scarpetta atende o telefone.

"Você precisa passar por aqui a caminho do aeroporto", diz Lucy.

"Não fica exatamente no caminho."

"Mais uma hora, uma hora e meia, e acho que podemos decolar. O tempo deve melhorar bastante até lá. Você tem de passar por aqui." Lucy diz a Scarpetta onde será o encontro e acrescenta: "Não quero falar sobre isso ao telefone".

Scarpetta diz que vai. Para Henry Hollings, ela diz: "Presumo que Drew não mudou de ideia".

"Ela não queria nem falar com ele."

"E a doutora Self?"

"Ele chegou a falar com ela. Na casa dela. Quer dizer, isso foi o que ele me contou. Que a doutora lhe disse que ele não servia para ela, que era uma influência pouco saudável, e que ela continuaria a aconselhar Drew a manter distância. Ele foi ficando cada vez mais atormentado e enraivecido, enquanto me contava tudo isso, e agora vejo que eu devia ter percebido. Devia ter vindo para cá na mesma hora, sentado com ele. Feito alguma coisa."

"O que mais aconteceu com a doutora Self?", pergunta Scarpetta. "Drew foi para Nova York e no dia seguinte partiu para Roma. Nem vinte e quatro horas depois, some e acaba assassinada, muito possivelmente pela mesma pessoa que matou Lydia. E eu tenho que ir para o aeroporto. Se quiser vir conosco, será bem-vindo. Se tivermos um pouco de sorte, vamos precisar de você de toda maneira."

"O aeroporto?" Ele se levanta do banco. "Agora?"

"Não quero esperar nem mais um dia. O corpo dela está em pior forma a cada hora que passa."

Começam a andar.

"Agora? E eu tenho de acompanhar vocês no meio da noite, e não faço ideia do que pretendem", diz Hollings, perplexo.

"Indicadores de calor", diz ela. "Infravermelhos. Qualquer variação aparece melhor no escuro, e os vermes podem aumentar a temperatura de um corpo em decomposição em até vinte graus centígrados. Já faz mais de dois dias, porque, quando ele saiu da casa dela, tenho absoluta certeza de que ela não estava mais viva. Não com base no que encontramos. O que houve com a doutora Self? Será que Lupano lhe contou algo mais?"

Estão quase no carro dela.

"Ele disse que se sentiu extraordinariamente insultado", diz Hollings. "Ela falou coisas muito aviltantes e não quis divulgar o local onde ele poderia encontrar Drew. Depois que foi embora, ele ligou mais uma vez para a doutora Self. Esse seria o maior momento de sua carreira e ela tinha acabado de arruiná-lo; então veio o golpe final. Ela disse a ele que Drew se hospedara em sua casa, que estava no apartamento quando ele implorara que desfizesse o que tinha feito. Eu não vou com você. Não precisa de mim lá e, bem, eu quero dar uma olhada em Rose."

Scarpetta destranca seu carro enquanto pensa no *timing*. Drew passou a noite no apartamento de cobertura da dra. Self e no dia seguinte pegou um avião para Roma. No dia subsequente a esse, o dia dezessete, ela desapareceu. Um dia depois, o dia dezoito, foi encontrada. No dia vinte e sete, Scarpetta e Benton estavam em Roma, investigando o assassinato de Drew. No mesmo dia, a dra. Self foi admitida no McLean e o dr. Maroni fabricou uma pasta com supostas anotações feitas depois de consultar seu paciente Homem de Areia — algo que Benton tem certeza de que é mentira.

Scarpetta vai para trás do volante. Hollings é um cavalheiro e não vai sair enquanto ela não ligar o motor e trancar a porta.

Ela lhe diz: "Quando Lupano estava no apartamento da doutora Self, havia alguém mais?".

"Drew."

"Quer dizer, alguém mais que Lupano conhecesse?"

Ele pensa alguns segundos e diz: "Talvez houvesse". Ele hesita. "Ele disse que comeu na casa dela. Acho que foi na hora do almoço. E parece que fez algum comentário sobre o chef de cozinha da doutora."

21

Laboratórios de Ciências Forenses.

O prédio principal é de tijolo vermelho e concreto, com vastas janelas espelhadas e proteção ultravioleta, de tal sorte que o mundo exterior vê um reflexo de si enquanto o que há lá dentro se vê protegido de olhares xeretas e danosos raios de sol. Um prédio menor ainda não foi terminado e a paisagem é um lamaçal. Scarpetta, sentada no carro, vê uma enorme porta abaulada se abrir e pensa que seria ótimo se a sua, igual àquela, não fosse tão barulhenta. Somando-se à atmosfera infeliz de uma morgue, a sua range e arranha como uma ponte levadiça.

Lá dentro, é tudo novo e impecável, bem iluminado e pintado em tons de branco e cinza. Alguns laboratórios por onde passa são aposentos vazios, enquanto outros estão plenamente equipados. Mas não há entulho nas bancadas nem objetos nos espaços de trabalho, e ela se pega ansiosa pelo dia em que a sensação vai ser a de que tem alguém em casa. Claro que já passou do horário de trabalho, mas, mesmo durante o expediente, no máximo vinte pessoas aparecem para trabalhar, e metade delas saiu com Lucy dos antigos laboratórios na Flórida. Eventualmente, ela terá o melhor departamento forense privado do país, e Scarpetta percebe que isso a deixa mais perturbada que feliz. Profissionalmente, Lucy é tão bem-sucedida quanto alguém pode ser, mas sua vida é cheia de falhas, assim como a de Scarpetta. Nenhuma das duas conseguiu ter ou manter competentemente um relacionamento, e, até agora, Scarpetta se recusa a enxergar que as duas têm isso em comum.

Apesar da bondade de Benton, tudo o que suas palavras conseguiram foi lembrá-la da razão pela qual precisava disso. O que ele falou foi deprimentemente verdadeiro. Ela correu tão rápido nesses cinquenta anos que mal tem o que mostrar, além de uma habilidade inusitada para cuidar da dor e do estresse resultantes do problema que ela enfrenta. É muito mais fácil apenas fazer seu trabalho e viver seus dias ao lado de longas horas ocupadas e longos espaços vazios. Na verdade, se for honesta ao se examinar, na hora em que Benton lhe deu o anel, não se sentiu feliz ou segura. Ele simbolizava tudo o que ela mais temia, ou seja, que qualquer coisa que ele lhe desse, poderia pedir de volta, ou perceber que não tinha falado a sério.

Não espanta que um dia Marino tenha explodido. Certo, ele estava bêbado, excitado por hormônios, e provavelmente Shandy e a dra. Self o ajudaram a trilhar esse caminho. Mas se Scarpetta tivesse dado uma boa olhada para ele, durante esses anos todos, provavelmente teria conseguido salvá-lo de si mesmo e evitado uma violação que era dela também. Ela o violou porque não foi uma amiga sincera, confiável. Ela não lhe disse não quando deveria ter lhe dito, vinte anos atrás —, até que finalmente ele foi longe demais.

Eu não estou apaixonada por você, e nunca estarei, Marino. Você não é meu tipo, Marino. O que não significa dizer que eu sou melhor que você. Só significa que não consigo.

Ela redige mentalmente o que deveria ter dito e demanda uma resposta sua para não tê-lo feito. Ele poderia abandoná-la. Ela poderia perder a presença constante, em que pesem as chatices ocasionais. Ela poderia infligir nele aquela mesma coisa que se esforçou tanto para evitar: a rejeição pessoal e a perda, e agora tem as duas, assim como ele também.

A porta do elevador se abre no segundo andar e ela caminha por um corredor vazio até uma série de laboratórios individualmente selados por portas de metal e câmaras de compressão. Numa antessala, ela põe um avental branco descartável, uma rede de cabelo, um boné, cobertura para os sapatos, luvas e uma máscara de rosto. Atravessa outra área isolada que descontamina com luz ultravioleta e, de lá, entra num laboratório totalmente automatizado, onde o DNA é extraído e replicado — e onde Lucy, também de branco dos pés à cabeça, lhe disse para ir encontrá-la por motivos desconhecidos. Ela está sentada ao lado de uma chaminé de fumigação, falando com um cientista totalmente coberto e, portanto, irreconhecível num primeiro olhar.

"Tia Kay?", diz Lucy. "Tenho certeza de que se lembra de Aaron. Nosso diretor interino."

O rosto por trás da máscara de plástico sorri e, de repente, torna-se familiar; os três se sentam.

"Eu sei que você é um especialista forense", diz Scarpetta. "Mas não sabia que tinha um novo cargo." Ela pergunta o que aconteceu com o outro diretor de laboratório.

"Foi embora. Por causa do que a doutora Self colocou na internet", diz Lucy, com raiva nos olhos.

"Foi embora?", Scarpetta repete, espantada. "Assim, sem mais nem menos?"

"Acha que eu vou morrer e saiu de fininho para outro emprego. De toda forma, ele era um pamonha e eu estava querendo me livrar dele. Meio irônico. A vaca me fez um favor. Mas não é para falar sobre isso que nos reunimos aqui. Temos resultados do laboratório."

"Sangue, saliva e células epiteliais", diz Aaron. "Começando pela escova de dentes e pelo sangue no chão do banheiro de Lydia Webster. Temos uma boa ideia do DNA dela, o que é importante para que possamos excluí-la. Ou identificá-la, no futuro." Como se não houvesse a menor dúvida de que ela está morta. "Depois há um perfil diferente das células da pele, da areia e da cola recuperada da janela quebrada na lavanderia. E do teclado do alarme contra ladrão. A camiseta suja do cesto de roupas. As três coisas têm o DNA dela, o que não nos surpreende. Mas também têm o perfil de alguém mais."

"E quanto ao short de Madelisa Dooley?, pergunta Scarpetta. "O sangue nele?"

Aaron diz: "Do mesmo doador já mencionado".

"Do assassino, nós achamos", diz Lucy. "Ou de quem quer que tenha invadido a casa."

"Acho que precisamos tomar cuidado ao dizer isso", Scarpetta diz. "Houve outras pessoas na casa, inclusive o marido dela."

"O DNA não é dele, e nós lhe diremos por que daqui a pouco", fala Lucy.

Aaron acrescenta: "O que fizemos foi ideia sua — ir além do perfil de semelhança no Codis e abrir uma busca, usando a plataforma da tecnologia de impressão do DNA que você e Lucy têm discutido —, uma análise que usa a paternidade e índices de proximidade para chegar a uma probabilidade de parentesco".

"Primeira pergunta", fala Lucy. "Por que o ex-marido de Lydia Webster iria deixar sangue no short de Madelisa Dooley?"

"Certo", concorda Scarpetta. "Essa é uma boa questão. E se o sangue é do Homem de Areia — e, para ficar claro, é assim que eu vou chamá-lo —, então ele deve ter se ferido de alguma maneira."

"Talvez a gente saiba como", diz Lucy. "E estamos começando a ter uma ideia de quem."

Aaron pega uma pasta de plástico. Tira um relatório de dentro e o entrega a Scarpetta.

"O menino não identificado e o Homem de Areia", Aaron diz. "Sabendo que pai e mãe doam cada um aproximadamente metade de seu material genético para o filho, podemos esperar que as amostras de um deles e do filho vão indicar seu parentesco. E no caso do Homem de Areia e do menino não identificado, há fortes indícios de um relacionamento familiar."

Scarpetta olha o resultado dos testes. "Vou dizer a mesma coisa que já disse quando pegamos o resultado das impressões digitais", diz ela. "Temos certeza de que não há nenhum erro? Nenhuma contaminação, por exemplo?"

"Nós não cometemos erros. Não desse jeito", diz Lucy. "Você faz um e acabou."

"O garoto é filho do Homem de Areia?" Scarpetta quer ter certeza.

"Eu gostaria de ter referências e uma investigação, mas desconfio que sim", Aaron retruca. "Pelo menos, como eu disse, eles são parentes muito próximos."

"Você falou que ele se feriu", diz Lucy. "O sangue do Homem de Areia no short? Que também está na coroa quebrada que você encontrou na banheira de Lydia Webster."

"Talvez ele tenha dado uma mordida nela", diz Scarpetta.

"Uma bela possibilidade", diz Lucy.

"Vamos voltar àquele garotinho", diz Scarpetta. "Se estamos entendendo que o Homem de Areia matou o próprio filho, não estou bem certa de que rumo devo tomar. O abuso durou algum tempo. A criança estava sendo cuidada por alguém enquanto o Homem de Areia estava no Iraque e na Itália, se a informação estiver correta."

"Bom, eu posso lhe falar sobre a mãe do garoto", diz Lucy. "Temos essa referência, a menos que o DNA da calcinha de Shandy Snook tenha vindo de alguma outra pessoa. Talvez agora faça mais sentido todo aquele ânimo com a turnê pela morgue: para poder olhar o corpo, saber o máximo sobre o caso. Descobrir o que Marino poderia saber."

"Já contou isso à polícia?", pergunta Scarpetta. "E será que devo lhe perguntar como é que conseguiu uma roupa íntima de Shandy?"

Aaron sorri. Scarpetta entende que sua pergunta pode ser considerada engraçada.

"Marino", diz Lucy. "E é absolutamente certo que o DNA não é dele. Temos o perfil dele para fins de exclusão, assim como temos o seu, o meu. A polícia vai precisar de mais do que a calcinha dela encontrada no chão de Marino para avançar, mas, mesmo que não tenha espancado o filho até a morte, ela tem de saber quem foi."

"Tenho de me perguntar se teria sido Marino", diz Scarpetta.

"Você viu a fita dele na morgue, com ela", diz Lucy.

"Não me parece que ele fizesse a menor ideia. Além disso, Marino pode ser uma porção de coisas, mas ele jamais protegeria alguém que fizesse isso com uma criança."

Há outras semelhanças. Todas apontam para o Homem de Areia e revelam outro fato surpreendente: as duas fontes de DNA recuperadas de lascas das unhas de Drew Martin são do Homem de Areia e de alguém mais, um parente próximo.

"Do sexo masculino", Aaron explica. "Segundo a análise feita pelos italianos, noventa e nove por cento europeu. Quem sabe outro filho? Quem sabe o irmão do Homem de Areia? Ou seu pai?"

"Três fontes de DNA de uma família só?" Scarpetta está surpresa.

"Mais um crime", diz Lucy.

Aaron entrega a Scarpetta mais um relatório e diz: "Combina com uma amostra biológica deixada num caso de crime não resolvido que ninguém relacionou com Drew ou Lydia ou nenhum outro caso".

"De um estupro em 2004", diz Lucy. "Pelo visto, o cara que invadiu a casa de Lydia Webster e que provavelmente também assassinou Drew Martin estuprou uma turista em Veneza, três anos atrás. O perfil do DNA desse caso está nos dados armazenados pelos italianos, que nós resolvemos remexer. Claro que não há dados de possíveis suspeitos porque, até hoje, eles não podem guardar o perfil de indivíduos conhecidos. Em outras palavras, não temos um nome. Só sêmen."

"Claro, por favor, protejam por todos os meios a privacidade de estupradores e assassinos", diz Aaron.

"Os artigos são superficiais", diz Lucy. "Uma estudante de vinte anos, em Veneza, num programa para estudar arte. Um dia ficou até tarde num bar, voltou a pé para o hotel onde estava hospedada, perto da Ponte dos Suspiros, e foi atacada. Até agora, é tudo o que sabemos desse homicídio. Mas já que coube aos *carabinieri* cuidar do caso, seu amigo, o capitão, pode ter acesso a informações."

"Possivelmente do primeiro crime violento do Homem de Areia", diz Scarpetta. "Pelo menos como civil. Presumindo que seja verdade que ele serviu no Iraque. Muitas vezes, o criminoso iniciante deixa rastros, depois fica esperto. Esse cara é esperto, e seu *modus operandi* progrediu consideravelmente. Ele toma cuidado para não deixar provas, é ritualista, muito violento e, depois que termina, as vítimas não estão mais vivas para contar sua história. Ainda bem que nunca lhe ocorreu que pudesse deixar seu DNA na cola cirúrgica. Será que Benton sabe disso?", pergunta ela.

"Sabe. E também que estamos com um problema com a moeda de ouro", diz Lucy, que está chegando nesse ponto. "O DNA nela, e na corrente, também pertence ao Homem de Areia, o que o coloca atrás da sua casa na noite em que você e Bull acharam o revólver na viela. Eu podia perguntar o que isso nos diz sobre Bull. A corrente podia ser dele. Já perguntei isso antes. Não temos o DNA de Bull para nos dizer."

"Que ele é o Homem de Areia?" Scarpetta não acredita nisso nem por um minuto.

"Estou apenas dizendo que não temos o DNA dele", diz Lucy.

"E a arma? Os cartuchos?", pergunta Scarpetta.

"Não é DNA do Homem de Areia, em nenhuma das amostras", diz Lucy. "Mas isso não quer dizer grande coisa. O DNA dele na corrente é uma coisa. Deixar DNA na arma é outra, porque ele pode tê-la recebido de alguém. Ele pode ter tido o cuidado de deixar seu DNA ou suas digitais nela por causa da história que nos contou — que o sacana que ameaçou você foi quem deixou a arma cair, quando não podemos jurar que o cara alguma vez chegou perto da sua casa. Temos só a palavra de Bull, porque não houve testemunhas."

"Está sugerindo que Bull — supondo que ele seja o Homem de Areia, coisa em que eu não acredito — pode ter deliberadamente, entre aspas, perdido a arma. Mas não tinha intenção de perder a corrente", diz Scarpetta. "Isso não faz lá muito sentido por dois motivos. Primeiro: por que a corrente não quebrou? E, segundo, se ele não sabia que havia quebrado e caído no chão, até achá-la, por que chamar minha atenção para aquilo? Por que não enfiou simplesmente a corrente no bolso? Eu podia acrescentar um terceiro e estranho pensamento: o de ele ter uma corrente com uma moeda de ouro que nos leva à corrente com a moeda de prata que Shandy deu a Marino."

"Não seria nada mau a gente obter as digitais de Bull", diz Aaron. "Seria muito bom se pudéssemos tirar uma amostra dele. E me incomoda um pouco pensar que ele sumiu do mapa."

"Por enquanto é isso", diz Lucy. "Estamos dando duro pra clonar o cara. Vamos criar uma cópia numa placa de Petri para saber quem ele é", diz ela, em tom de galhofa.

"Lembro-me de que não faz muito tempo tínhamos de esperar semanas, meses, pelo resultado do DNA." Scarpetta lamenta esse tempo, e se lembra com pena das muitas pessoas que foram brutalizadas e assassinadas porque um criminoso não podia ser identificado rapidamente.

"O teto é de três mil pés, visibilidade três milhas", diz Lucy a Scarpetta. "Voando visualmente. Encontro você no aeroporto."

No escritório de Marino, há a silhueta de troféus de boliche contra uma parede velha de estuque e um vazio no ar.

Benton fecha a porta, mas não acende a luz. Senta-se no escuro, à escrivaninha de Marino, e pela primeira vez percebe que, não importa o que tenha dito, nunca o levou a sério ou foi especialmente inclusivo. Para ser absolutamente honesto, sempre o achou um subordinado de Scarpetta — um policial ignorante, cheio de si, grosseiro, que não pertencia ao mundo moderno e que, como resultado disso e de uma série de outros fatores, era desagradável de ter por perto e não inteiramente útil. Benton o aguentava. Subestimava o colega em alguns departamentos e se entendia maravilhosamente bem com ele em outros, mas não conseguiu enxergar o óbvio. Sentado na pouco usada escrivaninha de Marino, olhando pela janela para as luzes de Charleston, ele pensa que gostaria de ter prestado mais atenção nele e em tudo. O que ele precisava saber esteve a seu alcance e ainda está.

Em Veneza devem ser mais ou menos quatro da manhã. Não espanta que Paulo Maroni tenha deixado o McLean e em seguida Roma.

"*Pronto*", diz ele ao telefone.

"Você estava dormindo?", pergunta Benton.

"Se você se importasse com isso, não iria me ligar agora. O que está acontecendo por aí que o levou a me ligar numa hora tão imprópria? Algum progresso no caso, espero."

"Nada de muito bom, necessariamente."

"Então o quê?" A voz do dr. Maroni tem uma subcorrente de relutância, ou talvez seja resignação o que Benton ouve.

"O paciente que você teve."

"Já lhe contei sobre ele."

"Você contou o que quis contar, Paulo."

"Com o que mais eu poderia ter ajudado você?", diz o dr. Maroni. "Além do que eu lhe disse, você leu minhas anotações. Fui seu amigo e não lhe perguntei o que houve. Nunca culpei a Lucy, por exemplo."

"Talvez queira culpar a si mesmo. Acha então que não percebi que você queria que nós acessássemos a pasta do seu paciente? Você deixou tudo na rede do hospital. Deixou o compartilhamento funcionando; quer dizer, qualquer pessoa que soubesse onde estava poderia chegar até a pasta. Para Lucy, claro, não foi esforço nenhum. Para você, não foi nenhum erro. Você é esperto demais para isso."

"Quer dizer que você admite que Lucy violou minhas pastas eletrônicas."

"Você sabia que nós íamos querer ver as anotações sobre o seu paciente. De forma que deixou tudo arranjado antes de ir para Roma. Que foi antes do planejado, por sinal. E, convenientemente, pouco depois de ficar sabendo que a doutora Self iria dar entrada como paciente no McLean. Você permitiu. Ela não deveria ter sido admitida como paciente no Pavilion, se você não tivesse autorizado."

"Ela era maníaca."

"Ela fez os cálculos. Ela sabe?"

"Sabe o quê?"

"Não minta para mim."

"É interessante perceber que você acha que eu poderia", diz o dr. Maroni.

"Eu falei com a mãe da doutora Self."

"Ela continua a mesma mulher insuportável de sempre?"

"Imagino que ela não tenha mudado muito", diz Benton.

"Gente como ela raramente muda. Às vezes a coisa arrefece, com a velhice. No caso dela, deve estar ainda pior. Com Marilyn também vai ser igual. Ou já é."

"Imagino que ela também não mudou grande coisa. Embora a mãe coloque a culpa do distúrbio de personalidade da filha em você", diz Benton.

"E nós sabemos que não é esse o caso. Ela não tem um distúrbio de personalidade induzido por mim. Ela chegou até lá honestamente."

"Isso não tem graça."

"Claro que não."

"Onde está ele?", pergunta Benton. "E você sabe exatamente de quem eu falo."

"Naqueles tempos, uma pessoa ainda era considerada menor aos dezesseis anos. Entende?"

"E você tinha vinte e nove."

"Vinte e dois. Gladys me insultava e me fazia parecer muito mais velho. Tenho certeza de que pode entender por que eu precisava ir embora", diz o dr. Maroni.

"Ir embora ou fugir? Se perguntar à doutora Self, ela vai escolher a segunda alternativa para descrever sua fuga rápida, algumas semanas atrás. Você teve um comportamento inapropriado com ela e depois fugiu para a Itália. Onde ele está, Paulo? Não faça isso com você nem com ninguém mais."

"Você acreditaria em mim se eu dissesse que quem teve um comportamento inapropriado comigo foi ela?"

"Isso não importa. Não é com isso que estou preocupado. Onde está ele?", diz Benton.

"Estupro de uma menor, é o que eles diriam, sabia? A mãe dela ameaçou me denunciar e, na verdade, quis acreditar que Marilyn não faria sexo com um homem que acabara de conhecer durante as férias de primavera. Ela era tão linda e excitante, ofereceu sua virgindade e eu aceitei. Eu amava Marilyn. Fugi dela, isso é verdade. Reconheço que ela já era tóxica naquela época. Mas não voltei para a Itália como a fiz pensar. Voltei para Harvard para terminar o curso de medicina e ela nunca soube que eu continuava nos Estados Unidos."

"Nós fizemos o teste de DNA, Paulo."

"Depois que o bebê nasceu, ela continuou sem saber. Eu escrevia para ela, entende. Mas fazia com que as cartas fossem enviadas de Roma."

"Onde está ele, Paulo? Onde está seu filho?"

"Eu implorei a ela para que não fizesse um aborto, porque é contra minha crença religiosa. Marilyn disse que, se tivesse a criança, eu é que teria que cuidar dela. E eu fiz o possível com o que acabou se mostrando um herege, um vilão com alto QI. Ele passou parte da vida na Itália e parte com ela, até fazer dezoito anos. Ele é que tem vinte e nove anos. Talvez Gladys estivesse fazendo seus joguinhos de hábito... Bom. De qualquer forma, ele não pertence a nenhum de nós e tem ódio de ambos. De Marilyn, mais que de mim, ainda que da última vez em que o vi tenha receado por minha segurança. Talvez pela vida. Pensei que ele fosse me atacar com um pedaço de uma escultura antiga, mas consegui sossegá-lo."

"Isso foi quando?"

"Logo depois de eu chegar. Ele estava em Roma."

"E ele estava em Roma quando Drew Martin foi assassinada. Em algum momento, ele voltou para Charleston. Sabemos que esteve em Hilton Head."

"O que posso dizer, Benton? Você conhece a resposta. A banheira da foto é a mesma banheira do meu apartamento na Piazza Navona, ainda que você não soubesse que eu moro na Piazza Navona. Se soubesse, talvez tivesse me feito perguntas sobre um apartamento tão próximo do canteiro de obras onde o corpo de Drew foi encontrado. Podia ter desconfiado da coincidência de eu dirigir um Lancia preto, aqui. Ele com certeza matou Drew no meu apartamento e levou o corpo no carro, um trajeto bem curto. Um quarteirão. Na verdade, tenho certeza que sim. Portanto, talvez eu estivesse em melhor situação se ele tivesse me arrebentado a cabeça com aquele antigo pé. O que ele fez é impensavelmente censurável. Por outro lado, ele é filho de Marilyn."

"Ele é seu filho."

"Ele é um cidadão norte-americano que não quis fazer faculdade e continuou fazendo besteira ao se alistar na Força Aérea americana para ser fotógrafo na guerra fascista de vocês, durante a qual foi ferido. No pé. Acredito que tenha feito isso consigo mesmo depois de acabar com o sofrimento de um amigo com um tiro na cabeça. Mas, independentemente disso, se ele já era desequilibrado antes de ir, ficou cognitiva e psicologicamente irreconhecível quando voltou. Admito que não fui o pai que deveria ter sido. Eu lhe enviava suprimentos. Ferramentas, baterias, necessidades médicas. Mas não fui vê-lo depois que voltou. Não liguei para ele. Admito."

"Onde ele está?"

"Depois que ele se alistou na Força Aérea, lavei minhas mãos de qualquer responsabilidade por ele. Depois de tudo aquilo — depois de eu ter sacrificado tanta coisa para mantê-lo vivo, quando Marilyn queria o oposto —, ele não deu em nada. Pense na ironia. Poupei a vida dele porque a Igreja diz que o aborto é crime e veja o que ele faz. Ele mata as pessoas. Matava lá, porque essa era a sua função, e agora mata porque é louco."

"E o filho dele?"

"Marilyn e seus padrões de comportamento. Quando ela arranja um, impossível rompê-lo — ela disse à mãe do menino para não abortar, assim como aconselhei Marilyn a ter nosso filho. Provavelmente foi um erro. Nosso filho não está apto a ser pai, ainda que ame muito o menino."

"O filhinho dele está morto", diz Benton. "Esfomeado e surrado até morrer, e depois largado no pântano para ser comido pelas larvas e siris."

"Eu sinto muito em saber. Nunca vi a criança."

"Quanta compaixão, Paulo. Onde está seu filho?"

"Eu não sei."

"Acho que entende a seriedade da sua situação. Quer ir para a prisão?"

"Da última vez em que ele esteve aqui, fui com ele até a rua, onde seria mais seguro para mim dizer o que eu pensava. E eu lhe disse que nunca mais queria vê-lo. Havia turistas no canteiro de obras onde o corpo de Drew foi encontrado. Havia pilhas de flores e de bichinhos de pelúcia. Eu vi tudo isso enquanto dizia a ele para ir embora e não voltar nunca mais, e que, se ele não honrasse meu pedido, eu iria à polícia. Depois mandei fazer uma limpeza no meu apartamento. Vendi o carro. E liguei para Otto para oferecer minha assistência no caso, porque era importante para mim ter conhecimento do que a polícia sabia."

"Não acredito que não saiba onde ele está", diz Benton. "Não acredito que não saiba onde ele fica, mora ou — o que é mais provável, agora — se esconde. Eu não quero ter de ir falar com a sua esposa. Suponho que ela não faça a menor ideia."

"Por favor, deixe minha mulher fora disso. Ela não sabe de nada."

"Talvez você saiba", diz Benton. "A mãe do seu neto morto. Ela ainda está com seu filho?"

"É mais ou menos como eu era com Marilyn. Às vezes pagamos a vida toda pelo pecado de ter gostado de fazer sexo com alguém. Essas mulheres? Elas engravidam de propósito, sabe. Para manter você na coleira. É uma coisa estranha. Fazem isso e depois não querem a criança porque tudo o que elas queriam era você."

"Não foi o que eu perguntei."

"Nunca vi a cara dela. Marilyn me contou que o nome dela é Shandy, ou Sandy, e que é uma puta. E burra."

"O seu filho ainda está com ela? Foi isso que eu perguntei."

"Os dois têm um filho em comum. Mais nada. A mesma história de sempre. Os pecados do pai. Os eventos se repetindo. Agora posso dizer, sinceramente, que preferia que meu filho nunca tivesse nascido."

"Marilyn conhece Shandy, é óbvio", diz Benton. "O que me leva até Marino."

"Eu não o conheço e não sei o que tem a ver com isso."

Benton lhe conta. Informa o dr. Maroni de tudo, exceto sobre o que Marino fez com Scarpetta.

"Você quer então que eu analise a situação para você", diz o dr. Maroni. "Baseado no que conheço de Marilyn e baseado no que acabou de me dizer. Eu me sinto tentado a dizer que Marino cometeu um enorme erro ao mandar um e-mail para Marilyn. Isso a fez perceber possibilidades que não tinham nada a ver com o fato de ela ter se internado no McLean. Ela poderia se vingar da única pessoa que odeia de fato. Kay, naturalmente. E que maneira melhor do que atormentar as pessoas que Kay ama?"

"Ela é o motivo de Marino ter conhecido Shandy?"

"Eu imagino. Mas não o motivo todo de Shandy ter ficado tão interessada nele. Tem o menino. Marilyn não sabe o que houve. Ou não sabia. Ela teria me dito. Alguém fazer uma coisa dessas não teria agradado a Marilyn."

"Ela tem tanta compaixão quanto você", diz Benton. "Aliás, ela está aqui."

"Quer dizer, em Nova York."

"Quero dizer em Charleston. Recebi um e-mail anônimo com informações que não vou revelar, rastreei o IP até o hotel Charleston Place e reconheci o código de acesso à máquina. Adivinha quem está hospedada ali."

"Aviso desde já que é melhor tomar cuidado com o que diz a ela. Ela não sabe sobre o Will."

"Will?"

"Will Rambo. Quando Marilyn começou a ficar famosa, ele trocou o nome de Willard Self para Will Rambo. Ele escolheu Rambo, um nome sueco até que bonito. Ele não é nem de longe um Rambo, e esse é, em parte, seu problema. Will é bem pequeno. É um garoto bonito, mas pequeno."

"Quando ela recebeu os e-mails do Homem de Areia, não fazia ideia de que fosse o filho?", pergunta Benton, arrepiado de ouvir falar no Homem de Areia como um garoto.

"Não. Não conscientemente. Até onde eu sei, ela continua sem saber de nada. Não conscientemente, mas o que dizer do que ela sabe lá nas profundezas das cavernas da mente? Quando ela foi admitida no McLean e me contou sobre o e-mail, a imagem de Drew Martin..."

"Ela contou a você?"

"Claro."

Benton sentiu vontade de saltar pelo telefone e agarrá-lo pelo pescoço. Ele devia ir para a prisão. Devia ir para o inferno.

"Ao olhar para trás, fica tudo tragicamente claro. É óbvio que eu sempre suspeitei, mas nunca disse nada a ela. Quer dizer, desde o começo, quando ela me ligou com a indicação, Will sabia que ela faria exatamente daquele jeito. Ele armou para ela. Ele tinha o endereço do e-mail dela. Marilyn é muito generosa com e-mails ocasionais enviados por pessoas que ela não tem tempo de ver. Ele começou a enviar aqueles e-mails um tanto bizarros que, ele sabia, iriam cativá-la, porque ele é doente o suficiente para entender a mãe muito bem. Tenho certeza de que achou muita graça quando ela o indicou para mim e depois, quando ele ligou para minha clínica em Roma para marcar uma consulta, que resultou num jantar e não numa consulta clínica. Eu estava preocupado com sua saúde mental, mas nunca me ocorreu que ele pudesse matar alguém. Quando ouvi falar que ele tinha matado uma turista em Bari, entrei em denegação."

"Ele estuprou uma mulher em Veneza também. Mais uma turista."

"Não me surpreende. Deixa ver se eu adivinho. Depois do começo da guerra. Toda vez que era mobilizado, ele ficava um pouco pior."

"Quer dizer então que as anotações não eram fruto das consultas que teve com ele. Obviamente, ele é seu filho, não seu paciente."

"Eu fabriquei as anotações. Esperava que você descobrisse."

"Por quê?"

"Para fazer justamente isso. Encontrá-lo você mesmo, porque eu nunca poderia entregá-lo. Precisava que você me perguntasse, para eu poder responder a tudo, e agora está feito."

"Se nós não acharmos seu filho rapidamente, Paulo, ele vai matar de novo. Tem de haver alguma outra coisa que você saiba. Você tem um retrato dele?"

"Recente não."

"Me manda por e-mail tudo o que tiver."

"A Força Aérea deve ter o que você precisa. Talvez as digitais e o DNA. Certamente uma foto. Acho melhor obter essas coisas deles."

"E até eu ultrapassar todas essas barreiras", diz Benton, "já vai ser tarde demais, porra."

"Eu não vou voltar", diz o dr. Maroni. "Tenho certeza de que você não vai tentar me levar de volta, e que vai me deixar em paz porque eu lhe mostrei respeito e agora você vai me respeitar também. E seria uma futilidade, Benton, de toda forma. Eu tenho muitos amigos aqui."

22

Lucy repassa sua lista antes de começar a voar.
Luzes de aterrissagem, botão de redução de barulho, limite de motor inoperante, válvulas de combustível. Confere também as indicações dos instrumentos de voo, os altímetros, liga as baterias. Liga o primeiro motor na hora em que Scarpetta surge do FBO, o serviço de operação de base fixa, e caminha pela pista. Puxa a porta traseira do helicóptero e coloca sua maleta de trabalho e seu equipamento fotográfico no chão, depois abre a porta dianteira da esquerda. Põe o pé na bequilha e sobe.

O motor um está em posição neutra de chão e Lucy liga o motor dois. As turbinas uivam e o *baque-tibaque* fica mais alto; Scarpetta se prende a um cinto de quatro pontos. Um balizador de voos cruza rápido pela pista, balançando suas varinhas para ordenar o tráfico, e Scarpetta põe os fones de ouvido.

"Pelo amor de Deus", diz Lucy no microfone. "Ei!" Como se o homem pudesse escutar. "Não precisamos da sua ajuda. Ele vai ficar parado ali por um bom tempo." Lucy abre sua porta, tenta dizer a ele com gestos que pode ir embora. "Não somos um avião." Ela diz mais coisas que ele não consegue ouvir. "Não precisamos da sua ajuda para decolar. Pode ir embora."

"Você está muito tensa." A voz de Scarpetta surge nos fones de Lucy. "Soube mais alguma coisa das pessoas que estão dando busca?"

"Nada. Mas não tem helicóptero nenhum, ainda, na região de Hilton Head. Ainda está nublado demais por lá. Não tivemos sorte com as buscas em terra. Câmera infravermelha em *stand-by*." Lucy aperta o botão de energia no teto. "Precisamos de uns oito minutos para que esfrie. Depois, estamos prontos para voar. Ei!" Como o balizador também está com fones de ouvido, ele não escuta o que ela diz. "Pode ir. Estamos ocupadas. Diacho, ele deve ser novo."

O balizador fica ali, varinhas cor de laranja baixadas dos lados, sem balizar ninguém para nenhum lugar. A torre diz a Lucy: "Você está com o C-17 na direção do vento...".

O cargueiro militar é um aglomerado de luzes enormes, brilhantes, mal parece se mexer, pendurado pesadamente no ar, e o rádio volta a falar com Lucy, informando-a de que ela tem de esperar. O "pesado C-17" e seus "fortes vórtices na ponta das asas" não são fatores que pesem, porque ela quer ir na direção do centro da cidade, na direção da ponte do rio Cooper. Ela se refere à ponte Arthur Ravenel Jr. Quer ir na direção que quiser. Fazendo rodopios, se lhe der na telha. Voando pouco acima da água ou da terra, se quiser. Porque não é um avião. Não é assim que ela explica na conversa pelo rádio, mas é isso que quer dizer.

"Eu liguei para Turkington", diz depois a Scarpetta. "Dei os detalhes do caso. Benton me ligou, então suponho que você falou com ele e ele lhe contou os detalhes. Ele deve estar aqui em minutos, quer dizer, acho melhor que esteja. Não vou ficar sentada aqui pra sempre. Sabemos quem é o canalha."

"Só não sabemos onde ele está", diz Scarpetta. "Imagino que continuamos sem ideia de onde está Marino."

"Se quer saber o que eu acho, devíamos estar procurando pelo Homem de Areia, e não por um cadáver."

"Dentro de uma hora, todo mundo vai estar procurando por ele. Benton notificou a polícia, local e militar. Alguém tem de procurar por ela. Isso é serviço meu e pretendo cumpri-lo. Você trouxe o estropo de rede? E será que Marino não nos enviou nada? Nem uma palavra sequer?"

"Eu trouxe o estropo de rede."

"Os equipamentos de praxe estão no bagageiro?"

Benton caminha rumo ao balizador. Dá uma gorjeta a ele e Lucy ri.

"Suponho que toda vez que eu perguntar sobre Marino, você vai me ignorar", diz Scarpetta, enquanto Benton se aproxima.

"Talvez você não deva ser honesta com a pessoa com quem pretende se casar." Lucy observa a chegada de Benton.

"O que a leva a pensar que não tenho sido?"

"Como é que eu posso saber o que você faz ou não?"

"Benton e eu conversamos", diz Scarpetta, olhando para ela. "E você tem razão, eu devia ser honesta, e fui."

Ele desliza a porta traseira e entra.

"Ótimo. Porque quanto mais você confia em alguém, mais criminosa é a ação de mentir. Inclusive por omissão", diz Lucy.

O ruído de batidas e raspões, quando Benton coloca o fone de ouvido.

"Eu tenho que acabar logo com isso", diz Lucy.

"Eu é que devia querer superar logo essa história", diz Scarpetta. "E não podemos falar sobre isso agora."

"Do que não podemos falar agora?", diz a voz de Benton no fone de Lucy.

"Da clarividência da tia Kay", diz Lucy. "Ela se convenceu de que sabe onde está o corpo. Para desencargo de consciência, trouxe equipamentos e produtos químicos. E sacos mortuários e uma eslinga para o caso de precisarmos levar o cadáver. Desculpem a insensibilidade, mas não tem como pôr um corpo assim aí atrás."

"Não é clarividência. É apenas uma questão de resíduos de arma de fogo", diz Scarpetta. "E ele quer que ela seja encontrada."

"Então devia ter facilitado as coisas", diz Lucy, aumentando a aceleração.

"O que tem os resíduos de arma de fogo?", pergunta Benton.

"Eu arrisco uma ideia. Se você perguntar que areia por aqui tem resíduos de arma de fogo."

"Meu Deus", diz Lucy. "Aquele cara vai voar pelos ares. Olha só pra ele, parado ali, com suas bandeirinhas, como se fosse um juiz zumbi de campeonato nacional. Ainda bem que você lhe deu uma gorjeta, Benton. Pobre coitado. Ele está tentando."

"Pois é, uma gorjeta. Só que não foi de cem dólares", diz Scarpetta, enquanto Lucy aguarda para entrar no rádio.

O tráfico aéreo está quase inviável porque os voos foram todos atrasados e agora a torre de controle não consegue manter o ritmo.

"Quando eu fui fazer a UVA, o que você fez?", diz Lucy para Scarpetta. "Começou a me mandar cem paus de vez em quando. *Sem motivo nenhum.* Era sempre isso que você escrevia no pé do cheque."

"Não era grande coisa." A voz de Scarpetta vai direto para a cabeça de Lucy.

"Livros. Comida. Roupa. Equipamentos de computador."

Microfones ativados por voz e gente envolvida em conversas truncadas.

"Bem", diz a voz de Scarpetta. "Foi muita bondade da sua parte. Isso é um bocado de dinheiro para alguém como Ed."

"Quem sabe tenha sido um suborno." Lucy chega mais perto de Scarpetta para conferir a tela da câmera infravermelha. "Prontos e à espera", diz ela. "Vamos sair assim que formos autorizados", diz ela, como se a torre pudesse ouvi-la. "Nós somos um maldito de um helicóptero, tenha a santa paciência. Não precisamos dessa maldita pista. E também não precisamos ser controlados. Isso me deixa louca."

"Acho que você está ranzinza demais para voar." É a voz de Benton.

Lucy entra em contato com a torre de novo e por fim é liberada para decolar a sudeste.

"Vamos enquanto dá", diz ela, e o helicóptero se ergue da bequilha. O balizador os conduz cerimoniosamente, como se fossem estacionar. "Esse cara bem que podia arranjar emprego de cone de trânsito", diz Lucy, erguendo seu pássaro de quase três toneladas e meia no ar. "Vamos seguir o rio Ashley por um tempo, depois virar a leste e seguir a costa até Folly Beach." Ela paira no cruzamento de duas pistas de taxiamento. "Desativando a câmera infravermelha."

Ela muda o botão da câmera de *stand-by* para *on* e a tela passa a um tom de cinza-escuro, manchado por zonas de um branco muito vivo. O C-17 faz uma passagem ruidosa, com longas plumas de fogo branco explodindo dos motores. As luzes acesas do FBO. As luzes das pistas. Tudo irreal em infravermelho.

"Baixo e lento, vamos conseguir verificar tudo no caminho. Trabalhamos em grade?", diz Lucy.

Scarpetta ergue a unidade de controle de sistema do gancho, engata a câmera infravermelha na luz do holofote, mas mantém tudo apagado. Imagens cinzentas e algumas branquíssimas aparecem no monitor de vídeo perto de seu joelho esquerdo. Eles voam sobre o porto, seus contêineres de cores variadas empilhados como tijolos de construção. Guindastes empoleirados feito louva-deuses monstruosos de encontro ao céu, e o helicóptero se movendo lentamente em meio às luzes da cidade, como se flutuasse em cima delas. Mais adiante, o porto é um grande negrume. Não há estrelas no céu e a luz é um borrão a carvão por trás de nuvens grossas e chatas como bigornas no topo.

"Para onde exatamente estamos indo?", pergunta Benton.

Scarpetta trabalha com o botão do infravermelho, movendo imagens para dentro e para fora da tela. Lucy reduz para oitenta nós e mantém a altitude a quinhentos pés apenas.

"Imagine o que você não acharia se pusesse um pouco da areia de Iwo Jima debaixo de um microscópio", diz Scarpetta. "Contanto que a areia tenha ficado protegida todos esses anos."

"Longe da praia", diz Lucy. "Nas dunas, por exemplo."

"Iwo Jima?" A voz de Benton é irônica. "Estamos indo para o Japão?"

Do lado da porta de Scarpetta estão as mansões de Battery, de luzes brilhantes com manchas de infravermelho. Ela pensa em Henry Hollings. Pensa em Rose. As luzes das casas ficam mais espaçadas à medida que chegam à ilha James e passam devagar por ela.

Scarpetta diz: "Um ambiente praiano que tenha ficado intocado desde a Guerra Civil. Num lugar assim, caso a areia esteja protegida, é muito provável que você encontre resíduos de arma de fogo. Acredito que é aqui". Para Lucy: "Quase embaixo de nós".

Lucy reduz, quase paira no ar, e desce a trezentos pés na pontinha do extremo norte da ilha Morris. É um local desabitado e acessível apenas de helicóptero ou barco, a menos que a maré esteja tão baixa que dê para atravessar a partir de Folly Beach. Ela olha para os oitocentos acres da desolada área de conservação que durante a Guerra Civil fora palco de lutas pesadas.

"Provavelmente não muito diferente do que foi cento e quarenta anos atrás", diz Scarpetta, enquanto Lucy desce mais cem pés.

"Onde o regimento afro-americano, o quinquagésimo quarto de Massachusetts, foi massacrado", diz a voz de Benton. "Aquele filme que fizeram sobre isso, como é que chamava?"

"Você olha do seu lado", diz Lucy para ele. "Diga se vê alguma coisa e aí eu desço e varro tudo com o holofote."

"O filme se chama *Tempo de glória*", diz Scarpetta. "E não ligue o holofote ainda", acrescenta. "Vai interferir no infravermelho."

O monitor do vídeo exibe um terreno manchado de cinza e uma área ondulada, que é a água, reluzindo como chumbo derretido, fluindo para a praia, rebentando na areia em recortes brancos.

"Não vejo nada lá embaixo, a não ser a silhueta escura

das dunas e aquela maldita luz do farol nos seguindo por toda parte", diz Scarpetta.

"Não reclame de eles terem consertado o farol para que gente como nós não se espatife", diz Lucy.

"Agora me sinto muito melhor." É a voz de Benton.

"Vou começar a trabalhar em grade. Sessenta nós, duzentos pés, cada polegada do que tem lá embaixo", diz Lucy.

Não precisam trabalhar em grade por muito tempo.

"Dá para parar mais ali?" Scarpetta aponta para o que Lucy acabou de ver também. "Seja o que for que sobrevoamos. A área da praia. Não, não, mais para trás. Uma variação térmica bem marcada."

Lucy vai de bico, procurando em volta, e o farol atrás de sua porta é atarracado, listrado de infravermelho e rodeado pela água cor de chumbo oscilando na extremidade do porto. Mais adiante, um navio de cruzeiro parece um navio-fantasma, com suas janelas feéricas, soltando um longo penacho pela chaminé.

"Ali. Vinte graus a esquerda daquela duna", diz Scarpetta. "Acho que vi qualquer coisa."

"Estou vendo", diz Lucy.

A imagem é de um branco vivo na tela, em meio a um cinza mosqueado e lamacento. Lucy olha para baixo, tentando se posicionar direito. Rodeia e baixa um pouco mais.

Scarpetta dá um *zoom* e a forma branca reluzente se transforma num corpo de um brilho fantasmagórico — tão brilhante quanto uma estrela — na beira de um riacho de maré que cintila como vidro.

Lucy guarda o infravermelho e toca num botão para acender o holofote, tão brilhante quanto dez milhões de velas. A vegetação rasteira baixa até o chão e a areia rodopia quando descem.

Uma gravata-borboleta flutuando sob o vento provocado por pás girando cada vez mais devagar.

Scarpetta olha pela janela e, a alguns poucos metros, na areia, um rosto aparece na luz estroboscópica, dentes brancos careteando numa massa inchada irreconhecível, homem ou mulher. Se não fosse pelo terno e gravata, ela não teria ideia.

"Que diabos?" A voz é de Benton, no seu fone de ouvido.

"Não é ela", diz Lucy, desligando os botões. "Não sei vocês, mas eu estou armada. Isso não parece certo."

Desliga a bateria, as portas se abrem e eles saltam, a areia macia sob os pés. O fedor é extraordinário, até se colocarem contra o vento. As lanternas investigam, as armas de prontidão. O helicóptero é uma volumosa libélula na praia escura, e o único barulho é o da arrebentação. Scarpetta move sua lanterna e para ao ver marcas largas no chão, que levam a uma duna; ela para ali.

"Alguém tinha um barco", diz Lucy, avançando em direção às dunas. "Um barco de fundo chato."

As dunas são franjadas de vários tipos de plantas e se alastram até onde o olho vê, intocadas pelas marés. Scarpetta pensa nas batalhas travadas ali e imagina vidas perdidas por uma causa que não poderia ser mais diferente da sulista. Os males da escravidão. Ianques pretos varridos do mapa. Ela imagina estar ouvindo seus gemidos e sussurros entre a relva alta e diz a Lucy e Benton para não se afastarem demais. Ela observa suas luzes cortando o terreno escuro como longas lâminas brilhantes.

"Aqui", diz Lucy da escuridão entre duas dunas. "Minha mãe de Deus", diz ela. "Tia Kay, quer por favor trazer umas máscaras pra nós?"

Scarpetta abre o compartimento do bagageiro e ergue uma grande maleta com instrumentos para serem usados na cena do crime. Põe a maleta no chão e começa a procurar máscaras de rosto — e deve estar muito ruim mesmo, para Lucy ter pedido.

"Não podemos tirar os dois daqui." É a voz de Benton ao vento.

411

"Que caralho está havendo aqui?" É a voz de Lucy. "Vocês ouviram isso?"

Scarpetta se move na direção das lanternas e o mau cheiro piora. Parece adensar o ar, os olhos ardem; ela entrega as máscaras e põe uma também, porque está difícil respirar. Junta-se a Lucy e a Benton num vazio, entre duas dunas, numa elevação que não dá para ver da praia. A mulher está nua e tremendamente inchada por dias de exposição. Está infestada de larvas, o rosto carcomido, os lábios e os olhos se foram, os dentes estão à mostra. Sob o feixe de luz da lanterna de Scarpetta, há um pino de titânio implantado, onde antes houvera uma coroa. O couro cabeludo está escorregando do crânio, os longos cabelos espalhados pela areia.

Lucy atravessa a vegetação rasteira e vai em direção ao adejar que tanto ela como Scarpetta escutam; ela não tem bem certeza do que fazer, pensa em resíduos de tiro e na areia desse lugar, perguntando-se o que significaria para ele. Ele criou seu próprio campo de batalha. Quantos mortos mais não teriam sido atirados ali, feito lixo, caso ela não tivesse encontrado o lugar, por causa do bário, do antimônio e do chumbo sobre os quais ele não devia saber nada? Ela o pressente. Seu espírito doentio parece grudado no ar.

"Uma barraca", diz Lucy, e as duas correm até ela.

Ela está atrás de outra duna, e as dunas são ondas escuras rolando para longe deles, misturadas a erva daninha e relva. Ele fez uma barraca, ou alguém fez. Varas de alumínio e uma lona e, por uma fenda numa aba que estala de um lado para o outro, uma casinhola. Há um colchão feito de cobertor, bem certinho, e uma lanterna. Lucy abre um isopor com o pé. Lá dentro há vários centímetros de água e, depois de mergulhar o dedo lá dentro, ela anuncia que a água está morna.

"Eu tenho uma maca ortopédica na traseira do helicóptero", diz ela. "Como quer fazer isso, tia Kay?"

"Precisamos fotografar tudo. Tirar as medidas. E chamar a polícia imediatamente." Tanta coisa a fazer. "De qualquer forma, dá para puxarmos dois ao mesmo tempo?"

"Não com uma maca ortopédica só."

"Eu queria dar uma olhada em tudo por aqui", diz Benton.

"Então a gente põe em sacos fúnebres, e você vai ter que levar um por vez", diz Scarpetta. "Onde quer que a gente ponha, Lucy? Algum lugar discreto, não pode ser o FBO, onde com certeza nosso incansável balizador está pondo ordem nos mosquitos. Vou ligar para o Hollings e ver quem pode esperar você lá."

Depois ficam em silêncio, ouvindo o agito da barraca improvisada, escutando o cicio da relva e a rebentação suave das ondas. O farol parece um enorme e escuro peão num jogo de xadrez, rodeado pela planície sem fim de mar negro encrespado. Ele está por ali, e parece irreal. Um soldado do infortúnio, mas Scarpetta não sente pena.

"Vamos lá", diz ela, e tenta seu celular.

Claro que não tem sinal.

"Vai ter de discar do ar", diz ela a Lucy. "Você pode dar uma ligada para a Rose."

"Rose?"

"Tenta."

"Pra quê?"

"Desconfio que ela vai saber onde achá-lo."

Elas pegam a maca ortopédica, os sacos fúnebres, os lençóis plastificados e todo o equipamento de que dispunham contra biorriscos. Começam por ela. Ela está mole porque o *rigor mortis* já veio e já se foi, como se tivesse desistido de protestar teimosamente contra sua morte, enquanto insetos e minúsculas criaturas parecidas com caranguejos tomaram conta. Eles já comeram tudo o que era macio ou estava ferido. Seu rosto está inchado, seu corpo intumescido de gases bacteriológicos, a pele marmorizada em tons de verde e preto, no mesmo padrão ramificado de seus vasos sanguíneos. A nádega esquerda e a parte de trás de uma coxa tinham sido rasgadas sem nenhum cuidado, mas fora isso não havia outros ferimentos óbvios nem sinais de mutilação, e nenhum indício do que a matara. Eles a ergueram e a colocaram no meio de um lençol, em seguida dentro do saco que Scarpetta fechou.

Concentram-se então no homem na praia, que tinha um retentor de plástico nos dentes cerrados e, em volta do pulso direito, uma tira de elástico. O terno e a gravata são pretos e a camisa branca está escura, manchada de sangue e fluidos corporais. Múltiplos rasgos estreitos na frente do paletó e nas costas sugerem que ele foi esfaqueado inúmeras vezes. As larvas infestam as feridas e se movem em massa debaixo das roupas; num dos bolsos da calça há uma carteira que pertencia a Lucious Meddick. Pelo visto, o assassino não estava interessado em cartões de crédito ou dinheiro.

Mais fotos e anotações, antes que Scarpetta e Benton amarrem o corpo ensacado da mulher — o corpo ensacado de Lydia Webster — numa maca ortopédica enquanto Lucy pega na traseira do helicóptero uma corda de quinze metros e uma rede. Depois ela entrega sua arma a Scarpetta.

"Vai precisar disso muito mais que eu", diz.

Sobe e liga os motores, as pás movimentam-se com baques surdos, jogando o ar para trás. As luzes se acendem e o helicóptero se levanta, dando um giro. Muito devagar, ele sobe até que a corda esteja bem esticada e a rede, com seu fardo mórbido, é suspensa da areia. Lucy vai embora e a carga oscila gentilmente, feito um pêndulo. Scarpetta e Benton voltam para a barraca. Se fosse de dia, as moscas seriam uma tempestade de zunidos e o ar estaria denso e desagradável com a decomposição.

"Ele dorme aqui", diz Benton. "Não necessariamente o tempo todo."

Ele cutuca o travesseiro com o pé. Abaixo dele, há a borda do cobertor e, embaixo disso, o colchão. Uma bolsa térmica mantém os fósforos secos, mas os livros de capa mole não parecem interessá-lo. Estão úmidos, as páginas, grudadas — o tipo de sagas de famílias obscuras e romances que podem ser comprados em qualquer papelaria, quando se quer algo para ler, sem se importar com o que é. Abaixo da pequena barraca improvisada há um fosso, onde ele acende seu fogo, usando para isso carvão e a grade enferrujada de uma churrasqueira, no topo das pedras. Há latas de refrigerante. Scarpetta e Benton não tocam em nada e voltam para a praia onde o helicóptero aterrissou, as marcas das bequilhas bem nítidas na areia. Surgiram mais estrelas, e o fedor ainda paira no ar, mas não o domina.

"No começo você achou que fosse ele. Eu vi no seu rosto", diz Benton.

"Espero que ele esteja bem e que não tenha feito nenhuma besteira", diz ela. "Mais uma coisa que será culpa da doutora Self. Arruinar o que todos nós tínhamos. Nos separar. Você ainda não me disse como descobriu." Ficando brava. Raivas antigas e novas.

"Essa é a atividade preferida da doutora Self. Afastar as pessoas."

Eles esperam perto da água, a contravento do negro casulo de Lucious Meddick, e o fedor não os alcança. Scarpetta sente o cheiro do mar e escuta as ondas respirando e arrebentando com suavidade na praia. O horizonte é negro e o farol não avisa sobre mais nada.

Um pouco mais tarde, lá longe, luzes piscam e Lucy aparece, fazendo com que eles se virem para escapar da areia que se espalha quando ela pousa. Com o corpo de Lucious Meddick bem seguro na rede de carga, eles decolam e o levam para Charleston. As luzes da polícia pulsam na rampa e Henry Hollings e o capitão Poma estão parados, perto de uma van sem janelas.

Scarpetta vai na frente. A ira move seus pés. Ela mal escuta a conversa a quatro. O rabecão de Lucious Meddick encontrado atrás da agência funerária de Hollings, com as chaves na ignição. Como é que foi parar lá, a menos que o assassino o tenha levado? Ou quem sabe tenha sido Shandy. Bonnie e Clyde — é assim que o capitão Poma os chama, depois fala de Bull. Onde está ele, o que mais ele poderia saber? A mãe de Bull diz que o filho não está em casa, vem dizendo isso há dias. Nem sinal de Marino, e agora a polícia está procurando por ele, e Hollings diz que os corpos irão direto para a morgue. Não para a morgue de Scarpetta. Para a morgue da faculdade de medicina do estado, onde dois patologistas forenses estão à espera, depois de terem trabalhado quase a noite toda no corpo de Gianni Lupano.

"Se quiser contribuir, a ajuda será muito útil", diz Hollings para Scarpetta. "Foi você que achou, de modo que deveria ir até o fim. Mas só se não se importar."

"A polícia tem de ir agora mesmo para a ilha Morris para isolar o local", diz ela.

"Os barcos infláveis Zodiac já estão indo para lá. Acho melhor lhe passar o endereço da morgue."

"Já estive lá. Você disse que a chefe da segurança é sua amiga", diz ela. "A que trabalha no Charleston Place. Como é mesmo o nome?"

Enquanto caminham.

Então Hollings diz: "Suicídio. Golpe contundente sofrido como resultado de um salto ou uma queda. Nada que indique jogo sujo. A menos que se possa acusar alguém de ter levado uma pessoa a fazer isso. Nesse caso, a doutora Self deveria ser indiciada. A minha amiga no hotel, o nome dela é Ruth".

As luzes brilham dentro do FBO e Scarpetta entra no banheiro feminino para lavar as mãos, o rosto e por dentro do nariz. Ela borrifa muito desinfetante em aerossol, se move entre a neblina, depois escova os dentes. Quando sai, Benton está parado, esperando.

"Você devia ir para casa", diz ele.

"Como se eu pudesse dormir."

Ele vai atrás dela, enquanto a van sem janelas se afasta, e Hollings está conversando com o capitão Poma e Lucy.

"Tem uma coisa que eu preciso fazer", diz Scarpetta.

Benton deixa que vá. Ela caminha sozinha para seu quatro por quatro.

* * *

O escritório de Ruth é perto da cozinha, onde o hotel teve inúmeros problemas com roubo.

Camarão, sobretudo. Ladrõezinhos espertos disfarçados de chefs. Ela conta uma história divertida atrás da outra e Scarpetta escuta atentamente, porque ela quer algo em troca, e a única forma de conseguir é bancar a plateia para a atuação da chefe da segurança. Ruth é uma elegante senhora que, embora seja capitã da Guarda Nacional, mais se parece com uma bibliotecária recatada. Na verdade, ela se parece um pouco com Rose.

"Mas claro que você não veio aqui para ouvir tudo isso", diz Ruth, de trás de uma escrivaninha que é mais como uma sobra do hotel. "Você quer saber sobre Drew Martin, e é provável que Hollings tenha lhe dito que da última vez em que ela ficou aqui nunca estava em seu quarto."

"Ele me contou, sim", diz Scarpetta, olhando para a arma debaixo de sua jaqueta *paisley*. "O treinador dela alguma vez esteve aqui?"

"Ele vinha ao Grill de vez em quando. Sempre pedia a mesma coisa, caviar e Dom Pérignon. Nunca ouvi dizer que ela estivesse junto com ele, mas não acredito que uma jogadora profissional de tênis iria ingerir comidas ricas ou tomar champanhe uma noite antes do grande jogo. Como eu disse, ela obviamente tinha outra vida em algum lugar, e nunca estava aqui."

"Você tem outra hóspede famosa, aqui", diz Scarpetta.

"Temos hóspedes famosos o tempo todo."

"Eu poderia bater de porta em porta."

"Não pode ir ao andar de segurança sem uma chave. Há quarenta suítes aqui. É um bocado de portas."

"Minha primeira pergunta é se ela ainda está aqui, e eu presumo que a reserva não foi feita em seu nome. Caso contrário, bastaria eu ligar", diz Scarpetta.

"Nós temos serviço de quarto vinte e quatro horas por dia. Estou tão perto da cozinha que ouço os carrinhos passarem chacoalhando", diz Ruth.

"Quer dizer que ela já está acordada. Ótimo. Eu não gostaria de acordá-la." Raiva. Uma raiva que começa por trás dos olhos e vai descendo pelo corpo de Scarpetta.

"Café todos os dias às cinco. E não é de dar muita gorjeta. Não somos muito fãs dela", diz Ruth.

A dra. Self está numa suíte de canto, no oitavo andar do hotel, e Scarpetta insere um cartão magnético no elevador e logo depois está diante da porta dela. Ela pressente a doutora espiando pelo olho mágico.

A dra. Self abre a porta enquanto diz: "Vejo que alguém foi indiscreto. Olá, Kay".

Ela usa um roupão de seda vermelha chamativo e chinelos de seda preta.

"Que agradável surpresa. Eu me pergunto quem terá contado a você. Por favor." Ela se move para um lado e deixa Scarpetta entrar. "Quis o destino que hoje eles trouxessem duas xícaras e uma cafeteira a mais. Deixe-me adivinhar como é que você acabou me achando aqui, e não falo só deste quarto magnífico." A dra. Self senta-se no sofá e esconde as pernas sob o corpo. "Shandy. Pelo visto dar a ela o que ela queria resultou numa perda de poder. Esse seria seu mesquinho ponto de vista, de qualquer forma."

"Não falei com Shandy", diz Scarpetta, de uma *bergère* perto de uma janela que oferece uma vista panorâmica da velha cidade iluminada.

"Não pessoalmente, quer dizer", diz a dra. Self. "Mas acredito que já a tenha visto. Na turnê exclusiva por sua morgue. O que me traz à mente aqueles tristes dias no tribunal, Kay, e me pergunto quão diferente não seria tudo se o mundo soubesse quem você realmente é. Que você oferece passeios pela morgue e transforma cadáveres em espetáculos. Sobretudo aquele garotinho que você despelou e recortou. Por que cortou os olhos dele? De quantos ferimentos precisou, antes de determinar o que o matou? Os olhos? Sinceramente, Kay."

"Quem lhe contou sobre a turnê?"

"Shandy se gabou muito disso. Imagine o que um corpo de jurados não diria. Imagine os que os jurados da Flórida não teriam dito, se soubessem como você é de fato."

"O veredicto não magoou você", diz Scarpetta. "Nada nunca vai magoá-la do jeito como você magoa todo mundo. Será que sabe que sua amiga Karen se matou pouco mais de vinte e quatro horas depois de sair do McLean?"

O rosto da dra. Self se ilumina. "Então sua triste história tem um final condizente." Ela enfrenta o olhar de Scarpetta. "Não pense que eu vou fingir. Eu ficaria aflita se você me dissesse que Karen estava de volta à clínica de reabilitação, se desintoxicando de novo. A multidão de homens vivendo vidas de silencioso desespero. Thoreau. A parte do mundo de Benton. No entanto, você mora aqui. Como é que vai se virar depois de casada?" Seus olhos encontram o anel na mão esquerda de Scarpetta. "Ou será que você não vai até o fim? Vocês dois não são muito de se comprometer. Bem, Benton é. Ele lida com um comprometimento de tipo diferente. Seu pequeno experimento foi uma delícia e não posso esperar a hora de falar sobre ele."

"O processo da Flórida não tirou nada de você, a não ser o dinheiro que provavelmente foi reposto pelo seguro contra erros profissionais. Esses prêmios têm de ser altos. Têm de ser altíssimos. Me surpreende o fato de alguma companhia de seguros ainda querer ficar com você", diz Scarpetta.

"Tenho de fazer as malas. Volto para Nova York, volto ao ar. Será que eu lhe contei? Um programa novinho em folha sobre mentes criminosas. Não se preocupe. Não quero você nele."

"Shandy provavelmente matou o próprio filho", diz Scarpetta. "Eu me pergunto o que você vai fazer com esse assunto."

"Eu a evitei o quanto pude", diz a dra. Self. "Uma situação muito parecida com a sua, Kay. Eu sabia dela. Por que será que as pessoas se enroscam nos tentáculos de alguém tão venenoso? Eu me ouço dizendo isso e cada comentário sugere um programa diferente. É exaustivo e magnífico saber que você nunca vai ficar sem assunto para um programa. Marino devia ter escutado. Ele é tão simples. Ouviu alguma coisa sobre ele?"

"Você foi o começo e o fim", diz Scarpetta. "Por que não conseguiu deixá-lo em paz?"

"Foi ele que entrou em contato primeiro."

"Os e-mails eram de um homem tremendamente infeliz e assustado. Você era a psiquiatra dele."

"Anos atrás. Mal consigo me lembrar dele."

"Você, entre todas as pessoas, sabe muito bem como ele é, e o usou. Tirou vantagem dele porque queria me machucar. Eu não ligo a mínima se você me machuca ou não, mas não devia ter machucado Marino. Depois você tentou de novo, não tentou? Quis machucar Benton. Por quê? Para se ressarcir da Flórida? Eu imaginava que você tivesse coisa melhor a fazer."

"Estou num impasse, Kay. Veja só, Shandy deve ter o que merece e, a esta altura, Paulo deve ter tido uma longa conversa com Benton, estou certa? Paulo me ligou, é claro. Eu consegui juntar algumas peças que fazem sentido."

"Para lhe dizer que o Homem de Areia é seu filho", diz Scarpetta. "Paulo ligou para você pra lhe dizer isso."

"Uma das peças é Shandy. A outra é Will. Uma terceira peça é o Pequeno Will, como eu sempre o chamei. O meu Will voltou de uma guerra e entrou direto em outra, bem mais brutal. Você não acha que isso o levou para o outro lado? Não que ele fosse normal. Eu seria a primeira a afirmar que nem mesmo minhas ferramentas poderiam fazer algum bem a ele. Isso foi há mais ou menos um ano, um ano e meio, Kay. Ele voltou e encontrou o filho meio morto de fome, espancado e roxo."

"Shandy", diz Scarpetta.

"Não foi Will quem fez isso. Não importa o que ele tenha feito depois, não foi ele quem fez aquilo. Meu filho jamais machucaria uma criança. Shandy provavelmente achou que era muito divertido, da parte dela, maltratar aquele garoto só porque podia. Ele era um saco. Ela vai lhe dizer isso. Um bebê cheio de cólicas e um garotinho enfezado."

"E ela conseguiu escondê-lo do mundo?"

"Will estava na Força Aérea. Ela manteve o filho em Charlotte até que seu pai morreu. Depois disso, eu a incentivei a vir para cá, e foi então que ela começou a maltratá-lo. Seriamente."

"E foi ela que deixou o corpo dele num pântano? Durante a noite?"

"Ela? Muito difícil. Não consigo imaginar. Ela nem tem um barco."

"Como sabe que foi usado um barco? Não me lembro de isso ter sido estabelecido como fato."

"Ela não conhece as marés, os riachos, jamais sairia de barco à noite. Um segredinho — ela não sabe nadar. Obviamente, teria precisado de ajuda."

"E o seu filho tem um barco e conhece os riachos e as marés?"

"Ele costumava ter um e adorava levar o filho em 'aventuras'. Piqueniques. Acampar em ilhas desertas. Descobrir terras do nunca, só os dois. Tão criativo e pensativo — uma criança ele também, no fundo. Parece que da última vez em que foi chamado Shandy vendeu uma porção de coisas suas. Quanta consideração, a dela. Não tenho certeza se ele ainda tem carro. Mas é habilidoso. Rápido e rasteiro. E dissimulado, sem dúvida. Provavelmente aprendeu a ser por lá." Ela quer dizer no Iraque.

Scarpetta pensa na lancha de fundo chato de Marino, com seu potente motor de popa e seu motor de pesca na proa, seus remos. O barco que ele não usava fazia meses e no qual nem parecia mais pensar. Sobretudo nos últimos tempos. Sobretudo desde Shandy aparecer. Ela saberia sobre o barco, mesmo que nunca tivesse saído com ele. Ela poderia ter dito a Will. Quem sabe tomado emprestado. A lancha de Marino tinha de ser revistada. Scarpetta se pergunta como vai dizer tudo isso à polícia.

"Quem é que iria cuidar da pequena inconveniência

de Shandy? Do corpo. O que meu filho deveria fazer?", diz a dra. Self. "Foi isso que aconteceu, não é? O pecado de alguém se torna seu. Will amava o filho. Mas quando o papai sai para a guerra, mamãe tem de ser os dois, pai e mãe. E, nessa instância, a mamãe é um monstro. Sempre a desprezei."

"Você a manteve", diz Scarpetta. "E muito bem, devo acrescentar."

"Vejamos. E como sabe disso? Deixa eu adivinhar. Lucy invadiu a privacidade dela, provavelmente sabe o que ela tem — ou tinha — no banco. Eu nem sequer saberia que meu neto estava morto se ela não tivesse me ligado. Suponho que no dia em que o corpo foi encontrado. Ela queria dinheiro. Mais dinheiro. E meu conselho."

"É por ela e pelo que ela disse que você está aqui?"

"Shandy fez um trabalho brilhante de chantagem esses anos todos. Ninguém sabe que eu tenho um filho. E certamente não sabiam que eu tinha um neto. Se esses fatos viessem a público, eu certamente seria vista como uma pessoa negligente. Uma mãe tenebrosa. Uma avó tenebrosa. Todas aquelas coisas que a minha mãe diz a meu respeito. Até eu ficar famosa, já era tarde para voltar atrás e desfazer meu muito deliberado distanciamento. Eu não tinha escolha senão ir em frente. Mamãe querida — e eu falo de Shandy — manteve meu segredo em troca de cheques ao portador."

"E agora você pretende manter o segredo dela em troca do quê?", diz Scarpetta. "Ela judiou do filho até a morte e você quer que ela se safe disso, em troca do quê?"

"Imagino que os jurados adorariam ver a fita dela na morgue, na sua câmara refrigerada, olhando para o filho morto. A assassina dentro da sua morgue. Imagine que história isso não daria. Eu diria, de um modo bastante conservador, que você não teria mais carreira, Kay. Tendo isso em mente, você deveria me agradecer. Minha privacidade garante a sua."

"Então você não me conhece."

422

"Esqueci de lhe oferecer um café. Serviço para dois." Sorrindo.

"Eu não vou me esquecer do que você fez", diz Scarpetta, erguendo-se. "O que você fez com a Lucy, com o Benton, comigo. Não tenho certeza do que você fez com Marino."

"E eu não tenho certeza do que ele fez com você. Mas sei o suficiente. Como é que Benton está lidando com a coisa?" Ela enche sua xícara de café. "Uma coisa tão peculiar de se considerar." Ela se recosta nas almofadas. "Sabe que quando Marino estava me vendo, na Flórida, seu tesão não poderia ter sido mais palpável, a menos que ele me agarrasse e arrancasse minha roupa. É edipiano e deplorável. Ele quer transar com a mãe — a pessoa mais poderosa da sua vida, e para todo o sempre vai procurar esse arco-íris edipiano. Não havia um pote de ouro depois que ele fez sexo com você. Enfim, enfim. Urra pra ele. É um espanto que não tenha se matado."

Scarpetta para na soleira da porta, olhando para ela.

"Que tipo de amante ele é?", pergunta a dra. Self. "Benton, dá para ver. Mas Marino? Não tenho notícias dele faz dias. Será que vocês dois se acertaram? E o que Benton diz?"

"Se não foi Marino quem lhe contou, quem foi?", Scarpetta pergunta em voz baixa.

"Marino? Oh, não. Claro que não. Não foi ele que me contou sobre a pequena escapulida de vocês. Ele foi seguido até sua casa por um daqueles frequentadores do, como é que é mesmo, o nome daquele bar? Mais um dos capangas de Shandy, esse um contratado para incutir na sua mente a ideia de se mudar."

"Então foi você. Bem que eu achei."

"Para ajudá-la."

"Será que você tem tão pouca coisa na vida que precisa subjugar as pessoas dessa forma?"

"Charleston não é um bom lugar para você, Kay."

Scarpetta fecha a porta. Sai do hotel. Caminha sobre paralelepípedos, passa por uma fonte de cavalos salpicando água e entra na garagem. O sol ainda não saiu, e ela deveria ligar para a polícia, mas tudo em que pensa é na tristeza que uma só pessoa pode causar. A primeira sombra de pânico a toca no nível do deserto de concreto e carros, e ela pensa em um comentário que a dra. Self havia feito.

É um espanto que não tenha se matado.

Ela estaria fazendo uma previsão, dando voz a uma expectativa ou sugerindo mais um horrendo segredo do seu conhecimento? Scarpetta não consegue pensar em mais nada, e não pode ligar nem para Lucy nem para Benton. Verdade seja dita, eles não têm a menor simpatia por ele, talvez até torçam para que ele tenha dado um tiro na boca ou caído de uma ponte, e ela imagina Marino morto, dentro de sua caminhonete, no fundo do rio Cooper.

Decide ligar para Rose e pega o celular, mas não há sinal, e então caminha até seu quatro por quatro, vagamente alerta para a presença de um Cadillac branco parado ao lado. Repara no adesivo oval no para-choque traseiro, reconhece o HH como Hilton Head e sente o que está ocorrendo antes mesmo de ter ciência do que é, e se vira na hora em que o capitão Poma dispara de um suporte de concreto. Ela sente o ar se movendo atrás dela, ou quem sabe escuta, ele investe e ela se vira, na hora em que algo agarra seu braço. Por uma fração de segundo, há um rosto ao nível do seu, um jovem rapaz, com um cabelo curtinho e uma orelha vermelha, inchada, olhando com ferocidade. Ele bate contra seu carro e uma faca despenca ruidosamente a seus pés; o capitão o esmurra e berra.

23

Bull segura o boné nas mãos.

Ele está ligeiramente inclinado para a frente, no banco do passageiro, atento para que sua cabeça não toque no teto se ele endireitar o corpo, que é o que ele tende a fazer. Bull sempre se comporta com orgulho, mesmo tendo acabado de ser libertado da cadeia, para onde foi levado por um crime que não cometeu.

"Eu agradeço muito a senhora, doutora Kay", diz ele, enquanto ela estaciona diante da casa. "Desculpe a chateação."

"Para de repetir sempre a mesma coisa, Bull. Neste exato momento estou muito brava."

"Eu sei que está, e é óbvio que eu sinto muito, porque não foi nada que a senhora fez." Ele abre a porta e sai muito devagar do banco de passageiro. "Tentei limpar a terra das minhas botas, mas parece que sujei um pouco seu tapete, então acho melhor eu limpar ou ao menos dar uma sacudida."

"Não peça mais desculpas, Bull. Você fez isso desde que saiu da cadeia e eu estou tão furiosa que posso até soltar faísca; da próxima vez que isso acontecer, se não me chamar na hora vou ficar furiosa, mas com você."

"Eu não ia querer uma coisa dessas." Ele sacode o tapete e ela começa a entender que Bull é tão teimoso quanto ela.

Foi um longo dia, cheio de imagens penosas, quase acidentes e maus odores. Então Rose ligou. Scarpetta estava até o pescoço mergulhada no corpo decomposto de

Lydia Webster quando Hollings surgiu junto à mesa de autópsia e disse que tinha novidades que ela precisava ouvir. Como Rose descobriu, exatamente, não ficou muito claro, mas uma vizinha sua, que conhece uma vizinha da vizinha de Scarpetta — alguém que ela nunca conheceu —, escutou rumores de que a vizinha que Scarpetta conhece — a sra. Grimball — fez Bull ser preso por invasão de domicílio e tentativa de furto.

Ele estava escondido atrás de uma moita, à esquerda da varanda da frente da casa de Scarpetta, quando ela calhou de vê-lo olhando para sua janela de cima. Era de noite. Scarpetta não pode culpar um vizinho por ficar alarmado com uma visão dessas, a menos que o vizinho se chame sra. Grimball. Chamar a polícia para relatar um suspeito não foi suficiente. Ela teve de embelezar sua história e dizer que Bull estava escondido na sua propriedade, e não na de Scarpetta, e o resumo disso é que Bull — que já tinha sido preso antes — foi para a cadeia, onde esteve desde meados da semana e onde provavelmente ainda estaria se Rose não tivesse interrompido uma autópsia. Depois de Scarpetta ter sido agredida numa garagem.

Agora, quem está na cadeia é Will Rambo, não Bull.

Agora a mãe de Bull pode sossegar. Não precisa mais mentir, dizendo que ele está fora, colhendo ostras, ou apenas fora, ponto-final, porque a última coisa que ela quer é ver o filho despedido de novo.

"Eu descongelei um guisado", diz Scarpetta, destrancando a porta da frente. "Tem bastante, e eu imagino o que você não andou comendo muito nos últimos dias." Bull a segue até o saguão e o porta-guarda-chuvas prende a atenção dela, que para e se sente um lixo. Estica a mão e tira a chave da moto de Marino, o pente da Glock e depois a própria Glock de uma gaveta. Ela se sente tão perturbada, quase doente. Bull não diz nada, mas ela imagina que ele esteja se perguntando o que ela acabou de tirar do porta-guarda-chuvas, e por que esses itens estavam lá. Passa-se um momento, antes que consiga falar. Tranca com chave o pente e a pistola dentro da mesma caixa de metal onde guarda o frasco de clorofórmio.

Esquenta o guisado e o pão feito em casa, põe um lugar à mesa, enche um copo grande com chá gelado sabor pêssego e põe duas folhinhas de hortelã fresca. Diz a Bull que se sente e coma, que ela vai estar na varanda de cima, com Benton, e que é para chamá-los se precisar de alguma coisa. Ela o lembra de que água demais pode fazer o loureiro murchar e morrer em uma semana, que seria bom tirar as flores murchas das moitas de amor-perfeito, enquanto ele se senta e ela o serve.

"Sei lá por que estou falando isso", diz ela. "Você sabe muito mais sobre jardinagem que eu."

"Lembrar não machuca ninguém", diz ele.

"Quem sabe a gente planta uns loureiros perto do portão da frente, aí então a senhora Grimball pode sentir sua adorável fragrância. Vai ver fica mais maleável."

"Ela estava tentando fazer a coisa certa." Bull abre o guardanapo e enfia no colarinho da camisa. "Eu não devia ter me escondido, mas depois que aquele sujeito na moto apareceu na viela com uma arma, eu fiquei de olho bem aberto. Era uma sensação que eu tinha."

"Eu acredito em quem confia nas próprias sensações."

"Eu sei que sim. E tem um motivo para elas", diz Bull, experimentando seu chá. "E alguma coisa me disse para ficar no mato, aquela noite. Eu estava vigiando a sua porta, mas o gozado é que eu devia ter ficado de olho na viela. Já que você me contou que foi lá que o rabecão provavelmente foi deixado, quando Lucious foi morto, o que significa que o assassino voltou até lá."

"Fico feliz que você não estivesse." Lembra-se da ilha Morris e do que tinham encontrado.

"É, mas eu queria estar."

"Teria sido muito gentil, da parte da senhora Grimball, se ela tivesse se dado ao trabalho de chamar a polícia para falar do rabecão", diz Scarpetta. "Ela fez você ser jogado no xadrez, mas não se incomodou em dar queixa de um carro fúnebre na viela, tarde da noite."

"Eu vi quando ele entrou na cadeia", diz Bull. "Eles trancaram a porta e ele reclamou que a orelha estava doendo, e um dos guardas perguntou o que tinha acontecido com a orelha dele e ele disse que tinha levado uma mordida de um cachorro e que infeccionara e que precisava de um médico. Houve muita conversa sobre ele, sobre o Cadillac com a placa roubada e ouvi um policial dizendo que o sujeito tinha assado uma mulher na churrasqueira." Bull toma seu chá. "Andei pensando que a senhora Grimball pode ter visto o Cadillac dele, mas não fez queixa, assim como não fez do rabecão. Não para a polícia. Engraçado como as pessoas acham que uma coisa que viram é importante e outra não. Era de se imaginar que vendo um carro fúnebre na viela, à noite, você iria se perguntar se alguém tinha morrido e dar uma olhada. E se fosse alguém conhecido? Ela não vai gostar de ir a tribunal."

"Nenhum de nós gosta."

"Bom, mas ela vai detestar mais ainda", diz Bull, erguendo a colher, mas educado demais para comer enquanto fala. "Ela vai achar que pode passar a perna no juiz. Eu até compraria entrada pra ver uma coisa dessas. Faz alguns anos, eu estava trabalhando neste mesmo jardim, e vi ela jogar um balde de água numa gata que estava escondida debaixo da casa dela, só porque tinha tido gatinhos."

"Não me conte mais nada, Bull. Eu não suporto ouvir."

Ela sobe a escada, atravessa o quarto até uma pequena varanda que dá para o jardim. Benton fala ao telefone e com certeza é o que vem fazendo desde a última vez em que o viu. Ele trocou de roupa, pôs uma calça cáqui e uma camiseta polo, e cheira a limpeza, com o cabelo úmido; atrás dele há uma treliça de canos de cobre que ela fez para que o maracujá pudesse subir como um amante até sua janela. Lá embaixo, há o pátio de pedra e, logo depois, o lago raso que ela enche com uma velha mangueira cheia de furos. Dependendo da época do ano, seu jardim é uma sinfonia. Extremosas, camélias, canas-da-índia, jacintos, hortênsias, narcisos e dálias. Scarpetta não para de plantar pau-

-incenso e loureiros, porque tudo o que tem um cheiro bom é amigo dela.

O sol sai de repente e ela se sente tão cansada, com a vista embaçada.

"Era o capitão", diz Benton, pondo o fone sobre uma mesa de vidro.

"Está com fome? Quer um chá?", pergunta ela.

"E que tal se eu for preparar alguma coisa para você?" Benton olha para ela.

"Tira os óculos para eu poder ver seus olhos", diz Scarpetta. "Não estou com vontade de ficar olhando para óculos escuros, no momento. Estou tão cansada. Não sei por que estou tão cansada. Eu não costumava ficar assim tão cansada."

Ele tira os óculos, dobra e põe sobre a mesa. "Paulo renunciou e não volta mais da Itália, mas acho que não vai acontecer nada com ele. O diretor-geral do hospital não está fazendo nada, a não ser um controle de danos, porque nossa amiga a doutora Self acabou de dar uma entrevista ao *Howard Stern*, falando sobre experimentos que parecem saídos diretamente do *Frankenstein* de Mary Shelley. Torço para que o repórter pergunte se seus seios são mesmo grandes e se são reais. Não, deixa pra lá. Ela provavelmente diria. Provavelmente lhe mostraria."

"Imagino que não haja nada sobre Marino."

"Olha. Me dá um tempo, Kay. E eu não culpo você. Nós vamos atravessar isso. Eu quero tocar em você de novo e não pensar nele. Pronto, eu disse. Me incomoda feito o diabo." Ele pega na mão dela. "Porque me sinto parcialmente responsável. Talvez mais que parcialmente. Não teria acontecido nada se eu estivesse aqui com você. Vou mudar isso. A menos que não me queira aqui."

"Claro que quero."

"Eu ficaria feliz se Marino não voltasse", diz Benton. "Mas não lhe quero mal e espero que nada de ruim tenha acontecido com ele. Estou tentando aceitar que você o defenda, que você se preocupe com ele, que ainda goste dele."

"O patologista de plantas está vindo em uma hora. Estamos com uma infestação de aranhiços."

"E eu achando que o que eu tinha era dor de cabeça."

"Se aconteceu alguma coisa com ele, sobretudo se ele mesmo é que causou, eu nunca mais vou me recuperar", diz Scarpetta. "Talvez meu pior defeito. Perdoo as pessoas de quem eu gosto, e talvez elas voltem a fazer tudo de novo. Por favor, encontre Marino."

"Está todo mundo tentando encontrá-lo, Kay."

Um longo silêncio, interrompido apenas pelos pássaros. Bull aparece no jardim. E começa a desenrolar a mangueira.

"Eu preciso tomar um banho", diz Scarpetta. "Estou um horror, não tomei banho lá. Não era um vestiário muito privado, e eu não tinha roupa limpa para pôr. Como é que você me aguenta, eu nunca vou saber. Não se preocupe com a doutora Self. Alguns meses na prisão vão fazer um bem danado a ela."

"Ela vai filmar os programas lá e faturar mais alguns milhões. Algumas presidiárias vão se tornar escravas dela e lhe fazer um xale de tricô."

Bull rega um canteiro de amor-perfeito e há um arco-íris nos borrifos da mangueira.

O telefone toca de novo. Benton diz: "Ai, Deus", e atende. Escuta, porque é treinado para escutar, e fala pouco, é o que lhe diz Scarpetta quando se sente solitária.

"Não", diz Benton. "Aprecio a lembrança, mas acredito que não há motivo para comparecermos. Eu não falo por Kay, mas acho que nós só ficaríamos no caminho de vocês, mais nada."

Ele termina a ligação e diz a ela: "O capitão. Seu cavaleiro de armadura reluzente".

"Não diga isso. Não seja tão cínico. Ele não fez nada para merecer sua raiva. Devia agradecê-lo."

"Ele está indo para Nova York. Vão dar busca no apartamento de cobertura da doutora Self."

"Para achar o quê?"

"Drew esteve lá na véspera de partir para Roma. Quem mais esteve lá? Possivelmente o filho da doutora Self. Quem sabe o sujeito que Hollings sugeriu que fosse o chef. A resposta mais mundana é em geral a resposta certa", diz Benton. "Eu chequei o voo da Alitália. Adivinha quem estava no mesmo voo que Drew?"

"Está me dizendo que ela estava esperando por ele na Scalinata di Spagna?"

"Não era pelo mímico pintado de ouro. Aquilo foi uma artimanha, porque ela estava esperando por Will e não queria que as amigas soubessem. Teoria minha."

"Ela tinha acabado de terminar com o treinador." Scarpetta observa Bull enchendo a lagoinha. "Depois que a doutora Self fez uma lavagem cerebral nela. Outra teoria? Will queria se encontrar com Drew, e a mãe dele não juntou dois com dois e não percebeu que era ele quem enviava aqueles e-mails obcecados assinados como Homem de Areia. Inadvertidamente, ela juntou Drew com o assassino."

"Um desses detalhes que talvez a gente nunca saiba ao certo", diz Benton. "As pessoas nunca dizem a verdade. Depois de um tempo, nem sequer sabem qual é."

Bull se curva para arrancar as flores mortas. Ergue a cabeça na mesma hora em que a vizinha está olhando para baixo, de sua janela no andar de cima. Bull puxa um saco para perto e cuida dos seus afazeres. Scarpetta pode ver a vizinha xereta levantando o fone para pôr no ouvido.

"Agora chega", diz Scarpetta, enquanto se levanta, sorri e acena.

A sra. Grimball olha para o lado deles e abre a janela, enquanto Benton observa, sem expressão nenhuma no rosto, e Scarpetta continua acenando como se tivesse algo urgente para dizer.

"Ele acabou de sair da prisão", grita Scarpetta. "E se a senhora mandá-lo de volta para lá, eu queimo sua casa inteirinha."

A janela se fecha rapidamente. O rosto da sra. Grimball desaparece do vidro.

"Você não disse isso", diz Benton.

"Eu digo o que me der na veneta", responde Scarpetta. "Eu moro aqui."

Série policial

Réquiem caribenho
  Brigitte Aubert

Bellini e a esfinge
Bellini e o demônio
Bellini e os espíritos
  Tony Bellotto

Os pecados dos pais
O ladrão que estudava Espinosa
Punhalada no escuro
O ladrão que pintava como Mondrian
Uma longa fila de homens mortos
Bilhete para o cemitério
O ladrão que achava que era Bogart
Quando nosso boteco fecha as portas
O ladrão no armário
  Lawrence Block

O destino bate à sua porta
Indenização em dobro
Serenata
  James M. Cain

Post-mortem
Corpo de delito
Restos mortais
Desumano e degradante
Lavoura de corpos
Cemitério de indigentes
Causa mortis
Contágio criminoso
Foco inicial
Alerta negro
A última delegacia
Mosca-varejeira
Vestígio
Predador
Livro dos mortos
  Patricia Cornwell

Edições perigosas
Impressões e provas
A promessa do livreiro
Assinaturas e assassinatos
O último caso da colecionadora de livros
  John Dunning

Máscaras
Passado perfeito
Ventos de Quaresma
  Leonardo Padura Fuentes

Tão pura, tão boa
Correntezas
  Frances Fyfield

O silêncio da chuva
Achados e perdidos
Vento sudoeste
Uma janela em Copacabana
Perseguido
Berenice procura
Espinosa sem saída
Na multidão
Céu de origamis
  Luiz Alfredo Garcia-Roza

Neutralidade suspeita
A noite do professor
Transferência mortal
Um lugar entre os vivos
O manipulador
  Jean-Pierre Gattégno

Continental Op
Maldição em família
  Dashiell Hammett

O talentoso Ripley
Ripley subterrâneo
O jogo de Ripley
Ripley debaixo d'água
O garoto que seguiu Ripley
A chave de vidro
  Patricia Highsmith

Sala dos Homicídios
Morte no seminário
Uma certa justiça
Pecado original
A torre negra
Morte de um perito
O enigma de Sally
O farol
Mente assassina
Paciente particular
  P. D. James

Música fúnebre
  Morag Joss

Sexta-feira o rabino acordou tarde
Sábado o rabino passou fome
Domingo o rabino ficou em casa
Segunda-feira o rabino viajou
O dia em que o rabino foi embora
    Harry Kemelman

Um drink antes da guerra
Apelo às trevas
Sagrado
Gone, baby, gone
Sobre meninos e lobos
Paciente 67
Dança da chuva
Coronado
    Dennis Lehane

Morte em terra estrangeira
Morte no Teatro La Fenice
Vestido para morrer
Morte e julgamento
Acqua alta
    Donna Leon

A tragédia Blackwell
    Ross Macdonald

É sempre noite
    Léo Malet

Assassinos sem rosto
Os cães de Riga
A leoa branca
O homem que sorria
    Henning Mankell

Os mares do Sul
O labirinto grego
O quinteto de Buenos Aires
O homem da minha vida
A Rosa de Alexandria
Milênio
O balneário
    Manuel Vázquez Montalbán

O diabo vestia azul
    Walter Mosley

Informações sobre a vítima
Vida pregressa
    Joaquim Nogueira

Revolução difícil
Preto no branco
No inferno
    George Pelecanos

Morte nos búzios
    Reginaldo Prandi

Questão de sangue
Os ressuscitados
O enigmista
    Ian Rankin

A morte também frequenta o Paraíso
Colóquio mortal
    Lev Raphael

O clube filosófico dominical
Amigos, amantes, chocolate
    Alexander McCall Smith

Serpente
A confraria do medo
A caixa vermelha
Cozinheiros demais
Milionários demais
Mulheres demais
Ser canalha
Aranhas de ouro
Clientes demais
A voz do morto
    Rex Stout

Fuja logo e demore para voltar
O homem do avesso
O homem dos círculos azuis
Relíquias sagradas
    Fred Vargas

A noiva estava de preto
Casei-me com um morto
A dama fantasma
Janela indiscreta
    Cornell Woolrich

ESTA OBRA FOI COMPOSTA PELO GRUPO DE CRIAÇÃO EM GARAMOND E
IMPRESSA PELA GEOGRÁFICA EM OFSETE SOBRE PAPEL PAPERFECT
DA SUZANO PAPEL E CELULOSE PARA A EDITORA SCHWARCZ
EM FEVEREIRO DE 2010